文化伟人代表作图释书系

An Illustrated Series of Masterpieces of the Great Minds

非凡的阅读

从影响每一代学人的知识名著开始

知识分子阅读，不仅是指其特有的阅读姿态和思考方式，更重要的还包括读物的选择。在众多当代出版物中，哪些读物的知识价值最具引领性，许多人都很难确切判定。

"文化伟人代表作图释书系"所选择的，正是对人类知识体系的构建有着重大影响的伟大人物的代表著作，这些著述不仅从各自不同的角度深刻影响着人类文明的发展进程，而且自面世之日起，便不断改变着我们对世界和自然的认知，不仅给了我们思考的勇气和力量，更让我们实现了对自身的一次次突破。

这些著述大都篇幅宏大，难以适应当代阅读的特有习惯。为此，对其中的一部分著述，我们在凝练编译的基础上，以插图的方式对书中的知识精要进行了必要补述，既突出了原著的伟大之处，又消除了更多人可能存在的阅读障碍。

我们相信，一切尖端的知识都能轻松理解，一切深奥的思想都可以真切领悟。

■ 文化伟人代表作图释书系

A Sand
County Almanac

丁美龄　柳晨曦 / 译

沙乡年鉴（全译插图版）

〔美〕奥尔多·利奥波德 / 著

图书在版编目（CIP）数据

沙乡年鉴 /（美）奥尔多·利奥波德著；丁美龄，柳晨曦译. —重庆：重庆出版社，2020.9
ISBN 978-7-229-14664-1

Ⅰ.①沙… Ⅱ.①奥… ②丁… ③柳… Ⅲ.①散文集—美国—现代 Ⅳ.①I712.65

中国版本图书馆CIP数据核字（2020）第113918号

沙乡年鉴
SHAXIANGNIANJIAN

〔美〕奥尔多·利奥波德 著 丁美龄 柳晨曦 译

策 划 人：刘太亨
责任编辑：赵仲夏
责任校对：郑　葱
封面设计：日日新
版式设计：冯晨宇

重庆出版集团
重庆出版社 出版

重庆市南岸区南滨路162号1幢　邮编：400061　http://www.cqph.com
重庆三达广告印务装璜有限公司印刷
重庆出版集团图书发行有限公司发行
全国新华书店经销

开本：720mm×1000mm　1/16　印张：23.5　字数：452千
2020年9月第1版　2020年9月第1次印刷
ISBN 978-7-229-14664-1
定价：58.00元

如有印装质量问题，请向本集团图书发行有限公司调换：023-61520678

版权所有，侵权必究

译者序

"书籍和博物馆中，总留有旅鸽的一席之地，但却不过是图画和雕像罢了，它们对旅鸽生活的所有艰辛和乐趣都毫无反应。"从此言足以看出，利奥波德是一个多么温情的人。奥尔多·利奥波德，出生于伯灵顿——19世纪前，此处还是一片原始森林，一片未开拓的处女地。利奥波德的父亲热衷于户外活动，在父亲的影响之下，利奥波德的整个童年都与大自然和野外生活有着密切联系。他就读的是耶鲁大学的林业专业，研究生毕业后，利奥波德成为新墨西哥北部的卡森国家森林的林业官，此后，他便一直从事森林保育及野生动物的保护工作。在经济大萧条的艰难时期，他写作了《野生动物的管理》一书。后来他一直担任威斯康星大学教授，直到1948年，在帮助邻居救火时，心脏病猝发逝世。

《沙乡年鉴》是一部文集，收集了利奥波德描述自己与家人在沙乡种植林木、修复生态、探索自然的个人随笔和他曾发表过的部分哲学论文。作者曾将这本书投稿，并被牛津大学出版社所接受，但直到作者逝世后，本书才得以出版。投稿时，作者曾想将书名定为《沼泽挽歌》，后改为《像山一样思考》，之后经过多次修改，最终的书名成了我们今天熟知的《沙乡年鉴》。虽然《沙乡年鉴》在作者去世后一年就已出版，但是在当时，即美国经济发展的狂热期，在人们正野心勃勃地妄想征服自然之时，保护生态的观念被完全忽视，因此《沙乡年鉴》出版后并未产生它应有的影响。

我很久之前曾看过一部电影，其中的一句话令我印象深刻："我们过度地消耗和污染地球，其实是在杀掉我们自己。因为我们和其他生物一样，要生存在这个地球上。"我不知道现在有多少人意识到了这个危机的存在，也无法统计出多少人正处于《沙乡年鉴》所述的两种"精神上的危险"中——"一种是想当然地认为食物来自杂货店，另一种是认为一切热量当然都来自暖气"。但毫无疑问，许多人已经确切地深陷在危险之中了，生活在这个星球上，却不敬畏自己脚下的这片土地，反而迷恋工业带来的便利，忘记了是什么在支撑工业。"工业经济带来的小玩意儿，比旅鸽带给我们的确实更舒适，但是对春天来说呢？它们让一切更加绚烂了吗？"

沙乡是一片贫困偏僻之地，但利奥波德在沙乡，却获得了源源不断的快乐与自由。沙乡有喜欢歌唱的小红雀，有会讲故事的老橡树，有成群嬉戏的大雁……沙乡的四季寂静而且欢乐，山河林禽构成了沙乡的全部，几万年里，沙乡一直静静地待在时间里。作者用抒情欢快的语言，为我们描述一个生机勃勃的奇妙之所，一个精彩的生命整体。

当我接到《沙乡年鉴》的翻译工作时，我的内心无比欣喜，又有些忐忑不安。多年前曾经细细读过的书，如今再次被我捧在手上，感觉那些可爱的动物、美丽的植物和宁静的农场重新回来了。我儿时住在乡村，那些找蚂蚱、采小花、看青蛙的趣事，尚历历在目。如今且不说身在混凝土筑成的城市，就算再次回归乡土，也已无法看到儿时的乡村景象，而《沙乡年鉴》所描绘的生活，让我再次感到了自然之美，以及明净的自由之美。

除了那些美好的自然生活，《沙乡年鉴》中更应受人瞩目的，还有作者经过数十年的林业服务，所得出的全新的生态观念——土地伦理。他认为土地是所有气候、水、植物、动物形成的共同体，而人也只是这个生命共同体中平等的一员。利奥波德以整体利益为根本的非人类中心主义的生态观，并不能完全被人们所理解，甚至被一些学者质疑为极端的生态伦理观念。但利奥波德的土地伦理思想是令人惊讶的，它无疑表达了他对自然的尊重、对生命的尊重，和对普遍平等规则的尊重。《沙乡年鉴》是利奥波德倾尽一生的呕心沥血之作，他虽已离世，但他在沙乡栽种的树木，至今仍在替他继续书写沙乡的年鉴，替他继续守护沙乡的寂静，不是在纸上，而是在静谧的暖风之中。

丁美龄
2018年3月18日

导读：土地伦理与土地美学的诗性阐释

在中外文学史中，一些作品以其对美好自然生态的描绘、对多样万物生命的体悟、对生态环境恶化的焦虑和对和谐生态理想的追求，成为了感动全球读者的"绿色经典"。这些"绿色经典"正不断改变着人们的思想观念和生活方式，是新世纪生态文明建设的重要思想资源。而奥尔多·利奥波德的《沙乡年鉴》，就是如此一部世界闻名的"绿色经典"。

利奥波德其人

奥尔多·利奥波德是美国著名生态学家、环境保护主义理论家和作家。他生于爱荷华州伯灵顿市，于1906年进入耶鲁大学攻读林学专业硕士学位，在毕业后成为一名联邦林业局职员，曾担任新墨西哥北部卡森国家森林监察官、威斯康星麦迪逊市美国林业生产实验室副主任等职。1928年，利奥波德离开林业局，将主要兴趣转移到野生动物的研究，在美国中北部的8个州从事野生动物考察工作。1933年，他成为了威斯康星大学农业管理系教授，并在此时期形成了完整的土地伦理观。利奥波德在其一生中共发表论文500多篇，著有《野生动物管理》《沙乡年鉴》等作，被称为"环境保护主义的先驱""美国野生生物管理之父"。美国密苏里大学历史系教授、美国环境史研究开拓者和权威学者苏珊·福莱德曾说："和梭罗一样，利奥波德是一个热心的观察家，一个敏锐的思想家和一个造诣极深的文学巨匠。"

利奥波德的土地伦理思想

伦理道德由道德行为主体的道德意识、道德观念、道德情感、道德原则、道德规范、道德评价标准、道德教育、道德实践等组成。土地伦理则是处理人与土地之间伦理道德关系的各种观念的总和。土地伦理意识,是人们对土地的价值观念和行为自觉程度;土地伦理观念,是人们对土地伦理的善恶、是非、正义非正义等的认识;土地道德情感,是人们对土地的爱憎、好恶等情感态度。

利奥波德认为:"在对待某种事物的关系上,只有在我们可以看见、感到、了解、热爱,或者对它表示信任时,我们才能是道德的。"首先,人们在情感上要"热爱"和"尊敬"土地,而不是将其作为征服的对象,才能产生道德责任感。"土地伦理旨在改变人类在'土地与群体'关系中的征服者角色,使之成为该关系中群体的一员。这意味着对其他成员的尊重,也意味着对整个群体的尊重。"其次,在理性认识上,人们要有"生态学意识"。"一种土地伦理反映着一种生态学意识的存在,而这一点,反过来又反映了一种对土地健康负有个人责任的确认。"其三,从思维方式上说,人们要"像山一样思考",即全面思考生态的整体利益,超越以人的利益为终极目标的狭隘价值观。"利奥波德倡导一种开放的'土地伦理',呼吁人们以谦恭和善良的姿态对待土地。他试图寻求一种能够树立人们对土地的责任感的方式,希望通过这种方式影响政府对待土地和野生动物的态度及管理方式。"[1]

利奥波德的土地伦理观建立于对"土地"全新

□ 1911年利奥波德在卡森国家森林的留影

利奥波德曾是耶鲁大学林业专业的研究生,他在毕业后作为联邦林业局的职员,被派往亚利桑那和新墨西哥当了一名林业官,并于1912年升迁为新墨西哥北部的卡森国家森林的监察官。

---

[1] 夏光武,《美国生态文学》。

认识的基础之上。"土地"不是单一的所谓土壤，而是"土地共同体"和"土地金字塔"；"土地伦理"是人类与土地的关系，是人类对土地的责任，是人类在自然中的权利与义务。只有当人们在一个土壤、水、植物和动物都同为一员的共同体中，承担起一个公民的角色时，保护主义才会成为可能；在这个共同体中，每个成员都相互依赖，每个成员都有资格占据阳光下的一个位置。一方面，"共同体"由土壤、水、植物、动物、人类组成，具有有机整体性和生存权利的天然性；另一方面，共同体各个成员之间在地位和角色中具有"同为一员"的和谐共生性、自由平等性，各成员在相互依存与相互合作中分享土地，共享家园。利奥波德指出，土地是一个不可分割的生命整体，自然万物在整体性生态系统中组成"土地金字塔"。土地上各个层次的生态功能的变化都会改变土地的整体生态功能，人类一定要尊重和爱护"土地金字塔"。"金字塔的最底层是土壤，植物层位于土壤上，昆虫层位于植物层上，鸟和啮齿动物层又在昆虫层上等等，以此类推，各种动物群体通过不同方式排列到金字塔的最顶层。金字塔的最顶层通常是由较大的食肉动物组成。""土地金字塔"具有自身的生态特性，即以复杂的食物链为连结线、各个部分存在合作和竞争的关系、从最高层到最底层数量递增、内在组织结构精致多样、能量的消散衰败与循环贮存结合、以土壤和阳光作为能量源泉、以食物链作为能量通道、能量流动取决于动植物共同体的复杂结构、人类的活动正改变着金字塔结构。"土地共同体"和"土地金字塔"的理论，构成了利奥波德土地伦理观的核心。

传统伦理学仅仅处理人与人之间、人与社会间的关系，利奥波德土地伦理观则是对传统伦理思想"边界"的拓展。"至今，还没有用以处理人与土地及生长在土地上的动植物之间关系的伦理。"鉴于此，利奥波德提出了"土地伦理"理论——即处理人与土地关系的基本伦理原则。"土地伦理只是扩大了这个群体的界限，囊括了土壤、水、植物、动物，或者把这些要素统称为——土地。"土地伦理要求人们在态度与认识上尊重土地的生命、承认土地的权利、理解土地的价值，在行动中担当保护土地的责任、恢复土地的生态。利奥波德的土地伦理观对土地的价值内涵与伦理标准进行了阐释："任何伦理的运行机制都是相同的，即社会对正确行为的认同和对错误行为的反对。""如果一件事情倾向于维护生物群落的完整性、稳定性和美感，那么它就是正确的，反之，就是错误的。"利奥波德认为，荒野土地除了有旅行、健身、休闲、娱乐价值外，还具有生物学价值、生态学价值、美学价值，破坏生物共同体和谐、稳定、美丽的行为，都是错误的反生态的行为。这种土地价值观超越了过去以经济价值来判断正误的狭隘的土地价值观。

"只有学者能够理解，为什么那些尚未开发的荒野能赋予人类事业的定义和意义。"利奥波德对土地伦理的正确性和正义性持有坚定的信仰，他不仅是土地伦理的理论建构者，还是土地伦理的实践者，不断以实际行动修复着人与土地之间的生态关系。当政府部门的森林政策与他的土地伦理发生冲突时，他毅然离开了政府部门的工作，进行独立的学术研究与理论建设。他曾与一些科学家组织"荒野学会"，成为团队的力量参与环境保护，以此来保护面临被侵害、被污染的荒野大地和荒野上的各种生命。他亲自指导美国梅尔湖地区农民的野生动物保护工作，也曾去德国考察林业和野生动物管理。为了体验和研究荒野，他在威斯康星的沙乡购买了一处面积约为一百二十英亩的贫瘠的农场土地，在周末与家人一起种植树木，以期恢复和重建沙乡生态系统的平衡。

利奥波德的土地美学思想

利奥波德认为，除了从经济利益角度考虑土地外，还应当从美学的角度考虑。"这些文章讨论的是土地的伦理学和美学问题。"利奥波德的土地美学思想是《沙乡年鉴》思想内蕴的重要组成部分，这种思想不仅渗透在了"年鉴"与"速写"之中，在"结论"部分，他还专门就"保护主义美学"进行了论述。利奥波德所指"保护主义美学"，并非通过法律、政府拨款、地区规划或其他欲望形式，使荒野原封不动地建立在经济利益上的局部的"保护主义美学"，而是以不损害荒野为代价，却能使人获得审美愉悦的整体的"土地美学"。

审美主体与审美对象之间双向的间性运动构成了审美活动。就审美的主体而言，利奥波德主张无身份、地位差别的"对自然进程的感知"的审美活动，重视对人们土地审美感知能力的培养。"感知的突出特点在于，它不会消耗任何资源，也不会稀释任何资源。""促进人类的感知，是户外娱乐工程中唯一真正具有创造性的要素。""发展户外娱乐活动并不是一项将道路修到美丽乡土的事业，而是一项将感知砌入尚不美丽的人心的事业。"就审美的对象而言，利奥波德认为，植物和动物共同体的纷繁复杂就是有机体固有的美，土地的美在于生命，在于野性、自然、自由与和谐。因此，他坚持以各种感官来"感知"土地上动物植物的形、色、态、神之"美丽"。

土地生命之美是利奥波德审美活动关注的内核，《沙乡年鉴》就是对土地生命之美感知的诗性呈现。土地上的各种生命图景让作者感到美不胜收。草地鹨、红翅黑鹂、旅鸫、黄鹂、黄莺、东蓝鸲、鹤等组成"丛林里的合唱"，飞翔的毛脚鵟、归来的大雁、舞蹈的丘鹬、迟归的浣熊、捕鱼的大蓝鹭、悠闲的鹿群等组成荒野生灵的"行为表演"。沙乡荒野处处都有壮美的画卷。"绿色大草原"一节中，河流挥舞画笔涂染着美丽的景色，绿的莎莎草甸上闪烁着乳白色的慈姑花，还有粉红色的龙头花、紫色的紫苑草和淡粉色的泽兰以及狐红色的鹿，一切使人心旷神怡。"绿色的潟湖"一节中，平静的深绿色的流水，牧豆树和柳树组成的绿墙隔开了长满荆棘的荒漠与河道，池塘里的白鹭如白色的雕像，绿头鸭、赤颈鸭和短颈野鸭飞向空中，反嘴鹬、黄脚鹬在假寐，各种生灵组成一幅优美的夏日池塘画卷。万类生命在沙乡土地竞展活力，其斑斓的色彩、神奇的形态、生动的神情等都是生命本性的自然表现，给人以神与物游的审美体验。

人与土地的和谐共存是利奥波德的审美理想。《沙乡年鉴》展现了人与土地和谐共生的无穷趣味和无限意蕴。"对于沼泽地居民来说，在草原度过的日子无疑是一段田园时光。人与动物、植物与土壤彼此互惠互利，相互容忍，共同生活。"在沙乡，一块旧木板是一种"大学校园里还未曾讲到的文献"，一棵大果橡树是一个"历史图书馆"，一个河边的农场是一个"能随意阅读的图书馆"。"每个农场都是动物生态学的教科书，而林中生活的知识便是对这本教科书最好的诠释。"利奥波德内心充满欢喜，与松鸡、野蜂、兔子、山雀、林鸳鸯为邻，不断在荒野生活中汲取知识，获得了诸多审美上的愉悦。"荒野之中，有这个世界的救赎。"的确，土地审美的作用，就在于让人类获得诗意的栖居方式。

人与土地生态关系的恶化是利奥波德审美批判的对象。作者对土壤流失、河

□ 沙乡农场中的利奥波德与猎狗

利奥波德的沙乡农场位于威斯康星河畔，这里原本荒芜而被废弃，后被利奥波德接手。利奥波德及其家人居住于此多年，其间种下了数千棵树木，沙乡土地由此得以恢复了一定活力。

湖枯竭、植物衰亡、动物灭绝等沙乡上各种"生态丑"深怀焦虑。"人总是毁掉自己喜欢的东西，我们的拓荒者就是如此毁掉了我们的荒野。""首先是过度放牧破坏了植物和土壤，之后是步枪、陷阱和毒药使大量鸟类和哺乳动物濒临灭绝，再然后，公园和森林里又开辟出新的道路和招揽游客。""生态丑"的根源在于人类的反生态行为。挖渠和开垦土地导致沼泽干涸，过多的小麦种植导致流沙大量产生，水坝、水电站破坏了荒野的原生态，"英勇"的边疆人民用强权葬送了荒野生态，上一代剥夺了下一代欣赏荒野美的权利等。人们反生态行为的原因在于社会文化生态的诸多病症。"我们这个'更大更好'的社会就像患上了忧郁症，整天因经济健康问题而惶惶不安，结果反而失去了保持自身健康的能力。"利奥波德不断反思"进步""机械化""新发明""人工管理"等对人们荒野审美的磨灭与毁坏，因此将土地伦理、土地美学作为拯救生态恶化的精神动力与思想武器。

土地伦理思想与土地美学思想的形成

利奥波德的土地伦理思想与土地美学思想来源于他童年生活的荒野体验、沙乡农场的建设实验、作为林务官的职业生涯、对野生动物管理与对荒野的学术兴趣、生态学与伦理学知识视野以及现代知识分子对生态危机的焦虑。他出生于伯灵顿市，而伯灵顿市位于密西西比河畔，有着优美的自然风景。童年和少年的利奥波德就生活在美丽的大自然中，这养成了他热爱自然、敬畏大地的生态情感。

"我最早对野生生物及其所追求的东西的印象,始终以栩栩如生的形式、色彩和氛围浮现在脑海中。至今半个多世纪过去,或许我对野生生物的专业知识有所长进,但那些最初的印象依然没有丝毫退却或改进。"利奥波德的父亲和外祖父喜欢户外旅行、森林狩猎和荒野散步,他们常教育利奥波德观察自然、感受动植物的生命,体会野外生活的自由与欢乐,而这些,都影响了利奥波德土地伦理观与美学观的形成。

利奥波德在进入大学后对生态学知识产生了浓厚的兴趣,其所学的专业是林学,因此对森林生态系统的深入了解也必然会延伸到对整个土地生态系统的认识。"奥彭斯基的整体主义哲学观、达尔文的进化论、埃尔顿和坦斯利等的生态生物学是其土地伦理学得以创立的主要思想基础。"[1]生态系统的有机性、共同体、食物链、能量流的观念影响了利奥波德对土地生态系统的理解,生态哲学与生态科学成为了其土地伦理的重要理论支撑。利奥波德有意识地将生态系统的有机性、系统性、整体性、生态平衡、食物链等基本理论迁移运用到土地生态中,并做出新的解释。丰富多元的知识体系成就了他的理论。"利奥波德的土地伦理是多种因素综合作用的结果,他的审美价值观、综合知识和哲学多维视角以及作为科学家所具有的想像力、创造力等都对土地伦理观的形成产生了影响。"[2]

在利奥波德所处的时代,在美国因工业化而导致的环境恶化时期,当时的社会上兴起了资源保护运动,利奥波德曾参与其中。然而他渐渐发现,当下的经济资源保护依然是以人的利益为出发点和归宿点,并非都是"真理",而是"只道出了事情的一半"。人们表面上抱着热爱与尊敬的态度使用土地,实际上却扮演着"征服者"的角色,将土地当作"奴隶和仆人",将土地上野生的东西看作"敌人""食物",不顾牺牲地滥用,最终毁坏了土地。以经济利益为中心的资源保护运动并没有从根本上解决人与土地的矛盾。"荒野这种资源只会缩减,不会再生。""我们藉以凝练成美国的多样性荒野已经荡然无遗。""活着的人再也见不到五大湖区的原始松林、沿海平原的低平林地以及巨大的硬木林。"利奥

---

[1]包庆德、夏承伯,《土地伦理:生态整体主义的思想先声——奥尔多·利奥波德及其环境伦理思想评介》。
[2]滕海键,《利奥波德的土地伦理观及其生态环境学意义》。

波德生活在土地危机、伦理失范、价值缺失的生态危机时期,因此,他对土地伦理与土地美学的倡导具有鲜明的针对性。

从美学思想渊源上,利奥波德的土地美学思想受到爱默生、梭罗等超验主义学者的哲学观、美学观、文艺观的影响。超验主义美学主张接近自然、感受自然、使人的灵魂与自然和谐一致,主张个性自由与个人责任相融合的人文精神,倡导简朴的物质生活,追求高尚的精神境界。家庭条件优裕、职业生涯顺利的利奥波德的土地美学便受到了超验主义美学观的影响。"我们感知大自然特性的能力,就像我们感知艺术的能力一样,皆起源于美感。"人与土地的关系是多元的,人们一直仅仅关注人与土地的经济关系,却忽视了伦理和美学的关系。利奥波德的土地美学倡导重建人与土地的美学关联,是一种保护土地生态系统、促进人地和谐的现代生态观念,这对生态美学、环境美学的理论建构具有重要意义。

《沙乡年鉴》之情感及其文学意义

《沙乡年鉴》不仅是哲理性散文,也是情感型散文。它不是一般的纯理论或伦理学的学术专著,而是将生态情感与生态哲思有机融合的生态散文[1]。此书情思相生、辞意丰茂地传达了现代的生态理念,不仅是作者对人类与土地关系思考的诗性结晶,也是作者对土地伦理与土地美学的诗性阐释,堪与梭罗的《瓦尔登湖》、蕾切尔·卡逊的《寂静的春天》等生态散文相媲美。

在文章结构上,《沙乡年鉴》分为"沙乡年鉴""速写——这儿和那儿"和"结论"三部分。"沙乡年鉴"中,作者以散文的笔法写作,按月份排列文章,形象生动地描述了在沙乡农场上的生活、风云雨雪的自然变化,以及动植物的活动与休憩;"速写——这儿和那儿",叙述了作者在不同地域的职业生涯中对人类与自然的关系的思考;"结论"中,作者在生活体验与工作经验的基础上,概括总结了超越具体时空的土地生态伦理观和土地美学观。《沙乡年鉴》既具时间

---

[1]生态散文常被人们用以描摹自然的生态景观、保存自然万物的生命百态,也常被人们用以揭示生态环境恶化、反思人类征服自然的行为、表达人与自然和谐共存的理念。

性,又具有空间性,而这种将时空分离、又将时空巧妙地合二为一的叙述结构,体现了作者匠心独运的艺术构思。

随笔与年鉴文体相融合的多元性、各种学科话语交叉的跨学科性、对话的真诚性,便是《沙乡年鉴》的写作特色。文章内容以生活体验为素材,以现实需要为触媒,以沉思为思维方式,表面显得轻灵随意、无拘无束,内里则实藏炽情热爱和玄思幽想;文章语句皆充满个性和灵性,鸟、虫、树、花皆描其状貌,风、云、雨、河皆摹其形色。作者运用富于质感的话语建构了一个形、色、味、声并俱的散文世界,使人读来如临其境,共感其情。

利奥波德在书中建构的立体多维的情感世界呈现出了作者自己的心路历程。在读大学时,利奥波德看到人们在密西西比河上筑坝、抽干沼泽致使动物植物区系灭绝,在情感上产生了"失落感";在当林务官时,他质疑牧民对狼和熊猎杀的"正确",忏悔自己猎杀灰熊的行为,感到自己"充当了一个生态谋杀者的帮凶";作为美国西南部国家森林监察官时,他悔恨自己曾是因灭绝灰狼而导致整个地区生态系统失衡的"帮凶",因而对狼怀着一种"负罪感";"我们曾立了一块碑,纪念一个物种的灭绝。这块纪念碑象征着我们的悲哀。我们感到悲恸,因为,再也不会有人看到那如潮水般凯旋而归的队伍了。"在沙乡生活中,利奥波德哀悼那棵老橡树的逝去,悲伤威斯康星最后一只美洲野牛离开和最后一棵罗盘草的消失,悲悼于沙乡旅鸽的死亡,悲叹于荒野松鸡被猎杀,悲痛于山谷中孤狼凄厉的嗥叫。热爱与崇敬、忏悔与悲伤、痛苦与欢悦的情感于《沙乡年鉴》的字里行间相激相荡,如浪涛般冲击着读者心灵的堤岸。

《沙乡年鉴》是一次将自然科学理论与人文科学理论有机融合的跨学科创作尝试,其中不仅蕴含了生态学、林学、动物学、植物学、伦理学、美学的知识,也融入了科学家的敏锐精确、伦理学家的悲天悯人以及文学家的诗情画意。作者在书中不断袒露自己的灵魂,呈现自己思想与情感的形成过程,这是作者与自我心灵的真诚对话,也是作者与读者的真诚交流。

从对土地伦理与土地美学作出诗性阐释的《沙乡年鉴》出发,利奥波德首次将人类伦理的责任、权利、义务、价值拓展到了土地,这对环境伦理学、生态伦理学、科技伦理学具有巨大的理论启示意义。如今,随着科技能力的提高,人类越来越需要用土地伦理来规约自身的行为。利奥波德"土地伦理"所倡导的人与土地和谐共处的种种观念，正逐渐成为当代人们正确处理人与自然关系的基本原则。

兰州大学文学院副院长、博士生导师
郭茂全

原序

有些人能够在没有野生生物的环境下生活，而有些人则无法忍受。我属于后者，我写下的这些文字，便代表着我们这类人的喜悦与困窘。

在野生生物未被社会进步彻底扼杀前，它们的存在就如刮风下雨、日出日落般自然。如今，我们面临的一个问题是：为追求所谓更高的"生活水平"而牺牲那些自然、野生、自由的东西，值得吗？对于我们中的少部分人而言，有机会一睹大雁的风采，远比能看上电视更为重要；看到白头翁花绽放的权利，就像我们的自由谈话的权利一样，也是不可让渡的。

我承认，直至机械化确保我们不再饥肠辘辘，直至科学揭示了野生生物从何而来又如何生存的戏剧之前，这些生物对于人类几乎没有什么价值。其实，所有的争论累积至今已经有了结论。在人类社会进步过程中，大自然回馈给我们的东西越来越少。只有极少数人发现了这一规律，而我们的反对派当然不会这样认为。

我们必须依据现状做出改变，此一拙作便是我提出的应对之策，它可以分为下述三部分。

第一部分，主要讲述我和家人在远离现代喧嚣的世外桃源——"小木屋"欢度周末时光的见闻轶事。我们这个"更大更好"的社会先是榨干了威斯康星[1]这片沙乡农场的全部价值，之后又抛弃了它。我和家人试图拿起铲子和斧头重建这个农场，寻回我们在其他地方正在失去的东西。就是在这里，我们寻求到了上帝给我们的食物与馈赠。

---

[1] 美国威斯康星州面积的45%为森林区，土地肥沃，是花旗参的主要产地，农业以奶牛饲养为主，有"美国奶牛场"之称。

我们把这些关于"小木屋"的速写文章按季节编排，构成了这部《沙乡年鉴》。

第二部分，"速写——这儿和那儿"，叙述了我生命中的一些小插曲。这些插曲在生活中给我教导，并逐渐使我发现伙伴们与我的分道扬镳。想及此，时而令我非常痛苦。这些插曲遍布整个美国大陆，纵贯40年，可以作为拥有着共同标签的"自然保护主义"问题的良好样本。

第三部分，"结论"，从逻辑学角度阐释了我们这些持有不同意见者的观点。

只有与我们这些人志同道合的读者，才会尽力尝试寻求该部分所提哲学问题的解决之道。我想，或许可以说，这些文字是在告诉我的同行们，如何重新达成意见上的统一。

自然保护主义与我们现有的亚伯拉罕式土地观念[1]背道而驰，因此逐渐沉寂了。我们之所以滥用土地，是因为我们把土地作为人类的附属财产。而唯有我们把自己视为土地的附属品时，我们才能真正做到热爱和敬畏土地。土地无法免受经过机械化全副武装的人类的影响，我们也无法在科学的前提下收获土地对于文化原本能够贡献的美。

"土地是一个群体"，这是生态学中的基本概念，但"土地值得我们热爱和敬畏"却属于伦理范畴。"土地孕育了文明"，这是尽人皆知的事实，如今却被抛到九霄云外。

我的这些文章，便是试图将这三种概念联结起来。

诚然，我对土地与人类关系的观点难免受个人经历和偏见的影响，甚至是扭曲的。但是，不论真理藏身何处，有一点却水晶般透彻——我们这个"更大更好"的社会就像患上了忧郁症，整天因经济健康问题而惶惶不安，结果反而失去了保持自身健康的能力。整个世界如此贪婪，意欲拥有更多浴盆，却丢掉了制造浴盆甚至关掉水龙头所需的稳定性。现在看来，可能没什么比健康地审视物质财

---

[1]《圣经》中亚伯拉罕对土地的理解可称之为"亚伯拉罕式土地观念"。这种传统土地观念完全从人的功利目的出发，认为土地的唯一价值就是工具价值，人始终是土地的征服者。在人类社会中，这种价值关系完全是单向的，人类仅仅满足于对土地的索取和利用，而无所谓对土地的道德责任和道德义务。

富过剩更有益的了。

也许，对照自然、野生、自由的事物来重新评估那些非自然、驯服、受约束的事物，可以帮助我们实现价值观念上的转变。

奥尔多·利奥波德

1948年3月4日　威斯康星州麦迪逊市

目 录 CONTENTS

译者序 / 1

导　读：土地伦理与土地美学的诗性阐释 / 3

原　序 / 13

卷一　沙乡年鉴

1月 / 3
　　残雪消融 ································· 3

2月 / 6
　　优良的橡树 ······························· 6

3月 / 16
　　大雁归来 ································ 16

4月 / 21
　　春潮涌动 ································ 21
　　葶苈 ···································· 23
　　大果栎 ·································· 24
　　空中飞舞 ································ 26

5月 / 31
　　从阿根廷归来 ···························· 31

6月 / 34

桤木汊——一首关于垂钓的叙事诗 ……………… 34

7月 / 37

庞大的领地 ……………………………………… 37
草原的生日 ……………………………………… 39

8月 / 45

绿色大草原 ……………………………………… 45

9月 / 47

丛林里的唱诗班 ………………………………… 47

10月 / 49

烟雾缭绕的金色 ………………………………… 49
太早 ……………………………………………… 52
红灯笼 …………………………………………… 54

11月 / 58

如果我是风 ……………………………………… 58
手中的斧头 ……………………………………… 59
坚不可摧的堡垒 ………………………………… 63

12月 / 67

家的范围 ………………………………………… 67
雪中松树 ………………………………………… 69
65290 …………………………………………… 74

卷二　速写——这儿和那儿

威斯康星州 / 81

- 沼泽地的悲歌 …… 81
- 沙乡 …… 86
- 漫长的奇幻之旅 …… 88
- 旅鸽纪念碑 …… 92
- 夫兰波河 …… 94

伊利诺伊州和爱荷华州 / 99

- 伊利诺伊的巴士之旅 …… 99
- 红腿的挣扎 …… 101

亚利桑那州和新墨西哥州 / 103

- 最高峰 …… 103
- 像山那样思考 …… 107
- 埃斯库迪拉山 …… 110

奇瓦瓦州和索诺拉州 / 114

- 瓜卡马亚 …… 114
- 绿色潟湖 …… 116
- 加维兰之歌 …… 122

俄勒冈州和犹他州 / 126

- 鹊巢鸠占 …… 126

马尼托巴湖 / 130

- 克兰德博伊 …… 130

卷三　结论

环境保护主义美学 / 137

美国文化中的野生生物 / 147

荒野 / 156

  残存无多的荒野 …………………………… 156
  用于户外娱乐的荒野 ……………………… 159
  用于科研的荒野 …………………………… 161
  野生生物的荒野 …………………………… 164
  捍卫荒野 …………………………………… 166

土地伦理 / 167

  伦理的演化序列 …………………………… 167
  群体的概念 ………………………………… 169
  生态良知 …………………………………… 171
  土地伦理的托词 …………………………… 173
  土地金字塔 ………………………………… 176
  土地健康与A—B争论 ……………………… 181
  结论 ………………………………………… 183

另一些与森林、土地和动物相关的文字 / 185

  11月的流浪 ………………………………… 187
  圣母玛利亚之河 …………………………… 190
  客厅里的猪 ………………………………… 195
  荒野 ………………………………………… 196
  致挖野花者的一封信 ……………………… 199
  野草是什么 ………………………………… 201

森林维护	205
害兽问题	208
一种广为流传的荒野谬论	210
林业保护与狩猎动物保护	213
冰雹环境下针尾鸭的行为注解	220
林业的先知	221
拓荒者与沟壑	230
荒野作为土地利用的一种形式	237
美国的狩猎方式	246
狩猎与野生生物保护	254
尚未开发的西南部	259
环境保护的伦理	268
环境保护经济学	281
土地病理学	292
濒危物种	298
工程与保护	302
作为保护主义者的农民	308
土地生物观	319
新年的清单检查：消失的狩猎动物	327
荒野作为土地实验室	329
最后的战役	331
生态良知	335

动植物名对照表 / 345

A Sand
County Almanac

卷一 | 沙乡年鉴

东蓝鸲

1月

残雪消融

每年，在隆冬的暴风雪过后，冰雪消融的夜晚来临，大地之上滴落的水声随处可闻。这些水声似乎带来了奇特的萌动，不但唤醒了夜间正在熟睡的动物，也叫醒了一些还在冬眠的生命。蜷缩在小窝里冬眠的臭鼬，此时也舒展舒展身体，拖着肚皮滑过雪地，在潮湿的世界里试探性地前行。年复一年，它的踪迹可谓新年伊始最早的标志之一。

对其他季节中的世事而言，这一踪迹或许微乎其微，然而此时，这个足迹横贯田野，仿佛它的主人已经将马车系在了星辰之上，信马由缰。我一路追随过去，满怀好奇地推衍它所思所求、所去何处——如果它有的话。

一年之中有几个月，确切地说是从1月到6月，吸引人的东西呈几何级增长。1月，我们可以依着足迹寻访臭鼬，可以闻声寻找山雀，可以去看一看被鹿儿啃了嫩枝的松树，抑或去瞧一瞧被水貂搅得乱七八糟的麝鼠窝儿，就算偶然有些别的令人分心的事情，1月的观察，仍然犹如雪花一般简单平静，又如寒冷一般漫长。在这个时节，不仅要观察何物所做何事，更要推测它如此行动的原因。

一只草原田鼠似乎被我这个不速之客惊到了，猛然一跳，跃过臭鼬留下的痕迹逃窜而去。我很好奇，它为何大白天栖身于此？也许是感到残雪融化，悲从中来吧。当初它煞费苦心嚼穿雪下草丛而修建的秘密通道，如今已暴露无遗，成为人们一眼就能看清并置以讥笑的小路。的确，融化冰雪的太阳已经对这个"微型经济系统"发出了嘲笑之声！

□ 臭鼬

臭鼬是一种性格温和的动物，喜爱在黄昏和夜晚广外活动，它们在秋末时会变得非常胖，且在冬季会比在夏季时更加活跃。

田鼠是大自然中头脑清醒的"公民"，它们知道，芳草菁菁才能供它们铺垫地下草窖，白雪皑皑才能掩护它们秘密建立地下通道。有了这些通道，供给、需求和输送，一切都井然有序。对田鼠而言，积雪意味着免受饥饿，摆脱恐惧。

一只毛脚鵟在前方草地的上空翱翔着。现在，它突然停了下来，像翠鸟那样盘旋，之后宛若长了羽毛的炸弹一般，"嗖"地扎进了湿地草丛。它没有再次飞上来，所以我相信它已经得手，此刻正在美美地享用大餐。这只忧心忡忡的田鼠，像工程师一样迫不及待地想检查它有序的世界遭受了怎样的损害，由于未能等到晚上再出来探查情况，就这么成了别人的腹中之物。

毛脚鵟不知道草为什么要生长，却很明白，雪融化了，它便可以再次抓到老鼠了。它从迢迢千里的北极一路飞来，正是怀着"融化"的希望，因为，冰雪融化，意味着免受饥饿和摆脱恐惧。

臭鼬的踪迹一直延伸到树林里，穿过林间空地。空地上的雪早被兔子踩得结结实实，略呈粉色的尿液还斑驳残留在雪面上。橡树因冰雪融化而从树皮中抽了新芽。林中到处可见一簇簇兔毛，看来，新年伊始，雄兔之间的第一波战斗已然拉开帷幕。

再往前几步是血迹斑斑的地面，依稀可辨猫头鹰宽大翅膀掠过的痕迹。对于兔子而言，冰雪消融意味着免受饥饿，也意味着粗心地忘记了恐惧。猫头鹰似乎是在提醒它，春天来了固然可喜，但绝不可以放松警惕。

臭鼬的踪迹还在延伸，似乎它对可能的食物没有什么兴趣，也不在乎邻居的嬉闹喧嚣或下场如何。我很好奇，它究竟想做什么呢？为什么离开舒适的小窝？难道这家伙还真是因为浪漫的情趣，才如此不顾一切，拖着肥硕的肚皮来到这泥泞之中？我一路追踪到头，发现它的踪迹消失在一堆浮木中，再没有出现过。浮木堆里传来"嘀嘀嗒嗒"的水声，我想它一定也听到了。我转身回家，一路上仍然想知道究竟。

2月

优良的橡树

如果没有自己的农场,那么你的精神世界会面临两种危险:其一,你会想当然地认为食物来自杂货店;其二,你会认为一切热量当然都来自暖气。

为避免第一种危险发生,你应该种植一个菜园,尤其是在没有杂货店的地方开垦一片菜园,这样你就不会困惑食物究竟来自哪里了。

为避免第二种危险发生,你应该劈几段上好的橡木放在炉架上,最好不要再用暖气,这样一来,尽管2月的暴风雪吹得窗外树木摇摇曳曳,你还是能感受到橡木带来的温暖。如果你去砍倒、劈开、拖运、堆放自己的橡木,你就会掌握大量细节,更清楚地知道热量真正的来源,不会再像周末围在散热器旁取暖的城里人一般,认为热量当然来自暖气片。

这棵特别的橡树原本生长于通往沙丘的西进运动[1]移民之路旁边,此刻它正在我的柴架上熊熊燃烧。砍伐之后,我曾测量过它的树桩,其直径足有30英寸(1英寸等于2.54厘米)。从侧面观察,我发现这棵橡树有80圈年轮,也就是说,它的幼苗形成第一圈年轮的时间应该在1865年,即南北战争结束那年。根据我对橡木生长过程的考证,一棵橡树从萌芽生长到兔子够不到的高度,至少需要十年以上的时间,而且每逢冬季还要蜕皮,等到来年夏天再长出新的树皮。事实上,有

---

[1]西进运动(Westward Movement)是指美国东部居民向西部地区迁移和进行开发的群众性运动,始于18世纪末,终于19世纪末20世纪初。——译者注

一点特别清楚，那就是：一棵橡木能够幸存下来，其实是兔子们疏忽大意或数量骤减的结果。希望有一天，某位有耐心的植物学家也许能够绘制一条关于橡木出生年份的频率曲线，从曲线上我们可以看出，每十年出现一个峰值，橡树出生的峰值年一定是兔子繁殖最少的年份。（动物种群和植物种群正是通过物种间的永恒斗争，才实现了整体的繁衍生息。）

　　由此推断，19世纪60年代中期可能出现过一次兔子的繁衍低潮期，那时，我的橡树已经开始有年轮的痕迹。但是长出这棵橡树的橡子却是在之前的十年落下的，当时西进运动的大篷车应该正好途经此地。也许正是因为当年车水马龙的移民交通，才把该地冲刷和磨损成如今这幅光秃秃的模样，也让这颗橡子得以向着太阳萌生自己的第一片枝芽。一千颗橡子中，只有这一颗橡子能生长到与兔子抗衡的高度，其余的则刚出生就被淹没于茫茫草原了。

　　这棵橡树没有被淹没，因而沐浴了八十年的六月阳光，想到此，我心中不由得暖意滋生。此刻，阳光正从我的斧头和锯子之间流淌出来，它挨过了八十年来的暴风雪，温暖着我的小屋和心灵。从我烟囱里冒出来的袅袅青烟，似乎在向任何可能的有关见证者诉说，太阳的照耀可不是徒劳无功。

　　我的狗可不关心热量从哪儿来，只要快点暖和起来就好，越快越好。实际上，它笃信我有创造热量的魔力。每当我在黎明前的一片漆黑与冰冷中挣扎着爬起来，瑟缩着在炉子里生火时，它总很温顺地趴在我和堆置在灰烬上的柴火之间，我只好穿过它的狗腿，把划着的火柴伸到柴火堆里。这种笃信，在我看来算

□ 松鼠

　　与大多数人的印象不同，生活在树上、有毛茸茸的大尾巴、会抱着松果啃的松鼠，其实只是松鼠科物种中的一个小分支。在各种陆地生境下，从海拔6000余米的雪山到太平洋中的热带岛屿，从西半球到东半球，都有松鼠活跃的身影。

是感天动地了。

轰隆隆一道闪电，结束了这棵特殊橡树的木材制造能力。那是7月的一个晚上，我们都被雷鸣惊醒了。我们听到雷电好像击中了附近的什么东西，不过好在没有击中我们。既然没有击中我们，我们就回去接着睡觉了。人类总是喜欢以自身去考验所有事物，在雷电面前更是如此。

第二天清晨，我们沿着沙丘漫步，看到雨后清新的雏菊和草原苜蓿而为之欣喜。徜徉间，我们意外地发现一块厚厚的树皮，像是刚被从路边橡树上撕扯下来的。橡树树干露出一条长长的螺旋状疤痕，有一英尺宽，裸露的木质还是白色的，尚未被太阳晒黄。第二天，树叶便枯萎了。我们知道，闪电赠给了我们几大捆准木柴。

失去这棵老橡树固然令人惋惜，但我们也明白，沙丘上还有一排排它的子孙，笔直而坚挺，已然接手了老橡树制造木材的使命。

我们把死去的老橡树在阳光下暴晒了一年，使其干燥，之后在一个清凉的冬日，用一把刚被锉子磨砺过的锯子将它锯断了。历史的碎屑从呲呲的锯声中飘洒而出，透着芬芳的气息，在跪着的锯木者面前的雪地上慢慢堆积。我们深知这两堆木屑的意义远比木材本身更为重要，它们是一个世纪的综合断面。这锯子沿着它的年轮，一圈又一圈，十年又十年，锯入这橡树由同心圆画成的一生的年表。

锯子来回拉了十几下，便来到我们拥有这棵橡树的时期。在拥有它的这几年里，我们已经学会了热爱与珍惜这片农场。不知不觉中，我们开始切割到橡树前任主人的时期。那是造私酒时代，他们痛恨这个农场，榨干了其仅剩的一点肥沃土地，烧掉了农舍，把它抵押给政府部门（据说同时抵押的还有一些拖欠的税款），之后便消失在大萧条时期失地无名氏的洪流之中了。不过，老橡树也曾为他贡献过不少优质木材，那时的木屑与我们的木屑一样芬芳、优质和粉嫩。橡树对所有人都是一视同仁的。

造私酒者因沙尘和干旱放弃了对农场的管理，具体时间已经失落无考，大抵是在1936年、1934年、1933年或1930年。那些年里，从他蒸馏室里冒出的橡木浓烟，从焚烧的沼泽地里散发的黑炭烟，一定遮住了太阳的光辉。这片土地经历大萧条时期的保护主义，然而锯末却未显示丝毫变化。

"休息一下吧！"主事的锯工喊道，于是我们停下来稍事休息。

现在我们锯到20世纪20年代了，也就是巴比特[1]时代的十年。这十年，在失慎与傲慢的情绪浸染下，所有事物都变得越来越大、越来越好，直到1929年股市崩盘结束了这好大喜功的一切。即使橡树有所知，估计它也会不为所动。它不会在意立法机关颁布的几个关于保护树木的条例，比如1927年的《国家森林和森林作物法》、1924年的《密西西比河上游河谷低地保护条例》以及1921年的《新森林法》。它不会留意美洲貂在1925年灭绝，也不会留意椋鸟在1923年第一次造访这里。

1922年3月，一场大冰雹把旁边的榆树撕扯成碎片，枝枝叶叶散落一地，但我们的橡树却没有半点被毁坏的迹象。这可是大约一吨的冰雹，不过，这对一棵好橡树而言又算得了什么呢？

"休息吧！"主事的锯工喊道，于是我们停下来喘口气。

现在我们锯到了1910至1920年间，这是人们做排水梦的十年。蒸汽挖掘机完全占据了威斯康星州中部的沼泽地，希望能吸干沼泽，造就万顷良田，结果却造成废土废渣遍地堆积。我们这片沼泽地逃过一劫，倒不是因为工程师们的谨慎或忍耐，而是因为每年4月河流的洪水泛滥。也许这种泛滥是为了复仇，还是防御性复仇，尤其是在1913至1916年间最为激烈，结果让工程师们功亏一篑。这棵老橡树依旧安然无恙，即使在1915年最高法院废除州属森林之时。当时的州长菲利普断言："州属森林不是什么好的商业提案。"（州长并没有想到，什么是"好"，甚至什么是"商业"，它们的定义并不唯一。他也没有想到，法院在法律条例中写下一个"好"的定义，而大火可能在地面上给"好"下了另一个定义。也许，身为一州之长，就必须在此类事件上不要有所怀疑。）

在这十年里，林业处于倒退时期，而动物保护却得到了大力推进。1916年，雉科鸟成功在沃基肖县安家落户；1915年，联邦出台法律禁止春季狩猎；1913年，州属野生动物农场成立；1912年，《雄鹿法》[2]颁布以保护雌鹿；1911年，

---

[1] 美国作家辛克莱·刘易斯的长篇小说《巴比特》塑造了地产商巴比特这个典型的商人形象，折射出20世纪20年代美国经济繁盛时期实用至上和商业主义的众生相。

[2]《雄鹿法》规定，猎人只能猎取雄鹿，以保护当地野鹿种群。

动物保护区如雨后春笋般涌现，遍布全国。"动物保护"俨然成了一个流行的"神圣"字眼，不过老橡树依旧是置若罔闻。

"休息吧！"主事的锯工喊道，于是我们停下来稍事休息。

现在我们锯到了1910年。这一年，有位伟大的大学校长[1]出版了一本关于保护自然环境的著作；叶蜂泛滥成灾，几百万棵落叶松因此枯萎；天气干旱，松树大面积枯死，一辆巨大的挖掘机排干了霍里孔沼泽。

我们锯到了1909年。这一年，胡瓜鱼首次在五大湖地区养殖；同时考虑到当年夏季雨水充沛，立法机关削减了一部分森林防火经费。

我们锯到了1908年。这一年十分干旱，是森林火灾最为严重的一年；这一年威斯康星州送走了最后一只美洲狮。

我们锯到了1907年。这一年，一只流浪的猞猁在寻找希望之乡时不慎走错方向，在戴恩县农场失去了生命。

我们锯到了1906年。这一年，州政府的首任林务官走马上任，但大火却烧毁了沙乡17000英亩（1英亩约等于4046.85平方米）的山林。我们锯到1905年，这一年从北方飞来一群苍鹰，吃光了当地的松鸦（苍鹰们无疑曾落脚在我们的橡树上吃了一些松鸦）。我们锯到1902年至1903年间，那年冬天很冷。我们锯到了1901年，那年遭遇了有气象记录以来最为严重的干旱，全年降雨量只有17英寸。我们锯到了1900年，一个寄托希望与祈祷的世纪之年，而对橡树来说，也只不过是又多了一圈年轮。

"休息吧！"主事的锯工喊道，于是我们停下来稍事休息。

现在，我们锯到19世纪90年代——被那些眼光转向城市而非土地的人称为"欢乐时代"的年代。我们锯到1899年，最后一只旅鸽在北部两个县的交界处——巴布科克附近遭遇枪击。我们锯到1898年，当时秋季干燥，冬季无雪，土地冻到7英尺之深，冻死了无数棵苹果树。我们锯到1897年，又是一个干旱之年，又一家林业委员会成立。我们锯到1896年，那一年仅斯普纳一个村子就向市场输

---

[1]指前威斯康星大学校长查尔斯·R.范海斯，著有《美国自然资源的保护》一书。他提出的"服务应该成为大学的唯一理想"的办学理念成为世界公认的大学社会服务的典范和旗帜。

送了25000只草原松鸡。我们锯到1895年,那是一个森林火灾频发的年份。我们锯到1894年,又是一个干旱严重的年份。我们锯到1893年,也就是"蓝鸽风暴"年,当时3月的一场暴风雪几乎把迁徙途中的蓝鸽赶尽杀绝。(第一批迁徙的蓝鸽总是停靠在这棵橡树上休息片刻,但到了90年代中期,它们却停也不停了。)我们锯到了1892年,又是一个森林火灾频繁的年份。我们锯到1891年,松鸦进入繁殖低潮。我们锯到1890年,这一年,有人发明了巴布科克牛奶测试仪,因此半个世纪后,州长海尔得以吹嘘"威斯康星是美国的乳制品圣地"。现

□ 橡树

橡树高大壮硕,易生长,且是世界已知的最古老的活生物,每棵橡树均可长到400岁以上,美国加州更是有一棵高寿13000岁的古橡树。橡树也是美国的国树。

在,这句话在威斯康星州随处可见,连摩托车牌照上也能看到,估计连巴布科克教授本人也没料到这种情况。

同样在1890年,我们的橡树见证了历史上最大的松木筏沿着威斯康星河顺流而下,支援建设红色牛棚帝国,保护草原各州的牛。那些上好的松树为牛儿抵御暴风雪,就像这棵好橡树为我抵御暴风雪一样。

"休息吧!"主事的锯工喊道,于是我们停下来稍事休息。

现在,我们锯到19世纪80年代:1889年,又是十分干旱,这一年首次宣布设立了植树节;1887年,威斯康星州任命了首批狩猎监督官;1886年,农学院首度针对农民开办了一次短期培训;1885年,威斯康星州经历了前所未有的"漫长而寒冷"的冬天;1883年,亨利院长发表报告说,麦迪逊市这一年春天的花期比往年平均延迟了13天;1882年,受1881年末至1882年初的历史性的"大暴雪"和严寒

□ 田鼠

田鼠从不冬眠，皑皑白雪为饥肠辘辘的它们提供了绝佳的防护，但在冷冽的空气中，气味更加明显的不止食物，还有它们自己。

天气影响，门多塔湖比往年延迟一个月解冻。

也是在1881年，有个问题引起了威斯康星州农业协会的激烈讨论，即："众所周知，黑橡木在过去的30年里已经遍布全国，我们怎么看待它们数量上的二次增长？"我的橡树也是在这个时期生长起来的。一种与会者认为是自然繁衍，另一种与会者则认为是鸽子在南行时吐落橡实造成的。

"休息吧！"主事的锯工喊道，于是我们停下来稍事休息。

现在，我们锯到了19世纪70年代，这是威斯康星州盛产小麦的十年。在1879年的某个星期一早晨，威斯康星州的农民终于意识到他们的土地的贫瘠，加上麦长蝽、蛴螬、锈病等原因，他们无法与西部草原竞争小麦的种植。我估计，现属于我的这个农场也参加了这种竞争，我的橡树北面的流沙就是起源于这里的过度种植。

同样是在1879年，威斯康星州首次养殖鲤鱼，也首次从欧洲偷运来匍匐冰草。1879年10月27日，6只迁徙途中的草原松鸦栖息在麦迪逊市德国卫理公会教堂的树上，鸟瞰着这座生机勃勃的城市。11月8日，据记载，麦迪逊市场上10美元一只的鸭子到处可见。

1878年，一位来自索克拉皮兹的猎鹿者预言道："猎鹿的人将比鹿还多！"

1877年9月10日，两兄弟在马斯克戈湖狩猎，一天内猎杀了210只蓝翅鸭。

1876年，累计降雨量达到50英寸，算是有气象记录以来最湿润的年份。草原松鸦的数量锐减，或许跟大雨有关。

1875年，4个猎人在约克郡（美国东部的一个县）大草原收获153只草原松鸦。

同一年，美国渔业委员会在戴威尔湖养殖大西洋鲑，就在我们橡树南面10英里的地方。

1874年，第一批工厂制造的铁丝网被钉在橡树上，但愿我的锯子在锯的过程中不会碰到这该死的人工制品！

1873年，芝加哥的一家公司收购并向市场投放了25000只草原松鸡。芝加哥交易所收购了60万只草原松鸡，单价是每打3.25美元。

1872年，最后一只野生的威斯康星州火鸡被猎杀，地点在威斯康星州西南边，两个郡县以外的地方。

可以这么说，这十年结束了小麦种植的狂欢，也结束了拓荒者立于鸽子血泊之上的狂欢。1871年，从我们的橡树向西北方向走50英里，有一个三角地带，估计有1.36亿只鸽子在那里筑巢，有的已经安家落户，因为那时这里的小树已经长得有20英尺高。猎鸽人使用网、枪、棍棒或盐渍地诱捕鸽子，并把这些未来的鸽肉馅饼源源不断地运输至东部和南部城市。这应该是它们在威斯康星州最后一次大规模筑巢，而且几乎是在任何州的最后一次。

也是在1871年，帝国的行军又遇到了新的困难：一个是佩什蒂戈大火[1]，这场大火几乎烧毁了两个郡县的森林和土地；另一个是芝加哥大火[2]，这场大火据说是从一头母牛为宣泄不悦的踢蹬开始的。

1870年，田鼠已经开始上演它们的帝国行军，吃光了新设州府的新果园，之后便死去。我的橡树倒是安然无恙，也许是因为橡树皮对于老鼠而言太硬且厚了吧。

同样是在1870年，一个狩猎者在《美国体育人》节目上大肆炫耀自己的战绩，宣称自己在3个月内在芝加哥周围猎杀了6000只鸭子。

---

[1]佩什蒂戈大火——1871年10月8日，美国中西部经历了一场来势汹汹的火灾，烧毁了威斯康星州佩什蒂戈周围6100平方公里的土地（2300平方英里）。有1500到2500人在此次火灾中遇难，是美国历史上最惨重的火灾伤亡。——译者注

[2]1871年10月8日21点45分，芝加哥的星期天夜晚，一头倔强的奶牛踢翻了放在草堆上的油灯，制造了惨绝人寰、震惊世界的火灾。30小时的噩梦几乎摧毁了当时美国发展最快的城市，据官方统计，这次大火使10万人无家可归，300人丧命，死伤牲畜不计其数，间接损失更无法估算。——译者注

□ 麻雀

麻雀性极活泼且好奇心较强,多活动于有人类居住的地方,它们胆大而易近人,乖巧机警而又颇为讨喜。

"休息吧!"主事的锯工喊道,于是我们停下来稍事休息。

我们锯到19世纪60年代,当时数以千计的人为解决一个问题[1]而牺牲,即:人与人组成的群体是否会轻易瓦解?牺牲者解决了这个问题,但是他们没有看到,我们也没有看到,同样的问题也出现在了人和土地组成的群体之中。

这十年也并非没有人进行过重大探索。1867年,著名地质学家英克里斯·A.拉普姆[2]说服园艺协会设立了植树造林专项基金。1866年,威斯康星州土生土长的最后一只驼鹿被猎杀。我们现在锯到1865年,也是橡树年轮中木髓的那一圈,这一年,约翰·缪尔[3]要求从他兄弟手中购买一块土地,用来给那些曾在年轻时代带给他快乐的花花草草一个保护所。当时他兄弟拥有一块农场,离我们的橡树不远,大约在东边30英里处。他兄弟拒绝转让土地,但是他又无法抑制这种想法,因为1865年在威斯康星州历史上具有非凡的意义,是自然、野生和自由之保护意识的诞生年。

我们已经锯到了橡树的核心,从现在开始,我们朝着与之前截然相反的历史方向前进。我们之前是追溯历史,现在换成顺叙的方式。哦,最后,大树有些晃动,锯痕也开始变大,锯工们迅速抽回锯子,退后到安全地带。我们所有人都欢呼:"快倒了!"我们的橡树开始倾斜,发出"吱吱"的响声,然后"咔嚓"一

---

[1]指南北战争。
[2]英克里斯·A.拉普姆(1811—1875年),美国地质学家。
[3]约翰·缪尔,美国最著名、最有影响力的自然主义者和环保主义者之一,著有《加利福尼亚的群山》《我们的国家公园》。

声向地面轰然倒下，最后的"咔嚓"声简直像打雷一样震耳欲聋。橡树一动不动地躺在了曾给它生命的西进之路上。

现在该制造木材了，我们用大锤猛击钢楔，树干被劈成一块块厚木板，碎末四溅，不断散发出芳香的气味。这些碎块躺在路边，等着我们用绳索将其捆起来。

对历史学家而言，有一个关于锯子、楔子和斧头具有不同功能的寓言。

锯子只能按部就班地横穿树干，有顺序地穿过一年又一年。每一年，锯齿上都会拉出一些历史事实的碎末，这些碎末逐渐累积成一小堆，伐木匠称之为锯末，而历史学家则称之为史料。不论是伐木匠还是历史学家，二者皆是通过显露在外的样本特征，评判蕴含其中的内在性质。树倒下来，横截面完全切断了，才能看到其中蕴藏的百年风景。橡树倒下去了，我们才得以见证所谓"历史"的大杂烩。

楔子是在径向裂口中工作，制造更大裂口，让历史总览立刻显现在你面前。当然，也许你什么都看不到，这得看你选择径向裂口的技术如何了。（如果你游移不定，最好再等一年，待裂口发展成熟；如果你着急使用了楔子，往往会让楔子陷入树干的裂纹中，不但看不到你想看的结果，还会让楔子锈在里面。）

斧头的作用，是沿对角砍伐历史树干，不过这样只能让我们看到年轮外围。此外，斧头还有个特殊功能，那便是修整树枝，这是锯子和楔子无法替代的功用。

这些工具是处理好橡树的必备条件，也是挖掘史料的必备工具。

我正沉浸在对这些问题的思考中，只听见水壶发出悦耳的沸腾声，好橡树已经变成了白色炉灰上红彤彤的木炭。待到春天归来，我会把这些灰烬撒到山脚下的果园，届时它们将重回到我身边，或许是以红苹果的形式，或许是以某种精神力量的形式——这种精神力量会让10月里肥硕的松鼠莫名其妙地投入到播种橡实的事业中。

3月

大雁归来

一燕不成夏，不过当看到成群成群的大雁冲破3月的冰雪消融时，我们知道，春天真的来临了。

□ 红衣主教雀

主红雀，因其一身红衣，外形气派，也被称为红衣主教雀。主红雀歌声婉转，曲调众多，日日欢歌于山林水涧。

主红雀欢欣地唱着残雪消融的春之歌，可惜，没过多久，它便发现自己好像搞错了，于是重新回到冬季时的沉默状态以纠正它所犯的错误。一只花栗鼠偷偷出来，本想晒一下日光浴，不料却赶上一场暴风雪，它只好回到洞穴里乖乖睡觉。但是，对于一只在黑夜里飞行了200英里的大雁来说，它为了在湖面上找到一个融化的冰洞而决定长途迁徙，现在想要退回去是不大可能的。它是抱着孤注一掷的先知一般的信念而来的。

如果你没有在漫步时仰望天空，抑或竖起耳朵来倾听一下雁鸣，那么3月的早晨对你而言是单调乏味的。我曾经认识一位学识渊博的女士，是美国大学优等生荣誉学会的一员，她说自己从未见过，也从未听到过什么大雁，尽管这些昭告着冬去春来的大雁一年两次从她隔热良好的屋顶上飞过。难道教育的过程就是让人学习鲜有价值的东西吗？若是如此，那么学习大雁得来的很可能就是一堆羽毛。

其实大雁懂得很多事情，它们不但向我们的农场宣告季节的变换，而且还懂得威斯康星州的法律。11月南行的雁群从我们上空高高飞过，它们似乎傲视一切，即使发现了最爱的沙洲和沼泽，也不会心动。大雁的目标是往南20英里处的大湖，在那里，它们白天可以在宽阔的水面上游荡，晚上可以偷偷溜到刚刚收割过的玉米地里啄食玉米。它们目标之坚定，就连一向以直线飞行的乌鸦也难以比拟。11月的大雁懂得，从黎明到傍晚，每块沼泽和池塘都布满了猎杀它们的枪支。

3月的大雁则又是另一番光景了。尽管它们在冬季的大部分时间里都遭遇过枪击，从它们受伤的羽翼上可以看到大号铅弹的痕迹，但它们知道，春天休战[1]的时刻已经到来。它们沿着河流弯弯曲曲地盘旋，低低地掠过已无猎枪的沙洲和岛屿，仿佛遇到阔别多年的老友，对着每个沙洲喋喋不休地倾诉。大雁轻轻掠过一片片沼泽和草地，向刚融化不久的水洼和池塘问好。终于，在沼泽上空象征性地迁回了几圈之后，我们的大雁合上翅膀，悄无声息地滑到池塘边，缓缓地扇动着黑色的翅膀，将白色的臀部朝向远处的山丘。在翅膀沾水的刹那，我们这些新到的客人立刻兴奋地尖叫起来。它们用翅膀拍打着水面，溅起阵阵水花，把干枯的香蒲上残留的最后一点冬日的感觉抖落得了无踪迹。我们的大雁回来了！

每年这个时候，我都无比希望自己是一只麝鼠，藏在沼泽更深处，将此时此地发生的一切尽收眼底。

待第一群大雁落户这里之后，它们便会不停地叫唤，盛情地邀请迁徙途中的雁群。过不了几天，沼泽里的大雁便随处可见了。我们的农场里有两个标准可以衡量春天是否富足，一个是种植了多少松树，另一个则是留住了多少大雁。1946

---

〔1〕越冬后的野兽往往瘦弱且皮毛较差，加之春季是动物的繁殖季节，种种因素导致春季有禁猎的传统。秋季是最佳的狩猎季节。

年4月11日，我们的记录是，642只大雁栖息在这里。

和秋天一样，我们的春雁也会每天光顾玉米地，只不过，它们不会晚上偷偷摸摸地溜到这里。它们会在白天成群结队，尖叫着熙熙攘攘地飞往玉米残株，在那里度过一整天，然后再更热闹地飞回来。从玉米地归来的雁群不会再在沼泽上空象征性地盘旋了，而是像枫叶一样，忽左忽右，飘飘荡荡地向下滑行，倏地从空中翻落下来，向着下面欢呼的雁群伸展双脚。我想，随之而来的咕哝声正是它们在讨论当日晚餐的优点。那些残留的玉米被厚厚的积雪覆盖着，所以才侥幸没被那些同样正在寻找玉米的乌鸦、棉尾兔、田鼠和野鸡发现。

显然，雁群选取作为食物来源的玉米残株通常原属草原地带。而雁群偏爱草原地带生长的玉米，不知是否因为草原玉米拥有更高的营养价值，或是源自草原时代以来祖先留下的传统。也许这只能反映一个比较简单的事实，那就是，草原玉米地的面积往往比较大。如果我能够听懂这些大雁在每次往返玉米地前后的喧闹与辩论，也许就能很快知晓它们偏爱草原玉米的原因了。但是，我听不懂。我很高兴自己听不懂，我认为神秘的东西就应该让它继续神秘下去。如果我们对大雁的一切行为都了如指掌，那这个世界岂不是无聊透顶！

通过观察春雁的日常规律，我们注意到，孤雁普遍会不停地四处飞，而且不停地鸣叫。我们常常把它们的这种叫声赋予一种凄厉的基调，贸然断定它们是伤心的鳏夫，或寻找丢失孩子的父母。经验丰富的鸟类专家认为，这种对鸟类行为

□ 大雁

每到迁徙之时，大雁就会展现出一种互助的集体精神，它们会保持严格而整齐的"人"或"一"字队形，以让头雁产生的上升气流减轻后方大雁的飞行负担，从而利于整个群体持续飞行。

的主观性诠释是非常有风险的。在这个问题上,我长期以来都秉持开放的心态,尽量不要将其行为定性为这样或那样的原因。

6年来,我和我的学生们一直在观察每一群大雁的具体数量,发现了一些意料之外的现象,也许可以解释孤雁出现的原因。通过数学分析,我们发现,6或6的倍数只的雁群明显比孤雁要多得多。换句话说,雁群是一个家庭,或者是几个家庭的组合,而春天的孤雁恰恰是我们之前所假设的那样,是冬天遭遇猎杀、痛失亲人的幸存者,正在徒劳地四处搜寻亲人的下落。有此证据,我们确实可以毫无顾忌地将孤雁的叫声诠释为凄厉的哀鸣了。

单调枯燥的数学竟然能证实爱鸟者的伤感情怀,这也着实不常见。

4月的傍晚已经足够温暖,人们可以闲坐户外了。这时候,我们喜欢倾听沼泽地的"会议记录"。很长一段时间,这儿静悄悄的,寂静得能听到鹬鸟拍打翅膀的声音,远处猫头鹰的低声"咕咕",抑或是那些多情的白骨顶鸡鼻子里发出的"咯咯"叫声。突然间,一声刺耳的雁鸣在耳畔响起,雁群里立刻传来一阵闹哄哄的回音。有羽毛拍打水面的"噗嗤"声,有用蹼划动水面推动黑色"船头"的"哗哗"流水声,也有围观者激烈争论的大呼小叫声。终于,一只声音低沉的大雁发出极具权威的号令,乱哄哄的喧闹声立刻减弱了一半,成为只能隐约听得见的小声辩论,直至最后变成了窃窃私语。此时此刻,我再次想到:我若是一只麝鼠该多好啊!

待到白头翁花烂漫盛开时,雁群便开始减少了。还未到5月,我们的沼泽地便又一次长出青草,成为一片湿地,只有白眉歌鸫和秧鸡在这里走动,也是它们才让这里尚存一丝生气。

历史总是如此讽刺。在1943年的开罗会议上,几个大国竟然结成了联盟[1]。在大雁的世界里,这种整体的观念却是由来已久。每年3月,它们都以生命作赌注,坚持和传承这份信念。

最开始是冰原的统一,然后是3月冰雪消融的联合,之后是雁群跨越七大洲四

---

[1]指联合国。

大洋集体向北的迁徙逃亡。自更新世[1]以来，每逢3月，从中国海域到西伯利亚大草原，从幼发拉底河到伏尔加河，从尼罗河到摩尔曼斯克港，从林肯郡到斯匹次卑尔根岛，雁群吹着号角集合。自更新世以来，每逢3月，从柯里塔克到拉布拉多，从玛塔姆斯克依特湖到昂加瓦湾，从马蹄湖到哈德逊湾，从艾弗里岛到巴芬岛，从潘汉德尔到麦肯齐河，从萨克拉门托到育空河，雁群吹着号角集合。

雁群在不同国家之间迁移，带着伊利诺伊州的玉米残株，穿越云端，来到北极的冻土地带，在那里沐浴着6月极昼时节的充足阳光，在地上孵出小雁。每年，雁群以食物换取阳光，以冬季暖阳换取夏季宁静，在这一年一度的交易中，整个大陆也收获硕果，这硕果便是一首从阴郁天空洒向3月春泥的狂野诗歌。

---

[1]更新世亦称洪积世，这一时期绝大多数物种与现代物种相似，由英国地质学家莱伊尔于1839年创用，1846年福布斯将更新世改称为冰川世。

4 月

春潮涌动

大河总是流经大城市。按照这个逻辑推理，小农场通常在春天洪水泛滥时孤立无援。我们的农场就是个小农场，所以我们若是在4月时去那里，难免要焦头烂额。

在一定程度上，我们可以根据天气预报猜到北方积雪何时融化，估算出洪水冲破上游城市堤坝需要多少时日。当然了，我们的预测并非一定会成真。倘若真能如此精确地推算出洪水泛滥的时间，假设周日晚上会发洪水，那么我们就必须在周日之前赶回城里做准备。问题是，我们无法如此精确地预知时间。蔓延的水流潺潺，仿佛在轻声悼念周一早上因其罹难的残骸。雁群巡视着一片又一片玉米地，目睹玉米地变成一片

□ **农场边的河流**
　　河流是农业生产所必不可少的水源之一，它滋养了流经之处的土地、动植物与人类，人们对其大多留有如同母亲一般温柔的印象。而当人们大肆砍伐看起来似乎和河流无关的森林时，就会引来河流的怒火——洪水。

□ 马鹿

马鹿是仅次于驼鹿的大型鹿类，因其体形似马而得此名。马鹿主要聚居在高山、森林或草原地区，且分布较广。它善游泳和奔跑，是典型的森林草原型动物。

片湖沼，它们的欢歌多么深沉而骄傲。每隔几百码，就会新上任一只欢腾的头雁，率领着梯队，翱翔在清晨的天空，不懈地勘探着这片新形成的水域。

其实大雁对春潮怀有一种热情，只是这份热情十分微妙，很容易被那些不熟悉大雁咕哝声的人忽视。而鲤鱼对春潮的热情众所周知，它们一看到洪水漫过草根，便迅速从泥土里冒出来，欢呼着打滚，就像猪见到牧场一般惊人地开心。它们闪动着红红的尾巴、黄色的肚皮，游过马车压过的车辙和乳牛走过的小路，摇摇晃晃，钻进芦苇和灌木，匆匆忙忙，去探索对它们而言越来越大的游戏天地。

不像大雁和鲤鱼，陆地鸟类和哺乳动物则以一种哲学家的超然姿态迎接春潮。一只主红雀站在河边桦树的枝头，"叽叽喳喳"大声叫着，宣称那片除了树还是树的领域是属于它的。一只披肩榛鸡在被洪水淹没过的木头上，"噗噗"地拍打着翅膀，它肯定是站在那根木头最高的一端。此时，田鼠却表现出小麝鼠一般的镇定自若，向着山岭划去。一只鹿蹦蹦跳跳地从果园走来，而平时白天它可是躲在柳灌丛里睡大觉的。兔子到处可见，它们已经淡定地把我们山上的几块空地视作没有诺亚的方舟了。

春天带给我们的，不只是充满刺激的冒险，同时还有一些意想不到的杂七杂八的东西，这些东西从上游农场漂浮而来。一块搁浅在农场的旧木板，比我们从木材堆置场里拿到的同样大小的新木板贵重多了，对我们而言，前者的价值是后者的两倍。每一块旧木板都有其独特的历史，尽管通常不为人知，但根据它的种类、尺寸大小，上面的钉子、螺丝、油漆，表面处理情况以及磨损或腐蚀程度，我们总能猜出个大概。我们甚至可以通过查看木板边缘和端头被沙地磨损的情况，推测出它在近几年被洪水冲刷了多少次。

我们的木材堆全部是从河里搜罗起来的，因此，这不仅是私人性的收藏，更是一部展示上游农场和森林里的人们奋斗模样的集锦。每一块旧木板的自传，都是我们在书本上学不到的文献。每一家河边农场，就是一座图书馆，拿着锤子或锯子的人就能随意阅读。春潮一来，也就意味着一堆"新书"要出版了。

荒僻之处各种各样，程度不一。比如，湖中小岛可谓荒僻，但湖里有船，说明人们是可能登船上岸拜访的。高耸入云的山峰也可谓荒僻，但大多数山峰有山中游径，因此也有很多观光游客。我知道一个完美的荒僻之处，就是春潮流经之地。大雁也会同意我这个说法，或许它们更有发言权，毕竟它们可是见识过更多类型和程度的荒僻之处。

于是，我们登上小山，坐在一朵新开的白头翁花旁，看大雁飞过。我望见，我们的路一点一点被淹没，直至与洪水汇成一片汪洋。超然的外表下，我满怀喜悦，我得出一个结论：交通问题，不论国内还是国外，只有在鲤鱼之间才会存在争论，至少就今天而言，的确如此。

葶苈

春潮后不过短短几周，现在，葶苈盛开出娇小的花朵，随微风散落在每一寸沙地上。

瞻望春天而仰目的人，永远也看不到像葶苈这么小的野花；对春天绝望而垂目的人，即使双脚踏在葶苈上也会浑然不觉。只有那些跪在泥土里寻找春天的人，才会找到葶苈，而且会找到数量惊人的葶苈。

葶苈要求和得到的，不过是极少的温暖和舒适，它们仅依靠无人需要的时间与空间的残渣生存。植物学书籍上对它的描述不过两三行字，而且从来没有插图或绘画。太过贫瘠的沙子和太过微弱的阳光无法孕育更大更好的花朵，但对葶苈而言已然足够。毕竟，它本不是属于春天的花朵，充其量也只能算春之希望的补笔罢了。

荨苈不是扣人心弦的植物，它的芳香（如果它有什么芳香的话），也早已随风而散。它开着最常见的平淡的小白花，叶子上附有一层明显的软毛。它太小了，没有哪种动物会把它当作食物，也没有哪个诗人会为它写诗。有些植物学家曾经给它起过拉丁名字，旋即将它抛于脑后。总而言之，荨苈只是一株小生命，从未得到重视，只是又快又好地做着它那看似微小的本职工作罢了。

☐ 老鼠

老鼠是现存最原始的哺乳动物之一，其生命力旺盛且繁殖速度极快。老鼠视力不佳但嗅觉灵敏，且智力颇高，它们对环境的适应能力很强。

大果栎

学校的孩子们在给州鸟、州花、州树投票时并非真的在做什么决定，不过是在附议历史罢了。在草原上的禾本植物最先占领这片区域后，历史选择让大果栎成为南威斯康星州的特征树种，此外，它也是能够勇敢面对草原大火并幸存下来的唯一树种。

你有没有想过，为什么大果栎都被厚厚的软木皮包裹着，即使最小的树枝也是如此？其实，软木皮就是它的铠甲。大果栎是森林派出的游击队，作为侵略者去扫荡大草原，草原大火是它们必须要攻克的难关。每年4月，新生的草还没有给大草原披上一层不可燃的绿衣，火就已开始恣意燃烧整个大地，唯一能够在此劫难中幸存的，便是这些披着厚厚铠甲的大果栎。它们的皮是如此的厚，大火也拿它们没办法。那些被拓荒者称为"栎树空地"的小树林里，生长着许多老树，主要就是大果栎。

绝热体不是工程师的发明，而是工程师从这些草原战争的老兵身上复制仿造的。植物学家从这场草原战争中读懂了两万年的历史，这里记载着花粉粒嵌入泥炭的情景，也记载着战争中被扣留在后方、然后被遗忘的孑遗植物。这些活生生的记载说明，森林的前线有时候会撤退至苏必利尔湖，有时候却会延伸到南部更远的地方。某个时期，它向南推进了太多，以至于云杉和其他"后卫部队"类树种，都生长到威斯康星州的南部边境甚至边境之外了。在该区域的泥炭沼泽中，云杉花粉随处可见。不过，草原与森林之间的平均战线就是它现在所在的地方，也就是说，这场战争最终是以平局收场的。

战争从未中断，然而谁也打败不了谁，其中一个原因是：有些同盟先是支持战争的一方，结果后来又去支持战争的另一方，摇摆不定。兔子和老鼠在夏天会啃食大草原的草，但到了冬天又会啃食那些在火灾中幸免于难的橡果。松鼠在秋天会贮藏橡实，可到了其他季节又会把橡实吃光。6月的甲壳虫在其幼虫时期会暗中破坏大草原的草皮，但到了成虫阶段，又转而侵蚀大果栎的叶子。要不是这些摇摆不定、毫无立场的盟友，让胜利之神也摇摆不定，我们今天的地图上就不会有如此多姿多彩的草原与森林相间的镶嵌画了。

乔纳森·卡夫[1]曾为我们留下一幅拓荒者涉足前的草原边界图，画面可谓栩栩如生。1763年10月10日，他游览了布卢·芒德斯山，那是戴恩县西南角附近的一组高山（现如今已被森林覆盖）。他这样说：

"我登上群山之巅，享受着足够宽阔的视野，俯瞰乡间美景。然而，方圆数英里内，我却只能看到连绵起伏的群山，其他的什么也看不见。这些山上很少有树，远远望去，就像一堆堆圆锥形的干草堆，只有几片山核桃林和稀稀疏疏的大果栎罩着某些山谷。"

19世纪40年代，一种新的"动物"——拓荒者——介入了这场草原战争。他们并不想介入，而是想保有足够的耕田，只是这样一来，却在无形之中让大草原失去了其最可信赖的盟友——火。橡树幼苗立即在草地上飞长，并占据了大草原，先前的草场变成了现在的林地农场。如果不相信，你可以去威斯康星州西南

---

[1] 乔纳森·卡夫（1710—1780年），马萨诸塞殖民地探险家和作家。

部的任何一处"山脊"林场看一看，数一数刻在残桩上的年轮。除了草原上最古老的这些"老兵"外，其他所有树木的树龄都可以追溯到19世纪50年代和60年代，而这个时期恰恰是草原大火停止的时期。

约翰·缪尔就是这个时期在马凯特县长大的，当时，新的树林覆盖了旧的草原，一丛丛新生的灌木树苗吞没了大果栎林地。他在《童年和青年》回忆录里这样写道：

"伊利诺伊州和威斯康星州大草原遍地都是均匀肥沃的土壤，孕育着如此密集、高大的牧草，大火有充足的燃料，使树木无法幸存。如果没有了火灾，那么这片标志着这两个州特色的优质大草原将彻底被茂密的森林覆盖。一旦栎树空地出现，加上农民迅速的防火举措，小树便不断生根，日渐长成参天大树，形成高密的丛林。如此一来，人们很难穿过错综交织的森林，原来被阳光照射的大果栎空地也将无迹可寻。"

因此，拥有一棵大果栎，其意义远甚于树木本身。你拥有的，不仅是一棵树，而是一座历史图书馆，这让你在物种演化的剧院里保有一席之地。明眼人一看便知，拥有大果栎的农场贴满了草原战争的徽章和标识。

空中飞舞

我在拥有农场两年后才发现，每年4月和5月的每个傍晚，我们都可以从树林上方看到空中的舞蹈。自从发现这个奇观后，家人们和我都再也不愿错过任何一场演出了。

演出从4月的第一个温暖的晚上开始，确切的时间是下午6点50。之后的每一天都比前一天晚一分钟，直到6月1日，刚好那天的确切时间是7点50。如此变换时

□ 农场

人们通常把农场认为是单纯的生产单位，但由于涉及生物种植和养殖，农场其实是一种复合的生态系统。相较过去对自然予取予求的农业生产方式，如今人们更推崇对环境—生物系统进行科学合理的组合，以获得最大的生物产量并维护生态平衡，同时改善土地的利用环境。

间是虚荣心使然，因为我们的舞者要求光线要浪漫，必须精确到直径为0.05英尺烛光所发出的亮度。千万别迟到，更要安安静静地坐在那儿，免得它们一怒之下飞走了。

舞台布置和开场时间一样，反映了表演者对浪漫的要求。舞台必须设在树林或灌木丛中的一块圆形露天剧场，而且一定要选在中央长满苔藓的地方，或是一片不毛沙地，抑或是裸露出来的岩石或一条光秃秃的路面上。一开始，我想不通为什么雄性丘鹬如此拘泥细节，一定要找一片光秃秃的舞池。现在想想，应该跟它们的腿有关。丘鹬腿短，倘若在密集的草地和杂草中，即使它们昂首阔步，其飒爽英姿也不能尽然展现，当然也就无法吸引女士们的关注了。我们农场里的丘鹬要比其他大多数农场多，因为我们农场里有更多长满苔藓的沙地，沙地贫瘠而寸草不生。

了解了时间和地点，我们便坐在舞池东边的灌木丛下耐心等待，看着夕阳一点点西下，它仿佛也在等待丘鹬上场。只见丘鹬从附近的灌木丛中掠过，飞落在光秃秃的苔藓上，立即开始了舞曲前奏：先是每隔两秒钟就发出一连串古怪而嘶哑的"嘭嚓"声，那声音像极了夏天里夜鹰的叫声。

突然，"嘭嚓"声停止了，丘鹬振翼盘旋，飞向天空，同时发出一阵阵悦耳的"叽叽喳喳"声。它们越飞越高，盘旋的幅度从一开始的很宽变得越来越陡，越来越小，鸣叫声越来越大，响彻天际，直至这些舞者最终化成天空中的一个斑点。紧接着，毫无征兆，它们就像一架失控的飞机，翻着筋斗飞落而下，同时伴随一阵轻柔婉转的啼叫声，这叫声足以让3月的蓝鸲心生嫉妒。在距离地面几英尺高的地方，它们又开始变换为水平飞行，重新降落在曾发出"嘭嚓"声音的地面。通常情况下，它们都会回到最初开始表演的起飞点，在那里重新开始"嘭嚓"的乐声。

□ 求偶的丘鹬

丘鹬多在夜间活动。仅在其繁殖期，人们能于黄昏时看到它们在森林上空的求偶飞行，除此之外，白天一般很难见到它们。

天幕渐暗，我们也无法看到地面的舞者了。不过，你可以看到它们在天空中飞行了约莫有一小时之久。通常情况下，它们的表演只持续一小时。不过，在有月光的夜晚，它们会稍作休息后继续表演，一直持续到月光消失为止。黎明时分，整个表演会重演一遍。4月初，最后一次晨间表演在5点15分落幕。从现在起，表演时间每天提前两分钟，直到6月为止。一年之中的最后一次表演是在3点15分落幕。为什么它们在时间选择上会有如此大的差距？唉，我想，也许是因为浪漫也有疲倦的时候吧。它们黎明时分跳舞所需的光线只是日落开始跳舞时的五分之一。

不管我们多么专心致志地研究森林和草原上的成百上千种戏剧，我们依然不能完全领会主角们所表现出来的任何一种明显行为的意义。或许我们应该为此感到幸运。对于空中舞蹈的丘鹬，我们有一件事仍不清楚：丘鹬女士们在哪？她们扮演什么角色？我经常看到两只丘鹬同在的地面上发出"嘭嚓"声，有时候也会一起飞，但它们在天空中舞蹈时从不一同发出类似的声音。这第二只丘鹬是雌丘鹬，还是雄丘鹬的竞争对手呢？

□ 林间的丘鹬
　　丘鹬是一种涉禽，常见于林下植物发达、落叶层较厚的阔叶林和混交林中，也见于林间沼泽、湿草地和林缘灌丛地带。

还有一件事情，我们也不清楚——这种"叽叽喳喳"声是它们的独特嗓音还是机械发声呢？我朋友比尔·费尼曾用网捕获一只正在发出"嘭嚓"声音的丘鹬，然后拔掉了它羽翼外部的羽毛，但是这只鸟儿还是会发出"嘭嚓"的声音，而且还会用颤音轻唱，只是再也没有发出吱吱喳喳的鸣叫声了。然而，就这一例实验实在难以得出什么有说服性的结论。

还有一件事情，我们也还没弄明白。雄性丘鹬的空中飞舞会持续到筑巢的哪个阶段？我女儿有一次，看到一只丘鹬在离一个孵化过蛋壳的鸟巢大约20码距离的地方，发出"嘭嚓"的声音，难道那个鸟巢是它夫人的鸟巢吗？还是这个偷偷摸摸的家伙，早在我们发现它之前就犯了重婚罪？这些，以及其他许多我们仍不清楚的问题，在逐渐变暗的黄昏中依然保留着它们的神秘感。

这种空中飞舞的戏剧在成百上千个农场上空夜夜上演，而农场主们却叹息缺少娱乐活动。我们的农场主们有一种误区，他们认为消遣娱乐只能在剧院找到。他们生活在土地上，却不知安于土地。

有人认为，鸟本来就是猎人的靶子，而被捕获的鸟就应该变成鸟肉，优雅地摆在吐司面包上。对于这些人来说，丘鹬是一个活生生的反例。没有人比我更乐意在10月去猎捕丘鹬，但自从观看了空中舞蹈后，我觉得自己只需要捕猎一两只就够了。我得避免这些来年4月夕阳当空时的舞者们的伤亡。

5月

从阿根廷归来

5月,威斯康星州牧场上到处可见标志性的蒲公英,此时也就到了聆听春季最后交响乐的时刻。坐在草丛上,对着天空竖起耳朵,过滤掉草地鹨和白眉歌鸫的喧闹声,不一会儿,你就能听到一个声音,那是刚从阿根廷归来的高原鹬的飞翔之歌。

如果视力够好,你也许能从绒毛般的云朵间望见它们振翅飞舞。如果视力不好,那你还是别仰望天空寻找它们了,只需要盯紧篱笆桩就好,过不了多久,一道银色闪电就会告诉你它们停落在哪根木桩上,又在哪里合上翅膀。不管是谁发明了"优雅"这个词,我想他一定是看了高原鹬的翩翩起舞才有此创意的。

□ **高原鹬**

高原鹬是一种迁徙鸟类,它们主食蚯蚓。当冬季土地冻结,它们便不得不迁离以寻求食物。此外,高原鹬肉质鲜美,故在旧时常被人们猎作食物。

☐ 乡野

若是想要体验自然风貌，较都市而言，人们当然更愿去往乡村。而较乡村而言，无人的乡野或许有些危险，却也是体验自然的更好去处。

它就在那儿，似乎全身上下的每个部位都在告诫你，赶紧离开它的领地是最明智的选择。也许，地方档案上明确记载着这片农场是属于你的，但是高原鹬却轻而易举就否定了这种琐碎多余的法律规定。它刚飞行了4000英里到达这里，就是要重申它从印第安人那儿获得的权利——在幼鹬会飞之前，这片牧场是属于它的，未经它的许可，任何人不得擅入。

高原鹬产下四只又大又尖的蛋，会在附近找地方孵化，过不了多久，就会孵化出四只雏鸟。雏鸟的绒毛刚干，就像踩高跷的老鼠一样蹦蹦跳跳，在草地上快速地穿来穿去，但不会让那些笨手笨脚想要逮住它们的人得逞。大约30天之后，雏鸟就完全长成了大鸟，可以说家禽之中，没有哪类鸟比它们的成长速度更快。到了8月，这些雏鸟就已经从飞行学校毕业，特别是在凉爽的夜里，你可以听到它们欲振翅飞往潘帕斯草原的信号，这也再次证明了南北美洲自古以来就是不可分割的统一体。半球团结对于政客们来说或许鲜有，但对于这些羽翼已丰的空中舰队而言却是自古如此的。

高原鹬很容易融入乡下农村的环境。它们跟在黑白花纹的野牛后面，后者现在生活在它们的领地，被它们认为是棕色野牛的可接受的替代品。它们有时把家安在牧场上，有时安在干草堆里，不过不像那些笨拙的野鸡，它们绝不会在干草收割机中被逮到。因为还等不到干草被收割，它们就已经羽翼丰满，展翅高飞了。在农场里，它们真正要面对的敌人只有两个：集水沟和排水沟。也许有一天我们会发现，这也是我们人类的敌人。

20世纪初的某段时期，威斯康星州的农场几乎失去了这些天然报时器。5月的草地在无声无息中变绿了，8月的夜晚也听不到秋天即将来临的鸟鸣提醒。枪支火药的普及，加上后维多利亚时期宴会上鹬肉吐司的诱惑，让高原鹬伤亡惨重。迟到的联邦候鸟保护法案及时出台，才让高原鹬幸存下来。

6 月

桤木汊——一首关于垂钓的叙事诗

我们发现干流的水位太低了,摇摇晃晃的鹬鸟竟能在去年鳟鱼戏水的浅滩闲逛,而且河水十分温暖,我们可以不惊不慌地游到深水区。即使刚从水里出来,防水靴里还是像骄阳下暴晒的沥青纸一般滚烫。

傍晚垂钓,结果败兴而归,不过也在我们的意料之中。我们想钓到鳟鱼,河水给我们的却是白鲑。那一晚,我们坐在驱蚊火旁,讨论明天的计划。我们从200英里远的地方沿着炎热、落满灰尘的道路赶到这里,就是为了再感受一次彩虹鳟鱼挣脱鱼钩时急躁的拖曳,可惜河里没有鳟鱼。

我们现在突然记起来,这条干流有许多支流。在离源头不远的上游,我们曾见过一个狭窄幽深的汊口,汩汩清泉从紧紧围着的桤木丛底下流入其中。就现在的天气来说,一条自爱的鳟鱼会做什么呢?当然是跟我们一样,往上游去。

一个清新的早晨,在几百只白喉带鹀只顾享受甜蜜与清爽的空气而忘却一切时,我爬过满是露水的河岸,蹚入桤木汊。果然,一条鳟鱼正往上游游去。我往外放长钓线——希望我的钓线能一直这么柔软、干燥——估量好距离,再把一块用过的诱饵精确地投进离那条鳟鱼上次翻腾大约一英尺的地方。我现在全然忘记了之前炎热的路程、蚊虫的叮咬、不尽兴的白鲑鱼之类的事情,全神贯注地盯着钓线。鳟鱼一口吞下了钓饵,不一会儿,我便能听到它对着鱼篮底下湿湿的桤木叶子的拳打脚踢。

还有一条鳟鱼,要比这条大得多,正从旁边的小池塘里冒出来,所在的位置正是"航道的尽头"。之所以说那里是"尽头",是因为接下来的水路被密密麻麻的桤木丛围得水泄不通。水潭中央有棵灌木,棕色树干被河水冲刷。它摇晃着,似乎一边摇头一边默笑不语,嘲笑着那被上帝或人投放在它最外层树叶一英寸远处的飞蝇。

我坐在河流中央的一块岩石上,抽完一支烟,突然看到那只藏在灌木丛下的鳟鱼开始蠢蠢欲动了。可是,我的鱼竿和钓线还在岸边的桤木上晒太阳呢!谨慎起见,我决定还是再等一会儿。那个水潭太安静了,一阵微风,都会在水面上搅起涟漪,也因此使我把钓线投放到最精确位置的打算落空。

一股强劲的气流袭来,把默笑不语的桤木上的棕色飞蛾吹落下来,投在水面上。

现在,一切准备就绪!我卷起晒干的鱼竿,站在水潭中央,手持鱼竿,随时准备行动。山上的山杨先兆性地颤抖,似乎暗示我风就要来了。我抛出一半钓线,然后慢慢收回,这样来回轻晃,准备等风起时抛向水潭。手里的钓线剩下不到一半,要注意了!现在,太阳已经升得很高,水面上任何晃动的影子都预示着我的猎物可能随时会面临厄运。现在,最后三码钓线也放出去了,用作鱼饵的飞蝇不偏不倚地落在默笑不语的桤木丛下。鱼儿上钩了!我用尽全力,把它拉出旁边的灌木丛,它顺流游去。没过多久,它也在我的鱼篮子里挣扎了。

我还是坐在那块岩石上,沉浸在快乐的冥想中。钓线又被我拿去晒干了,我不禁开始思索鳟鱼和人类之间的生存方式。我们和鳟鱼何其相似:我们都准备着,确切地说,我们都渴望抓住时势之风抖落在时间长河上的任何新事物!直到发现水下的美味佳肴背后还有一个钩子,我们才懊悔自己的轻率与鲁莽。不过,即便如此,我仍然认为,不论事实证明我们渴望的目标是对是错,渴望终有其价值。如果一个人、一条鱼或一个世界全都很谨慎,那么一切该是多么无聊和乏味啊!我刚才是不是说了"出于谨慎的考虑"再等一会儿?此谨慎非彼谨慎。对于垂钓者而言,只有在为另一个更大、更长远的机会准备时,才会变得谨慎起来。

现在时机到了,过一会儿鳟鱼就不会再露头。我在齐腰的水中向着"航道尽头"前行,不顾颜面地把头伸进摇曳的桤木丛中,往里查看。这条鱼选择丛林是对的!上方有个黑漆漆的洞,被绿色植物覆盖得严严实实,水流湍急,简直连一片羊齿叶也挥动不开，更别说挥动鱼竿了。在那里，有一条大鳟鱼几乎用肋骨蹭着黑暗的河岸，懒洋洋地翻滚着，顺势吃掉一只路过的小虫。

我完全没有机会接近它，即使蹑手蹑脚地前进也不行。不过在往上20码的地方，我看到有明亮的阳光照进来——那应该是另一条通道。我要顺流扔一下鱼饵吗[1]？现在的条件虽然不佳，但是我必须这么做。

我原路返回，爬到岸上。那里的凤仙花和荨麻差不多齐脖子深，于是我从桤木丛中绕道，走到上面的开阔地。我像猫咪一样小心翼翼地进去，希望不要打扰"陛下"的沐浴。我在那儿静静地站了足足5分钟，尽量让一切都平静下来。我站在离丛林入口上方很远的位置，拿出钓线，上了油，晒干，然后把大约30英尺的钓线缠在左手上。

现在，大好机会来了！我吹了吹飞蝇，让它看起来更松软可口，然后把它放进脚下的溪流中，迅速松开缠在自己手上的钓线。就在钓线放完的瞬间，飞蝇也刚好被吸入灌木丛。我顺水疾步朝下游走去，眼睛紧盯幽深的洞口，希望能看到鱼饵的下落。当幽暗的水潭中出现了一点点阳光，我迅速瞥了一眼，发现它还在预定的轨道上清晰地前行着。现在，它随着溪流拐弯了。很快，在我的脚步声还没有将我的意图暴露之前，鱼饵到达了那个黑洞。我看到，哦不，确切地说是我听到，大鳟鱼在水中的扑腾挣扎声。我奋力拉回钓线，于是一场战斗开始了。

谨慎之人绝不会冒险用价值一美元的鱼饵和钓线去打上游鳟鱼的主意，更何况还要绕过桤木形成的蜿蜒曲折的河湾。但是，正如我之前所说的，谨慎之人永远不是一个好的垂钓者。多次尝试后，我十分小心地绕过重重障碍，把它带到开阔水域，它终于钻进了我的鱼篮。

现在，我要向你坦承，这三条鳟鱼，没有哪一条是该被去头、砍成两截、放进棺材的。在垂钓的过程中，重要的不是鳟鱼，而是获得的机会。被装满的也不是我的鱼篮，而是我的记忆。我就像清晨歌唱的白喉带鹀一样，除了桤木汊的清晨，再也不记得任何事情。

---

[1] 按常理来讲，钓鱼应往上游抛掷鱼饵，而非顺流而下。

7 月

庞大的领地

根据沙乡书记员的记录，我拥有120英亩世俗领域。不过，书记员是个贪睡的家伙，9点之前是不会起床看记录的。农场在黎明时分展示的内容，才是我这里想要讨论的问题。

不管记录簿上如何记录，反正黎明时分，我和我的狗就是我们走过的全部土地的唯一所有者。那时候，不仅土地的界限消失了，思想的界限也消失了。契约或地图上有些未知的扩张，却为每一个黎明所熟知；那些据说在此处已不复存在的荒僻之地，实际上却向四面八方延伸，延伸到只有露水可以到达的地方。

和其他土地所有者一样，我也有我的租户。我的租户们对租金疏于关心，但对租期内的土地使用权却异常上心。实际上，从4月至7月这段时间，每天天没亮，它们便会起来，彼此宣告自己所租土地的边界。它们也向我表示感谢，至少理论上可以这么认为，毕竟，这些土地是我给它们的采邑。

这个每天进行的仪式，可能跟你想象的不一样，它是以十分隆重的礼节开始的。我不知道最初是谁制定了这些礼节。每天凌晨3点30分，我带着7月清晨所能激发的尊严，从小屋门口走出去，手里拿着象征主权的标志——一个咖啡壶和笔记本，坐在长凳上，面对白光熠熠的启明星。我把咖啡壶放一边，从衬衫口袋里掏出一个杯子——希望不要有人注意到我这种随便的携带方式，然后拿出手表，倒好咖啡，将笔记本放在膝盖上，这便是宣布仪式开始的信号。

3点35分，离我最近的一只原野春雀，用清晰的男高音宣布，北至河岸南

□ 水貂（水鼬）

水貂是食肉性动物，是贪婪的捕食者，通常会在夜间外出捕食，它们的视力一般较差，故会依赖灵敏的嗅觉来猎食。

至旧马车道的短叶松树林是属于它的。然后，一只接一只的原野春雀开始宣布自己拥有的领地。这里没有争论，至少此时没有，所以我只需静静聆听。我真心希望它们的雌性同胞们能默许这个关于现状的愉快协定。

不待这些原野春雀轮唱完毕，住在大榆树上的知更鸟就已按捺不住，大声嚷嚷着，似乎在宣示那棵被冰雹砸断一根树枝的大树权是它的，当然也包括树权上的东西（按它的意思，树下面那片不太宽敞的草坪上的所有蚯蚓也归属于它）。

知更鸟不绝于耳的叫声唤醒了黄鹂，那只黄鹂立刻隆重地告诉小伙伴们，榆树悬垂的枝条以及附近所有富含纤维的马利筋的茎秆，还有花园里散落的纤维全部归它所有。此外，它还要有一个特权，即像火花一样在它的所有物之间来回穿梭。

我看了下手表，现在已是3点50分。山上的靛蓝彩鹀坚称那棵在1936年旱死的橡树枯枝以及附近各种飞虫和灌木归它所有。虽然它并没有大声宣布，但我认为它已经做出了这样的暗示，它的蓝色有权让所有蓝知更鸟以及面向黎明的紫露草黯然失色。

接下来是鹩鹪，就是发现了木屋屋檐孔的那只鸟。它突然唱起来，带得其他六只鹩鹪也开始附和着唱起来。顿时一片嘈杂声，蜡嘴雀、矢嘲鸫、黄色林莺、蓝知更鸟、绿鹃、红眼雀、主红雀……所有的鸟儿都跟着"叽叽喳喳"地聒噪起来。我那份正式的表演者名单是根据它们第一首歌的演唱时间和顺序排列的，现在已经混乱了，表演者相互穿插追赶，最后，我的耳朵已经分辨不出表演者和它们的先后顺序了。何况，我的咖啡壶已经喝空，太阳也即将冉冉升起。我必须得趁自己的头衔还在时抓紧巡查领地。

我们出发了——我和我的狗，漫无目的地走着。我的狗对这些鸟鸣不怎么在意，因为对它来说，辨别这些"租户"的证据不是歌声，而是气味。对我的狗儿来说，任何一片从树上抖落下来的羽毛都会发出声音。现在，它要把那些仲夏夜中不知名的动物们用气味编撰成的诗歌传达给我。每一首诗歌的末尾都署着作者的名字，就看我们能否找到它了。我们实际上找到的要比先前预期的多多了，或许是一只突然改变主意掉头跑掉的兔子，或许是一只扇动着翅膀表示抗议的丘鹬，抑或是因在草丛中打湿羽毛而生气的雄雉。

有时候，我们会遇到一只夜间觅食晚归的浣熊或水貂；有时候，我们赶走了一只捕鱼未遂的苍鹭；有时候，我们会惊吓到一只北美木鸭母亲，它保护着一群小鸭子，惊慌失措地赶紧朝上游奔跑，寻找一处梭鱼草作为庇护；有时候，我们看到小鹿慢慢回到满是紫花苜蓿、婆婆纳草和毒莴苣的灌木丛中。不过，更多时候，我们只能看到一些懒洋洋的动物在沾满露水的光滑而柔软的地面上漫步留下的错综复杂的黑暗线条。

我能感觉到太阳已经出来。鸟儿停止歌唱，远处传来牛铃声，一群牲畜正向牧场走来。一辆拖拉机发出"轰隆隆"的声音，可想而知，我的邻居们已经起床劳作了。世界又缩回到沙乡书记员熟悉的模式了，于是我牵着狗儿回家，吃早餐。

草原的生日

从4月至9月这段时间，平均每周有10种野生植物开始开花。6月，同一天开花的植物可能会增至12种之多。没有人会记得所有这些所谓的周年纪念日，当然也没有人会一个也不记得。有人可能会把5月的蒲公英踩在脚下而不自知，但8月的豚草花粉[1]也可能会成为他的绊脚石；也有人或许对4月榆树红色薄雾般的小花不屑一顾，但他的车轮也可能会因6月梓树的落花而打滑。如果你告诉我某个

---

[1] 豚草花粉是常见的过敏原之一。

□ 罗盘草

罗盘草也称指向草、磁石草，其大的叶片垂直固定，尖端朝北或朝南，叶片的上下表面朝东或朝西，能指明方向，因而得名。

人能记住哪种植物生日，我便可以推断出关于他的许多事情，比如职业、爱好、是否患有花粉症以及接受生态教育的总体水平。

我开车往返于农场时，必经一个乡间墓地。每年7月，我都迫不及待想去看看那块墓地。此时正值大草原的生日，那块墓地的某个角落里生活着一位曾在一次重大事件中幸免于难的歌颂者。

这是一块普通墓地，紧挨着常见的云杉林，粉色花岗岩或白色大理石材质的墓碑分散其中。每逢星期天，墓碑前都会放着一束束红色或粉色天竺葵。墓地唯一非比寻常之处，在于它不是矩形，而是三角形，在栅栏围拢的尖角内，藏匿着一些大自然草原的历史遗迹。墓地是19世纪40年代在大草原上建立的，时至今日还不曾被长柄大镰刀或割草机踏足。威斯康星州的这一码正方形的原始草原每年7月就会长满一人多高的罗盘草，或者叫串叶松香草，上面点缀着茶托大小的、形如向日葵的黄色花朵。它是这种植物在高速公路沿线的唯一残迹，也许也是我们美国西部地区的唯一残迹。试想，一望无际的罗盘草轻挠着野牛肚皮，这是一个怎样的场景呢？也许这是个永远没有答案的问题了，甚至不会再有人提起这个问题。

我发现今年罗盘草第一次开花是在7月24日，比通常晚了一周。在过去的6年里，罗盘草的平均花期是在7月15日。

当我8月3日再次经过墓地时，栅栏已经被一名道路施工人员拆走了，罗盘草也被除掉了。不难预测，用不了几年，罗盘草会徒然地尝试从割草机下生长出来，却仍将死去。届时同它一起死亡的，还有整个草原时代。

公路部门说，每年夏季的3个月里都有10万辆汽车从这条公路上经过，而这3个月刚好是罗盘草盛开的季节。至少有10万人乘小汽车从这里经过，这些人或许都曾"上过"历史课，或许只有四分之一的人曾"上过"植物学课。但是，我怀疑，留意到罗盘草的人没有十几个，关注罗盘草死亡的人更是少之又少，几乎没有了吧。如果我跟附近教堂的传教士说，修路工人们在墓地上正假借除草之名燃烧着历史书，他肯定会十分诧异和惊讶——杂草怎么就变成历史书了呢？

这只是当地植物区系葬礼中的一个小插曲，进而也是世界植物区系葬礼中的小插曲。被机械全副武装的人类，为其在清理自然景观方面的进步感到骄傲，早已忘记了植物区系的存在。毕竟无论如何，人类必须要在这片土地上过活一辈子。立即禁止任何关于植物学和历史学真相的教学应该是明智的，免得未来有些公民在明白他们的美好生活是以牺牲了大量植物区系为代价换来的而感到内疚不安。

就目前植物区系种类的匮乏程度来讲，农场地区还算是好的。我在选择农场时就考虑到这片区域不肥沃且不靠近高速公路。实际上，我的农场附近全被进步之河的浪涛淹没了。但我农场里的道路还是拓荒者时代留下来的四轮运货马车道路，从未被铲平过，也从未铺过砖石瓦砾，没有被扫过，也没有用推土机推过。我的邻居让沙乡农业管理处十分感叹。他们的篱笆多年来从未修剪过，他们的沼泽地不设堤防，也没有排水沟渠。在钓鱼和与时俱进之间，他们宁愿选择钓鱼。因此，对于我这个植物爱好者来说，周末最好的生活便是沉浸在偏远森林地区的生活乐趣中。在工作日期间，我也尽量生活在大学农场、校园或邻近郊区的植物区。在过去的10年里，我一直记录着这两个不同区域的野生植物花期，这也算是我的一种消遣方式了。

两个不同区域的野生植物花期

首次开花的月份	郊区和校园	边远农场
4月	14	26
5月	29	59
6月	43	70

续表

7月	25	56
8月	9	14
9月	0	1
合计	120	226

显然，边远地区的农民可以欣赏到的景观，几乎是大学生和商人的两倍。当然，可能大学生和商人迄今为止尚未见过任何植物区系。所以，面对先前已经提及过的两种选择方案，我们要么让民众继续盲目下去，要么重新审视一下我们能否兼顾植物与进步。

植物区系的萎缩是由清洁农业、林地放牧和优质公路修筑等原因造成的。诚然，这些必要的改变都需要大幅度减少野生植物的生长面积，但是人们并不需要把整个农场、乡镇或县区里的所有植物全部消灭。更何况，如果这样做的话，也没有人会受益。每个农场都有一些闲置空地，每一条高速公路两边都有些闲置地带。把野牛、耕犁和割草机赶出这些空置地带，完整的本地植物区系就可以成为每个公民日常能看到的环境，或许还能再生长几十种从外地"偷渡"过来的有趣植物。

极具讽刺的是，那些所谓优秀的草原植物区系保护者们却对这种轻松的乐事知之甚少，甚至漠不关心。铁路公司具有沿路建造围栏的权利，这些铁路围栏中有许多都是在草原被耕作之前修筑的。在这些线性的保留区内，草原植物不顾煤渣、烟尘和一年一度的焚草造田运动，仍然顽强地依约而至，尽情绽放自己的色彩，从5月的粉红色流星花到10月的蓝色紫菀。我一直希望能够看到关于某些冷酷的铁路局长心怀仁慈的实质证据，但我未能如愿，因为我从没遇到过这样的局长。

当然了，铁路公司是用喷火器和化学喷雾器清除杂草的，但是这种必要的清除成本还是太高了，不能扩大到离铁路轨道太远的地区。或许在不远的将来，这种情况能够得到进一步改善。

如果我们对人类亚种知之甚少，那么它的灭绝对我们而言，很大程度上就无关痛痒了。如果我们对中国的了解仅限于偶尔吃过一道中国炒面，再无其他认识，那么一个中国人的死去对我们来说真的没多大意义。因为我们只会为我们熟知的事物悲伤。如果一个人除了在植物学课本上看到过罗盘草的名字之外，对它再无了解，那他是不会为这种即将在戴恩县西部消失的植物感到悲伤的。

在试图将一棵罗盘草挖出来并移植到我的农场时，我才发现它是一株十分有个性的植物。像挖一棵大果栎幼苗似的，我又脏又累地挖了半个多小时，却发现还是没能挖出它所有的根，它的根还在延伸，就像一株纵向生长的大甘薯。据我所知，这株罗盘草的根茎已经穿透了岩石。最终我也没能得到这株罗盘草，不过我从它在地下精心设计的策略中已经明白，它为何能从大草原的干旱时代幸存至今。

接下来，我播种了罗盘草的种子。它的种子大而厚实，尝起来味道像葵花籽。种好没几天，它们就发芽了，不过让它长大要花的时间可就漫长了，我们等了5年以后，这些秧苗还是处于少年期，而且没有长出花茎。对于罗盘草而言，可能需要超过10年才能达到开花的年龄。那么，我那株在墓地里躺着的心爱的罗盘草有多大年龄了呢？也许，它比墓地里建于1850年的最古老的墓碑年纪还要大些；也许，它曾站在那条著名的行军路上，见证过逃亡的黑鹰[1]从麦迪逊湖撤退到威斯康星河。毫无疑问，它还看到了当地前仆后继的拓荒者的葬礼，见证了这些拓荒者一个接一个地永远安眠于须芒草下。

我曾经看到过一把电铲，它在公路旁边挖掘沟渠时，挖断了罗盘草甘薯一般的根。但是，这块被切断的根不久就重新抽枝发芽，长出了新的叶子，又长出一根新的花茎。这就解释了为什么这种植物从来没有入侵过其他新环境，却时常会长在最新修好的公路旁边。罗盘草一旦生根，几乎就能经受住任何形式的残害破坏，当然，持续性的放牧、割草以及翻耕除外。

为什么罗盘草会从牧区上消失呢？我曾见过一个农民把奶牛赶到一片原始大草原上吃草，之前这片大草原仅供偶尔收割干草之用。这些奶牛先是把罗盘草啃光，之后才会去吃其他植物。因此，不难想到，其实野牛也是偏爱罗盘草的，只不过野牛不甘心整个夏季都被围在栅栏里啃食同一片草地，换句话说，野牛在草

---

[1] 黑鹰（1767—1838年），美国印第安人索克和福克斯部族领袖，1832年率领部落抗争美国政府的扩张，史称黑鹰战争。

地上的啃食是间歇性的，所以罗盘草才能从它们口下偷生。

或许这就是天意，成千上万种动植物在相互厮杀中成就了现在的世界，并保留了一份历史沧桑感。现在，同样是这种天意，却要将这一切从我们这里带走。当最后一头野牛从威斯康星州离开时，不会有人为之悲伤；当最后一株罗盘草追随着野牛前往梦寐以求的茂密草原时，同样也不会有人为之悲伤。

8 月

绿色大草原

有些画作能够闻名于世，经久不衰，因为它们能够连续被几代人关注，每一代人中总有几双有鉴赏力的眼睛。

我知道有一幅昙花一现的画作，除了一些四处游走的鹿儿能够看到以外，很少有人能看到。在此泼墨创作的是一条河，就是这条河，还不等我带朋友来看它的作品，那幅作品就已经从人们的视野中全然消失。之后，它的作品只能存在于我的脑海中。

像其他艺术家一样，这条河流也是喜怒无常的，没有人能预测它什么时候有绘画的灵感，或者灵感能持续多久。不过在仲夏，当万里晴空中的云朵像白色战舰一样飘来游去时，徜徉在沙地上看看它是否在绘画，也是值得的。

绘画在一条宽阔的泥沙带上开始，后退的沙地被冲刷上一层薄薄的细沙。当泥沙在阳光下慢慢变干时，金翅雀会跑到沙坑里玩耍，沐阳光浴，麋鹿、苍鹭、双领鸻、浣熊和乌

☐ **浣熊**

浣熊因其喜在河边清洗食物而得名。它最大的特征是眼部的黑色和周围的白色对比鲜明；尾部有黑白相间的环形。浣熊通常在树上筑巢，在靠近水源的农田、森林生活。

龟也不甘落后，纷纷用各自的足迹为画作镶上花边。在这个阶段，还没有人知道接下来这条河会画什么。

但是，当我发现淤泥带上慢慢长满了绿油油的荸荠时，我赶紧离近一些观察，因为这是它创作兴趣高涨的信号。近乎一夜之间，荸荠突然变成了苍翠繁茂、厚而稠密的草地，就连附近高地上的田鼠也禁不住这种诱惑。只见一大群田鼠全部来到这块绿意盎然的草原，在天鹅绒般光滑柔软的草地上蹭蹭肚皮，明显有意在这里过夜。一串串整齐的田鼠迷宫让它们的热情暴露无遗。鹿儿也在郁郁葱葱的草甸上来来回回地走，显然它们只是想感受一下脚下踩着荸荠的乐趣。就连一向深居简出的鼹鼠也一反常态，挖出了一条跨过干枯河岸通往荸荠丛的隧道，随心所欲地摆弄青葱柔软的草甸。

眼下的植物幼苗多得不计其数，有些还太小无法辨认。绿油油的荸荠下是温暖潮湿的沙地，使这些植物得以焕发生机。

为了观赏这幅画作，不妨给创作者三个星期的独处时间，然后再挑一个阳光明媚的早晨，在太阳冲淡了拂晓浓雾后，来拜访河滩。我们的这位艺术家已经开始着色了，颜料混合着露水一同泼出。现在的荸荠草甸比任何时候都要绿，其间还点缀着蓝色的沟酸浆，粉色的龙头花以及乳白色的茨菰。随处可见的红花半边莲，向天空亮出它的红刺。在荸荠带的一端，紫色的斑鸠菊和浅粉色的泽兰站在杨柳墙边，卖弄着高挑的身姿。如果你安静且谦逊地来到这里——光顾任何一个只美丽一次的地方都应该如此，你仍可能会惊到一只正在齐膝深的草丛里享受着欢乐时光的狐红色小鹿。

看过如此美景之后，不要想着再回去看第二次，因为它已经消失得无影无踪了。也许是被雨水冲刷掉了，也许是上涨的河水抹去了这里的痕迹，让这里跟以前一样，只有朴实无华的白沙。但是，不管怎么说，你可以将这幅画挂在心中，憧憬着某一个夏天，我们的河流可以重获作画的兴致和灵感。

9 月

丛林里的唱诗班

到了9月，清晨破晓便很少借由鸟儿的帮助了。歌带鹀可能心不在焉地唱着歌；丘鹬可能叽叽喳喳叫两声便飞回日间栖息的灌木丛；横斑纹猫头鹰可能会发出最后一声颤抖的呼唤来终止昨日夜晚的争辩。但是，其他的鸟儿就几乎什么也不说，什么也不唱了。

大雾弥漫的秋天清晨，我们有时候会听见鹌鹑的合唱，不过也不是经常能听到。十几个女低音突然打破寂静，它们再也无法抑制自己对白天即将到来的赞美之情。一两分钟的短暂欢愉后，歌声戛然而止，就像开始时一样突然。

□ 鹌鹑

鹌鹑是鸡形目中体形最小的禽类，它的体形为纺锤形，头小、尾短、翼长，适应于陆地行走，不善高飞，时常昼伏夜出。鹌鹑善斗，从明代开始，我国就有斗鹌鹑的娱乐消遣活动。

这种难懂的鸟类音乐往往具有特殊的优点。站在树梢顶端的歌者往往最容易被人看到，也最容易被人忘记，显然它们所拥有的是平庸之才。人们记住的通常是下面这些歌声：躲在不可逾越的阴影里倾泻出银铃般和弦声的隐士夜鸫；从云层背后发出嘹亮喇叭声的飞鹤；从迷雾深处发出低沉的隆隆声的榛鸡；在寂静的黎明时分发出赞美圣母玛利亚之声的鹌鹑。没有哪个自然学家亲眼看到过这个唱诗班的表演，因为这是一群躲在草丛中不易被察觉的隐居者，任何试图接近它们的行为，都会让这里立刻安静下来。

在6月，光线大概有0.01烛光的强度时，基本上可以断定知更鸟要上场表演了，其他歌者们也按照已知的顺序轮番登场。然而到了秋天，知更鸟沉默了，唱诗班是否会合唱也不可预测。这些寂静的早晨总是让我非常失望，不过这或许也正好可以证明，尚有希望的事物其实比尘埃落定的事物更有价值。怀揣着听到鹌鹑合唱的希望，天未亮就起床还是值得的。

秋天，我的农场里总有一群或者几群鹌鹑，不过它们在破晓时的合唱总是离我很远。我想，也许是因为它们想尽可能离狗远一点儿，狗对鹌鹑的热情简直比我更甚。然而，在10月的一个清晨，当时我正坐在屋外的篝火旁喝着咖啡，一个唱诗班突然唱起歌来，距离我不过投石之远。它们栖息在白松下的树丛中，也许是想在露水很重时让羽毛保持干爽。

我们为合唱团能在自家门口的台阶上唱出赞美之歌而倍感荣幸。不知何故，自那以后，这些松树上的针叶在秋天的映衬下似乎显得更蓝了，松树下那片露莓编织的红毯也似乎更加鲜红了。

10 月

烟雾缭绕的金色

狩猎有两种：一种是普通狩猎，一种是狩猎披肩榛鸡。

有两个地方可以捕获披肩榛鸡：一些普通地方和亚当斯县。

在亚当斯县有两个时节可以捕获披肩榛鸡：普通时间和美洲落叶松变成烟熏般的金色时。这是写给那些运气不佳、未能捕获披肩榛鸡的人的。他们提着空枪，目瞪口呆地看着金黄色松针叶像被筛过似的落下，而披肩榛鸡却像长了羽毛的火箭一般毫发无伤地钻进短叶松林。

美洲落叶松由绿变黄的季节，正是初霜到来，丘鹬、狐色雀鹀、灯芯草雀离开北方的季节。知更鸟的大部队在山茱萸灌木丛里剥着最后的白浆果，剩下的空枝干在小山的衬托下宛如披上了一层粉色薄雾。河岸边的桤木已经抖落叶子，处处暴露着引人注目的冬青。露莓丛发着红光，照亮了你寻找披肩榛鸡的路。

狗比你更知道披肩榛鸡躲身何处，你需紧紧跟着它，仔细从它竖起的耳朵里读出它想告诉你的信息。我想这并不难。当狗儿最终停下来，一动不动，并向侧面送出饱含深意的一瞥，似乎是在告诉你"现在，做好准备"。现在我们的问题是，做好什么准备？是一只叽叽喳喳的丘鹬，还是一只扯开嗓门大声咆哮的披肩榛鸡？或许仅仅是一只闹腾的兔子？在这个什么都不确定的时刻，方显出捕猎披肩榛鸡的乐趣，那些一定要提前知道准备什么的人应该去狩猎雉鸡。

不同的狩猎有不同的乐趣，原因有说不出的微妙之处。最惬意的狩猎应该是偷偷进行的。若想体验偷偷狩猎的乐趣，你可以到杳无人迹的荒野，也可以到众

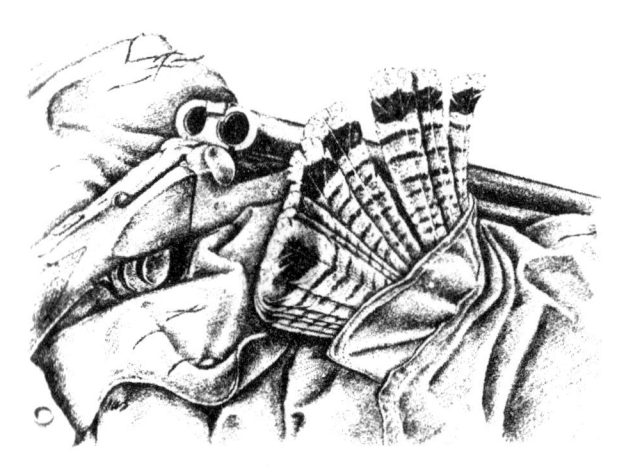

□ 被装入猎袋的披肩榛鸡

披肩榛鸡的尾羽具有朝向尖端的宽阔的黑色带，竖立呈扇形展开，其样子和火鸡的尾羽颇为相似。

目睽睽之下却尚未被发现的地方。

很少有狩猎者知晓亚当斯县有披肩榛鸡，他们开车经过亚当斯县时，眼里只看到荒凉的美洲落叶松和矮小的大果栎。这是因为高速公路与许多向西流动的小溪汇流，每条小溪的源头都是同一片沼泽，流经干旱的沙地，最后汇入河流。通向北方的高速公路与这些沼泽地自然交错，但在高速公路上方，这些干枯的灌木丛后面，每一条小溪都会延伸至一片宽阔的沼泽地里，这对披肩榛鸡而言，简直就是栖息的天然乐土。

在这里，到了10月，我独自坐在这片属于我的美洲落叶松林里，听着猎人的汽车在高速公路上咆哮，一路驰骋到北方那些拥挤的县区。想象着他们那跳动的里程表、紧张的面部表情和盯着北方地平线充满渴望的眼神，我不禁暗地里笑出声来。在他们疾驰而过的嘈杂声中，一只雄性披肩榛鸡抖着翅膀，高傲地叫着，似乎在蔑视飞驰的汽车。当我注意到它在的位置时，我的狗儿咧开了嘴。我们俩不谋而合，一致认为那个家伙需要一些锻炼，现在我们就去会会它。

美洲落叶松不仅在沼泽地生长，也在高山脚下的边缘地带生长，那里通常会有泉水涌出。每个泉眼都被稠密的苔藓堵住，形成一片沼泽似的梯田。我喜欢把这些梯田称为空中花园。流苏龙胆从湿透的泥土中钻出来，开着蓝宝石般的花朵。尽管我的狗儿已经发出了披肩榛鸡就在前面的信号，这样的10月中的龙胆，笼罩在黄金色的美洲落叶松下，仍然值得我长时间驻足观赏。

空中花园和小溪之间是一条铺满苔藓的鹿径，很方便猎人跟踪，匆匆跑过的榛鸡想要跨过去也是一秒钟的事。现在问题是，鸟儿和枪是否会在短暂的那一秒相遇呢？如果没有，那么途经此地的下一只鹿就只能发现一对可以嗅嗅的空弹壳，不会看到任何羽毛。

循着小溪往上游走去，我发现了一个废弃的农场。这片荒僻的土地上生长着一些尚且年幼的落叶松，我试着从这些落叶松的年龄推断，大约是在多久前，这位运气欠佳的农民发现这块沙地原来只生长荒草、不生长玉米。如果稍有大意，就会被落叶松蒙骗，因为它们的枝干每年生长几圈涡状纹，而不是一圈。我在榆树幼苗的树干上发现了一个精密的计时器，现在这棵榆树幼苗已经长成参天大树，早已把当年的牲畜棚封锁得严严实实。它的年轮可以追溯到干旱的1930年，自那年起，便再没有人可以从牲畜棚里取出牛奶来了。

我不知道从什么时候开始，这个家庭的抵押贷款最终超出了他们的收成，于是收到了驱逐令。不知道他们收到驱逐令的那一刻作何感想。许多思想，就像飞翔的披肩榛鸡一样，不会留下任何痕迹，但有些事情，在经历了数十年沧海桑田之后依稀还会留下一些线索。那位在难以忘怀的4月里种下这棵丁香树的人，当初一定是怀着愉悦的心情，憧憬着之后每逢4月便能欣赏盛开的淡紫色丁香花。那位几乎每周一都要守在搓衣板前洗衣服的女人，一定凝视着这块都快被磨平的搓衣板，心里想着再也别有周一了，最好这个周一也立刻从眼前消失。

我陷入对这些问题的沉思中，过了几分钟才突然醒过神来，意识到我的狗一直在泉水旁耐心地指着猎物的方向。我走过去，为我的走神道歉。一只丘鹬像蝙蝠一样叫了起来，在10月的阳光里露出浅橙色胸脯。狩猎继续。

在这种情境下让自己全神贯注猎捕一只披肩榛鸡是很难的，因为外界使人分心的东西太多了。我跨过一条沙地上的鹿径，在好奇心的驱使下随意地跟过去。这条踪迹直接从一个新泽西茶树丛通向另一个茶树丛，被啃咬的小树枝则向我道明了原委。

这令我不由想起，自己也该吃午饭了，但就在我把午餐从狩猎口袋里拿出来时，一只鹰在高空盘旋，种类不明。我等待着，直到它倾斜着飞翔，露出了红色的尾巴。

当我再次伸手到口袋里去取午餐时，我的眼睛却被一棵剥了皮的杨树吸引过去。是多久之前，曾有一只公鹿在树干上蹭着它那发痒的鹿角呢？暴露在外的木

□ 早起的大雁

对于喜欢看到大雁的人来说，大雁是一种守信的动物。它们每年都会迁徙（大多会选择在夜晚开始迁徙），春天北去，秋天南往，颇为准时。

材已经变成了棕色，因此我敢断定，这只鹿的鹿角现在一定完全摩擦干净了。

当我又一次伸手到口袋里去取午餐时，我的狗儿突然发出异常兴奋的吠声，于是我立刻收住手。灌木丛中传出来一阵撞击声，一只雄鹿蹦出来，短短的尾巴像竖起的旗帜，鹿角锃亮，披着一件质感光滑的蓝色外套。没错，杨树果然向我道出了真相。

这一次，我终于成功从口袋里取出午餐，席地而坐，美美地吃上一餐。这时，一只山雀望着我，也许在盘算自己的午餐。它没有告诉我它吃了什么东西，也许是冰凉的蚂蚁卵，或者是类似我正在吃的冷烤松鸦一样的什么美味佳肴。

吃完午饭，我注意到一大群美洲落叶松幼苗，它们黄金色的枝丫伸向天空。每一株树下都有一层仿佛昨日刚落下的针叶，铺织开来，宛如一条烟金色的地毯。在每一个枝丫的顶端都孕育着明日的萌芽，它们泰然自若地等待着另一个春天到来。

太早

起得太早是角鸮、星星、大雁和货运列车难改的积习。猎人为了大雁养成了早起的习惯，而咖啡壶为了猎人也同样养成了早起的习惯。说来也怪，在所有必须清晨起床的生物中，只有极少数的几个，会发现最愉悦，也最不实用的早起时间。

猎户星座肯定是那些早起者最原始的导师，正是它为早起的人们按响了闹钟。当猎户星座经过天顶，向西移动至大概能让猎人偷窥到一只水鸭的距离时，就是该起床的时间了。

早起者彼此相处起来显得颇为轻松，因为与那些晚睡者不同，他们更喜欢低调，对自己取得的成就也只会轻描淡写。猎户星座可以说是旅程跨度最长的星座，但也是最不善言辞的星座，基本上不说什么。咖啡壶，从它发出轻柔的汩汩声开始，就从不张扬自己里面煮沸的东西有多么美味。猫头鹰，在它的三音节阐述里，也少有谈及它们在夜晚的谋杀故事。河堤上的大雁也会早起，只为遵守它们之间的某些契约，至于这些契约是如何达成的，你无从听到，更别说让它们把与远方高山大海相关的高谈阔论告诉你了。

至于货运列车，我承认，它很难对自己的重要性保持沉默。然而，即便如此，它还是十分谦虚，它的眼睛只盯着自己嘈杂的公务，从不会跑到别人的领地"轰隆隆"地咆哮。它这种兢兢业业的美德让我有一种很强烈的安全感。

到达沼泽地太早的话，只论对听觉的影响而言，是一件冒险的事。耳朵在夜晚的喧嚣中随意游走，听听这，听听那，完全不受手和眼睛的妨碍和阻挡。当你听到一只野鸭正津津有味地咂着它的美味汤汁时，你一定能够想象得出一群野鸭在浮萍中间狼吞虎咽的情形。当你听到一只赤颈鸭的尖叫，你一定想当然地认为有一群赤颈鸭在那儿，而不用担心眼见是否如此。当一群斑背潜鸭朝着池塘，拖着长长的声调俯冲，划破黑绸缎一般的天际时，你一定会屏住呼吸寻找那声音，但是除了闪闪的星光外，你什么也看不到。如果白天上演这样的节目，你一定会目不转睛，瞄准，射击，然后没打中，再然后就是匆匆忙忙为自己找各种理由。不过，白天的光线不会让你在脑海中绘画出将天穹整齐划成两半的、抖动的翅膀。

当一群群飞禽拍打着翅膀，飞向更广阔、更安全的水域，每一只都在灰亮的东方天空中模糊不清时，聆听的时刻也就到此结束了。

就像许多其他限制性条约一样，黎明前的协定貌似也只能在黑暗使一切傲慢变得谦逊时才有效。看起来，太阳负责每天把这世间的沉默都带走。不管怎说，当薄雾变成白茫茫一片，遮住了低地，每一只公鸡都在尽情地自吹自擂；每一株被割倒在地的玉米秸都认为自己比所有玉米都高两倍。每当太阳从东方冉冉升起，所有松鼠都在夸张地幻想自己曾遭受过的侮辱和磨难；每一只松鸦都在虚伪地宣扬它发现的、关乎整个社会的危险；远处的乌鸦正在训斥一头它假想出来的猫头鹰，而它这样做，只是为了向全世界讲述自己时刻保持警惕；一只雄野鸡正沉浸在对往昔风流的回忆中，拍打着翅膀，似乎在用它那沙哑的声音喋喋不休地向世界宣布，这片沼泽以及里面所有的母鸡都是属于它的。

这些伟大的幻想并非仅存在于飞禽走兽之间。到了早饭的时间，喇叭声、雁鸣声、喊叫声和哨子声唤醒了沉睡中的农家庭院，最终到了傍晚，一台忘记关闭的收音机发出嗡嗡声。每个人都躺到床上，重温夜间的功课。

红灯笼

一种狩猎松鸦的方法是根据逻辑学和概率论制订计划，观察狩猎地形，这样可以让你找到理论上松鸦应该栖息的地方。

另一种狩猎松鸦的方法是漫无目的地闲逛，从一个"红灯笼"走到另一个"红灯笼"，这很可能会把你带向松鸦实际上的栖息地。那些"红灯笼"就是黑莓的叶子，在10月的阳光下略微发红。

我在许多地区狩猎过许多次，在这些愉快的经历中，"红灯笼"始终为我照亮了前方的路。我认为，黑莓一定是在威斯康星州中部的一些沙乡地区最先学会发出红光的。沿着这些友善的废土之上的沼泽溪流——通常被那些用手提电灯照来照去的人们称为贫瘠之地，黑莓从霜降开始就在每一个阳光灿烂的日子里燃烧得通红，一直到冬季的最后一天。在这些丛生的荆棘下，每只丘鹬和松鸦都拥有自己的私人日光浴场。大多数狩猎者不知道这一点，因此在没有荆棘的矮树丛中找来找去，搞得自己精疲力竭，结果还是一无所获地回家，让"我们"重回到自己波澜不惊的生活中。

这里的"我们"是指鸟儿、小溪、狗儿和我自己。这条小溪是个懒散的家伙，它蜿蜒蜒穿过桤木林，好像宁愿待在这里，也不想汇入大河中。我也是如此。它每次在U形河道处的犹豫蜿蜒，都意味着那里有更好的河岸，半山坡上的石楠树丛在那里连接上了一片片生长在沼泽底部的冻住的蕨类植物和凤仙花。我想，没有哪只松鸦舍得长时间离开这个地方，我也一样。捕猎松鸦的过程，其实就是迎着风儿在小溪边闲逛，从一处荆棘石楠树丛溜达到另一处的过程。

☐ 松鸦

松鸦常在高海拔地区的针叶林带生活，夏季会栖息在落叶松和云杉林地上，冬季喜居松林。它喜群集，性机警，到成熟期，它的尾部会生长十八根并列的尾羽。

我的狗儿靠近荆棘丛了，它开始四下张望，以确定我是否在猎枪射程所及的范围内。确认无误后，它开始小心翼翼、鬼鬼祟祟地行走，用那湿漉漉的鼻子从上百种气味中筛选出其中的一种。这种潜在的可能性为整个景观赋予生命和意义。狗儿是空气的勘探者，毕生都致力于在气味的世界里淘金，而松鸦的气味，就是联结它的世界和我的世界的金本位。

顺便说一下，我的狗儿认为我还应该多多学习关于松鸦的知识，作为一名专业自然学家，我很认同它的观点。它坚持不懈地带着一种逻辑学教授才有的沉着和耐心，用那经受过训练的鼻子十分艺术地指导我。我很高兴见到它从那些对它而言显而易见、对我而言却肉眼难及的素材中得出结论。也许，它希望我这个笨学生有一天也能像它一样学会辨别气味。

就像其他愚笨的学生一样，我知道我的教授什么时候是正确的，尽管我不知道为什么。我检查了一下猎枪，然后跟着教授走进去。和任何优秀的教授一样，当我没有射中时（我经常如此），它从来不会嘲笑我，只是转过头看我一眼，便继续向上游走去，寻找下一只松鸦。

我沿着其中一边河岸行走，横跨了两种风景，一个是猎人狩猎的山坡，另一个是狗儿狩猎的山脚。在行进途中，我踏着柔软干燥像地毯一般的石松子，沼泽里的鸟儿被惊飞，此中独有一种迷人的感觉。对于执行猎捕松鸦任务的狗儿来说，考验它是否合格的首要标准便是，当你们一起走在干燥的河岸上，它是否愿意干一些把自己弄湿的活儿。

随着桤木带变宽，一个非常棘手的问题出现了，那就是，你看不到狗儿了。你得抓紧找一个小山丘或者瞭望点，静静地站在那儿，睁大眼睛，竖起耳朵追随狗儿的踪迹。白喉带鹀突然四处飞散，也许能透露狗儿所在之处的蛛丝马迹。此外，你也许还能听见它弄断小树枝的"咔嚓"声，溅起水花的"哗啦"声，跳进小溪时的"扑通"声。等到所有声音都停止了，你就该立即准备采取行动了，因为它很可能已经埋伏在猎物附近了。现在，你竖起耳朵听，有没有松鸦在受惊飞走之前所发出的预兆性的"咯咯"声。然后你就能看到飞奔的鸟儿，或者是两只，或者是我曾见过的多达六只，它们"咯咯"地叫着，一只接一只向着这块高地上自己的目的地飞去。是否会有一只飞进射程里，则是机会问题了。如果时间来得及，你完全可以估算这个机会有多大：用360度除以30，或任何你的枪能够覆盖的范围，然后再除以3或4，结果就是你可能错失的机会数量，最终你就得出实际捕获松鸦的可能性有多大了。

另一个考验捕猎松鸦的狗儿是否合格的标准是，在经历了这样一段小插曲后，它是否还会按照你的指示等待命令。如果它气喘吁吁，那么你就要坐下来，跟它好好谈谈，商量一下接下来的计划，然后寻找下一个"红灯笼"，以及继续狩猎。

10月的微风为我的狗儿送来的不只是松鸦的气味，还有很多其他不同的气味，而每一种气味又或许会引出一些不同的插曲。它竖起耳朵，脸上的表情有些滑稽幽默时，我就知道它一定是发现了一只正在睡觉的野兔。有一次，它特别严肃地向我下指示，我依照指令去找，发现根本没有什么鸟儿，但是狗儿还是纹丝不动地站在那里。最后我发现，原来，在它鼻子正下方的莎草丛里，有一只胖嘟嘟的小浣熊正在10月的阳光下睡觉。每次出去打猎，我的狗都会对着臭鼬汪汪大叫，至少会叫一次。通常情况下，臭鼬会藏在一些长得异常稠密的黑莓丛中。有一次，狗儿向我指示着河中央，原来上游区域有翅膀"呼呼"的飞翔声，紧接着是三声音乐般的鸣啭。看来，我的狗儿打断了一只木鸭的晚餐。有时候，它会在草地上的桤木丛中发现一只小鹬；有时候，它会惊扰到一只大白天栖息在桤木沼泽两侧的河岸上睡大觉的小鹿。难道小鹿偏爱会唱歌的流水，认为这样的小溪有一种诗情画意？还是它只是想找一个实实在在、不被外界惊扰，而且可以悄悄进入的地方睡觉？看着它那摇摇摆摆、义愤填膺的白色大尾巴，我想哪种原因都有可能，或者两种原因兼而有之。

在一个"红灯笼"到另一个"红灯笼"的路程里，几乎什么事情都可能会发生。

在捕猎松鸦的季节即将过去的最后一天，夕阳西下，每一棵黑莓树叶的红光都熄灭了。我不知道，为什么一棵小小的灌木竟能如此准确地接收到威斯康星州的法规，不过我也没有在第二天故地重游以查明原因。接下来的11个月里，"红灯笼"就只能在记忆里闪闪发光了。有时候我会想，其他月都是作为10月和来年10月之间恰到好处的插曲吧，我猜我的狗，或许还有松鸦，都赞成我的观点。

11 月

如果我是风

11月的玉米地里，风儿很急，"沙沙"作响，宛如演奏家在创作音乐。玉米秸秆发出"嗡嗡"声，松散的外皮在空中半张开地旋转着。风还是呼呼地刮。

在沼泽地，长满草的泥沼泛起长长的风浪，一直拍打到远处的杨柳。光秃秃的大树摇摇晃晃，似乎在抗议，不过这丝毫不能阻止风的脚步。

沙堤上只有风，河水向着大海奔流而去。一簇簇草在沙地上画着圈圈。我沿着沙堤漫步，朝浮木走过去，坐下来倾听宇宙，也倾听浪花拍打河岸的声音。此时的河流有些死气沉沉，没有一只野鸭、苍鹭、白尾鹞或者海鸥在此处躲风避浪。

突然，我听到一个不太清楚的叫声，仿佛来自九霄云外的狗的叫声。说来奇怪，我感觉整个世界都只剩下那一个声音，到底是什么声音呢？很快，那声音越来越清晰，原来是雁鸣，虽然看不见，但我感觉它们就要过来了。

雁群从低低的云层中出现，像一面破旧的旗子。鸟儿时而下落，时而上升，时而飘扬，时而翻转，时而聚集在一起，时而又分开。但不管怎样，它们一直在奋力前行，每一对舞动的翅膀都在和风儿角力。当雁群在遥远的天空中变得模糊不清，我听到最后一声雁鸣，就像是夏天的安息号。

现在，浮木后面变得暖和了不少，因为风儿追随大雁飞走了。如果我是风，我也会和大雁一起飞走。

手中的斧头

上帝给予生命，也夺取生命，但是祂不再是唯一可以这么做的存在了。我们的先祖发明铁铲时，他变成了一个给予的人：他能种植一棵树，赐予树生命。当我们的先祖发明了斧头时，他又变成了一个夺取的人：他能砍倒这棵树。因此，任何拥有土地的人都认为自己拥有创造和毁灭植物的神圣职责，不论其自知或不自知。

还有些离我们年代不那么久远的其他先人发明了其他工具，但是只要你细心观察，就会发现，这些工具要么是对先前基本工具的一种改良，要么是原本就有的工具的附件。我们喜欢把人类划分成不同的职业群体，每个职业要么使用某种特殊工具，或是销售某种工具，或是修理某种工具，或是磨砺某种工具，或是给出如何做到这些事情的意见。通过这样的劳动分工，我们逃避了滥用任何一种为我们所用的工具的责任。不过有一种职业，它知道所有人其实都在根据自己的所思所想使用所有工具，而且它还知道，人类根据自己的思维方式和期望来确定使用某种工具是否值得，这种职业就是哲学。

出于诸多原因，11月被称为斧头月。此时的天气对于磨快斧头来说还算够暖和，不会上冻，不过也足够冷，砍倒一棵树会让你感到热乎乎的舒服。树叶从阔叶树上飘落下来，此时你既可以看清枝丫交错的景象，也能看清这个夏天树木又添了哪些新枝芽。如果看不清树冠，你就不能确定是否有该砍的树。出于保护土地的目的，哪棵树应该被砍掉呢？

关于"自然资源保护主义者"的定义，我曾看到过许多不同的版本，我个人也曾发表过一些拙见。不过，我认为，它最好的定义是用斧头写就，而非是用钢笔写出的。它关乎一个人在伐木或决定砍伐什么时的所思所想。自然资源保护主义者应该谦逊地意识到，他正在写下的每一笔每一画都是他在大地面孔上的签名。不论是用斧头还是用钢笔签名，每个人的签名当然会有所不同，这种不同也是应当存在的。

溯及既往，分析自己一斧在手时做出的杀伐决断，我发现分析出的原因十分令人不安。首先，我发现，并非所有树木生来自由或平等。当松树和桦树挤在

□ 黑啄木鸟

黑啄木鸟是一种大型的啄木鸟，主要在树干、粗枝和枯立木上取食，常栖息于欧亚大陆温带的针叶林和山毛榉林中。

一起时，我总是由于既有的偏见，砍倒桦树，保全松树。这是为什么呢？

好吧，首先，松树是我用铲子种植的，而桦树是自己从篱笆下爬出来野生的。因此，我的偏见中有一定成分的"亲情"在里面，不过这绝不是主要原因，因为如果松树能像桦树那样自然长成幼苗的话，我只会更加高看它一眼。因此，我必须从逻辑上挖掘自己偏见背后深层次的原因，如果有的话。

桦树是我所在镇上盛产的一种树，而且正变得越来越普遍，而松树是稀有树种，而且正变得越来越稀少。是"偏爱弱者"的心理在作祟吗？如果我的农场在更靠近北方的地区呢，那儿盛产松树而桦树是稀有树种，我会怎么做？我承认，我不知道，我只能说，我的农场在这里。

松树能活100年，而桦树只能活50年，我是在害怕自己的签名消失吗？我的邻居们从来不种松树，反而种了许多桦树，我是希望自己拥有一片与众不同的树林吗？松树整个冬天都是青葱翠绿的，而桦树在10月就已经敲响落叶的钟声，我是偏爱松树能够像我一样勇敢面对凛冽的寒风吗？松树为松鸦提供庇护之所，而桦树能让松鸦衣食无忧，我是想当然地认为睡觉比吃饭更重要吗？1000立方英尺的松树最终可以换10美元，而同样体积的桦树只能换2美元，我是眼睛只盯着银行的账单吗？所有这些可能的原因似乎都有些分量，但是，对我而言，这里面没有一条原因是重要的。

于是，我试着继续探索，或许也有下面这些原因。通常，一棵松树下面会长出一棵匍匐浆果鹃、一株水晶兰、一株鹿蹄草或一株北极花，而在一棵桦树下充其量只能长出一株龙胆草。在松树上，啄木鸟会过来凿洞筑窝，而在桦树上，能看到一根羽毛就让人心满意足了。在松树上，4月的风儿会沙沙歌唱，而那时候的桦树，还只有光秃秃的枝条晃来晃去。用这些可能的原因来解释我的偏见，似乎十分说得通，但是为什么呢？难道是松树比桦树更能激发我的想象力和希望么？倘若真是如此，那么这些差异应当归咎于树，还是归咎于我？

我最终得出的唯一结论就是，我喜欢所有的树，但是我更爱松树。

正如我之前所说，11月是斧头的月份。跟其他爱好一样，偏爱也是需要技巧的。如果桦树生长在松树南边，又比松树高，那么等到春天，它就会遮住松树的树冠，妨碍象鼻虫在其树冠上产卵。跟象鼻虫比起来，桦树的竞争只能算一个微不足道的苦恼。象鼻虫的子孙会杀死松树的树冠，从而让松树变形。想来也是有趣，昆虫喜欢蹲在太阳底下。熟知这个癖好不仅决定了其种族本身的繁衍生息，还决定了松树的未来，以及我作为斧头和铲子使用者的成功与否。

不过，即使我除去了桦树的遮蔽，若紧跟着是一个干旱的夏天，土壤更加炙热，那么除掉桦树得来的水分或许就被抵消了。所以，偏心并没有让我的松树长得更好。

最后，如果桦树的枝干在大风期间摩擦到松树的顶芽，松树肯定会变形，到时候，我要么不假思索地移除桦树，要么每年冬天修剪它的枝干，使修剪后的高度高于松树在来年夏季的预期生长高度。

这时，斧头使用者必须沉着冷静地预见、比较，最终做出决定。通常而言，偏心的结果会被证明不仅仅是善意或热心。

或许农场上有多少种树，斧头使用者就有多少种偏爱。多年来，斧头使用者根据每个树种的美感或功用，以及树木付出的辛劳，给树木赋予一系列属性，而这些属性则构成了树的个性。我发现，令人惊讶的是，不同的人给同一种树赋予了多么不同的个性。

就个人而言，我十分喜爱山杨，它不但让10月变得更美，而且还在冬天喂养我的松鸦；但对我的一些邻居而言，山杨只不过是一些"杂草"，也许是因为他们的祖父千方百计地想清理那些空地，而山杨却不管不顾，拼命地抽枝发芽。

（对此，我不能心存嘲笑，因为我发现自己就很不喜欢那些威胁我松树生长的榆树。）

另外，除了白松，我其次喜欢的就属美洲落叶松了，也许是因为这种树在我家乡已经濒临灭绝（基于对弱势者的偏爱），也许是因为它为10月的松鸦点缀金黄色斑纹（基于狩猎者的偏爱），也许是因为它酸化了土壤，滋养了我最爱的兰花草中的贵妇——仙女鞋。可是，林农却将美洲落叶松扫地出门，因为它生长得实在太慢，无法带来可观的红利。为消除这种争议，林农们还提出证据，说美洲落叶松每隔一段时间就会遭遇锯蝇流行病。不过在我看来，这是美洲落叶松五十年后要面临的事情，我还是让我的孙子去担心吧。反正我的美洲落叶松现在活得好好的，正茁壮成长，我的灵魂随着它们一起翱翔，向着天空飞舞。

在我眼里，古老的三叶杨是最了不起的树种。还未长成参天大树，它就已经可以为水牛遮阳，为鸽子戴上光环。我喜欢年轻的三叶杨，因为我知道，有朝一日，它会变成一棵珍贵的老树。不过，农场主的妻子却瞧不起它们，想必农场主也是如此，因为6月的时候，雌树飘落的棉絮总是会堵塞窗户。现代人信仰的是，要不惜一切代价追求舒适。

我发现自己比邻居们对树木有更多的偏爱，因为我对很多树种都有着自己的个人喜好，而这些树木往往都属于不受人重视的范畴——比如灌木丛。我喜欢紫果卫矛，一方面是因为小鹿、兔子、老鼠更喜欢吃它的方形树枝和绿色树皮，另一方面是因为它那樱桃般的果实在11月的雪地映衬下显得格外温暖。我喜欢红色山茱萸，因为它喂饱了10月的知更鸟；我喜欢美洲花椒，因为我的丘鹬可以在其荆棘的掩护下安全地享受日光浴；我喜欢榛树，因为它在10月盛开的紫色花朵让我一饱眼福，它11月的花穗更是让我的小鹿和松鸦大饱口福。我还喜欢爬藤卫矛，因为我的父亲喜欢，更因为它们让鹿儿从每年7月1日起便有新鲜叶子享用，而我也已经学会了把这件事情预先告知我的客人们。我实在没有理由不喜欢这些植物，它们让我变身为成功的预言家和先知，除此之外，我仅是一名教书匠而已。

显然，我们对植物的偏爱有些是传统的。如果你的祖父喜欢山核桃，那么我猜你也会喜欢山核桃，因为你的父亲让你喜欢它。此外，如果你的祖父焚烧了一棵携带常春藤藤蔓的、恣意站在烟雾中的原木，我猜不管它在秋天能开出怎样绯红绚烂的花朵，让你一饱眼福，你都不会喜欢这种攀缘植物。

同样显而易见的是，我们对植物的偏好不仅能反映出我们所处的行业差别，还能反映出我们在喜好方面的迥异，以及勤劳与懒惰在我们心中的分量。挤牛奶和捕猎松鸦，相比之下，更喜欢挤牛奶的农场主不会不喜欢山楂树，不管山楂树是否会侵入他的牧场。喜欢捕猎浣熊的人也一定会喜欢椴树。同样，喜欢捕猎鹌鹑的人绝不会不喜欢豚草，即使它们每年感染一次花粉热。我们的偏爱确实是一个感性指标，反映着我们的感情、我们的品位、我们的忠诚、我们的慷慨，以及我们度过周末的方式。

尽管如此，能拿着一把斧头悠闲地度过11月的时光，我已心满意足。

坚不可摧的堡垒

每一片农场林地，除了生长木材、燃料和木桩外，还应为其所有者提供自由主义教育。这种"智慧的庄稼"永远不会枯萎，尽管有时被人忘记而无法有所收获。我在这里记录了自己曾在树林里学到的一些东西。

10年前，我买下这片树林后不久，便发现这林子里的树木病害简直和树一样多，结果，我的树林被病害折腾得破败不堪。于是，我开始祈祷，希望诺亚在登上方舟之前，能把这些树木疾病都丢出去。不过，很快，我转念一想，这些树木疾病把我的林地变成了全县无与伦比的强大堡垒。

现在，我的林地成了浣熊一家的总部，鲜有邻居能有此殊荣。11月的一个星期天，新下了一场雪过后，我终于搞清楚其中的秘密了。捕猎浣熊的人和他的猎犬刚从这里经过，我循着他们清晰的足印找过去，来到一棵枫树前，原来这棵枫树的根已经被拔出一半，一只浣熊先前在树下避难。树根和泥土缠结着冻成一块，坚如磐石，挖不动，砍不得，树根上有密密麻麻的小洞，即使用烟熏也无法把浣熊熏出来。猎人已经放弃了捕杀浣熊，因为真菌病已经腐蚀了枫树根，而这棵树明显又被暴风吹倒了一半，如今在那里摇摇晃晃的，倒成了浣熊一家坚不可摧的堡垒。若非有此"防空洞"庇护，浣熊幼崽恐怕会被每年光顾此地的猎人杀得片甲不留。

□ 啄木鸟

啄木鸟以啄食树木害虫为食，被人们称作"树木医生"。啄木鸟头部又小又轻，且内部结构疏松，因此可以容许它每日连续进行8000次以上的敲击动作，而不使脑部受到损伤。

我的这片林地里住着十二只披肩榛鸡，不过在积雪深深的时候，它们便举家搬迁到我邻居的树林里，那儿能提供更好的掩护。不过，我还是留住了一些披肩榛鸡，数量跟被夏季暴风雨吹倒的橡树差不多。这些夏季的意外收获吹落了它们干枯的叶子，待到冬天下雪时，每棵被吹倒的橡树后面就会藏着一只披肩榛鸡。从地上的排泄物不难看出，每逢风雨期间，披肩榛鸡就在这里栖息、进食和散步。在橡树叶子遮蔽的狭窄范围内，它们安全惬意，悠然自得，风吹不到它们，猫头鹰、狐狸和猎人也找不到它们。重新长出的橡树叶子不仅可以为它们打掩护，而且由于一些奇怪的原因，还能为披肩榛鸡提供喜爱的食物。

不消说，这些被暴风雨吹倒的橡树都是病树。若不是病了，鲜有橡树会被风刮倒，也不会有披肩榛鸡在此躲藏了。

此外，染病的橡树还为披肩榛鸡提供了另一种对它们来说显然美味可口的食物，即橡树瘿，这是一种被瘿蜂叮咬而形成的病变嫩枝，柔软多汁。10月，披肩榛鸡的肚子里常常塞满了橡树瘿。

野蜜蜂每年都会在我的空心橡树上筑巢，同时，蜜蜂猎人每年也会擅自闯入我的林地，先我一步收走蜂蜜。之所以会如此，一部分原因是他们比我更擅长在蜜蜂所在的树前"排队"，另一部分原因是他们使用捕蜂网，可以在蜜蜂秋眠之前开始工作。如果树心没有腐烂，也就没有空心的橡树可以让野蜂在此筑巢了。

兔子繁殖处于高峰期的那几年，我的树林爆发了一场兔子大灾难，它们几乎把所有我喜欢的树木或灌木丛的树皮和枝啃掉了,而对我不太喜欢的那些置若罔闻。当捕杀野兔的猎人自己种植松树或果园时,兔子便不再是猎物,而成为害兽了。

尽管兔子是一种对什么食物都有胃口的杂食动物,但在某些方面却是个美食家。相比野生树木,它明显更喜欢人类亲手种植的松树、枫树、苹果树或卫矛。它们还坚持认为,这些沙拉必须在食用之前预先调制好。对红花山茱萸,它们也十分讲究,必须要等到茱萸被蛎盾蚧攻击过后,茱萸皮才能成为美味佳肴,就连附近树林里的兔子也会慕名前来。

一群(大概有十几只)山雀在我的树林里待了整整一年。冬天,我们把生病或枯死的树木砍倒作为燃木时,斧头砍伐发出的"铛铛"声,就是山雀们的就餐集结号。这些鸟儿停靠在我们附近视野范围内,等待树木倒下,一点儿也不怕我们,还时不时地叽叽喳喳评论我们砍伐得太慢。树终于倒了下来,楔子劈开树干,藏在里面的东西暴露出来,山雀们赶紧戴上雪白的餐巾,朝着树木飞落。每一片死去的树皮对这些鸟儿来说都是一笔巨大的财富,里面藏着虫卵、幼虫和茧。对它们来说,每个由蚂蚁挖掘出的树心隧道都灌满了牛奶和蜂蜜。我们经常会将刚劈开的树干立在附近的树旁,一睹那些贪婪的山雀从缝隙中啄食蚁卵的情形。它们和我们一样,也从刚劈开的橡树芳香中获得食物和安慰。得知这一点,我们顿觉不那么疲惫了。

若不是这些病虫害捣乱,这些树缝里可能就没有食物,冬天可能也就没有山雀为我的树林增添欢乐的气氛了。

还有许多其他野生动物依赖病树生存。我的黑啄木鸟雕凿尚且活着的松树,从患病的树心里啄出肥大的蛴螬。我的横斑林鸮可以躲在老椴树的树心空洞里,躲避乌鸦和松鸦。如若不是有这棵生病的椴树,它们夕阳时分的小夜曲可能就成绝唱了。木鸭在空心的树木里筑巢,每年6月,我的林间沼泽地便会多出一群毛茸茸的小鸭子。所有松鼠都依靠被腐蚀的树洞和树木试图封闭伤口的瘢痕组织之间微妙的平衡来保住它们永久的安乐窝。当瘢痕组织过度修复,不断缩小安乐窝的门幅时,松鼠就通过啃咬瘢痕组织来调节二者之间的平衡。

这片疾病缠身的树林中,真正的宝贝是蓝翅黄林莺。它通常把鸟巢筑在老旧的啄木鸟洞里，或者其他悬伸在水面上的树枝小洞里。6月的枯树阴暗腐烂，而它那金蓝色羽毛泛出的闪闪光亮本身就向世人昭告着，死去的树木正转化为活生生的动物，反之亦然。当你怀疑这种大自然安排的智慧时，不妨去看一看这里的蓝翅黄林莺。

12 月

家的范围

居住在我农场的野生动物都不情愿告诉我，它们在日常或夜间巡逻的地方包含了我所在乡镇的多少地域。我对此十分好奇。它们的领域和我的领域之间的大小比例如何？而且，这极容易引发一个更重要的问题，即我和它们，谁更了解我们所居住的世界？

和我们某些人一样，这些小动物们经常用行动透露一些它们拒绝用言语表达的东西。很难预测，人类何时以及怎样才能将它们这些行动的意义公之于众。

我们砍伐木材时，我的狗儿因为不会拿斧头，所以就自由自在地去林中搜寻猎物了。一阵突如其来的犬吠声，让我们注意到一只正在草丛中酣睡的野兔被它赶出来，急忙朝着其他方向逃窜。它径直朝0.25英里远的柴堆里奔去，躲进两捆柴堆之间，这可是躲避捕猎者最安全的区域。我的狗儿在坚硬的大果栎上象征性地咬了几下，然后默默离开，继续寻找那些不太狡猾的白尾灰兔。而我们，则继续砍伐我们的木材。

这段小插曲让我看清楚，这只野兔，对其睡觉的草地和柴堆下可供仓皇避难的地下室了如指掌，对这些地面也了如指掌。不然，怎么解释它逃生时选择的捷径呢？这只野兔的家园，就面积而言，至少有0.25平方英里的范围。

每年冬天，来我们投食点的山雀总会被捉住，并被戴上环志。我们有些邻居也喂养山雀，但都不给它们戴上环志。我留心观察了一下，发现这些戴着环志的山雀最远能够离开投食点半英里，也就是说，这群鸟儿的家园范围在冬季是半英

□ 逃跑的野兔

野兔四肢细长、健壮，后肢十分强健，善于奔跑，因而尤其灵活。它们喜欢栖息在低矮干燥的灌木丛中，在深夜或凌晨从栖息地顺着山上的小路下到灌木稀疏的山脚、果园、路边进食。

里，而这已足够它们找到遮风挡雨的居所了。

到了夏天，成群的山雀分头筑巢，我们经常能看到戴着环志的山雀飞到更远的地方，与那些没绑环志的山雀交配。在这个季节，风儿的影响已经微不足道，山雀通常可以在有风的场所活动。

三只小鹿的足迹，清晰地印在昨天刚下的积雪上，一直穿过我们的树林。我循着这些印记往相反的方向走，在沙洲的大柳树丛中找到三处没有积雪的巢穴，显然是它们精心布置的。

于是我继续向前追踪，这些足迹一直把我引到邻居的玉米地里。那儿还有它们用蹄子刨开积雪寻找碎玉米的痕迹，甚至还把堆放在旁边的玉米秸秆弄得乱七八糟。之后，足印通过另一条路线返回沙洲。途中，小鹿们在一些草丛里跑来跑去，用鼻子拱拱草丛中的嫩芽，再跑去泉水边喝了个痛快。就这样，一幅夜间行军图在我脑海里清晰地浮现。这些小鹿从起床到吃早餐需要行走的全部距离，不过1英里远。

我们这片树林一直以来都是松鸦的庇护所，但是去年冬季的一天，一场大雪后，我却找不到一只松鸦，连它们的影子和踪迹也看不到。就在我要断言松鸦已经搬出林子时，我的狗儿跑向一棵去年夏天被风刮倒的橡树旁，在橡树顶叶末梢处，三只松鸦一只接一只地被惊吓飞奔出来。

树梢下面和附近都没有松鸦的痕迹，显然，它们是飞进去的。可是，它们从哪里飞进去的呢？松鸦总是得吃东西的，尤其是在这严寒天气，它们必须进食，于是我检查了它们的粪便，以期找到一些蛛丝马迹。果然，我发现，在这些无法辨认的残骸碎片中，有一些芽鳞，还有一些冻得坚硬的茄属植物浆果的黄皮。

我曾经注意过，在错综交织的年幼枫树林里，一到夏天便有丰富的茄属植物。我走到那里，仔细搜索一番后，在一根原木上发现了松鸦的足迹。鸟儿没有在柔软的雪地上负重前行，而是踩在原木上，并伸出脖子采摘够得着的浆果。这片枫树林，离那棵被风刮倒的大果栎东面只有0.25英里远。

那天晚上，日落时分，我看到一只松鸦在向西0.25英里处的杨树丛中探头探脑。同样，它也没有留下什么痕迹。这就是故事的全貌了。这些松鸦在整个又厚又软的积雪还存在期间，通常只会在它们的家园里飞来飞去，几乎不徒步行走，而它们的家园范围通常也不会超过半英里。

科学家们对动物家园范围这个概念知之甚少：在每个季节，它有多大？必须包括哪些食物和掩护场所？什么时候以及如何防御外来侵犯？家园的所有权归属个体、家庭还是群体？这些问题都是动物经济学或生态学的基础原理。每个农场都是动物生态学的教科书，而林中生活的知识便是对这本教科书最好的诠释。

雪中松树

通常，"创造"一词是为上帝和诗人所保留的，然而，如果知道如何去做，卑微的人们又何尝不能超越这种限制呢？例如，我们种下一棵松树，既不需要神的旨意，也不需要诗人的灵魂，只需要拥有一把铁锹就够了。因此，由于这个规则中奇妙的漏洞，任何一个庄稼汉都可以说"要有一棵树"，于是便有了一棵树[1]。

如果他背部强壮，铁锹尖锐，可能最后会拥有一万棵树。到了第七年，他就可以挂着铁锹，抬头看着这些树木，并自言自语道："嗯，这一切创造得都很好。"

上帝早在第七日就肯定了自己的手艺，然而我却发现，自那之后，他便对这些东西不置可否了。我认为，也许他言之过早了，也许那些挺立的树比无花果[2]

---

[1] 此处对照圣经《旧约·创世记》里的"神说，要有光，于是就有了光"。——译者注

[2] 部分基督徒由《旧约·创世记》认为，无花果树即是伊甸园中的"生命树"或"知善恶树"之一。虽无定论，但无花果的重要性不言而喻。

叶子和树冠更引人注目。

  为什么铁锹总被视为辛苦乏味差事的象征呢？也许是因为大多数铁锹都是钝的。诚然，所有做苦工的人使用的铁锹也是钝的，不过我不确定这两个事实中，哪一个是原因，哪一个是结果。我只知道，经过一把好锉刀的强力打磨，我的铁锹在挖掘肥沃的土壤时简直能够唱起歌来。有人说，锋利的刨子、尖锐的凿子和锋利的手术刀里都藏着音乐，不过，我只听到自己铁锹里发出的音乐，那是我听过最好、最清楚的音乐。当我种植松树时，它就在我手腕上轻轻吟唱。我猜想，那个试图在时间的竖琴上弹奏一两个清澈音符的家伙，实在是选择了一个太难驾驭的乐器。

  只有春天才是种植树木的最佳季节。对任何事情而言，适度总是最好的，铁锹也不例外。在其他几个月里，你可以看着松树慢慢长成。

  松树的元旦在5月，那时，其顶端的嫩芽变成了"蜡烛"。不知是谁为新生的嫩芽杜撰了这个名字，这个人的内心一定十分细腻敏感。"蜡烛"听起来就是对显而易见的事实的平淡解释：新抽出的枝芽是蜡黄色的，长得笔直，又很脆弱。但是，跟松树一起生活的人都知道，"蜡烛"有更深层次的意义，因为它的顶端燃烧着永恒的火焰，照亮了通往未来的路。5月过后，我的松树就追随着"蜡烛"，伸向天空，每个枝芽都想直奔天顶。如果在最后的号角吹响之前给它们足够的时间，我想它们一定都能到达。只有那十分年迈的松树，才会忘记它的众多"蜡烛"中，哪一支是最重要的，因此它的树冠不再直指天空。在你的有生之年，你也许会忘记，但你亲手种植的松树还达不到会忘记的年纪。

  如果你崇尚节俭，那么你会发现，松树是你志同道合的好友。不像那些现买现卖的硬木，松树从来不会透支现有收入，而是靠前一年结余下来的储蓄过活。实际上，每棵松树都有一本在用的银行存折，每年6月30日现金入账。如果在那天，它长出来的"蜡烛"末端已经又冒出十几个嫩芽，这意味着它已经为明年春天继续向天空伸展两三英尺储蓄了足够的雨水和阳光。如果末端仅有四个或六个嫩芽发出来，那么，来年它便不会向外伸展得那么高。不过，它依然有那种未雨绸缪的笃定。

  当然，松树也会遇到灾荒年，就和人类会遇到艰苦岁月一样。松树的饥荒通常记录为生长缓慢,例如,连续两个树杈之间的距离缩短。这些间距就是一本自传,与松树并肩行走的人可以随意阅读。为了确定灾荒的年份,你必须从距离增长缓慢的年份再减去一年。也就是说,1937年,松树生长缓慢,其实记录的是1936年的大面积干旱灾害。1941年,所有松树都生长得很高,其实反映了它们看到了未来的影子,并且特别努力地向世界宣告,它们知道自己将来要去哪里,尽管人类对此毫不知情。

如果某一棵松树生长缓慢,但是它旁边的树木却正常生长,

□ **鹿**

鹿是典型的草食性动物,以草、树皮、嫩枝等为食,其生存尤其受气候影响,雪灾则是其生存的大敌。

那么你可以放心地推断是一些个体或局部地区遭遇逆境,也许是一场火灾留下的疤痕、一只田鼠的啃咬、一场大风灾害,再或者是我们称之为黑暗实验室的土壤遭遇了局部瓶颈。

松树十分健谈,它们之间会聊许多家长里短。只要留心于它们之间的喋喋不休,即使离开沙乡一周,我也能了解这期间发生过什么。3月,小鹿频繁啃食白松,从它们啃食的高度,我便可以弄清楚它们的饥饿程度。一只饱餐过的小鹿总是懒得去啃咬四英尺以上的枝叶,一只饥肠辘辘的小鹿会用后腿站立着去啃咬八英尺高的枝叶。因此,虽然我没有亲眼见到小鹿,却能推断它们的用餐状况;虽然我没有亲临玉米地,但能了解邻居是否已经将玉米垛挪走。

5月,这些新长出的"蜡烛"像芦笋芽一样脆嫩,偶尔停落其上的鸟儿常会将其折断。每年春天,我都会看到这些类似被砍了头的树,它们枯萎的"蜡烛"躺在树下的草地上。据此,不难推断发生了什么。不过,在我十年的观察中,还从未亲眼见过一只鸟儿折断"蜡烛"的情形。这给我上了客观的一课:虽然有些事

情没有亲自眼见，但也不必怀疑。

每年6月，一些白松的"蜡烛"突然枯萎，之后不久变成棕色而死亡。原来，松象虫爬进树梢的一簇嫩芽，在那里产下虫卵，这些虫卵孵化成幼虫，然后沿着树木髓向下钻，最后将嫩枝蛀死。于是，幸存下来的树枝都想带领其他枝条继续向天空伸展。它们各行其是，因而这棵树只能长成灌木。

奇怪的是，只有那些享受了充足阳光的松树才会被松象虫蛀咬，而那些处于阴暗之中的松树反倒会被松象虫忽略，这真是"逆境的隐藏用途"。

到了10月，松树用它那被蹭掉的树皮告诉我，雄鹿又开始"蠢蠢欲动"了。一棵约莫8英尺高的北美短叶松孤零零地站在那儿，似乎特别煽动雄鹿"世界需要一些刺激"的想法。对这样一棵从不反抗的松树来说，必然要继续容忍小鹿的磨蹭，被弄得遍体鳞伤也依然沉默。在这场较量中，唯一还算公平的是，松树被磨蹭得越狠，粗糙暗淡的鹿角上就会粘有越多松油。

林间的闲聊有时难以翻译。记得隆冬的某一天，我在松树下发现一些粪便，是树上的松鸦留下的，其中有一些无法辨认的尚未完全消化掉的东西。这些东西看起来像半英寸长的微型玉米穗。我检查了一下自己能想到的所有当地松鸦食物的样本，却没有发现任何有关"玉米穗"来源的线索。最后，我砍开了短叶松的顶芽，在最里面找到了答案。原来，松鸦吃了短叶松顶芽，消化掉了树脂，擦掉了鳞屑，最后剩下了"玉米穗"。实际上，这"玉米穗"就是即将成形的"蜡烛"。有人可能会说，这些松鸦推断出了北美短叶松的未来。

威斯康星州有三种本地松树，分别是白松、红松和北美短叶松，它们对适婚年龄持不同意见。早熟的北美短叶松离开苗圃一两年后，便会开花结果。我有些北美短叶松年仅13岁，就已经开始炫耀自己的儿孙满堂了。相比之下，一些同样13岁的红松才初度开花，而白松就更晚了，它们迟迟未开花。这些白松坚持盎格鲁—撒克逊人的信条：自由、纯洁和21岁成年。

若不是它们在这个社会问题上的观点不同，红松鼠的菜单就要大加缩减了。每年仲夏时节，它们便开始剥开短叶松的果实，嗑出果仁，将大量果壳和果皮胡乱扔在乡间，简直比任何劳动节庆祝野餐都要奢侈。每棵树下，都堆着年度盛宴的食余垃圾。尽管如此，还是有一些松子能够幸存下来，在黄花丛中长出新的幼苗。

　　鲜有人知道松树会开花，即使是知道的人中，也有很大一部分人缺乏想象力，在这个鲜花盛开的季节里，领略不到除了生物日常机能之外的其他东西。所有醒悟的人，都应该在松树林里度过五月的第二周，如果你需要戴眼镜，那么你还需要额外备一块手帕。松花粉之丰富，会让你相信这个季节是多么繁荣茂盛，相比之下，即使我们听着戴菊鸟的歌声，也不会有比此更深的感触。

　　年幼的白松通常在离开父母之后才能茁壮成长。我熟悉的这片林地里，即便阳光充足，那些年轻一代也在其长辈身旁矮小瘦弱地生长着。其他种类的松树则没有这种抑制生长的情况。真希望我知道这种差异是由幼树、老树还是土壤之间的耐受性造成的。

　　松树和人一样，对其同伴十分挑剔，而且丝毫不掩饰自身好恶。因此也就有了白松与露莓、红松与花大戟、北美短叶松与香蕨木之间的伴生关系。当我把白松种植在露莓丛中，便可以成竹在胸地预言：一年之内，它必定会冒出生机益然的嫩芽，新的针叶开着蓝色的花朵，向其意气相投的伙伴展示着自己的健康。相比种植在其他草丛中的白松，即使它们在同一天种植在同一片土地上，享受完全一样的照顾，这棵种植在露莓丛中的白松也会长得更加茁壮，针叶也会更加茂盛青绿。

　　10月，我喜欢在这些青色"羽毛"中踱步，这些针叶在红地毯般的露莓中间生长得笔直又伟岸。我不知道它们是否意识到自己的幸福状态，我只知道，我看到了它们的生机勃勃。

　　松树有"常青"的荣誉，它采用的策略类似政府为实现永久存在而采纳的任期交叠。每年，松树都有新的针叶长出，同时褪掉老的针叶，不过更换针叶的时间间隔较长，因此不留心观察的旁观者误以为松树的针叶永远是绿色的。

　　松树的体质各不相同，适合其生长习性的针叶也各有不同的任期。白松的针叶任期为一年半，而红松和美洲短叶松的针叶任期为两年半。新针叶6月上任，即将离任的针叶在10月写下离职演说。所有历任针叶写下的离职演说都以黄褐色墨水记录着相同的事情。待到11月，黄褐色的墨迹变成褐色，之后针叶落下，集结为地面的腐叶层，为那些继续生长的针叶增添智慧。正是因为这些积累的智慧，才让每一位从松树下经过的路人对它肃然起敬。

深冬时节，有时候，我从自己的松树林中能够收集到比森林政治、风和天气等更为重要的东西。特别是在一些阴沉的夜晚，当雪已经掩埋了所有不相关的细节，自然力的悲伤与肃静沉重地堆积在每一个生物身上。尽管如此，我的每一棵松树都承受着沉重的积雪，挺拔地站立着，一排排、一行行，岿然不动。我感觉得到，在暮色之外，还有数百棵甚至更多松树站在那儿。每当此时，我都感觉自己充满勇气。

65290

给一只鸟儿戴上环志，就好比从彩票中心买票。我们大多数人也会"买票"，但却是为了自己的生存而从保险公司那里购买保单。但保险公司知道的太多，不会将真正的好处留给我们。如果你恰好"中奖"，捕到一只已经被戴上环志的歌带鹀，或者持有某只戴着环志且有可能在未来某一天重回罗网的山雀的"彩票"，从而验证它是否还活着，这都是一种对客观性的实践。

新手往往会因给一只鸟儿戴上了环志而过分高兴。实际上，这是一种自娱自乐的比赛，力争打破自己以前成功给鸟儿戴上环志的总数。对于一个捕鸟老手来说，给一只鸟戴上环志不过是愉快的家常便饭，真正令人兴奋的，是重新捕住一只很久之前放走的戴有环志的鸟儿。到那时候，你会比鸟儿本身更了解它的年龄、游历以及从前的胃口状况。

因此，五年以来，编号65290的山雀是否能再活过一个冬天，一直是我们

□ 山雀

山雀是一种小巧玲珑的鸣禽，也是一种留鸟。它们性情活泼，常在枝头跳跃；喜群居，以昆虫、浆果和种子为食。

全家人都翘首以待的头号大事。

从十年前开始，我们每年冬天都会把农场里的大部分山雀逮住，为它们绑上环志。初冬时节捕获的山雀大多是未戴环志的，它们很可能是本年出生的年轻鸟儿，一旦被绑上环志，便相当于被贴上了"注册日期"的标签。随着冬季消逝，未被绑上环志的鸟儿也不再落入陷阱中了。因此，我们知道，本地山雀主要是由携带标签的鸟儿组成。我们可以从环志的数字中得知，截至目前，一共有多少只鸟儿在农场，以及其中有多少只是过去一年的幸存者。

"1937班"一共有七只山雀，65290号便是其中一员，它第一次落入我的陷阱时，没什么迹象表明它是一只天才。和它的同班生一样，它对一块牛脂表现出来的勇气远大于判断力；和它的同班生一样，它在被我从陷阱里拿出来时用力啄我的手指。被戴上环志放走后，它张开翅膀飞到树枝上，略显恼怒地啄着刚刚被强制绑在腿上的铝制环志，然后抖了抖凌乱的羽毛，轻轻地诅咒着，急匆匆地追赶它的同伴去了。它能否从这次教训中总结出一些哲理性推断呢，比如"闪闪发光的东西不一定都是蚂蚁蛋"，这可真不好说，因为它在同一个冬天就被逮住了三次。

第二年冬天，从再度被我们捕获的戴环志者看，当时的七名同班生已经缩减到三名，到了第三个冬天，仅剩下两名，到了第五个冬天，便只剩下唯一的幸存者了，它便是65290号山雀。它看起来仍然没有什么天才的迹象，但这非凡的生存能力却是有目共睹，有史为证的。

在第六个冬天，65290号山雀便没有再出现，而接下来的四年里，在我们设置的陷阱里也没有发现它的踪影。事实证明，它确实"消失在行动中"了。

尽管如此，65290号的生存能力依然不容置疑。整整十年间，我们捉住并绑上环志的共有97只鸟儿，其中只有65290号设法活过了五个冬天，有3只鸟儿活过了四年，7只鸟儿活过了三年，19只鸟儿活过了两年，剩下的67只仅活过了一年便消失不见。因此，如果我要卖保险给鸟儿，便可以胸中有数地估算保费。不过由此倒引出一个问题：我用什么货币为它们的孤儿寡母支付保险费呢？我想应该用蚂蚁蛋吧！

我对这些鸟儿知之甚少，对于为什么65290号山雀能够幸存下来，而它的同伴们却不能，我也只能臆测。是因为它能更聪明机智地躲避敌人吗？它们的敌人是谁？山雀太小了，根本不会有什么敌人。这个叫作"进化"的异想天开的家伙，曾经把恐龙变得很大，大到它被自己的脚趾绊倒才肯善罢甘休，又把山雀缩小，直到它太大而无法被捕蝇器捉住，又太小而不入老鹰和猫头鹰的法眼。"进化"看着自己的作品，得意地笑了起来，仿佛每个人都在嘲笑这些小生灵释放的巨大热情。

雀鹰、鸣角鸮、伯劳，尤其是极小的棕榈鬼鸮，也许会觉得山雀亦值得捕杀。但是，我只见过一次此类谋杀的证据：一只鸣角鸮逮住了一只戴环志的山雀，把它当小球来玩弄。或许，这群小强盗对与它们差不多大小的鸟儿有一些手足之情吧。

那么，究竟是谁杀死了山雀呢？天气似乎是唯一一个既缺乏幽默又没有气度的凶手。我猜，在山雀的主日学校里，有两道不可逾越的戒律一定被教导过：一是，冬季千万不能冒险去风大的地方；再是，暴风雪来临前万万不能弄湿自己的翅膀。

我是在冬天的一个黄昏了解到这第二条戒律的，当时天空下着蒙蒙细雨，一群雏鸟飞往我的树林里栖息。毛毛雨从南方飘过来，不过我能感觉到，雨丝会在清晨时分转成西北方向，届时天气将会变得寒冷刺骨。那群山雀栖息在一棵枯死的大果栎树上，树皮已经剥落，翘曲成各种大小、形状不一的圆圈和杯状，露出规格各不相同的窟窿。为抵抗从南面飘来的毛毛雨，有些鸟儿选择栖息在尚且干燥的树北面，极易受到北面落雨的影响，这些鸟儿在清晨差不多就会被冻僵。有些鸟儿选择栖息在四面八方都比较干燥的地方，这些鸟儿在清晨则会安然无恙地醒来。我想，这是一种生存智慧，65290号一类的鸟儿正是如此才能长寿的。

根据山雀的行为，我们很容易推断出，它们特别恐惧有风的地方。冬天，它们只在风和日暖的时候才敢冒险飞出树林，而且飞行的距离与风的大小刚好成反比。我知道几处风大的林区，整个冬天都没有什么鸟儿，要知道，在其他季节，那里向来是被鸟儿霸占的。那里之所以多风，是因为牛吃光了林下植物。农民为偿还银行贷款需要养殖更多的牛，从而需要更多牧场，对于那些屋内有暖气的银行家来说，或许除了熨斗大厦[1]墙角的风以外，风并不是什么大麻烦。但对于山雀来说，冬天的风是划分宜居区域的边界线。如果山雀也有办公室的话，我想它们办公桌上的座右铭一定是"风平浪静"。

那些出现在陷阱旁的鸟儿用其行为向我们揭示了原因。我们将捕鸟器调整方向，让它们的尾巴受风，这时，即使我们用尽浑身解数也无法将其拖到诱饵旁。反过来，调整捕鸟器的方向，成绩就好多了。来自后方的风，吹在它们的羽毛上，让其感觉到寒冷和潮湿，要知道，羽毛就是它们随身携带的屋檐和控温器。鸭、灯芯草雀、树雀和啄木鸟同样害怕后方来风，不过它们的加热装置更大，耐风力也因此更大。关于自然的书本中少有提到关于风的事项，也许是因为这些书的作者们是在炉子后面写作的吧。

我怀疑对于山雀来说还有第三道戒律，即千万要注意每一声高声的噪音。我们开始在树林里砍伐时，山雀便来到跟前，一直停在那儿，直到被砍伐的树木或劈开的木头中露出供它们享用的新昆虫卵或虫蛹。枪声同样也会把山雀召唤过来，只是这次并没有分配给它们满意的红利。

在斧头、锤头和猎枪发明以前，它们把什么作为晚餐铃声呢？想必是大树倾倒时的咔嚓声吧。1940年12月，一场夹杂着冰雹的暴风雨，击倒了树林里为数众多的枯树与活着的树杈。之后一个多月，我们的山雀享受着暴风雨带来的红利，对我放在陷阱里的诱饵视而不见。

为了自己的奖励，65290号已经离开很久了。我希望在它的新树林里，整天会有布满蚂蚁卵的大果栎树倒下来，没有一丝风打扰它的平静生活或削弱它的食欲。我也希望，它依然能戴着我为它绑上的环志。

---

[1] Flatiron Building，熨斗大厦，纽约第一座摩天大楼，于1902年建造，有20层，因形似熨斗，故名熨斗大厦。——译者注

A Sand
County Almanac

卷二│速写——这儿和那儿

针尾鸭

威斯康星州

沼泽地的悲歌

一阵黎明时分的风,迈着轻盈得几乎让人察觉不到的脚步,吹向广袤的沼泽地,卷起一团团浓雾。迷雾宛如冰川一般的白色倩影,漂移向前,穿过茂密的美洲落叶松,滑过满是露珠的草甸沼泽,继而湮没在天际之间的一片静谧中。

一阵叮叮咚咚的铃铛声从遥远的天际之外传来,柔和地落在正洗耳恭听的大地上,之后便再次陷入宁静。此时,猎犬汪汪的吠声响起,片刻之间,许多遥相呼应的吠声弄得这里喧闹一片。紧接着,远方传来一阵清晰刺耳的狩猎号角,响彻天际,消散在迷雾中。

猎号时而高昂,时而低沉,时而缄默,最后变成一片嘈杂,掺杂着喇叭声、"咯咯"声、"呱呱"声和喊叫声。这些声音临近,响彻沼泽地,但我们却不知它们来自何方。终于,一大群鸟儿循着阳光的指引飞过来,张开翅膀,从慢慢消散的迷雾中浮

□ 美洲鹤

美洲鹤是北美洲特有物种,也是北美最高的飞行鸟类。美洲鹤主要栖息在湿地,以甲壳动物和蛙类等小型动物为食。美洲鹤气管发达,比它的身体还要长,因此鸣声嘹亮。

现。它们在天空中画出最后一道弧线，便啼叫着盘旋而落，落在它们觅食的草地上。鹤的沼泽地开始了新的一天。

这样的地方总能给人一种厚重的时间感。自冰河时代起，每逢春天，沼泽便被鹤的叫声唤醒。构成沼泽的泥炭地层位于远古湖泊的流域，鹤就这样站在浸润着它们自己历史的泥土书页上。泥炭地层由各种被压缩的残骸构成，有堵塞了池塘的苔藓，也有遍布沼泽地的美洲落叶松残留物，还有自冰原撤退以后停落在落叶松上引吭高歌的鹤的尸骨。世世代代络绎不绝的旅行队列，用自己的尸骨筑就了通往未来的桥梁，让这些新来的主人能够在这片栖息地上生活、繁衍和死去。

最终它们将去向哪里？一只鹤在沼泽地里跑来跑去，正在吞咽一只倒霉的青蛙，然后高高跃起，抖动笨拙的身躯，向着太阳拍打它那强有力的翅膀。美洲落叶松附和着它的啼叫声。这只鹤似乎知道最终要去向哪里。

我们感知大自然特性的能力，就像我们感知艺术的能力一样，皆起源于美感。它从连续几个阶段的美感，扩展至尚不能用言语表达的价值。我认为，鹤的特性在更高的美感层次，至今任何语言的描述都显苍白。

尽管如此，不过可以这么说：我们对鹤的鉴赏能力随着对地表历史的渐趋理解而提高。我们现在知道，鹤族起源于远古始新世[1]，与它起源于同一动物区系的其他成员，早已被埋葬在山丘之间。当我们听到鹤的鸣叫声，其实我们听到的远远不只是鸟儿的鸣叫声，而是动物进化的管弦乐队中一支吹响的号角。它象征着我们无法掌控的过去，也象征着几千年来不可思议的演化。正是有了这几千年的演化，才有了鸟儿和人类日常生存的基础和条件。

于是这些鹤生存下来，不只是在狭隘的现在，而是在更广泛的整个进化时期的时间层面上繁衍生息。它们每年一次的归来便是地质时钟摇摆发出的"嘀嗒"声，它们的归来让故地获得一份殊荣。在数不胜数的平庸之地中，一片有鹤的沼泽地相当于拥有高贵的古生物专利。这种高贵是在长期的竞争中获得的，只有猎枪响起时，它才可能被剥夺。某些沼泽的遭遇，至今历历在目，让人难掩悲伤，

---

[1] 始新世在地质年代体系中位于显生宙新生代第三纪之下，介于古新世与渐新世之间。始新世的意思是"近代生命的黎明"。

也许是由于它们也曾有鹤栖息，如今却成为沧海一粟，湮没于历史长河中。

鹤的这种特性，似乎已被各个时代的运动员和鸟类学家们感觉到。为了它，神圣的罗马帝国皇帝弗雷德里克放飞了他的矛隼；为了它，忽必烈可汗的雄鹰也随时准备着猛扑上去。马可·波罗告诉我们："他（忽必烈）最喜欢的消遣是玩弄矛隼和雄鹰。他在察汗淖尔有一座富丽堂皇的宫殿，周围是一望无际的大平原，生活着大量的鹤。他命人种植小米和其他谷物，以免鸟儿遭遇饥荒。"

鸟类学家本特·贝里于孩提时代在瑞典的荒地上看到了鹤，自此以后，研究鹤便成了他毕生的事业。他一路追随鹤来到非洲，发现了它们在白尼罗河的冬季大撤退。对于第一次遇到鹤的情形，他如此感慨道："那真是一场奇观，连《一千零一夜》中描写的大鹏鸟在它们面前也会黯然失色。"

冰川从北面滑落，咯吱咯吱地碾压过山丘，凿削着河谷，有些爱冒险的冰柱甚至爬过了巴拉布山，然后跌落在威斯康星河峡谷出口。涨起的海水回流过来，形成一个差不多有半个州那么大的湖泊，东面紧挨着冰川的悬崖。消融的冰川汇流而下，倾泻入湖泊中。这个古老湖泊的岸线依然清晰可见，只是原来的湖底如今变成了大沼泽的底部。

湖水上涨了几个世纪，最后在巴拉布山东面溢出。在那儿，湖泊开辟了一条新的河道，因而自行排水，渐渐干涸。再然后，鹤便来到了这片残存的潟湖上，为冬天的节节败退埋下伏笔，召唤着望而却步的大群生物匍匐前进，共同完成建设沼泽地的使命。漂浮的泥炭藓堵塞了下泻的湖水，填充其中。莎草、地桂、美洲落叶松和云杉先后落在沼泽上，把它们的根部组织延伸到泥沼里，吸干了湖里的水，制造成泥炭。潟湖消失了，鹤却留了下来。它们每年春天便会回来，在这片原是古老水域的沼泽草甸里尽情跳舞，欢声歌唱，抚养它们瘦小而丑陋的栗色幼鸟。它们虽然属于鸟类，但似乎不应叫它们"雏"，而应称它们为"驹"。至于为什么，我也无法解释。不过，我相信，如果你在湿漉漉的6月清晨，看到它们跟在棕色母马后面，在它们世世代代的牧场上大声喧闹时，你会理解的。

不久前的某一年，一个身穿鹿皮大袄的法国猎人乘着独木舟来到一条横穿大沼泽的小溪，小溪已被水藓堵塞。对于这种企图入侵它们泥泞要塞之徒，鹤发出了一声声高昂的耻笑。一两百年后，英格兰人驾着带篷车来到这里，砍倒了沼泽旁边冰碛石层中的茂盛树木，在空出的地上种植了玉米和荞麦。不过，他们可不像察汗淖尔的伟大可汗那样希望以此喂饱鹤。鹤也不管什么冰川、可汗还是拓荒者的意图，它们吃掉了谷物。当愤怒的农民剥夺了它们食用谷物的权利时，它们便发出警告，随即穿过沼泽地，飞到另一块农场去。

当时这里还没有紫花苜蓿草，山地农场贫瘠，只长着一些干燥的杂草，特别在旱季更是如此。一个大旱之年，有人在美洲落叶松林放了一把火，烧出的空地迅速长满了茂盛的拂子茅草。烧死的树木被清理掉之后，反而成为一块很好的牧草草甸。之后每年8月，人们似乎都来此地割草。到了冬天，鹤往南飞之后，他们便驾着四轮马车，驶过冰冻的沼泽，把干草拖回山地农场。每年，他们刀耕火种，经营着沼泽，短短20年，干草已经遍布整个地区。

每年8月，这群割草的人如期来到草地，支起帐篷，唱着歌，喝着酒，用鞭子抽打着拉车的马儿，时不时呵斥一声。于是，鹤以嘶声召集它们的"小驹"，一起撤到远处更坚固的要塞中。割草人称它们为"红色的绿鹭"，因为每到这个季节，鹤原本蓝灰色的翅膀上便染上一层锈色。干草堆成垛之后，沼泽又成了鹤的地盘，同时还招来了10月天空中从加拿大迁徙来的候鸟。它们一起在刚收割过的庄稼地里翱翔，突袭玉米，直到霜冻发出寒潮南下的信号。

对于沼泽地居民来说，在草原度过的日子无疑是一段田园时光。人与动物、植物与土壤彼此互惠互利，相互容忍，共同生活。沼泽也许会源源不断地供应干草、草原榛鸡、鹿、麝鼠，以及鹤的音乐和蔓越莓。

新来的农场主不理解这一点，他们也绝不会同意跟土壤、植物、鸟类互惠互利。对他们而言，如此平衡的经济体系产生的分红实在太微不足道了。他们设想的农场不仅包括外围的土地，还要包括这一大片沼泽地本身，于是，沟渠挖掘和大肆开荒如瘟疫一般流行起来。沼泽地被纵横交叉的排水沟划成格子状，新开垦的田野和农庄点缀其中。

这里的农作物长得不好，而且受霜冻影响，再加上开沟挖渠耗资巨大，又增添了一笔开支，因此很多农场主都陆续搬走了。泥炭压实的河床逐渐干涸、萎缩，甚至发生火灾。来自更新世的太阳能，如今释放出来，将这片田野笼罩在一片浓烟迷雾之中。所有人的鼻子都在为此受罪，却没有人发出反对浪费的声音。

甚至经过一个干燥的夏季，冬天的雪依然没能熄灭慢慢燃烧的沼泽。田野和草地上被烧出巨大的凹坑，疤痕一直延伸到昔日湖泊的沙地上，几万年来，沙地一直被泥炭覆盖着。丛生的杂草从灰烬中冒出来，一两年后，矮小的山杨树也随之长出来。未被烧毁的草甸越来越少，鹤的数量也越来越少，鹤遇到了前所未有的生存危机。对它们来说，电力挖掘机的轰隆声越来越近，最后变成一首悲歌。但对倡导技术进步的大人物们来说，这又算得了什么呢？反正他们对鹤一无所知，也不会在乎。这些工程师们哪会管什么物种减少？他们怎么知道没有排水设施的沼泽地有多少好处？

大概过了一二十年的时间，这里的作物长得越来越差，火灾规模越来越大，树林也越来越大，只是鹤却一年比一年少了。现在看来，只有发洪水才能遏制泥炭继续燃烧。期间，蔓越莓种植者通过堵塞排水沟，让水溢到其他几个地方，获得了不错的产量。远处的政客们开始担忧边际土地、过量生产、失业救济和环境保护等问题，为之奔走呼号；经济学家们和规划师们也开始纷纷过来考察沼泽地；测量员、技术员和民间护林队也都蜂拥而至。政府收购了这片土地，安置了农民，填埋了排水沟渠。慢慢地，沼泽地重新湿润了，大火烧成的凹坑变成了池塘。尽管草地上的火灾依然无法杜绝，但已经不能点燃潮湿的土壤。

民间护林队的帐篷撤走了，仿佛一切都朝着有利于鹤的方向发展。然而，那些在昔日烧焦的土地上肆意蔓延的茂盛的灌木丛却越长越大，更不用说那些为满足政府环保需求而必然开发的条条小路所带来的威胁了。对他们来说，修筑一条小路比思考这片土地真正需要什么要简单多了。一个没有通路的沼泽，对于打着不同字母简写名号[1]的环保主义者而言，似乎是毫无价值的。这就好比，没有排水设施的沼泽对于大厦建造者而言是毫无价值的。荒僻之地，是一种尚未被这些写简写名群体纳入开发保护范畴的自然资源，迄今为止，恐怕也只有鸟类学家和鹤才知道其价值。

无论是在沼泽还是在市场中，历史总是在悖论中结束。这些沼泽地最大的价

---

[1] 当时的资源环保机构大多采用字母简写作为机构名称，例如民间护林队为"CCC"。——译者注

值在于其原始性，鹤便是这原始性的化身。但是，我们所有对原始性的保护都是自欺欺人，为了表示珍视，我们总是要求一而再再而三地去看望和爱抚，当这些干预泛滥成灾，便不会再剩下什么原始性可供我们珍惜了。

也许将来有一天，在我们的"善举改造"过程中，也许在终有一天会到来的地质时代，最后一只鹤会吹响告别大沼泽地的号角，盘旋着飞向天空。届时，猎人的号角、猎犬幽灵般的吠声、小铃铛的"叮叮当当"声传入高高的云层，然后便陷入永不会被打破的沉默。若想再次听到这些声音，恐怕得到银河系里另一片遥远的草原了。

沙乡

每个行业都有几个专业词语，也都需要可以随意使用的环境。因此，经济学家们必须给其偏爱的惑众妖言找到适用环境，比如边际效益、递减理论、体制僵化等。在沙乡这片广阔的领域，这些责备性的经济学术语得到了有益的实践，找到了一个自由自在的环境，不会受到那些令人讨厌之士的批评反驳。

要是没有沙乡，那些所谓土壤专家的日子可就艰难喽！他们的灰壤、潜育层、厌氧菌之类，还能找到用武之地吗？

近年来，一些社会规划者已经开始纷纷赶到沙乡施展抱负，一显身手，虽然目的各不相同，但实质类似。沙地实际上是一个苍白的空白区域，形状和大小都刚好满足这些人的要求。在圆斑点点的地图上，每个圆点代表十个浴盆，或五个女性附属工作人员，或一英里沥青路面，或一份血淋淋的牛肉。若是地图上的点，画法一致，无疑会使地图变得单调乏味。

总之，沙乡的土地贫瘠。

然而，在20世纪30年代，各种用简写字母表示的经济政策纷纷落地，就像40名骑手疾驰穿过大草原一样来到这里，劝说沙乡农民去其他地方安家置业，甚至拿联邦土地银行3%的低息贷款作诱饵，但这些愚昧无知的人们还是不想离开。我开始不解为什么他们不肯离开，最后，为了解开自己心中的疑问，我给自己买了一块沙乡农场。

有时候，在6月，当我看到羽扇豆上挂着不期而至的露珠，我甚至怀疑，这片沙地是否真的贫瘠。在那些有偿债能力的农场里，羽扇豆都不一定能够生长，更不用说每天见到珍珠一般晶莹剔透的露珠儿了。如果真能长出羽扇豆，那些很少有机会见到带着露珠的黎明的杂草管理员们，无疑也会坚持把它们清除掉。经济学家们又是否知道羽扇豆呢？

也许出于一些根深蒂固的原因，农场主不愿搬出沙乡，宁愿待在故土。每年4月，每一道碎石山脊上都绽放着白头翁花，这让我想到，农民或许是故土难离。白头翁花什么也没说，但是我推断，它们更喜欢回到那个把砂砾带到沙乡的冰川时代。只有碎石山脊才足够贫瘠，能为白头翁花提供一个让它们在4月的阳光下尽情绽放的地方。它们忍受着雨雪和寒风，只为独自绽放。

还有另外一些植物，它们对这个世界所乞求的似乎不是肥沃的土壤，而是足够的空间。就在羽扇豆将最贫瘠的山顶泼洒成蓝色之前，小小的蚤缀草便已经给它们戴上了一顶顶白色花边帽。蚤缀草拒绝在肥沃的农场里生长，即使是一个有石头庭院和秋海棠的优质农场，它们也根本不喜欢。此外，柳穿鱼草也是如此，它们是那么娇小，那么纤细，披着蓝色外衣。除非已经就在脚下，否则你甚至注意不到它们的存在。除了在沙地上，又有谁曾经看到过它们呢？

最后，我想说的还有蓴苈，在它们眼里，甚至柳穿鱼草都算高大挺拔了吧。我从来没有见过哪个经济学家了解蓴苈的，不过如果我是一个经济学家的话，我会躺在沙地上，闻着蓴苈，以此来启发我的经济学思维。

还有些鸟儿，也是只能在沙乡看见，至于为什么会如此，有时候很容易猜到，有时候却不那么容易。例如，土黄色麻雀生活在沙乡，显然是因为它们醉心于短叶松，确切地说是沙地的短叶松。沙丘鹤生活在沙乡，显然是因为它们迷恋荒僻之地，而其他地方已无荒僻可言。可是，为什么丘鹬也喜欢把家安在沙地呢？它们这种偏爱，原因可不是诸如食物之类的世俗需求，毕竟，众所周知，肥沃土壤里的蚯蚓要比这里多得多。经过几年研究，我想我现在找到原因了。雄性丘鹬在发出"嘭嚓"的声音，拉开空中舞蹈的序曲时，像极了穿着高跟鞋跳舞的短腿女人，被密密麻麻的地被植物覆盖对它而言实在是不利。在沙乡这最贫瘠的牧场或沙地上，至少在4月，是根本没有地被植物的，只剩下一些苔藓、蓴苈、碎米莽、酸模和蝶须，而这些小植物对短腿的丘鹬来说构不成障碍。在这里，雄性丘鹬可以张开翅膀，高视阔步，可以小碎步起舞，不仅没有任何障碍，还可以让现场观众——不管是真实在场的观众还是它期望中的观众，将其表演尽收眼底。这个小小的环境，只有在一年中的一个月、一天中的一个小时才重要，或许也只是对两个性别中的一个性别而言才重要，当然是跟经济生活水平完全无关的，但这却实实在在地决定了丘鹬对家园的选择。

经济学家们目前为止还没能够劝服它们移居他乡。

漫长的奇幻之旅

自古生代海域淹没了陆地以来，X便停滞在石灰石的暗礁中。对于深埋于岩石中的原子而言，时间是不会消逝的。

大果栎的根嗅探到一丝裂缝，于是开始扎根、试探性生长和汲取养分，接着便出现了断层。短短一个世纪过去了，岩石开始风化，X被拉进生物的世界。它帮忙造就了一朵花，花儿后来成为一颗橡实，橡实养肥了鹿儿，鹿儿养活了印第安人。所有这一切，都发生在同一年。

从印第安人的骨灰盒里，X再次加入到追逐与逃亡、盛宴与饥荒、希望与恐惧的旅途。它感觉这些事情就像化学反应中的氧化与还原，无时无刻不发生在每个原子身上。当印第安人离开大草原时，X暂时被埋于地下，不料却通过大地的血液循环，又一次开始了旅行。

这次是须芒草的一条须根收留了它，把它安置在一片叶子上。叶片乘着6月草原的绿色巨浪起舞，像往常一样承担起储蓄阳光的任务。这片叶子还承揽了一个非比寻常的任务——为鸽鸟蛋提供荫蔽之所。欣喜若狂的鸽鸟在上空盘旋高歌，赞美着眼前完美的安排，也许是在为鸟蛋喝彩，也许是为树影欢呼，抑或是在赞美草原上宛如薄雾的粉色天蓝绣球。

当意欲离开的鸽鸟张开翅膀，飞向阿根廷时，所有的须芒草都挥舞着高高的新穗子，与它们依依道别。当第一批大雁从北方赶来，所有的须芒草都已长成葡萄酒般的红色，此时，未雨绸缪的拉布拉多白足鼠咬断了X藏身的叶子，并将其埋在地下的巢穴里，仿佛要偷藏一点印第安人的夏天，用以抵御悄然而来的霜冻。不幸的是，一只狐狸逮住了它，霉菌和真菌随即瓦解了它的家，于是乎，X又再次躺在了泥土里，松散自在，无忧无虑。

接下来，X进入了一簇垂穗草中，然后进入一头水牛的身体，再以牛粪的形式被排出，最终再次归于尘土。没过

□ **兔子**

兔子的繁衍速度非常快，一只幼兔在出生后的五六个月就可进行繁衍。它有两个子宫，可同时进行受精生育，因此古人将兔子作为生育图腾。

多久，它又进入一株紫露草，然后进入兔子和猫头鹰的身体。自那之后，它则进入到了鼠尾粟草中。

至此为止，X的旅途就告一段落了。此次旅途的结束缘于一场草原大火，大火让草原上的各种植物都化为烟雾和灰烬。磷原子和钾原子留在灰烬中，可是氮原子却早已随风而逝。就这一点而言，旁观者可能已经预测到这场生物学戏剧会提前谢幕。因为大火烧尽了氮元素，土壤很可能就要失去植物，被风吹走。

但大草原将弓弩搭在了两根弦上，做了两手准备。大火烧得草苗稀疏，但同时却促进了豆科植物的繁茂生长，草原苜蓿、灌木胡枝子、野生豆、野豌豆、灰毛紫穗槐、三叶草和野靛草，等等，每一种植物都带着自己的生物菌，藏在根部的小结节里，从空气中汲取氮元素，输送到植物体内，最终把氮元素留在土壤中。因此，相比在大火中流失的氮元素，大草原的"储蓄银行"从豆科植物中摄入了更多的氮元素。连最卑微的拉布拉多白足鼠也知道，大草原是富足的。为什么大草原如此富足，这个问题在很长一段时间里却鲜有人问津。

X在生物区系之间穿梭，在它的每次旅行中，X都躺在土壤中，经过雨水冲刷，一英寸一英寸地降到低洼处。活着的植物总是通过贮存原子阻止元素的流失，而死去的植物则是通过腐烂组织锁住养分。动物吃掉植物，暂时把它们带到山上或山下，至于是山上还是山下，就要看这些动物在死亡或排便时，是在比其

进食时的地方高还是低了。没有动物知道，原来自己死去时所在的海拔高度比其死亡的方式更加重要。狐狸在草地上捉住一只地鼠，于是把X带到了峭壁上的窝，而在那里，狐狸又被鹰吃掉。死到临头，狐狸感觉到自己生命的华章即将结束，可是，它绝想不到，一场原子漫长的奇幻之旅才刚刚开始。

最终，一个印第安人继承了老鹰的羽毛，并用这羽毛供奉命运之神。印第安人认为命运之神对自己有一种特殊关照。他们绝对想不到，掌控命运的神灵们也许正忙着在重力作用下掷骰子；他们也想不到，一切老鼠与人类、土壤与歌曲，也许都仅是延缓原子进入海洋之旅的插曲罢了。

有一年，X躺在河边的一棵三角叶杨树上，结果被一只河狸吃掉了。河狸向来是在高处觅食而死在低处的。当寒霜到来，池塘干涸时，河狸饿死了。于是，X乘着河狸的残骸，随着春季洪流的高涨，慢慢漂流，在一个世纪中的每一小时都比前一小时更低，最后，停落在一处回水湾的淤泥之中。在这里，它被小龙虾吃掉，被浣熊吃掉，被印第安人吃掉，最终被印第安人带入坟墓，长眠于河岸旁。某个春天，洪水冲陷了河岸，短短一周后，X便再次回到了禁锢它的古老监狱——大海。

对于穿梭在生物区系之间的原子而言，它太自由了，从未受过禁锢，所以不知何为自由。但对于重陷海洋的原子而言，它已经忘却了自由。每当一个原子迷失在海洋，大草原就得从腐朽的岩石中扒拉出另一个原子。唯一确定的事实是：草原生物必须用力汲取，快速生长，时常死亡，否则的话，原子就要入不敷出了。

见缝就钻是树根的天性。当Y从岩石母体中被释放出来，一种前所未有的动物来到了草原，并开始按照自己的意愿和秩序修整草原。耕牛将草皮掀起，Y便开始了一连串眼花缭乱的年度旅游，而主导这些旅途的，则是一种叫作小麦的新型植物。

古老的大草原上生活着多种多样的动植物，对于草原而言，这些动物和植物都是有价值的，正是它们彼此之间的合作与竞争，才一起维持了草原的繁衍生息。然而，种植小麦的农民只是局部类别的建设者，对他们而言，只有小麦和牛才是有价值的。他看到一群群无用的鸽子在麦田上方的云层中飞翔，很快就想到要把它们清理掉；他看到麦虱鬼鬼祟祟地偷窃小麦，会被气得火冒三丈，因为这个东西长得太小，又不能一网打尽。他没有看到，孕育小麦的沃土已经过度流失，春天的暴雨已将土地冲刷得光秃秃一片。当沃土流失殆尽，麦虱彻底攻克种植小麦的农场，Y和它的小伙伴们已经顺着洪水漂远而去。

□ 旅鸽

北美旅鸽是一种中型鸽类，也是北美大陆上独有的候鸟。它们时常成群栖息在森林中，越冬迁徙时，每群可达1亿只以上。旅鸽主要分布在美国中东部及加拿大的森林中。

小麦王国溃不成军地倒下了，于是拓荒者们又从大草原的古老历史书中翻开新的一页：他们养殖牲畜，以此使土壤恢复之前的肥沃，大面积种植可以固氮的苜蓿草，通过根深的玉米来挖掘土壤深层的肥力。

拓荒者用苜蓿草以及其他新型武器防止水土流失，不仅保住了原有的耕地，还开发出新的耕地，当然，新的耕地也需要保护。

尽管种植了苜蓿草，黑土壤还是变得日益稀薄和贫瘠。预防水土流失的工程师们建造堤坝和梯田，想要保护这片黑土地；军事工程师们修筑了防洪堤和翼坝，希望河水能够将沉积于河中的黑土冲出来，结果河水非但没有冲出肥沃的黑土，反而抬高了河床，最终阻塞了航道。没办法，工程师们最终修建了像巨大的河狸池塘一样的水池，而Y刚好便被淹没在其中一个水池里。经过转瞬即逝的一个世纪，Y从岩石向河流的旅行便彻底结束了。

一到水池，Y便在水生植物、鱼和水鸟之间进行了几度轮回的旅行。但是，工程师们修建了堤坝和沟渠，它沿着沟渠，成为了远山和大海的战利品。那些曾经长出白头翁花并出来迎接回归的鸽鸟的原子，现在已变成了惰性元素，困惑地被囚禁在油腻腻的污泥之中。

树根依然在岩石缝隙中钻营，雨依然冲刷着田野，拉布拉多白足鼠依然偷藏着印第安人的夏天作为纪念，那些把鸽群打得四散溃逃的老人们还在重述昔日的光荣事迹。黑白花的水牛在红色牛棚里进进出出，为巡游的原子充当免费的便车。

旅鸽纪念碑[1]

我们曾立了一块碑，纪念一个物种的灭绝。这块纪念碑象征着我们的悲哀。我们感到悲恸，因为，再也不会有人看到那如潮水般凯旋的队伍了。它们曾在3月的天空中为春的到来扫清道路，将节节溃败的冬天赶出威斯康星的森林和草原。

年轻时见过旅鸽的还大有人在，那些在幼苗时期因鸽群飞过带来的风而摇曳的树，也仍然活着，只是10年后，只有最老的栎树还记得这些鸟了，而最后，恐怕只有山丘认识它们了。

书籍和博物馆中总是会留有旅鸽的一席之地，但那些不过是图片和雕像罢了，它们对生活的所有艰辛和乐趣都已毫无反应。书中的旅鸽无法从云层中突然俯冲直下，吓得鹿儿四处逃跑；书中的旅鸽不会拍打着翅膀，为硕果累累的森林响起雷鸣般的掌声；书中的旅鸽不能在明尼苏达州吃完新麦早餐，晚上便奔赴加拿大的蓝莓盛宴；书中的旅鸽不因季节变换而冲动，不将太阳的吻放在心上，也不再关注什么风雨雪霜。它们会永远地活着，因为它们已经死了。

我们祖父那一代在衣食住行方面比我们差很多，正是他们为改善生活所付出的努力，才剥夺了我们看到旅鸽的权利。我们现在懊悔，也许是因为我们发自内心地不确定，我们从这种交换中得到了什么。相比旅鸽，工业经济带来的小玩意儿确实让我们生活得更舒适。但是对于春天来说呢？它们让春天更加绚烂了吗？

如今，距离达尔文第一次向我们阐释物种起源已有一个世纪。我们现在明白了那些赶着大篷车的一代代先辈们不明白的东西。人和其他一切生物，只不过是在进化的漫长之旅中结伴而行的同路人。事到如今，这一点新认识应该可以让我

---

[1] 懊丧的美国人在威斯康星州立怀厄卢辛（Wyalusing）公园为旅鸽立起了纪念碑，上面写着："旅鸽，因为人类的贪婪和自私而灭绝。"

们知道自己与同路生物的亲密关系，让我们有一种"希望自己生存，也让同伴生存"的愿望，让我们对生物大家族的持续与规模发出一声惊叹。

最重要的是，自达尔文之后的这一个世纪，我们本应逐渐明白，尽管目前人类是冒险旅行的船长，但这绝不是人类追求的唯一目标。我们应该明白，人类之前为此目的而展开的探索，不过是在黑暗中的胡乱鸣笛。

我想说，我们原本应该明白这些，但实际上，恐怕至今还有许多人不明白。

一个物种悼念另一个物种的灭绝，这真是阳光下的新鲜事儿。杀死最后一只猛犸象的克鲁马努人，只想得到一块肉排；猎杀最后一只旅鸽的冒险者，只想展示自己的技艺高超；用棍棒敲死最后一只海雀的海员，甚至什么都没想。但是，我们为失去旅鸽而哀悼。如果这是我们的葬礼，旅鸽们不大可能会对我们寄以哀思。我们比其他生物优越的证据蕴含在这个事实中，而非杜邦先生[1]的尼龙袜或万尼瓦尔·布什先生[2]的炸弹上。

这座纪念碑就像悬崖上的游隼一样，俯瞰着宽阔的山谷，日复一日，年复一年。不知有多少个3月，它看着大雁从此处飞过，倾听它们告诉河流，冰原之水更加清澈、冰凉和孤寂；不知有多少个4月，它见证着紫荆花的花开花落；不知又有多少个5月，它亲自眼见山丘上的橡树遍地开花，探索着怎样的木鸭在椴木上搜寻空心的树干，而蓝翅黄林莺则会站在河边的杨柳上摇下金色的花粉。白鹭会在8月的沼泽地里摆出各种造型；鸧鸟会在9月的天空中吹响号角；山核桃"扑通扑通"地掉落在10月的落叶上；冰雹"嘎吱嘎吱"地砸在11月的树林里。只是，再也没有旅鸽经过，因为世上已无旅鸽，只剩下这只不会飞的模具，以青铜雕刻，置于这块石头上。游客能够读到碑文，但他们的思绪已无法随着翅膀飞舞而翱翔。

经济伦理学家告诉我们，悼念旅鸽不过是怀旧之情罢了。他们还说，即使

---

[1] 杜邦公司的创始人。1788年，16岁的E.I.杜邦在法国埃松省的化学家安东尼·拉瓦锡实验室当学徒。年轻的杜邦很快掌握了火药生产技术。1802年7月19日，E.I.杜邦从法国移民到美国特拉华州后，在白兰地酒河边买了一块地，开始建造他自己的火药厂。——译者注

[2] 二战时期美国最伟大的科学家和工程师之一。战时他创立的美国科学研究局对美国取得二战胜利起到了关键性的作用，当时几乎所有的军事研究计划都出自于他领导的队伍。——译者注

旅鸽没有因猎杀而灭绝，农民最终也会为了自身利益而采取行动，将它们屠灭殆尽。这是一个极为特别而有理有据的事实，但其所谓的原因根本站不住脚。

旅鸽是生物学上的一场风暴。它是穿梭在两个对立电势——肥沃的土地与富氧的空气——之间的闪电，携带着巨大无比的能量。一年一度的羽毛风暴在大陆上空呼啸而起，俯冲而下，横穿大陆，尽情享用森林和草原的累累硕果，以供其在旅途中的消耗。像其他任何连锁反应一样，旅鸽只有在不削弱自身生命勃发强度的情况下才能生存。当猎鸽者让它们不断减少，而拓荒者又切断了它们从大地上获得能量的来源时，它们的生命之火便再也没能燃烧起来，甚至连一丝烟雾都没有留下。

如今，橡树依然向着天空伸展，炫耀自己的累累硕果，但是那道羽毛的闪电已不复存在。蚯蚓和象鼻虫想必还在缓慢而默默地执行着昔日的生物学任务——将那道羽毛的闪电从苍穹中吸引到地上来。

可叹的不是旅鸽就此灭绝，而是它们在巴比特时代之前的数千年中一直幸存无恙。

旅鸽热爱这片土地，它们生活在这里，因为它们强烈渴望那一簇簇葡萄和开口的山毛榉坚果，因为它们对路途的遥远和季节的变换全然不惧。如果威斯康星今天不提供免费的食物，它们可以明天飞到密歇根、拉布拉多或田纳西寻找。它们热爱当下的东西，而这些东西总能够在某些地方找到，它们只需要有一片自由广阔的天空，和奋力拍打翅膀的精神。

热爱往昔也是件阳光下的新鲜事儿，大部分人和所有旅鸽都不会如此。把美国视为历史，把命运视为既定，闻一闻那些从时光流转中留下来的山核桃树……所有这一切，对于人类而言都是能够做到的，只需要我们有一片自由的天空，和愿意拍打翅膀的精神。我们比其他生物优越的证据蕴含在这些事实中，而非布什先生的炸弹或杜邦先生的尼龙袜里。

夫兰波河

如果你不曾在野外溪流泛舟而行，或如果你只是带着导游坐在船尾，那么你往往会认为这次旅行的价值就是新鲜和健康运动。我之前也这么认为，直到后来我在夫兰波河遇到了两个男大学生。

吃过晚饭，洗过餐具，然后我们坐在岸边看一只雄鹿寻找远岸的水生植物。过了一会儿，鹿抬起头来，侧起耳朵倾听上游的动静，然后径直窜到隐蔽处去了。

原来，它惊慌逃窜是因为河湾处有情况，我看到两个男孩乘着独木舟，他们看到我们，便过来跟我们打声招呼。

"现在几点了？"这是他们的第一个问题。他们解释道，他们的手表坏了，这是他们平生第一次没有钟表、口哨或收音机以校正时间。这两天以来，他们一直靠"看太阳"过日子，而且对此感觉到震撼。没有服务员给他们端来饭菜，他们要么自己从河中逮到食物，要么只能饿着。没有交警在下一个藏有暗礁的激流处为他们吹响口哨；当他们猜错了天气，没有支起帐篷时，没有友善的邻居为他们拾掇出一片遮雨的屋檐；没有指南告诉他们在哪里露营可以享受彻夜微风，哪里可以免于蚊虫叮咬，哪里的柴火干燥易燃，哪里的柴火只冒烟不生火。

这两个年轻的冒险家在摇舟顺流而下前告诉我们，他们两人在这次旅行结束后就要去服兵役了。原来如此，他们的意图显而易见。这次旅行是他们第一次也是最后一次体验自由的滋味，是他们从一个纪律严明之地走向另一个纪律严明之地的插曲，前者是校园，后者是营房。荒野旅行的纯粹本质之所以震撼人心，不仅在于其新颖性，而且在于它们代表着可以犯错的完全的自由。荒野让他们第一次品尝到明智与愚蠢行为的奖励和惩罚，这些对于樵夫而言是每天都要面对的，而文明却为此设置了千万个缓冲区。这两个孩子就这层特殊意义而言，是"独立前行的"。

或许每个年轻人都需要一次偶然的荒野之旅，才能体会这种特殊的自由。

当我还是一个小男孩的时候，父亲曾向我描述精挑细选的露营地、钓鱼水域和森林，这些地方被父亲描述得"几乎和夫兰波河一样好"。后来当我最终自己划着独木舟游览这条传奇溪流时，我发现它超出了我对河流的一切期待，它更像是一片迟暮的荒野。新的村舍、度假村以及高速公路的桥梁，正在把连绵不绝的荒野切割成越来越短的路段。沿着夫兰波河顺流而下，精神上就像有两种印象在拉锯一般来回交替，当你为船舶停靠的码头而感叹时，立马会产生一种身在荒野的精神幻觉，过不了一会儿，当你沿着河岸航行时，又会与农舍主人栽种的牡丹相遇。

稳稳绕过牡丹花之后，一只雄鹿从河岸边的隐蔽处蹦出来，让我们重新感到荒野的气息，接下来就是湍急的水流，更是将荒野气息表现得淋漓尽致。不过，往下面池塘旁边走去，映入眼帘的却是一些人造小木屋，清一色的合成材料屋顶，上面挂着"驻足小憩"的牌子。而且，这里还有一条乡村韵味十足的绿廊，午后常有人来打桥牌。

保罗·班扬[1]绝对是太忙了，所以没有想到子孙后代。如果他曾想过为子孙后代留下一块自留地，让他们见识一下古老的北方森林的话，他可能会选择夫兰波河。这里有最好的白松、糖枫树、黄桦和铁杉，要知道，松树和硬木这种丰富的混合分布，不管是在过去还是现在，都是不常见的。夫兰波河的松树长在硬木土壤里，这种土壤比一般松树生长所需的土壤更为肥沃，因此松树也生长得更高大、更有价值，加之它们附近又有一条运输便利的河流，所以这里的树木在很久以前就被砍光了，只残留下巨大而腐朽的树桩对此作证明。只有那些有瑕疵的松树才得以幸免，不过这些仅存的树木也足以凸显夫兰波河的轮廓，它们是见证历史的绿色纪念碑。

硬木的伐木年代来得更晚一些，事实上，最后一家大型硬木公司最后一次拆

□ 伐木者

伐木者们在大规模砍伐结束后，仍然四处搜寻可用木材，这使得丛林中的小铁杉木也难逃此劫。

---

[1] 保罗·班扬是北美传说中的英雄，出生于缅因州东北部，生下时就是个奇大无比的婴儿，长大后成为伐木工，住在美国西北的伐木营地里，因力大无穷和伐木快如割草而威震四方。——译者注

掉伐木铁路上的钢轨,也不过是10年前的事情。这家硬木公司在眼前的"鬼城"遗留下一处遗迹,如今是一间土地出售办公室,残留下来的荒野被兜售给满怀希望的拓荒者。至此,美国历史上的一个时代走到尽头,即砍光树木然后搬离的时代,画上了句号。

像一头郊狼在废弃的营地翻寻食物一样,夫兰波河在后砍伐经济时代靠自己过去残留下来的东西生存着。那些被斥为"贱民"的木质纸浆砍伐者,在残存的丛林里搜寻着大规模砍伐时代被忽略的小铁杉木。锯木厂员工在河床上挖掘那些沉没的"死货",那些"死货"都是在光荣的木材运输时代不慎沉落河底的。一排排沾满污泥的木材被捞上岸,摆在古老的码头上,这些木材都还完好无损,具有很高的经济价值,在今天的北方森林里,已经很难寻到如此优质的松树了。伐木者砍倒了沼泽地里的北美香柏,跟在他们旁边的雄鹿跃跃欲试,伺机吃掉杉树树梢上的叶子。一切人和事物,依靠这些残渣生存着。

夫兰波河的林地被清除得如此干净,现代农舍主们在建造小木屋时,居然要使用爱荷华或俄勒冈州的粗木板锯造出来的仿制品。这些木材通过货运卡车运到威斯康星州的树林里。跟这相比,似乎谚语"把煤炭运到纽卡斯尔"[1]的讽刺意味也不过如此了。

夫兰波河依然存在,有几个地方好像自从保罗·班扬时代以来就几乎没什么变化。黎明之前,汽艇尚未从沉睡中醒来,人们依然可以听到河水在旷野中唱歌。有几处未被砍伐的林地,幸运地被收购为国有,许多珍贵的野生动物因此生存下来,包括河里的北美狗鱼、鲈鱼和鲟鱼,泥沼里的秋沙鸭、黑鸭和木鸭,盘旋在上空的鱼鹰、老鹰和乌鸦。现在,这里到处都是鹿,数不胜数,单就划船的这两天,我就看到52只。偶尔还会有一两只狼在夫兰波河上游漫步。据一个猎人讲,他曾亲眼见到一只貂在此出没,尽管自1900年以来,就再没有貂皮产自夫兰波河了。

以这些荒野残留物为核心,国家保护局于1943年开始重建了一条长达50英里

---

[1] 英文中的一句俚语。曾经的纽卡斯尔的经济发展尤其依赖煤炭的生产出口。把煤炭运到纽卡斯尔,比喻多此一举。——译者注

的沿河保护带，作为新一代威斯康星州人使用和娱乐的荒野之地。这个保护带实际上位于州立森林的矩阵之中，但河岸两侧没有栽种树木，道路也是越少越好。环保部门正在慢慢地、耐心地甚至有时昂贵地推进着这个计划，采购土地，拆除别墅，挡住那些不必要的道路。总之，尽可能将时钟推回原始的荒野时代。

短短几十年，肥沃的土壤让夫兰波河给保罗·班扬提供了最好的软木松，也让腊斯克县发展起了乳品业。这些奶农们想要比当地电力公司更便宜的供电，于是他们组织了一个合作式农村电气化管理局，并于1947年申请修建发电大坝。当这个大坝建成时，势必要毁掉先前修复重建的、供划船之用的那50英里自然保护带的下游区域。

一场激烈而尖锐的政治斗争开始了。立法机关迫于奶农的施压，不仅漠视荒野的价值，批准了农村电气化管理局的大坝工程，更是剥夺了环保委员会今后在安置水电站位置方面的一切声音。因此，看来很有可能，夫兰波河上残存的可划船的那片水域，和威斯康星州其他野生河流一样，最终都难逃用于发电的命运。

也许，我们的子孙后代再也见不到一条野生河流，便永不会怀念在汩汩如歌的河面上泛舟而下的机会了。

伊利诺伊州和爱荷华州

伊利诺伊的巴士之旅

一个农民和儿子正在院子里,拉着一个大横锯,切割一棵古老的三角叶杨。这棵树是那么高大,那么古老,锯子在完全切入树干之后只剩下一英尺的刀片了。

曾几何时,那棵大树曾是草原上的一个浮标。没准儿乔治·罗杰斯·克拉克[1]还在树下驻扎过;晌午时分,水牛可能在树下乘凉,尾巴甩来甩去赶着苍蝇;每年春天,展翅欲飞的旅鸽在此栖息。这棵树的内涵仅次于州立大学的历史图书馆,但其杨絮每年一度都会塞住农户的纱窗。对于这两个事实,只有后者引起了人们的重视。

州立大学告诉农户们,榔榆不会堵塞纱窗,因此榆树比三角叶杨更受欢迎。它还针对樱桃蜜饯、牛布氏杆菌病、杂交玉米和美化农场家园等事项武断地发表过一些意见。也许,它唯一不知道的是,农场来自哪里。它的工作只是确保伊利诺伊能够安全地生产大豆。

我坐在时速60公里的大巴上,从一条原本属于马和马车的高速公路上疾驰而过。混凝土结构的道路一再扩展,直至将农田的围栏挤到路边的沟壑里。在与汽车擦肩而过的路堤和即将倒塌的栅栏之间,有一条狭窄的草地,生长着伊利诺伊曾经的历史——大草原的遗迹。

---

[1] 乔治·罗杰斯·克拉克(George Rogers Clark 1752—1818年),美国独立战争时期的军事指挥家,他是肯塔基州民兵的领袖。

巴士上没有人注意这些文物。一个忧心忡忡的农民——衬衫口袋里还装着不小心露出来的肥料账单——茫然地看着车窗外的羽扇豆、胡枝子或紫靛草。这些植物曾经从大草原的空气里汲取氮元素，并将其植入肥沃的黑土里。然而，他根本区分不开这些植物与那些暴发户般的匍匐冰草。如果我问他，为什么他的土地能生产100蒲式耳玉米，非草原地区只能生产30蒲式耳。他可能会回答说："伊利诺伊州的土壤更好。"如果我接着问，那些紧贴着篱笆，像豌豆一样开着白色钉状小花的是什么植物。他大概会摇摇头说："是什么杂草吧？"

一片墓地从我的视线内一晃而过，周围长着旺盛的草原紫草。我从没在其他地方见过紫草，现代风景大多以毛叶泽兰和苦苣菜构成黄色的主题，而紫草则只与死者耳语。

透过敞开的车窗，我听到一只高原鹬令人心醉的叫声。曾几何时，它的祖先跟着水牛，负芒披苇地穿过无边无际的花园，那儿被人遗忘的花朵简直要跟水牛一般高。一个男孩看到了它，指着它跟他的父亲说："那儿有一只鹬鸟。"

指示牌上写着："你已进入格林河土壤保护区。"牌子上还有些小字体写着合作名单，不过字体太小了，我又在移动的巴士上，所以根本看不清究竟是什么，估计是自然保护的有关人员的花名册。

这块牌子被油漆刷得很整洁，矗立在小溪边低处的牧场上。那儿的草长得很矮，你几乎可以在那里打高尔夫球。附近有一个已经干涸的小河床在此优雅地转弯，新的小河床被挖掘得笔直笔直的，为了加快水流，它已经被县工程师们"取直"了。山上遍布等高线般弯曲的田地，为了防止水土流失，工程师们已经将它"取弯"了。显然，这里的水已经被专家们如此之多的建议搞得晕头转向。

这个农场里的一切拿到银行里都是钱。农场及其建筑的外观，完全以钢筋、混凝土和新鲜油漆堆砌而成；谷仓上刻着的日期纪念着其创始人；屋顶布满了避雷针，风向标也以新镀金为荣；甚至这里的猪看起来都财大气粗。

林间的老橡树安然无恙。这里没有树篱，没有灌木丛，没有篱笆行，也没有其他任何粗放管理的迹象。玉米地里有肥胖的小公牛，不过可能没有鹌鹑；篱笆修在狭窄的带状草坪边缘。挨着铁丝网耕犁的人一定经常强调："勤俭节约，吃穿不缺。"

在溪底牧场，洪水泛滥冲击下来的垃圾高高地堆在灌木丛中。小溪的两岸还是原始状态；伊利诺伊州的大块土地已经脱落并向海洋移动。洪水把冲刷不走的淤泥残渣留在巨大的豚草中，留下斑驳陆离的痕迹。究竟是谁这么财大气粗地挥霍，而这样的日子又能持续多长时间呢？

□ 红腿的绿头鸭

顾名思义，绿头鸭的头颈都为绿色，其腿则为红色，是一种在水中取食的游禽，主要栖息于水生植物丰富的湖泊、河流、池塘、沼泽等水域中。

高速公路像一条绷紧的带子一样绵延不绝，一路穿过玉米地、燕麦地和苜蓿地。巴士不断刷新着行驶里程，乘客们也在喋喋不休地聊天。他们都在聊些什么呢？谈论棒球、税收、女婿、电影、汽车和葬礼，反正不会谈及透过车窗可以看到的、蜿蜒起伏的伊利诺伊州的大地。伊利诺伊州没有起源，没有历史，没有滩涂，没有深渊，也没有生与死的潮汐。对他们而言，伊利诺伊只是一片供他们驶向某个不熟悉港口的海域而已。

红腿的挣扎

每当我回忆自己儿时对事物最初的印象时，我便疑惑，通常所说的"成长"，怎知实际上不是一个倒退的过程？那些被成年人津津乐道，而孩子们缺乏的所谓"经验"，怎知实际上不是生活琐事对生活本质的逐渐稀释？现在至少有一点是可以肯定的：我最早对野生生物及其所追求的东西的印象，始终以栩栩如生的形式、色彩和氛围浮现在脑海中。至今半个多世纪过去了，或许我对野生生物的专业知识有所长进，但那些最初的印象依然没有丝毫退却，或是改进。

像众多有抱负的猎人一样，我很小的时候就拥有一把单筒霰弹枪，并被家人准许猎兔。一个冬天的星期六，我赶往最喜欢的野兔狩猎场。中途我注意到湖泊已被冰雪覆盖，只有在风车房将温水排到湖面的地方融了一个小孔。那时候，所有鸭子都早已离开这里，飞往南方，但就在那时那地，我做了人生中第一个鸟类学设想：如果有一只鸭子留了下来，那么它迟早会来这个空洞里。我忍耐着自己猎杀野兔的欲望（那可不容易），靠着蓼草坐在冰冷的泥土上，耐心地等待着。

我等了整整一个下午，一只只乌鸦从这里飞过，工作中的风车发出风湿病人一般的呻吟，我感觉越来越冷。终于，在日落时分，一只孤单的黑鸭从西边出来，甚至没有预备登陆的盘旋动作，就倾斜着翅膀朝着小孔飞落下来。

我已不记得当时开枪的情形，我只记得，当看到自己猎杀的第一只鸭子，伴着一声枪响，重重摔在冰雪河面上。那时我的喜悦简直无法形容。它躺在那里，肚子朝上，伸出红色的腿儿在冰面上踢蹬着，挣扎着。

我父亲给我这支猎枪时说，我应该拿它去打松鸡，不过我可能没办法把松鸡从树上打下来。他说，等我再长大一点儿，就可以学习射击飞行中的松鸡了。

我的狗擅长将松鸡赶到树上去。放弃朝着树上开稳稳的一枪，转而在它逃窜时开毫无希望的一枪，是我的第一次道德伦理训练。与被赶上树的松鸡相比，哪怕是魔鬼带着它的七个王国摆在我面前，那诱惑也不算大。

在第二个狩猎季结尾时，我还是没能猎到一只飞翔的松鸡，连它的羽毛都没猎到过。有一天，我正走在一片山杨树林中，一只大松鸡突然从我左边咆哮而起，高高地飞过山杨树，从我背后穿了过去，最终落在最近的雪松沼泽上。这可是一个松鸡猎手梦寐以求的好机会，果然，羽毛和金色叶子纷纷落下，它掉落下来，死掉了。

时至今日，我依然可以画出当天的情景：它——我猎杀的第一只飞行中的松鸡，躺在绿油油的苔藓上，旁边是一株株红色茱萸和紫苑草。我觉得，也许我对这两种植物的喜爱就是从那一刻开始的。

亚利桑那州和新墨西哥州

最高峰

我第一次住在亚利桑那州时，白山[1]是骑士的世界。除了几条主要路线外，其他道路皆崎岖不平，难以行进。这里没有汽车，但徒步旅行也不现实，因为它的面积太大了，甚至连牧羊人也都坐在马背上。因此，除了这些人，这个以"最高峰"著称的县城，其实成了骑士的天堂：骑马的牧羊人、牧牛人、森林管理员、设陷阱捕兽者以及那些出没在边界、来历不明的骑马者。我们这一代人很难理解，为什么这种基于空间移动能力的贵族统治会基于交通工具呢。

往北走上两天的路程有个铁路城镇，那儿就没有这样的事。在那里，你可以选择各种方式出行，穿皮鞋、骑驴、骑马、骑牛、坐平板马车、坐货车、坐货物列车的守车或卧铺车等等。这些出行方式对应着社会等级，其成员说着各不相同的方言，穿着个性独特的衣服，吃着各具特色的食物，光顾不同层次的酒吧。他们唯一的共同点就是，打着民主的旗号向民营商店赊账，以及享受亚利桑那州的灰尘和阳光这两种公共财富。

继续向南，横穿过平原和平顶大山，朝着白山走过去，上述那些交通工具一个接一个地失效，那些社会阶层的差异也逐渐消失，直到最后，到了"最高峰"，就成了骑马者统治的世界了。

---

[1] 白山山脉是美国境内第二高的山脊，山脉积雪多年，遍布零星的湖泊和溪流。

□ 星鸦

星鸦是一种典型的针叶林鸦类，常栖息于欧洲北部和东部的针叶林中，以松子为食。

亨利·福特[1]的革命已经彻底废除了这一切。今天，飞机的出现赋予了所有人飞上天空的权利，不管你是汤姆、迪克还是哈利。

到了冬天，甚至骑马也无法登上山顶，高高的草地上堆满了积雪，连爬到小峡谷的唯一山路也被厚厚的积雪封住了。每年5月，夹杂着冰块的激流咆哮着冲到峡谷，不久之后，如果你的马儿肯吃苦，能够在齐膝深的淤泥中行走半天的话，你便可以再次骑马登上山顶了。

在山脚下的小村庄，每年春天都会迎来一场心照不宣的竞赛，看谁能成为第一个闯入那片荒僻高地的骑士。我们中的很多人都试过，至于为什么要试，倒是没想过。消息总是传得很快，不论谁得了第一，总是被戴上骑士的光环，成为"年度新闻人物"。

山上的春天，尽管与故事书中的描述大不相同，但也不是说来就来的。即使绵羊都已上山，温和的日子也是与凄风苦雨交替而至。此时这里是一片单调的高山草甸，零星散落着哀怨的母羊与冻得瑟瑟发抖的羊羔，偶尔还会突然下点儿冰雹和雪花。我从未见过比这更显冷的风景。即使向来欢快的星鸦，也在春天的风暴中冻得佝偻起身子。

到了夏天，这座山的情绪有如天气和日子一样，变化多端，就连最迟钝的骑士和他的马儿，也能彻头彻尾地感受到这些情绪变化。

---

[1] 亨利·福特（Henry Ford，1863—1947年），美国福特汽车公司的创立者。他是世界上第一位使用流水线大批量生产汽车的人，让汽车在美国真正普及化而成为一种大众产品。

一个明朗的清晨，大山邀请你跳下马，走到新长的花草地上打个滚儿（如果你没有拉紧缰绳的话，你的马儿一定会这么做的）。每一个活着的生命都在歌唱、叽叽喳喳地迅速成长着。魁梧高大的松树和冷杉，在风暴中飘摇了这么几个月，终于在阳光的滋润下扬眉吐气。缨耳松鼠假装面无表情，但它的声音和尾巴，却流露出它的情绪，它坚定地告诉你一个你已然十分了解的情况：这是个难得的好天气，你从未在如此富足的荒僻之地度过这美好的一天。

一小时以后，雨云可能要遮住太阳，之前的天堂在即将到来的闪电、雨水、冰雹的鞭策之下，不断向后倒退和蜷缩。黑色阴影笼罩着天空，像一个引线被点燃的炸弹。各种大小的卵石胡乱滚动下来，被砸断的树枝"噼啪"作响，你的马儿被惊吓得跳跃起来。当你想要在马鞍上转身解开雨衣时，它倒退着打喷嚏，全身颤抖，好像你要打开《启示录》的卷轴一样。当有人在我面前说他的马儿不怕闪电时，我心里总在暗暗反驳：那是因为你不曾在7月骑马上山。

雷鸣声固然非常可怕，但更可怖的，是闪电击中岩石边缘，溅落许多冒着烟的石块，从你耳边呼啸而过。当然，还有比这更恐怖的，那就是当惊雷劈倒松树，飞溅的碎片漫天遍地。我记得曾有一块15英尺长的白惨惨的木片，被劈落下来，深深地刺入我的脚下。它立在那里，像一把"嗡嗡"作响的音叉。

要想远离恐惧，生活就得贫瘠。

山顶是一片宽阔的草地，即使骑马也得半天时间才能穿过。不过，你千万不要以为它单是一个长着青草、四周被松树围住的圆形露天剧场。那片草地的边缘是波形的、弯曲的、细圆齿状的，布满了凹陷和峡谷、丘峦和山梁、半岛和园林，每一处景观都别具特色，绝不雷同。没有人能洞悉这里的一切，那些骑马上山的人每天都有机会看到新的事物。之所以说"新"的事物，是因为骑马来到鲜花盛开的小峡谷的人们常有这种感觉：如果有人曾经来过这里，他肯定会唱一首歌或写一首诗赞颂一番。

正是出于这种感情，每个山区营地的山杨树皮上都刻着大量的名字、日期和牲畜烙印，保存下来的记录数量之多令人难以置信。从这些铭文和记录中，人们无论到了哪一天，都可以读懂"德克萨斯人"的文化和历史。不过，这种对文化和历史的解读不是基于冷冰冰的人类学范畴，而是从某些创始人的个人事业角度出发的。也许其中某位创始人的儿子曾在马匹交易上打败过你，又或者某位创始人的女儿曾经跟你一起跳过一支舞。这儿就有一个十分简单的记载，写着"19世纪90年代"，没有烙印，无疑这个人是作为流动牛仔独自上山的。接下来，10年后，他在记录前加上了最初的烙印。大概当时，他已经变成一位富足的公民，并且拥有一份"稳定牢靠的产业"，这是他通过节约、合理经营、繁衍或一根灵活的套索赚来的。再然后，也许没过几年，你又看到了他女儿的名字首字母，那是被一群迷恋他女儿的年轻人刻上去的，或许这些年轻人不仅想娶他的女儿，还想继承他的财富。

老人现在已经死了，晚年的他或许只为银行账户和牛羊数目所动，但山上的山杨却记载着，他年轻时也曾为登上山顶一览春光而感到无上光荣。

这座山的历史绝不仅是山杨树皮上记载的这些，远远近近的地名也都上演着它的历史。牧场的命名通常是滑稽的、幽默的、下流的、讽刺的、伤感的，但很少是陈腐俗套的。基本上，这些地名都起得十分微妙，足以引诱新到访者寻根究底。关于地名的传说正在被编纂成完整的故事，流传成当地的民间神话。

例如，有个叫做"埋骨地"的地方，是一片可爱的草地，蓝铃花拱悬于裸露出来的头骨和分散的牛脊骨之上。19世纪80年代，从德克萨斯山谷来了一个愚蠢的牧牛人，禁不住山中夏日的诱惑，把他的牛全部赶到山上去吃干草过冬，结果，当11月的暴风雨来袭，他骑着马逃过一劫，但他的牛却全部葬身于此。

还有一个地方叫"蓝色坎贝尔"，是蓝河的源头。早期，有个牛仔带着新娘来到这里，结果这位女士，厌倦了岩石和树木，渴望得到一架钢琴。不出意外，钢琴如约而至，是一架"坎贝尔"钢琴。只是，整个县城只有一头骡子能拉动它，只有一个人能赶着骡子完成这个近乎超人才能胜任的运输任务。可惜，钢琴也没能让这位女士就此满足，她还是逃走了。我听到这个故事时，当年的小木屋已经成为一堆垂垂老矣的原木废墟。

还有一个地方叫"菜豆沼泽"，是一片被松树围起来的沼泽草甸。我住在那里时，有一个小木屋可以作为过夜营地。当地有个不成文的规定，这种房产所有者都要为路人留下足够的面粉、猪油和菜豆，同时还要在马槽中添满草料。虽然如此，但有一位运气不佳的旅行者在风暴中被困了一个星期，到最后也只有菜豆可以吃了。当地人热情好客，这次的接待不周绝对是个大大的败笔，因此值得作为一个地名传承下去。

最后，还有一个地方叫"天堂牧场"，这个名字你若从地图上看到，会觉得俗不可耐，但若你千辛万苦骑马赶到那里的话，感觉就会完全不一样了。它隐藏在高峰的另一边，符合天堂应具备的一切条件。青翠欲滴的草甸，中间蜿蜒流淌着一条小溪，鳟鱼在里面嬉戏。马儿在这片草地上逗留一个月，便长得鬃亮体胖，雨水滴落马背上都能聚成一处小水汪。我第一次到"天堂牧场"，便由衷地感慨："不然，你还能叫它什么呢？"

□ **基奈半岛狼**

基奈半岛狼曾是犬科动物中体形最大的物种，体重可达100千克以上。基奈半岛狼善远距离追捕猎物，对环境适应能力强。它们主要分布于美国阿拉斯加的基奈半岛。不过该物种在1925年被宣布完全灭绝。

尽管有数次再访白山的机会，我从未再去过白山。我不想看到游客、道路、锯木厂和运载原木的铁路对它的所作所为或为之带去的变化。每当听到一些年轻人惊呼："那是一个多么美妙的地方！"我都在心里默默认同，尽管我骑马去"山顶"的时候，他们还没出生呢！

像山那样思考

一串低沉、高傲的嗥叫，在一道山崖和另一道山崖之间回荡着，从山上滚下来，渐渐湮没在漆黑的夜里。那声音，宣泄着狂野不驯的悲伤，也携带着对世间一切困境的蔑视。

这一串嗥叫，引起了所有活着的，或许还有些死了的生物的注意。对于鹿来说，它是对血肉末路的提醒；对于松树而言，它是午夜凶案与雪中滴血的预言；对于郊狼而言，它是分一杯羹的希望；对于牧场主而言，它是银行账户赤字的威胁；对于狩猎者而言，它是獠牙与子弹之间的对决。然而，在这些显而易见的、毋庸讳言的希望与恐惧背后，还隐藏着更深层次的含义，而这含义，只有山知道。因为只有这座山活得足够长久，才能客观地聆听狼的嚎叫。

尽管人们无法领会这嚎叫声隐藏的深层含义，但他们知道，它就在那里，整个有狼地区都能感觉到狼嚎的存在，从而可以将这块县区同其他地区分别开来。所有在夜间听到狼的嚎叫，或白天见过狼的足迹的人，都会感到脊背发冷。即使没有听到狼的声音，也没有看到狼的身影，但狼的存在也隐含在无数的琐事中，也许是一匹驮马的午夜长嘶，也许是碎石块的哗啦滚落，也许是小鹿奔命时的蹄响，也许是云杉下阴森的小路。总之，只有非常愚笨的新手才觉察不到狼是否存在，才不了解山对狼那种秘而不宣的态度。

自从亲眼见到狼死去的那天，我便对此深信不疑。当时，我们在高高的悬崖上吃午餐，下面湍急的河水哗哗流淌着。我们以为看到一只母鹿涉水而过，它整个前胸浸在泛着白色浪花的水里，直到它爬上岸，甩出尾巴，我们才意识到自己看错了，原来这是一只狼。此外还有另外六只，显然已经成年的小狼，也从柳树林里跳出来，摇着尾巴，嬉戏着互相抓挠，加入欢迎的列队。毫无疑问，在岩壁脚下的开阔空地上翻滚、扭打的，正是一群狼。

在那个时代，我们从未听说过有谁会放弃猎杀一只狼的机会。我们迅雷不及掩耳地把子弹装满枪膛，不过由于兴奋过度，这一枪我们并没有打中。如何从这么陡峭的悬崖上往下瞄准，说实话我还真不知道。我们把子弹打空了，老狼也倒下了，旁边还有一头小狼拖着一条腿，向那条无路可通的碎岩中逃窜而去。

我们迅速来到老狼身边，亲眼看着那一道凶狠的绿光从它垂死的眼睛中透射过来。那时我才意识到，并记住了，它的眼神中有一些我从未见过的东西，而那东西只有它和山知道。那时的我年轻气盛，充满了扣扳机的冲动。我原本以为，狼少了，就代表鹿会多起来了，而狼消失的地方，也就是猎人的天堂。然而，当我看到它眼中那一束垂死的绿光后，我感觉，无论是狼还是山，都不同意我这样的观点。

从那以后，我在有生之年看到狼在一个又一个州县消失，也见证了许多狼消失后的山的新面貌，目睹朝南的斜坡上被鹿踩得像通往迷宫一般的小径。我看到每一株可食用的灌木和幼苗都被啃食，继而从凋落到枯萎，直至最终的死亡；我看到每一棵可食用的树木，鞍角高度以下的树叶被吃得精光。这样一座山，看起来好像有人给了上帝一把新的修枝大剪刀，但禁止祂做其他任何事情。最后，鹿群不负众望，数量之庞大惹来了一副副饿死的白骨。这些骨骼跟着枯萎的鼠尾草一起变白，或者在够不到其叶子的刺柏树下腐烂。

□ **生态平衡**
"正如鹿群生活在对狼的极度恐惧之中一样，如今山也正生活在对鹿的极度恐惧之中。"捕食者与被捕食者的身份从来就不是固定的，只有保持生态平衡，自然才能为人类提供适宜的环境条件和稳定的物质资源。

我现在怀疑，正如鹿群生活在对狼的极度恐惧之中一样，如今山也正生活在对鹿的极度恐惧之中。或许，山更有理由恐惧。因为当一只雄鹿被狼拖走，两三年后会有另一只雄鹿取而代之，然而，被太多鹿破坏的山，在几十年后也不可能恢复原貌。

牛群亦是如此。牧牛人清理其领域内的狼，却没有意识到，也许自己正在接管狼的工作，代替狼调整管理牛的数量，使其适应牧场的承载能力。他还没有学会像山那样思考。因此，我们迎来了沙尘暴，河流也会把我们的未来一起冲入大海。

我们都努力追求安全、繁荣、舒适、长寿和简单的生活。鹿用敏捷的双腿奋斗；牧牛人用陷阱和毒药奋斗；政治家们用笔杆子奋斗；我们大多数人用机器、选票和美元奋斗。不过，其实我们追求的都是同样的东西：在我们有生之年的平和。以此作为成功的衡量标准，已经足够好了，而且也许这也是客观思考的必要条件，但从长远来看，太过安全似乎只会产生危险。也许这就是梭罗[1]的格言背后蕴藏的含义：荒野之中，有这个世界的救赎；也许这就是狼嗥的隐藏意义，一直以来大山早就知道，但人类还几乎没有察觉。

埃斯库迪拉山

在亚利桑那州生活，脚下的空间以格兰马草为界限，头顶以天空为界限，而地平线则以埃斯库迪拉山为界限。

你骑马驰骋在蜜黄色草原，一路向山的北面行进，无论何时何地，总能看到埃斯库迪拉山。

当你骑马往山的东面走，会经过一片树木繁茂的台地。每块凹地都仿佛自成一个小小的世界，沐浴在阳光下，刺柏的香气扑朔迷离，与喋喋不休的蓝头鸦相处得那么融洽，似乎一切都相得益彰。不过在山脊顶上，你便立刻变成一个小斑点，而这浩瀚空间的边缘，就是埃斯库迪拉山。

当你骑马向南行，会经过错综复杂的蓝河溪谷，里面到处是白尾鹿、野火鸡和野牛。当漂亮俏皮的雄鹿越过天际线向你挥手告别，你低头看看瞄准器并叹息为什么会错过它，这时，倘若你抬头往远处看，便能看到远处蓝色的山脉，这便是埃斯库迪拉山。

当你骑马向西走，会看到阿帕奇国家森林公园的外围，那儿的树木此起彼伏，高低不同。我们曾去那里巡查木材的产出情况，以40为单位，把高大的松树转换成笔记本上的数字，估算木材堆的体量。巡查者们气喘吁吁地攀登峡谷，突然觉得笔记本上的遥远数字与眼下流汗的指头、洋槐的尖刺、鹿蝇的叮咬以及松鼠的谩骂之间有种莫名的不和谐。不过，走到下一个山脊，寒风掠过一片松树绿海，把他们的疑惑一扫而空。在远处的林海边挂着的，正是埃斯库迪拉山。

这座山不仅是我们工作和娱乐的界限，甚至还是我们为得到一顿丰盛晚餐而

---

[1]亨利·戴维·梭罗（Henry David Thoreau，1817—1862年），美国作家及自然主义者，著有长篇散文《瓦尔登湖》。

努力的界限。冬天的傍晚，我们时常企图伏击河岸平原的野鸭。那些高度警惕的野鸭在玫瑰色的西方天空盘旋着，继而转向铁青色的北方，然后消失在墨黑色的埃斯库迪拉山中。如果它们再敢出现且不扇动翅膀，那么我们的荷兰烤肉锅里就会增加一只味美肉肥的野鸭；如果它们不再出现，那么我们就只能吃培根和豆类了。

实际上，只有一个地方，在那里你看不到天际线中的埃斯库迪拉山，那便是它的山顶。在埃斯库迪拉山的山顶，你看不到它，却能感觉到它。究其原因，在于那只大熊。

"大脚老怪"是个强盗式男爵，埃斯库迪拉山就是它的城堡。每年春天，当温暖和煦的春风拂过雪地上的阴影，这只老灰熊便从岩壁上的冬眠洞穴中慢慢爬出来，一直爬到山脚下。它向一头乳牛的头部发起猛烈的攻击，然后填饱肚子，就再爬回那个供它为所欲为的岩壁。那儿有土拨鼠、兔子、浆果类和树根，足够它平静地度过整个夏天。

我曾亲眼见过它杀死的一头牛。牛的头骨和脖子都已血肉模糊，看起来就像迎面撞上了全速而行的货运列车。

谁也没亲眼见过这只大灰熊，但是在悬崖底部附近泥泞的泉水中，你能看到它那些令人难以置信的踪迹。看到这些足迹，就连最难缠的牛仔也能意识到熊的存在。无论骑到哪里，他们总能看到这座山，而当他们看到这座山时，总会不自觉地想到大灰熊。篝火晚会上，人们会谈到牛肉、舞会和熊。"大脚老怪"的要求不多，一年只要一头牛和几平方英里的荒岩区。但不管怎么说，它的个性，整个州县无人不知。

那时候，进步的事物刚刚来到牛乡，它有着不同的使者。

一个是首位横贯大陆的汽车司机。牛仔们很了解这位开拓道路的人，他像以前的一些骑手一样，说起话来带着轻微的夸夸其谈。

第二个使者是一位身穿黑色天鹅绒衣服的漂亮女士，他们不了解她在讲什么，却十分认真地倾听和注视她。她正操着一口波士顿口音来启发他们女性选举权的意义。

第三个使者是一位电话工程师，他把电话线连接到刺柏树上，就能接收从城里传来的即时消息。大家对此感到十分惊讶，一位老人还满怀期待地问，电话线能否给他传过来一块培根。

一个春天，进步又派来一位使者，这次是一个官方捕猎者。他活像一个穿着工作服的圣·乔治，政府出钱让他专门消灭恶龙。他问乡亲们，有没有需要猎杀的破坏性动物？是的，那儿有一只大灰熊。

于是，这位使者将装备放到骡子背上，起身向埃斯库迪拉山出发。一个月后，他回来了，他的骡子因驮着沉重的兽皮而步履蹒跚。小镇里只有一个大畜棚可以摊开这张巨大的兽皮。为了对付大灰熊，使者用尽了办法，陷阱、毒药等等这些向来奏效的诡计都无济于事。最后，他不得不在只有大灰熊能出没的峡谷架起一杆枪，耐心等待着。最后，终于等来了大灰熊走进峡谷，于是他触发机关，射死了它。

当时正值6月。那张毛皮既脏臭又有斑点，全无价值。在我们看来，没能让最后一只大灰熊留下一块好皮毛作为其种族的纪念品，真是莫大的耻辱。它所留下的，不过是存放在国家博物馆的一块头骨，还有科学家就其头骨的拉丁名称的争论罢了。

当我们静下来思考这些事情之后，我们才开始怀疑，到底是谁在制定进步的规则。

从万物生长之初，时间就侵蚀着埃斯库迪拉山的玄武岩，消耗着、等待着、建造着。时间在这座古老的山上创造了三样东西，一个是令人奉若神明的地貌，一个是微小的动植物群落，还有一个就是大灰熊。

政府派去的捕猎者只知道，他杀死了大灰熊，给埃斯库迪拉山地区的牛群一个安全的环境，却不知道，他推倒了一座大厦的尖顶，而这座大厦，是从晨星合唱时就开始建造的。

派出捕猎者的局长是一位精通进化建筑学的生物学家，但他不知道，这个尖顶或许和牛群同样重要。他料想不到，20年内，牛乡将成为一个旅游大乡，因此相比牛排而言，人们更需要大灰熊。

决定拨款以除去大灰熊的议员们是拓荒者的后代，他们一边赞扬拓荒者的优秀品德，一边不遗余力地毁掉拓荒者的成果。

我们的森林官员也默许了灭绝灰熊这件事。我们都知道，当地的一个牧场主在耕地时犁出一把刻有科罗纳多军官名字的匕首。这引起我们对西班牙人罪行的痛斥，他们完全没有必要为了黄金和强迫改教而灭绝印第安人。只是我们又何尝想得到，如今我们也是一队打着正义旗号的侵略者。

　　埃斯库迪拉山依然悬挂在地平线上，只是当你看到它时，不会再想到大灰熊了，如今，它只是一座山而已。

奇瓦瓦州和索诺拉州

瓜卡马亚

在黑暗时代，物理意义上的美学还是自然科学系的一个分支，即使那些研究空间弯曲的科学家也无法解开它的方程式。例如，大家都知道，北方森林的秋景十分美丽，构成如此美景的全部内容便是土地、红枫再加上披肩榛鸡。就传统物理学而言，披肩榛鸡仅代表一英亩土地的质量或者能量的百万分之一。然而，若除去这只披肩榛鸡，整个秋景也便死去了，因为某种强大的动力已经消失。

我们很容易说这种"损失"只是我们脑海的幻想产物，但所有清醒的生态学家都会同意这个观点么？他们非常清楚，有一种生态上的死亡，其意义对当代科学是不可言喻的。哲学家把这种无法估量的事物本质称为物质的"本体"，与"现象"相对应。"现象"是可以预测的，可以计算的，哪怕是最遥远的恒星的闪烁与转动。

松鸡是北方森林的本体，冠蓝鸦是山核桃林的本体，灰噪鸦是青苔沼泽地的本体，红腹灰雀是刺柏山麓小丘的本体。只是鸟类学文献从来不记录这些事实。我猜它们对科学来说是新奇的，但对于敏锐的科学家来说却是显而易见的。尽管如此，我还是在此记录下我发现的马德雷山脉的本体——厚嘴鹦鹉。

之所以说是一个发现，是因为鲜有人造访过它的栖息地。一旦到了那儿，只有声哑人才看不出它在这条山脉生活或景观中扮演的角色。的确，也许你还没吃完早餐，它们就已经叽叽喳喳、成群结队地离开栖息地，飞到黎明的高处进行晨练了。像鹤群形成的空中部队一样，它们盘旋着，会突然转变方向，大声辩论着：这个在峡谷上缓缓升起的新的一天是比前一天更蓝、更金黄还是稍有逊色呢？这个问题也值得你琢磨一番。最后的投票表决是一个平局，于是，它们带着各自的支持者飞到高高的台地上享用早餐（半裂开的松果）去了。而这时候，它们还没看到你。

但是稍后，当你开始攀升陡峭的山坡时，一些眼尖的鹦鹉可能在一英里之外就发现了你这个奇怪的动物，看到你正气喘吁吁地从那条只有鹿、狮子、熊或火鸡才走的小路过来。它们抛开早餐，开始成群地大呼小叫，向你振翅飞来。当它们在你头顶盘旋时，你会由衷地希望能有一本鹦鹉词典。它们像是在盘问你，你来这里是干什么的？或者，它们就像一个鸟类委员会一样，确保跟任何时光、任何地点相比，你更喜欢它们的家乡、天气、民风和辉煌的未来。答案可能是其中之一或者兼而有之。然后，你的脑海里会突然浮现出一个令人难过的联想：当道路修到这里，这个叽叽喳喳的接待委员会首次欢迎带枪的旅客们时，会发生什么事情？

很快它们就弄明白了，你只是一个沉闷、不善言辞的家伙，甚至对马德雷山脉这种标准的晨间欢迎仪式都无动于衷，连吹个寒暄的口号都不会。毕竟，树林里还有很多未被啄开的松果，还是赶紧回去吃饭吧！这次，它们可能会停靠在悬崖下方的某棵大树上，给你个悄悄溜到悬崖边缘向下偷窥它们的机会。站在那儿，你可以第一次看到它们的颜色：穿着绿色天鹅绒制服，戴着猩红色和黄色的肩章以及黑色头盔，聒噪着从一棵松树飞到另一棵松树上，不过始终保持一个队形，且成员的数量总是偶数。我只看到过一次是5只的小团队，或者更大且不成对的数目。

我不知道，那些正在筑巢的情侣是否也像9月迎接我时那样吵闹。不过我确信，如果9月的山上有鹦鹉的话，你一进山就会听到了。作为一个合格的鸟类学家，无疑我应该试着描述一下它们的鸣叫。表面上看，它们的叫声与蓝头鸦十分相似，但后者的鸣啭更像笼罩于峡谷上空的薄雾一般柔和、怀旧，而被称为"瓜卡马亚"（当地人用这个优美的发音称呼它们）的厚嘴鹦鹉，其叫声更为响亮，颇具喜剧的高亢意味。

我听说，到了春天，一对鹦鹉会在高高的已经死去的松树上寻找啄木鸟洞，并暂时隐居起来，履行种族繁衍的责任。但是，啄木鸟洞对它们来说够大吗？"瓜卡马亚"和旅鸽差不多大，似乎很难挤进啄木鸟的阁楼。难道它们是用自己强大的喙对啄木鸟洞做了必要的改造扩建吗？还是它们要选择帝啄木鸟曾住过的巢洞？据说，这一带是有这种啄木鸟的。在此，且让我们把解答这一问题的愉快使命，留给未来的鸟类学家们去完成。

绿色潟湖

永远不要重游旷野故地是一种智慧。百合花越是金光闪闪，越有可能是人为染色的。故地重游不但会毁了旅行，还会让最初的记忆也失去光彩。只有放在心里的华丽冒险才永远是光明的。出于这个原因，自从1922年我和弟弟乘着独木舟在科罗拉多三角洲地带探索过一番后，我再也没去过那里。

据我们所知：自1540年，赫尔南多·德·阿拉孔[1]登陆以来，这个三角洲就一直处于被遗忘的状态。我们驻扎在据说是他当年停靠船只的河口，之后，我们一连好几周没见过一个人影，连一头牛也没有，当然也没见过一把斧头或一排围栏。有一次，我们穿过一条不知是谁建造的古老货车轨道，大概与它相关的业务不景气吧！还有一次，我们发现了一个锡罐，赶紧像找到珍宝一

□ 善于隐匿的美洲豹

美洲豹喜欢栖于树木茂密的热带雨林和季节性泛滥的沼泽地区，其身体的颜色和花纹在这些地区中能起到很好的保护色效果，因而难以被发现。

---

[1]赫尔南多·德·阿拉孔，西班牙航海家，逝世于1541年。——译者注

样捡了起来。

  黎明时分,黑腹翎鹑的鸣叫声唤醒了三角洲,它们栖息在悬于营帐之上的牧豆树上。太阳从马德雷山脉后面冉冉升起,阳光倾洒在方圆100英里的美丽荒野上。这是一片广阔无垠的荒野盆地,周围是嶙峋的山峰。在地图上,三角洲被一条河流切分成两块,但实际上,这条河游移不定又无处不在,它无法决定一百个绿色潟湖中哪一个能提供流向海湾的最愉快轻松的捷径。因此,它将所有的湖泊都拜访了一遍。我们也一样。河流一会儿分裂,一会儿又合并,一会儿迂回前行,一会儿又迷失在蜿蜒的丛林里。它绕来绕去,似乎在跟美丽的小树林捉迷藏,深入迷途而不知返。我们也是如此。请容我多说一句:让一条不愿意汇入大海失去自由的河流带着你去旅行吧!

  "他领我在可安歇的水边。"这句话对我们而言不过是一本书中的一个短句[1],直到我们乘着独木舟划过绿色的潟湖,方觉得,如果大卫没有写下这一句,我们也非要把它写下来不可。静静的湖水呈现出翡翠一般的深绿色,想必是湖中的藻类植物为它染色,但湖水的绿色一点儿也不输给水藻。一条牧豆树和柳树排成的嫩绿围墙,将河道从远处荆棘丛生的荒原中分离出来。在河流的每个转弯处,我们都看见白鹭站在前方的水塘里,影子倒映在水里,宛如一尊尊白色雕像。鸬鹚舰队驾驭着黑色船首,正掠过水面搜寻鲻鱼;反嘴鹬、北美鹬和黄脚鹬单腿站在沙洲上打着瞌睡;绿头鸭、赤颈鸭和短颈野鸭惊慌地朝天空飞去。当鸟儿飞向天空时,它们通常会在前方一片云彩处聚集,或者折返到我们的后方。成群的白鹭栖息在深绿色的柳树上,宛如一场过早降落的大雪。

  所有这些珍贵的飞禽和鱼类,并不只是为了使我们愉悦。我们经常遇到一只短尾猫,胖胖的,趴在一根半沉没的圆木上,爪子随时准备捕捉鲻鱼。浣熊一家费力地蹚过浅滩,咀嚼着龙虱。郊狼从内陆的小山上偷窥着我们,等我们离开后好回去接着享用它们的豆科早餐。我猜想,它们的菜单上偶尔还会有一些停靠在岸边受了伤的鸟儿、鸭子或鹌鹑什么的。每处浅滩上都有黑尾鹿的踪迹,我们一

---

  [1]指大卫所著《圣经·诗篇》第23章中的短句:他使我躺卧在青草地上,他领我在可安歇的水边。(He maketh me to lie down in green pastures, he leadeth me beside the still waters.)

直在研究这些鹿径，希望能够找到三角洲之王——美洲豹的蛛丝马迹。

我们从没见过美洲豹的藏身之处，甚至连它的皮毛也没看到过，但是它的威慑力遍布整个荒野。没有哪个活着的野兽敢忽视它存在的可能性，因为稍有不慎，就要付出生命的代价。鹿想在灌木丛周围做短暂停留之前，总是先嗅一嗅有没有美洲豹的气味，不然，鹿是不敢稍作停留的，当然更不敢在牧豆树下轻咬豆荚了。通常，宿营者在谈论完美洲豹之后才会熄灭篝火。没有一只狗敢蜷缩着过夜，除非趴在主人脚下。不消说，夜晚仍是由猫科之王统治着。它那巨大的爪子能抓住一头牛，锋利的牙齿就像断头台的刀刃一样咬断猎物的骨头。

现在的三角洲已成为牛群的安全之地，但对于爱冒险的猎人来说，它是枯燥沉闷的。远离恐惧已经实现，但绿色潟湖带来的荣耀也一起远去了。

当吉卜林[1]闻到阿姆利则[2]的傍晚烟雾时，他应该赋诗一首，因为还没有诗人吟唱过或嗅到过这种绿色的柴火。大多数诗人肯定是靠无烟煤过活的。

在三角洲，人们只能燃烧牧豆树，那是一种特别芳香的燃料。这些古老树木有粗糙不朽的树干，经过上百次霜冻和洪水的洗礼以及上千次太阳烘烤后，变得极为易碎，并在每个营地都准备就绪，以随时在黄昏时分化为一缕倾斜的青烟，唱一曲茶歌，烘一个面包，将鹌鹑烤成棕色，温暖人类和牲畜的小腿。你要记住，如果你在荷兰炖烤锅下面放了一铲子牧豆树炭，千万别在睡觉前坐在旁边，否则你一定会在打瞌睡时被烫得尖叫，吓跑了栖息在头顶的鹌鹑。要知道，牧豆树有七条命，可以烧很久。

我们曾经在玉米地带用白橡木炭煮熟食物；我们曾在北方森林里被松木熏黑了锅；我们曾在亚利桑那州用刺柏烤了鹿肉排骨。可惜的是，我们觉得这些都不是完美的燃料，直到在三角洲用牧豆树烧烤了一只年幼的大雁。

那些大雁理应得到被烤成最精致褐色的待遇，因为我们花了整整一个星期才

---

[1] 约瑟夫·鲁德亚德·吉卜林（Joseph Rudyard Kipling），英国小说家、诗人。主要作品有诗集《营房谣》《七海》，小说集《生命的阻力》和动物故事《丛林之书》等。——译者注

[2] 阿姆利则是位于印度西北旁遮普邦的一座重要城市，靠近巴基斯坦边境，不仅是印度边境的要塞，也是锡克教的圣城。阿姆利则在梵语中意为"花蜜池塘"。——译者注

捕捉到它们。每天早晨我们都能看到，这队"嘎嘎"叫的雁群方阵从海湾飞向内陆，没过多久，又大腹便便地回来。在这绿色潟湖里，究竟什么才是它们追寻的珍馐佳肴？我们一次又一次地跟着它们移动，希望能看到它们停下来，找到它们的宴会地点。有一天，大约上午8点，我们看到雁群在上空盘旋着，变换队形，侧翼滑翔，然后像枫叶一样降落地面，紧接着，雁一只接一只地跟过来。终于，我们发现了它们的集结地点。

第二天早上同一时间，我们埋伏在一个普通的泥沼旁边，这里还留有昨天雁群聚集的痕迹。我们从露营地走到这里，徒步跋涉了很长一段路程，因此都已经饥肠辘辘。我弟弟正打算吃冷了的烤鹌鹑，正当他把鹌鹑放到嘴边时，天空中传来一阵雁群的"嘎嘎"叫声，我们立刻目瞪口呆、一动不动地站在那里。雁群闲散地盘旋在半空中，争论着，犹豫着，最终还是飞了过来。当枪声响起时，鹌鹑直接掉落在沙地上，而即将成为我们美餐的大雁，无一例外都躺在沙地上踢蹬着腿儿。

更多大雁飞了过来，聚集在这里。我的狗躺在地上颤抖着，我们不慌不忙地吃完鹌鹑，从埋伏的地方偷窥着雁群，听着它们"嘎嘎"地闲聊。大雁们正狼吞虎咽地啄着小碎石。一群大雁填饱肚子离开的时候，另一群赶到了，急切地啄着那些美味的石子。绿色潟湖中有数以百万计的碎石，但只有沙地上的才最合它们胃口。对于一只雪雁来说，这种差距值得它们飞行40英里路程，当然，也值得我们长途跋涉。

三角洲上大多数小动物都多得猎不完。在每一个营地，我们的帐篷上都挂着吃不完的鹌鹑，只需用几分钟时间射击，捕获的鹌鹑就足够我们明天享用。在这里，好的烹饪方法，要求至少将鹌鹑挂在绳子上，在有霜的夜晚冷冻一夜，然后再放在牧豆树炭上烘烤。

大大小小的猎物都肥硕得令人难以置信。每一只鹿都贮存了好多脂肪，如果能够办到的话，我相信它脊背上的肉窝能装一桶水，但它绝不会允许我们这么做的。

至于这里为什么如此富庶，原因不难理解。每一棵牧豆树和每一株短柔毛牧豆树上都硕果累累，干涸的泥滩上生长着一年生的草，如谷粒般大的种子简直可以盛满一杯子。还有一块地方长满了类似咖啡豆荚的豆类植物，从中穿过一趟，口袋里就可以装满它的豆粒。

我记得还有一片地方长满了野生的瓜，或者叫黄皮西葫芦，覆盖了几英亩的泥滩。鹿和浣熊剖开那些结了冻的瓜果，剥出里面的种子。鸽子和鹌鹑在盛宴上空飘过，就像一群果蝇飞在成熟的香蕉上。

我们不能吃或者说至少没有吃鹌鹑和鹿吃过的东西，但我们在这个充满奶香和蜜甜的旷野中分享了它们的喜悦。它们的节日情绪感染了我们，我们沉醉在共同富裕和彼此的福祉中。我回想不起来，在哪个人为垦殖的地方，能对土地有如此敏锐的感情。

在三角洲露营，不会有同喝啤酒、打保龄球一样的吃喝玩乐。我们面临一个生活问题，那就是水的问题。潟湖的水是咸水，即便我们能找到河流，河里的水也太浑浊，根本不能喝。每到一个新营地，我们就得挖一口新井。然而，大多数井冒出来的水都是来自海湾的盐水，因此就得重新找。费了一番苦功，我们才学会如何寻找淡水。我们对一口井能否冒出淡水有所怀疑时，就拽着狗儿的后腿，让它把脑袋探到井里尝试。如果它放量豪饮，就说明我们可以把独木舟拖上岸、搭帐篷和生火了。然后我们便坐下来，与这个地方和谐相处，鹌鹑在荷兰炖烤锅里吱吱作响，太阳落到圣佩德罗·马迪尔山脉后面。洗完餐具后，我们便躺下来，一边回想着当日发生的事情，一边倾听着夜晚的各种嘈杂。

我们从来不为第二天的行程安排计划，因为我们已经了解，在这片荒野，随时都可能有不可抗拒的新诱惑，也许在第二天早餐之前，就把计划全盘打乱了。于是，我们像这条河一样，自由漫步。

想在三角洲按计划旅行可没那么容易，每当我们为了更广阔的视野而爬上三角叶杨时，便会想到这一点。这里的视野如此广阔，以至于我们无心长时间观察，特别是在西北方，雪乐山脚下的白丝带永远悬挂在永恒的海市蜃楼中。这就是大盐土荒漠。1829年，亚历山大·帕蒂因口渴、疲惫和蚊虫叮咬而死在这里，他之前还计划着穿过三角洲前往加利福尼亚州。

我们一度打算从一个绿色的潟湖迁移到另一个更绿的潟湖。我们知道那儿有水鸟悬停，还知道两湖之间距离300码，其间要穿过一片丛林，丛林中长着一种高大的矛状灌木，茂密程度令人难以置信。洪水让那些长矛弯下腰来，它们就像马其顿方阵[1]一般阻挡了我们前行的道路。没办法，我们只能小心翼翼地照原路返回，并且安慰自己说，我们这个潟湖已经是最好的了。

被马其顿方阵迷宫困住是真正的闻所未闻的危险，不过，我们被警告过的危险其实并未发生。我们在丛林边缘将独木舟推下水时，有人警告过我们，很可能会遭遇致命的横祸，曾经有比我们的独木舟更精致和牢固的船都被涌潮淹没了。所谓涌潮，就是海湾潮汐侵入河道而形成的水墙。我们商量了一下，精心设计了一个绕行方案，我们还梦见过它，梦见海豚跃然浪尖，同尖叫的海鸥一起为我们保驾护航。我们到达河口之后，把独木舟挂在树上，在岸上等了两天，可是涌潮让我们失望了，它没有来。

三角洲没有地名，我们只能一路走一路为它命名。我们经过一个潟湖，我们叫它"瑞丽托湖"，在这里，我们看到了天空中的珍珠。当时，我们平躺在地上，沐浴着11月的阳光，百无聊赖地盯着头顶上翱翔的鸢。突然间，远方的天空中出现了一个旋转的白色圆圈，隐约可见又看不清楚。后来，一个微弱的号角声很快地告诉我们，原来那是鹤，它们正在考察三角洲，觉得这个地方还不错。当时我的鸟类学知识还是自学的，我喜欢把它们叫作美洲鹤，因为它们的翅膀洁白无瑕。其实，它们是沙丘鹤，不过，它们是什么已经不重要了。重要的是，我们正在与最狂野的、活生生的鸟儿分享这片旷野。我们和它们在遥远的时空荒僻之处找到了一个共同的家园，我们似乎又重回到了更新世。如果我们也会鸣叫的话，一定会回应它们的问候。现在，虽然时隔多年，我依然能够看到它们在空中盘旋。

这一切都是很遥远的记忆了。有人告诉我，现在那片绿色的潟湖盛产哈密瓜，若果真如此，瓜应该很甜吧。

人总是毁掉自己喜欢的东西，我们的拓荒者就是如此毁掉了我们的荒野。有人说，我们不得不如此。即使如此，我很高兴自己年轻时候有荒野，没有荒野时已不再年轻。倘若地球上再没有任何空白的地方，就算我们有40种自由又有何用呢？

---

〔1〕马其顿方阵是一种早期步兵作战时的战术，是希腊重步兵方阵的改良方阵，以强大的攻击力和防御力著称。

加维兰之歌

河流之歌，通常就是水流碰撞岩石、树根和险滩而发出的曲调。

加维兰河就在演奏着这样一首歌。这是一首令人心旷神怡的音乐，描述的是舞动的涟漪和躲在绿苔下的美桐、橡树和松树根下面的肥美虹鳟鱼。当然，这首音乐也很有用，"哗啦啦"的流水声充斥在整个狭窄的峡谷中，以至于鹿和火鸡下山饮水时听不到任何人和马的脚步声。当你绕到下一个弯道时，就要看仔细了，它很可能送你一个射击的好机会，免得你再气喘吁吁地往高台攀爬。

也许每个人都能听到这条河流的歌声，但山里还有些别的音乐，绝不是所有人都能听到的。要想听到几个音符，你得先在这里住上一段不短的时间，而且还得懂得山河的语言。然后，在一个寂静的夜晚，当篝火已经渐渐熄灭，昴星已经爬过岩边时，静静地坐下来，倾听狼的嚎叫，努力思考你看到的一切，并试图去了解这一切。这时，你可能会听到一个无边无际的巨大和声，它的乐谱刻在千山之上，它的音符记录着所有动植物的生与死，它的节奏可以持续几秒钟，也可跨越几世纪。

每一条河流都在演唱自己的歌，只是大部分掺入了不和谐的嘈杂声，因而被毁掉。首先是过度放牧破坏了植物和土壤，之后是步枪、陷阱和毒药使大量鸟类和哺乳动物濒临灭绝，再然后，公园和森林里又开辟出新的道路和招揽游客。公园把音乐带给了更多人，只是很多人听到这个音乐的时候，它只剩下一点儿噪音了。

曾经，人们居住在河边，也不打扰河流的和谐。那时一定有成千上万的人居住在加维兰，他们的痕迹至今还随处可见。当你爬上溪水汩汩而出的峡谷，你会发现自己正在攀登小小的岩石台阶或拦沙坝，每一层的顶端都与上一层的低端相连。每一个水坝后面都有一小块土地，曾是田地或花园，雨水从毗邻的陡坡上滴落下来滋润着它。从山脊顶部可以看见瞭望塔的石质地基，山丘上的农场主大概就是站在这里，看守着其圆点状的田地吧。生活用水肯定也是从河中汲取的，显然他们没养什么家畜。他们都种了些什么作物呢？大概是多久以前的事了？答案的唯一片段都记录在那些树龄300余年的松树、橡树或刺柏上，现在这些树木已在他们那块小农田中生根生长。显然，最老的树木也不比这块农田更古老。

鹿喜欢趴在这些梯田上，它们在这里找到了没有岩石的平坦的床，以橡树叶作床垫，灌木丛当窗帘，可以对山下的情况了如指掌，且不易被入侵者发现。

有一天，风呼呼地刮着，我蹑手蹑脚地走到大坝上，看到有只雄鹿正在睡觉。它躺在一棵橡树下，橡树的根盘绕在古老的基石上。鹿角和耳朵在远处金色格兰马草的映衬下显出清晰的轮廓，草丛中还长着一棵绿色的玫瑰状龙舌兰。整个场景被布置得恰到好处，如餐桌上的摆设一般精致。我没击中，箭头射在了老印第安人曾躺卧过的岩石上，岩石裂开了。雄鹿跳下山，挥舞着雪白的尾巴向我告别，我忽然意识到，原来它和我就是寓言里的两个角色。尘归尘，土归土，石器时代终究是石器时代，不过追逐总是永恒不断地上演。我庆幸自己没有击中，因为当我的花园里也有这样一棵大橡树，我希望能有一只雄鹿躺在它的叶子上，希望那些偷偷潜进的猎人们能够失手，并思考这是谁建造的花园院墙。

也许有一天，一颗0.3英寸口径的子弹会射进雄鹿光滑的肋骨。到时候，也许一头笨手笨脚的小公牛会占据它在橡树下的床位，肆无忌惮地啃食金黄色的格兰马草，直到那儿完全被杂草占据。然后，老旧的大坝会被洪水冲断，露出一个口子，岩石堆积在下方沿河的旅游道路上。卡车会从古老的小路上驶过，卷起滚滚尘埃，而我昨天还在这条小路上看到过狼的足迹。

从表象上看，加维兰的土地坚硬多石，到处都是险坡陡崖，树木过于粗糙，无法用作梁柱或木材，而且山脉陡峭，不适宜放牧。但是，当时的梯田开发者并没有被蒙蔽，而是凭经验认定，这是一片到处洋溢着牛奶与蜂蜜的富饶之地。这些弯弯曲曲的橡树和刺柏每年结下的果实，足够养活一大群野生生物。鹿、火鸡和西猯就像玉米田里的小公牛，将这里的橡树果实转化为身上多汁的肉。那些金黄色的格兰马草摆动着羽状的叶子，低处还隐藏着鳞茎和块茎类植物的地下花园，包括野生马铃薯。打开一只胖胖的小蒙特祖马彩鹑的嗉囊，你会发现一个地下食物展馆，这些食物恰恰来自你认为贫瘠的岩石地区。这些食物是植物提供给被称为"动物区系"的庞大器官的动能。

每个地区都有象征其肥沃程度的人类食物。加维兰山丘是这样找到其美食缩影的：在11月至次年1月之间，杀死一只以橡果为生的雄鹿，将其悬挂在一棵活

□ 美洲豹

美洲豹是西半球最大、仅次于虎和狮的世界体形第三大的猫科动物。美洲豹也是猫科动物中唯一将袭击猎物头骨作为捕猎技巧的动物。它力大及虎，咬合力惊人，可轻松咬穿龟甲。

着的橡树上，经过七天七夜的霜冻和晾晒，然后从脊骨下面的油脂层中割下一块半冻的肉条，并将肉条横切成肉排。肉排撒上盐、胡椒粉和面粉，然后扔进荷兰炖烤锅，锅里抹上熊油，用活橡树木炭烤，烤到冒烟，肉排变成棕黄色，然后取出来。最后，再往肉上撒一些面粉，加入点儿冷水和牛奶，接着放在热腾腾的酸面包上，淋上肉汁。

这个程序是有象征意义的，它就像雄鹿躺在山上，金黄色肉汁就是生前洒在其身上的阳光，直到生命的结束。

加维兰之歌里，食物链是一个闭循环。显然，这里不只是你吃的食物，橡树是雄鹿的食物，雄鹿是美洲豹的食物，美洲豹死在橡树下，重回生前猎物的食物中去。始于橡树，终于橡树，它们只是众多食物链中的一环。比如，橡树还是松鸦的食物，松鸦又是苍鹰（这条河就以苍鹰命名）的食物。再比如，橡树是熊（它的油脂制成了你的肉汁）的食物。再比如，橡树还是给你上了一堂植物学课的鹌鹑的食物，也是每天唯恐避你不及的松鸡的食物。所有这些食物循环的共同结局，就是帮助加维兰上游源头的河流从马德雷山脉辽阔的躯壳上带来更多的土壤，造就另一棵橡树。

有些人负责检查植物、动物和土壤的结构，它们就像组成庞大管弦乐队的乐器。这些人被称为教授，每位教授选择一种乐器，倾尽毕生精力去拆卸、研究其琴弦和音板。这个过程被称为研究，在叫作"大学"的地方进行。

每位教授也许能演奏自己的那种乐器，从来不去碰触别的乐器。如果他倾听了音乐，也绝不会向他的同行或学生坦白。所有这一切都遵循一个铁的戒律：乐器的构造是科学的领域，而和声的发现是诗人的领域。

教授致力于科学，科学推动了进步。科学推动进步的速度如此之快，以至于它们在向落后地区传播时，毁坏了许多精妙绝伦的乐器。在它们的歌唱演奏中，这些乐器的零部件被一个接一个地拆掉。倘若教授能够在这些乐器被损毁之前对其进行详细分类，那么就不会有如此的遗憾了。

科学为这个世界贡献精神财富和物质财富，其伟大的精神贡献在于客观性，或称为科学的态度。这就意味着，除了客观事实外，我们应对任何事物抱怀疑的态度，也意味着，我们应凿刻事物以保留事实，让其余琐碎落在它们应该落的地方。科学凿刻出的一个事实便是：每条河流都需要更多的人，而所有人都需要更多的发明，因此我们需要更多的科学。美好的生活就取决于这个逻辑链条的无限延伸。任何一条河流上的美好生活，都取决于对音乐的感知，还取决于对音乐感知的保存，这是一种尚未被科学所接纳的可疑形式。

科学尚未抵达加维兰，水獭还在水池和浅滩中出没嬉戏，追逐着虹鳟鱼从被苔藓覆盖的河岸上下来，它们从未想到，有一天这道河岸会被洪水冲进太平洋。它们估计也想不到，有一天，探险者会跟自己争夺虹鳟的所有权。就像科学家一样，它们从未怀疑过自己对生活的种种打算，对它们而言，加维兰永远都会歌唱。

俄勒冈州和犹他州

鹊巢鸠占

正如盗亦有道，在危害动植物的害虫之间也有团结合作。一种害虫被天然屏障阻挡了，另一种害虫则抵达此处，以一种新的方法破坏这种屏障。最后，每个地区和每种资源都分到了某些生态上的不速之客。

因此，因马匹减少而变得无害的英格兰麻雀，地位被随着拖拉机兴起而蓬勃生长的椋鸟所取代。栗树枝枯病并没有扩散到栗树西界以外，然而在那处开始发展的荷兰榆树病，每一次都要蔓延到榆树西界。白松疱锈病，本来只在西部的无树平原发生，如今找到一个后门，翻过落基山脉，现在正从爱达荷州向加利福尼亚州蔓延。

生态上的偷渡者在早期殖民统治时期就被带到这里了。瑞典植物学家彼得·卡尔姆早在1750年就发现，欧洲的大部分杂草已经在新泽西和纽约生根发芽，殖民者的犁刚耕出合适的苗床，它们便接踵而至。

之后，其他偷渡者纷纷从西部来到这里，它们发现了数千平方英里的现成苗床，被牲畜的蹄子踏得刚刚好，便定居下来。在此情况下，其蔓延速度通常快得简直令人难以记录。在春天某个晴朗的早晨醒来，人们就能发现这片土地被一种新的杂草所统治。一个显著的例子是，中部山区和西北山麓已经完全被毛茸茸的绢雀麦，或者叫早雀麦侵占了。

对于这个新融入大杂烩的成员，你可不要太乐观。让我告诉你，绢雀麦并非那种让草地生机勃勃的草，而是一种一年生的禾本科杂草，跟狐尾草或马唐草一样，每年秋季死亡，到秋季或明年春季布下种子。在欧洲，它们可以寄居在茅草屋顶上腐烂的草中。拉丁语中，屋顶被称为"tectum"，因此它们在拉丁语中被称为"Bromus tectorum（屋顶雀麦）"。它既可以在屋顶上生长，也可以在肥沃干旱的陆地上成长。

今天，西北山脉两侧的蜜色丘陵，已经不是生长着曾经茂盛地覆盖在此且有用处的丛生禾草和小麦草了，而是被低劣的绢雀麦取而代之。驾车游客们惊叹流动的轮廓，感慨眼睛看到的远处顶峰，却没有人注意这种更迭。他们也想不到，正是因为搽上了名为生态学的白粉，山丘原本的肤色才被破坏殆尽。

这种更迭之所以出现，是因为过度放牧。当太多的牛群和羊群咀嚼和践踏山脚下的草皮时，必须有一些植物将破皮流失的土地遮盖起来，这种植物便是绢雀麦。

绢雀麦十分茂密，每个根茎上都有大量的刺芒，成熟之后便不能喂给家畜吃。若你想了解一下牛吃了成熟绢雀麦之后会出现何种窘境，不妨穿上一双低帮鞋去草丛里走一圈。所有在绢雀麦地工作的人员都穿高筒靴，尼龙袜在这里只能登上汽车踏板后，或是走在混凝土人行道时才能穿。

这些刺芒犹如一条黄色的毯子，披在秋天的山麓上，像棉花一样易燃。因此，想要完全避免绢雀麦火灾是不可能的。最终，那些合动物胃口的残余物，比如山楂和苦灌木，也被烧得退到海拔更高的山丘上，在那里，它们基本上不再被作为冬季牧草。松林曾被鹿和鸟类作为冬天的庇护所，但是也同样被烧得退到了更高的海拔。

对于夏季去旅游的游客而言，山脚下几片草地被烧毁似乎不算什么大的损失。他不知道，冬天的积雪让牲畜和猎物对高山望而却步。家畜可以在山谷牧场进食，但鹿和麋鹿就必须得在山脚下觅食，不然就只能活活饿死。适宜生存的越冬地带越来越狭窄。越往北，冬夏差距越大，散落在这些山麓的蔷薇灌木、鼠尾草和橡树等都在绢雀麦火灾的冲击下迅速萎缩，这是整个地区野生动物生存困难的关键。此外，这些分散的灌木丛因其自身的保护性结构，往往会保留下本地多年生牧草的宿根，当灌木丛被烧毁时，这些残余物便成了牲畜的食物。但是，当狩猎者和牧场主为谁应先离开以缓解冬季牧场的危机而争吵不休时，绢雀麦留给他们争吵的空间却越来越少了。

绢雀麦还引起了许多小麻烦，也许不像饿死鹿或祸害牛群这么严重，但仍值得一提。比如，它入侵古老的苜蓿草地，降低干草的品质；它封锁新生雏鸭的水道，害得它们死在从高地巢穴游向低地水域的途中；它侵入木材区域的边缘，在那里缠住松树幼苗，使松树幼苗窒息而死，还用猝不及防的火灾威胁老树的再生。

我抵达加利福尼亚州北部边界的一个"入境口岸"时，亲身经历了一件令人恼火的小乱子。检察官搜检了我的车子和行李，他礼貌地解释说，加利福尼亚欢迎游客，但他必须得确保游客行李中没有携带任何危害动植物的害虫。我问他指的是什么害虫，他背诵了一大堆园林和果树可能会遭受的病害，唯独没有提到绢雀麦，尽管绢雀麦已经从脚下向着四面八方延伸到远处山丘，就像给山丘披上了黄色毯子一样。

与鲤鱼、椋鸟和俄罗斯猪毛菜一样，深受绢雀麦影响的地区也有一些随之而来的优点，算是侵略者带来的好处吧。新生绢雀麦在变老之前是一种很好的饲料，也许你中午吃的羊排就是用春天鲜嫩的绢雀麦喂养出的。一方面，绢雀麦缓解了因过度放牧造成的水土流失，但另一方面，又是过度放牧的产物。（这种"结成玫瑰花环"[1]的生态循环值得我们深思。）

我曾仔细聆听过这方面的线索，企图弄清楚，西部是接受了绢雀麦是一场不可避免的灾祸这个事实，打算与它共存至世界末日；还是把它视为一种挑战，纠正过去的土地使用错误？我发现，人们几乎清一色地持绝望态度。到目前为止，他们在野生生物的保育和管理方面还没有丝毫成就，对病态的景观也丝毫没有悔

---

[1] 结成玫瑰花环（Ring Around The Rosy），指旧时在英国、美国流行的一首童谣，常由儿童在一种模拟舞会的转圈游戏中唱出，颇具哥特意味。以下是美国的常见版本：
结成玫瑰花环（Ring-a-round the rosies）
口袋装满花朵（A pocket full of posies）
灰烬！灰烬！（Ashes! Ashes!）
我们都倒下了（We all fall down）
通常人们认为这首童谣与1664年伦敦大瘟疫（鼠疫，也称黑死病）有关：瘟疫受害者眼睛周围会形成红色的环形肿胀；人们会在口袋里装满鲜花来掩盖挥之不去的死亡气味，有人甚至认为花朵能抵御疾病；人们也会将这些患病的尸体焚烧火化以减少疾病传播；患病基本意味着死亡。

意。我们在会议厅和编辑室里打着保护自然资源的旗号，进行着大战风车[1]的工作，在过去的40年里，我们甚至从没拥有过一把长矛。

---

[1] 指塞万提斯《唐吉诃德》中的情节：唐吉诃德遇见了三四十架风车，把它们错认为巨人。跟随自己"骑士精神"的指引，唐吉诃德不顾侍从的劝告，前去与风车厮杀，其长矛刺进了风车的翅翼，而风车将他甩飞出去。

马尼托巴湖

克兰德博伊

我担心,教育是学习一件事情,而对另一件事情视若无睹。

我们大多数人都视若无睹的一件事是沼泽地的质量。我在出于自己的特殊爱好,带领一位游客来到克兰德博伊之后,才发觉这一点。我发现,对他而言,这儿只不过是比其他沼泽地更荒凉、更不适合航行的地方罢了。

这很奇怪,因为不管是鹈鹕、游隼、䴙䴘还是北美鹧鹕,它们都知道克兰德博伊是个与众不同的沼泽。它们为什么喜欢克兰德博伊,而非其他沼泽地呢?它们为什么怨恨我的闯入?是因为我非法入侵,还是我的行为被它们视为破坏了万物法则?

我想,秘密是这样的:不管是从时间上说,还是空间上说,克兰德博伊都是一个与众不同的沼泽地。只有那些对历史不加批判地全盘接收者才会认为,1941年是

□ 鹈鹕

每到繁殖的季节,鹈鹕都会选择人迹罕至的森林,将卵放在树枝和杂草上筑成的巢穴里孵化。当小鹈鹕出生后,父母将半消化的食物吐在巢穴中,以供小鹈鹕食用。

同时抵达所有沼泽地的。鸟儿更了解事情的真相。一支南飞的鹈鹕中队感受到克兰德博伊上空的草原微风，立即感觉到这里是古地质时代的一个着陆点，是可以躲避最无情侵略者的未来避难所。它们边飞边发出异样古怪的咕噜声，以极为隆重的盘旋姿势，朝着欢迎它们的荒野飞去。

其他难民早已到了那里，它们以各不相同的方式在斗转星移中得到喘息。福斯特燕鸥[1]像一群快乐的孩子，在泥滩上尖叫，它们似乎是联想到了，第一次冰层消融后，即将捕捉到手的小鲤鱼正在顺水漂流。一队沙丘鹤正在对着一切它们不信任和恐惧的东西吹响冲锋号，以示蔑视和挑战。一支天鹅小舰队在平静的水湾中庄重地航行，似乎在哀叹逐渐消失的美好事物。沼泽从一棵被暴风雨肆虐的三角叶杨处泻入大湖，游隼正从树梢上弯身调戏路过的飞禽。它已经饱餐了一顿鸭肉，但恐吓那些尖叫的小水鸭是它的消遣。早在阿加西兹湖还覆盖大草原时，这种娱乐就已经成为了它的餐后运动。

这些野生动物的情绪很容易分类，因为它们的情绪总是表达得十分清楚。但是，在克兰德博伊却有一种令人捉摸不透其心思的难民，因为它们始终坚持不与侵入的人类打交道。其他鸟儿很容易相信那些穿着工作服的自命不凡的家伙，但是北美䴉鹛却不会。我小心翼翼地跟着它，走向边缘的芦苇丛，看到一道银色闪光沉入水湾，无声无息。过了一会儿，远处的芦苇丛后面传来一串"叮叮当当"的铃声，似乎是在向同伴发出警告。可是，它在警告些什么呢？

我无从猜测它的警告内容，因为在鸟儿和人类之间始终有一些障碍无法逾越。我的一位客人将北美䴉鹛的名字从鸟类名单上注销了，而是添加了"叮叮当当"声的音节，"crick-crick"或类似的毫无意义的话。他没有意识到，这个"叮叮当当"声不仅是鸟叫声，还包含着一些秘密信息，不仅需要按照拟音去记录，更需要翻译和理解。唉，但我过去和现在也都与我那位客人一样，无法翻译或理解这个信息。

随着春天来临，铃声不绝于耳，在每一片开阔水域的黎明和黄昏时分，都能

---

[1]加拿大燕鸥，也称为福斯特燕鸥，春夏在美国北部和加拿大西部的湖滨或海滨繁殖，秋冬到美国南方海滨避寒。

传来它们发出的脆响。我推断，年幼的䴘䴘已经开始在水中漂泊，正在接受家长的哲学指导。但你想走到教室一探究竟，那可绝非易事。

有一天，我隐藏身形，趴倒在满是污泥的麝鼠洞里，我的衣服染上了污泥的颜色，眼睛也染上了沼泽地的知识。一只红头雌鸭带着一群粉嘴、金绿色绒毛的小鸭子一起巡游；一只弗吉尼亚秧鸡几乎碰到了我的鼻子；一只䴘䴘的影子从池塘掠过，一只黄脚鹬在池塘里用柔和的颤声唱着歌。此时，我绞尽脑汁想写一首诗，结果那只黄脚鹬随便一抖腿儿，便写出来一首更好的诗歌。

一只水貂在我身后扭动着身子爬上岸，鼻子停在半空，尾巴在沙地上划出斑驳的痕迹。沼泽鹪鹩在芦苇丛中穿梭来去，从那边传来雏鸟的吵闹声。正当我在阳光下打瞌睡时，一只鸟儿的头突然从开阔的池塘里冒出来，瞪着一双狂野明亮的红眼睛。发现一切平静如常，那银色的身体才出现：和大雁差不多体形，有着细长鱼雷一般的线条。我正猜着第二只䴘䴘接下来会出现在哪里，它就已经站在那里了。它宽阔的脊背上驮着两只珍珠银色的幼鸟，弓起的翅膀紧紧地将幼鸟包裹起来。我还没敢呼吸，它们便全部溜掉了。芦苇丛的后面又传来了那"叮叮当当"的铃声，清脆而不乏嘲笑的意味。

历史感应该是科学和艺术最弥足珍贵的礼物，但在我看来，既不懂科学也不懂艺术的䴘䴘却比我们更懂历史。它有简单原始的大脑，对谁赢了黑斯廷斯战役[1]一无所知，但似乎却懂得是谁赢了时间之战。如果人类和䴘䴘一样古老，我们是否可以更好地理解它们的呼唤？想一想，传统、骄傲、蔑视和智慧不过是有自我意识的几代人带给我们的，那么这些生生不息的鸟儿该是多么自豪，毕竟在人类诞生之前，䴘䴘已经存在很久了。

即使如此，根据某种权威的说法，䴘䴘的召唤声是支配和统一整个沼泽地的主旋律。也许，根据一些远古的权威说法，它能够挥舞整个生物群的指挥棒。随着湖泊水位的逐年降低，一片片沼泽和汀洲不断露出。是谁在为湖岸测量距离？是谁吩咐西谷椰子和香蒲储存阳光和空气，以免麝鼠在冬天被饿死？是谁让毫无

---

[1] 黑斯廷斯战役即1066年10月14日，在英国濒临加来海峡的城市黑斯廷斯进行的一场交战，英格兰国王的盎格鲁－撒克逊军队遭到诺曼底步兵和骑兵的有力打击而溃败。黑斯廷斯战役确立了诺曼人对英国的统治。

生气的丛林中的沼泽长满茎秆？是谁安抚了终日孵巢的野鸭？是谁授予了水貂在夜间肆虐的权力？是谁教会苍鹭精确地使用长矛？是谁教会游隼迅速探出利爪？我们认为，这些生物都在没有人耳可闻的告诫的情况下，圆满地执行着各自不同的任务，它们技能天授，它们行事自

□ **在沼泽中潜游的水獭**

水獭水性娴熟，善于游泳和潜水，其柔软的身体和粗长的尾巴能减少在水中运动的阻力，因而游速很快。

然，它们不知疲倦。也许，只有鹏鹉不知疲倦。也许，正是鹏鹉提醒它们：如果大家要生存下去，就必须不停地进食、争斗、繁衍和死亡。

　　这片沼泽地曾经覆盖着从伊利诺伊延伸到亚达巴斯卡之间的所有草原，现在正在向北收缩。人类不能靠沼泽生活，所以一定要居住在无沼泽区。进步不能容忍农田与沼泽、野生与驯服存在于对彼此的宽容和谐之中。

　　所以我们用挖掘机和堤坝、瓦片和火炬，排干了玉米带区，现在正在排干小麦带区。蓝色的湖泊变成了绿色的沼泽，绿色的沼泽变成板结的泥土，板结的泥土变成了一块块麦田。

　　终有一天，我的沼泽也会被围上堤坝，被泵把水抽干，变成一块被人遗忘的麦田，正如今天和昨天终将会被遗忘。最后一条荫鱼在最后一处泥沼中做完最后一次挣扎，燕鸥会尖叫着跟克兰德博伊说再见，天鹅依然带着洁白无瑕的高贵飞向天空，鹤也必将吹响它们告别的号角。

A Sand
County Almanac

卷三 | 结论

草地鹨

环境保护主义美学

除了爱情和战争之外，鲜有事情像诸如户外娱乐之类的业余爱好一样，让我们狂热，被不同的个体喜爱，交织着看似矛盾的利己主义与利他主义。现在，人们对回归自然大有裨益这个事实已经达成共识。但是，究竟有何裨益，可以做些什么鼓励人们如此追求？对于这些问题，人们的争论混乱不清，只有那些最不容批判的思想才能免受质疑。

在老罗斯福[1]时代，娱乐成为了一个问题词语，当时铁路已经从城市修筑到农村，城市居民也开始大规模地回流到农村。人们开始注意到，回到农村的人口越多，人们对宁静、荒僻之地、野生动物和自然风景的人均占有量就越小，人们迁移的距离也越来越远。

这种窘境原本还不算太激烈，只是局部状况，然而，汽车把它带到了有路可达的最远边界，40年前内陆地区非常富足的东西，如今却变成了稀缺之物。尽管如此，某些东西必须要被找到。就像从太阳射出的离子一样，周末从城市出来度假的人，在走动时产生热量和摩擦。旅游业提供了床位和膳食，以更快、更远地招揽更多离子。岩石和溪谷上的广告牌向离子们展示着，除了最近热门的地方之

---

[1] 指西奥多·罗斯福（Theodore Roosevelt，1858—1919年），人称老罗斯福，第26任美国总统，1901年以副总统的身份继任总统，成为美国历史上最年轻的在任总统，因成功调停日俄战争获得诺贝尔和平奖。西奥多·罗斯福喜爱狩猎，他的昵称叫"泰迪"总统。美国第32任总统富兰克林·德拉诺·罗斯福（Franklin D.Roosevelt，1882—1945年）是西奥多·罗斯福的远房堂弟，史称小罗斯福。

□ 林莺

林莺也称森莺，作为雀形目的一员的它们拥有艳丽的体羽，常食昆虫，多见于林地、沼泽或灌木丛，性格颇为活跃。

外，还有什么新建的疗养地、风景区、狩猎场和钓鱼湖路线。各个旅游局把道路修到新的边远地区，然后买下更多穷乡僻壤进行改造，加速吸引那些从城市蜂拥而至的离子们。户外器械产业为离子们提供了更多精良装备，对抗原始的自然，木工技术也成了使用器械的艺术。现在，为了限制平庸的金字塔，人们又发明了新工具——拖车。对于那些上山或进森林去寻找，在一般旅途或高尔夫球场就能找到东西的人来说，目前的情况是可以忍受的。但是对于那些上山或进入森林只为寻找更多东西的人来说，娱乐已成为寻求自我毁灭的过程，却什么也找不到，这可谓机械化社会的一大挫败。

在机械化武装的游客冲击之下，荒野的节节溃败并非局部性事件。哈德逊湾、阿拉斯加、墨西哥以及南非正在让步；接下来南美和西伯利亚也会妥协；莫霍克河畔的战鼓[1]正在世界各地每一条河流上轰然作响。人们不再安于在自己的葡萄树或无花果树下无精打采地工作，而是把千百年来的无数生物能量加满到油箱里，一年又一年地努力开垦新的草原。他们像蚂蚁一样席卷过大陆。

这便是最新模式的户外娱乐。

现在这种娱乐主义者都是谁，他们在寻求什么？或许下面这些例子可以提示我们答案。

我们不妨先来看看野鸭生活的沼泽地。停放汽车的警戒线紧紧围绕着沼泽，

---

[1]小说《莫霍克河上的战鼓》出版于1936年，讲述美国独立战争时期，上纽约州莫霍克流域的农人守护家园艰苦创业的故事。作者沃尔特·杜莫·埃德蒙（Walter Dumaux Edmonds）（1903—1998年），美国著名作家。

沼泽地边上的芦苇丛中每一处都埋伏着一位"社会栋梁",自动瞄准目标,他们简直手痒难耐,时刻想扣扳机。如果时机成熟,他们才不会在意什么联邦或公益组织的规定,而一定会猎杀野鸭。他虽已吃饱,但丝毫没有减弱从上帝那里觅得一块肉的欲望。

在附近树林里徘徊的是另一个"社会栋梁",他正在寻找稀有的蕨类植物或新生的林莺。他的狩猎不需要偷盗或抢夺,因此他对那些盗猎者嗤之以鼻。不过,他年轻时十之八九也是一个盗猎者。

在附近一些度假胜地,还有另外一种自然爱好者,他们会在桦树上写下拙劣的诗行。这里到处都是非专业的驾车游客,他们的户外娱乐就是堆积里程,他们一个夏天就能跑遍所有国家公园,这不,现在正一路向南,朝着墨西哥城前进呢!

最后一类自然爱好者大概就是所谓的专业人士了,他们通过数不胜数的环保组织,向探索大自然的公众提供其想要的东西,或者让公众想要他们能提供的东西。

有人可能会问,为什么把这些多种多样的人归为一个类别?因为不管怎样,他们每个人其实都是狩猎者。为什么这些人都口口声声说自己是自然保护主义者呢?因为他们想要狩猎的野生动物躲过了抓捕,所以他们希望通过立法、拨款、区域划分、部门整合等大众能接受的各种方式让猎物留在原处不动。

户外娱乐通常被认为是一种经济资源。参议院委员会用真实的数字统计告诉我们,大众在户外娱乐方面的花费已经超过数百万美元。这确是户外娱乐在经济方面的价值,例如一个垂钓小木屋,甚至沼泽地上设立的一个野鸭观察点,其成本都跟在附近建一座农场差不多。

户外娱乐也有伦理方面的价值。比如,在人们为人类未染指的地方争夺不休时,规范和法律就得到了进一步发展。我们都听说过"户外行为规范",我们把这些理念灌输给年轻人,印制"户外运动者"的定义画报,只要他愿意出一美元传播这种理念,就给他一张贴在床头上。

然而,很显然,户外娱乐的这些经济价值和伦理价值都是驱动力的结果,而非原因。我们寻求接触大自然,是因为我们从中获得快乐。和歌剧演出一样,经济器械也被用来烘托和维持舞台效果,但在歌剧中,专业人士以创作和维持舞台效果为生，但是若说创作的动机以及其存在的理由都是经济方面的原因，那就是错误的。尽管他们的装备悬殊，但躲在隐蔽之处的猎鸭者同在舞台上表演的歌剧演员都在做同样的事情。二者都是在戏剧中重演着之前在日常生活中固有的一些情节。说到底，二者都在进行着美学练习。

关于户外娱乐的公共政策是有争议的。对于何谓户外娱乐，以及如何保护环境基础，这些认真尽责的公民们持截然相反的意见。同是从户外娱乐出发，荒野保护协会尽力拆除通往边远地区的道路，而商业协会则试图保全乃至延长这些道路。狩猎的农民会用霰弹猎枪猎杀老鹰，而爱鸟者则会以望远镜狩猎，来保护它们。通常，这些对立的派系会给对方冠以丑陋的简称，实际上，他们都在考虑户外娱乐过程，只不过是考虑了过程中的不同要素罢了。这些要素在特性或性质方面差别很大，既定政策也许对一个要素而言是正确的，而对另一个要素而言却是错误的。

因此，分解组成户外娱乐过程的各个要素，并对每个要素的独特属性或性质进行分析，似乎是十分必要的。

让我们从最简单和显而易见的方面开始分析，即户外运动者可能要寻找、发现、捕获并带走的实物对象，包括野生动物（如猎物和鱼）和象征着成就的标本或符号（如兽首、兽皮、照片和标本等）。

这些实物都属于我们的"战利品"，它们给我们带来的乐趣在于或应该在于寻找的过程和获得的过程。无论是一枚鸟蛋、一条鳟鱼、一篮蘑菇、一只熊的照片、一朵野花的压制标本，还是一个塞在山顶圆形石堆中的便条，都是一张获得战利品的证书。它证明主人到过某些地方，做了某些事情，在克服困难、以智取胜和拒绝诱惑等由来已久的技术中，锻炼了技巧、毅力和洞察力，附在证书上的这些含义其实远远超过了其物理价值。

但是，不同的战利品对规模化生产有不同的反应。猎物和鱼类的产量可以通过繁殖或改善管理来增加，以给每个猎人更多数量的战利品，或给更多猎人同等数量的战利品。在过去10年中，野生生物管理专业已经出现，约有20所大学开设这门课程，并且开展更大更好的野生动物收获研究。可是，一旦走得太远，这种收益率的提高势必受到收益递减规律制约。集约化管理让猎物和鱼类的繁殖过于人工化，势必降低它们作为战利品的单位价值。

例如，设想一下，一条鳟鱼先在孵化场中饲养一段时间，然后释放到过度捕捞的河流中。它在河流中已经不能够自然繁殖，因为污染物破坏了河流水质，过度砍伐或毁坏森林令水流变暖或淤塞。没有人会认为，这条鳟鱼的价值跟在落基山脉一些溪流中捕获的未经人工干预的纯野生鳟鱼相同。相比而言，这条鳟鱼的美学内涵要差一些，尽管捕捉到它也是需要技巧的。（有位权威人士说，人工喂养的鳟鱼，其肝脏退化严重，以至于会提前死亡。）然而，几个过度捕捞的州郡现在几乎完全依赖这种人工养殖的鳟鱼。

□ 鹧鸪

鹧鸪脚爪强健，善于在地面行走，虽然其飞行速度很快，它们却不常飞行。它们喜欢单独或成对行动，常栖于草丛或灌木丛中。

人工养殖都存在一定程度的过渡性，但随着人工养殖的大量使用，它往往会让整个保护技术推向人工化的极端，从而使整个战利品的价值下降。

为了保护这种昂贵的、人工繁殖的甚至是娇弱的鳟鱼，环境保护委员会认为要把所有造访孵化场的鹭和燕鸥都杀死，要把栖息在那儿的秋沙鸭和水獭都解决掉。渔民也许不觉得这种牺牲一种野生动物来换取另一种的做法会带来什么损失，但鸟类学家却坐不住了，他们焦虑得咬指甲。实际上，人工管理模式以牺牲另一种甚至更高级的娱乐方式为代价，购买了捕鱼权，把原本属于所有人的红利占为己有。在猎物管理中也普遍存在同样的生物学意义上的狂野行为。欧洲在很长一段时间保留着野生收获物的统计资料，我们甚至可以知道猎物与捕食者之间的"交换比例"，例如，在萨克森州，每1只鹰被杀死是为了获得7只装到袋子里的猎鸟；每1只捕食者被杀死是为了获得3只更小的猎物。

通常，对动物进行人工管理之后，对植物生命的损害也尾随而至。例如，人工繁殖的鹿对森林的破坏。你可以在德国北部、宾夕法尼亚州东北部、凯巴布高原以及其他尚未公布的几十个地区看到这一点。在这些地区，过度繁殖的鹿群没了自然天敌，将其赖以生存的植物食物破坏得难以维持其自身的生存或繁殖。欧洲的山毛榉、枫树、紫杉，东部地区的加拿大紫杉和北美香柏，西部的山桃花心木和海石竹，都遭受着人工饲养的鹿群的威胁。植物区系的构成，从野花到野生林木，都在逐渐变得单调贫瘠，而鹿群也因为营养不良变得更加消瘦矮小。如今的森林里，已再难寻到像昔日挂在领主城墙上那样的雄鹿头了。

在英国的荒野上，随着鹧鸪和野鸡的数量骤减，兔子受到过度保护，严重抑制了树木的再生。在几十个热带岛屿地区，动物区系和植物区系都被作为肉食或娱乐引进的山羊破坏殆尽。哺乳动物失去了自然天敌，牧场失去了作为天然食物的植物，这二者之间的相互伤害程度究竟有多严重，实难计算。在这种畸形的生态管理模式中，农作物只能在上下层的夹缝中生长，也只能依靠着没完没了的补贴和铁丝网栅栏来维持其存在。

综上所述，我们可以得出结论，大规模人工干预往往会降低诸如猎取的野生动物和鱼类等原生战利品的质量，并诱发对其他资源——包括非狩猎对象的野生动物、自然植被和农作物的破坏。

同样的削弱和损害对"间接"战利品的产出而言却没那么明显，比如照片。一般来说，每天有十几个观光相机不停地拍照，即便增加到一百，也不会影响风景的质量，也不会影响其他资源。对野生环境而言，相机行业是为数不多的无害寄生虫。

这两种实物都是我们追求的战利品，但其大规模使用却会产生根本不同的效应。

现在，让我们来看看户外娱乐的另一个组成要素，即居于自然中的孤独感，这个要素可比前面分析的要素更微妙和复杂。这个要素对于某些人来说具有非常高的稀缺价值，这一点已经在荒野争论中被证明。荒野的支持者已经与监管国家公园和森林的道路建设局达成妥协，他们已经同意将无路荒野区正式纳入保护范围。每12个荒地中，可能有一个被官方宣布为"荒野"，而道路只能通到其边缘。荒野被宣传为独一无二的，事实上也的确如此。不过不久之后，它上面的小路就变得越来越多了，它也被装饰得漂漂亮亮，为民间的护林保土队服务。随着一场意外的火灾到来,开辟一条将其一分为二的公路似乎也是不得已而为之了,以便运送消防人员。还有一种情况,广告宣传导致人群拥堵,导游和包装商的服务价格不断抬高。于是,有人发现,荒野政策是不民主的。或者,最初对政府将内陆的荒僻之地贴上"荒野"标签保持沉默的地方商会,尝到了第一批旅游业带来的资金甜头,便得寸进尺起来,他们才不会管什么荒野不荒野呢。

简而言之,荒野本就非常匮乏,在广告和促销措施的影响下,一切试图挽救,使其不要更加匮乏的努力都将化为泡影。

无需再争论,事实已然清楚,大规模人工干预会直接稀释孤独感的体验。当我们把道路、露营地、小路和厕所都作为户外娱乐资源的"开发"时,再说什么孤独感就非常虚伪了。就增加或创造意义上讲,这些居住设施实际上没有发展任何东西。相反,它们只不过是把水倒进稀汤里。

□ 美国西部森林

在西进运动和南北战争的推进下,美国西部大片土地被迅速开发和耕种,各种环境和土地问题浮现,美国资源和荒野保护运动也在此时埋下伏笔。

现在,我们对照分析孤独感这种简单而独特的要素,通常我们给它贴的标签是"新鲜空气和变换环境"。其实,大规模人为使用既不破坏也不稀释这个价值。第一千个走进国家公园的游客与第一个走进去的游客呼吸着同样的空气,都体验了与周一办公室完全不同的环境。人们甚至可以相信,一群群的游客反而加强了这种对比。因此,我们可以说,作为战利品,新鲜空气和变换环境就像摄影纪念一样,都可以承受得住大规模人为使用而不会受到一丝损害。

现在,我们开始分析另一个组成要素,即对自然过程的认知。在这一过程中，土地及存在于土地上的生物形成了其各自的特征形态（即进化），并维持其存在（即生态学）。尽管这种被称为"自然研究"的东西，曾经刺痛了特殊阶层的脊梁，但同时也开启了大众思想对感知的最初而稚嫩的探索。

感知的突出特点在于，它不会消耗任何资源，也不会稀释任何资源。例如，一只鹰的猛扑猎物，对某些人而言是进化的一节，而对另外某些人而言，可能就是对装满其煎锅之食物的威胁。对把它视为进化的人来说，哪怕接连有一百个人看到，也只会为之激动不已；而但凡有一个把它视为威胁的人，就要用猎枪把它猎杀。

促进人类的感知能力，是户外娱乐工程中唯一真正具有创造性的要素。

这个事实十分重要，但人们都不太了解其在改善"美好生活"方面的潜在力量。当丹尼尔·布恩[1]第一次进入"黑暗血红地带"的森林和大草原时，它便理解了"户外美国"的精髓。他虽没有这么说过，但他发现的是我们现在正在寻求的东西。我们这里谈论的是事实，而非称谓说法。

然而，户外娱乐并不等同于人在户外，而是指我们对户外的态度。丹尼尔·布恩的反应不仅取决于他所看到事物的特性，而且取决于他用内心深处的眼睛去审视事物的特性。生态科学改变了人们内心深处的眼睛，布恩只是看到了事实，而生态科学揭示的是事实的起源与功能；布恩只是看到了事物的属性，而生态科学揭示的是事物属性的机制。我们没有衡量这种变化的准绳，但我们可以肯定地说，与当今合格的生态学家相比，布恩只是看到了事物的表象。植物区系和动物区系的关系错综复杂到令人难以置信，它们正是构成了叫作"美国"的有机体的内在美。当时它正值含苞待放的少女期，无论是对当时的丹尼尔·布恩，还是对今天的巴比特先生而言，它都是无形的和难以理解的。美国户外娱乐资源唯一真正的发展是美国人感知能力的提升，我们打着发展旗号进行的所有其他行为，充其量只是企图延缓或掩盖稀释自然的过程而已。

我们不能贸然地说，巴比特先生必须先拿到生态学博士学位，才能"认识"

---

[1] 丹尼尔·布恩（Daniel Boone，1734—1820年），美国探险家和拓荒者，他在边疆开拓上的成功使他成为美国最早的民间英雄之一。

他的国家。相反，博士学位可能让人变得像主持秘密宗教仪式的殡仪员一样冷酷无情。像众多真正的思想财富一样，感知可以分解成无数个无限小的单元，而不会丧失其本性。城市空地里的杂草和红杉树林传达着相同的思想教训；农民们在牧场上看到的东西，在南海探险的科学家们未必就一定能看到。简而言之，感知既不能以学位换来，也不能以金钱买到。感知在国内国外都有提升，几无所有者和富有者也许都可以把感知运用得很好。在对感知的探索过程中，娱乐式的人群蜂拥是站不住脚的，也是不必要的。

最后是第五个组成要素：管理意识。那些只会用投票而非用双手保护环境的户外达人是没有这种意识的。只有当一些有感知能力的人将管理艺术运用到土地管理上时，这种管理意识才被实现。也就是说，只有那些因为贫穷而无法购买户外娱乐的农民或具有敏锐目光和生态思想的土地管理者，才能享有这种意识背后的乐趣。买票进入风景区的游客们其实完全不了解这种意识，雇佣政府或其下属作为猎物守护者的户外娱乐爱好者，其实也完全不了解这种意识。政府企图让公共部门代替私人经营休闲土地，其实是在不知不觉中将大片公共土地的管理权赠送给了土地官员们，赋予了后者想要给其公民提供的东西。从逻辑上讲，我们的林务人员和野生生物管理者也许应该为拿走了我们对野生收获物的管理权买单，而不是为此领工资。

野生收获物生产中的管理意识也许与收获物本身同样重要，这一点在某种程度上已经在农业领域实现了，但在环保领域还远远没有实现。关于在苏格兰荒原和德国森林进行集约化猎物收获管理，美国的户外娱乐爱好者对此很不以为然。就某些方面而言，他们的态度也是可以理解的。不过，他们完全忽视了一点，即欧洲的土地所有者在种植过程中已经发展出管理意识，而我们还没有这种观念。这很重要。我们必须以补贴的方式诱惑农民植树造林，或者通过收取狩猎费来诱使他们饲养猎物。当我们承认这些事实时，我们其实已经承认了，无论是农民还是我们自己，都尚未体会到野外管理的乐趣。

科学家有一个警句：个体发生重复着种系发生。这句话的意思是，每个个体的发展，其实都在重复着其种族的进化历史。无论是在精神世界，还是物质世界，这都是真实的。为战利品狩猎的猎人，是穴居人的重生。为战利品狩猎是年轻人的特权，不管是从种族还是个人上说，他们没有什么可道歉的。

现在，令人不安的是，为战利品狩猎的年轻人永远长不大，他们的孤独感、感知力和管理能力没有被发展起来，抑或可以说大概已经丧失了。他们就像是被机械化全副武装的蚂蚁，蜂拥着来到北美大陆，没有学会看好自己的后院，只顾着消费，却从不创造户外满足感。户外娱乐工程师们为他们稀释荒野的色彩，并提供人工化的战利品，并且天真地坚信自己是在提供公共服务。

这种为获得战利品而进行户外娱乐的人有一些怪癖，他们总是以微妙的方式将自己推向失败的深渊。为了享受，他必须支配、入侵和占有。因此，在他看来，无法亲自眼见的荒野是毫无价值的，未被人类使用的蛮荒之地无法服务于社会。对那些想象力匮乏的人来讲，地图上的空白之处是无用的浪费，然而对另一些人而言，这些空白地带恰恰是最有价值的瑰宝。（我永远不会去阿拉斯加，所以我在阿拉斯加的权益就毫无价值吗？我需要一条路，指引我去北极大草原、育空河区域的野雁湿地、孕育棕熊的科迪亚克或麦金利山背后的大草原吗？）

总之，低层次的户外娱乐活动会消耗其资源基础，而较高层次的户外娱乐活动，至少在一定程度上，能够在几乎不消耗土地或生物的前提下创造自己的满足感。交通发达了，我们的感知力却没有相应的提升，所以我们的户外娱乐活动才会面临实质性破产的窘境。发展户外娱乐活动并不是一项将道路修到美丽乡土的事业，而是一项将感知力砌入尚不美丽的人心的事业。

美国文化中的野生生物

原始民族的文化，通常以野生生物为基础。生活在平原地区的印第安人不仅以水牛为食，而且水牛在很大程度上也影响了他们的建筑风格、服饰、语言、艺术和宗教。

而在文明民族中，其文化基础已经发生了改变，不过却仍然保留了部分野生根源。在此，我将对这个野生根源的价值进行阐述。

没有人可以权衡或估量文化，因此我也不会浪费时间，去做这种无益的尝试。根据先前有识之士们的共同看法，我们只要在体育、习俗和能使我们重新接触野生动物的经验中蕴含的文化价值就够了。我斗胆将这些价值划分为以下三类。

首先，是一种任何经验中都存在的价值，它让我们想起自己独特的民族起源和进化，即唤醒历史意识的价值。这种意识最好的阐释就是"民族主义"。因为一时间也找不到什么缩写名，我姑且在例子中称其为"拓荒者价值"。例如，一个童子军男孩鞣制了一顶浣熊皮帽，扮成丹尼尔·布恩的样子，走到路下面的柳树丛中。他正在重演美国的历史。就此而言，他准备在文化上面对当下黑暗和血腥的现实。再比如，一个农民男孩走到教室，浑身散发着麝鼠的臭味，因为他在早餐前刚检查过麝鼠陷阱。他正在重演毛皮交易的传奇故事。个体的发育重复着系统的发育，这种规律在个体和社会中都会上演。

其次，也是一种任何经验中都有的价值，它提醒我们自己对"土壤—植物—动物—人类"这条食物链的依赖，以及对生物区系的基本组织的依赖。这种基本

□ 一只刚被杀死的鹿

狩猎者遵守伦理道德守则，坚持不浪费好肉。这却又使他们陷入另一些道德旋涡——猎人会为猎取最满意的公鹿，得到最好的肉，而杀害任意一头鹿。

的人地关系被文明带来的一些小玩意儿和中间商搞得乌烟瘴气，以至于人们对人地关系的意识越来越模糊了。我们设想工业支撑我们，但却忘记了是什么在支撑工业。是时候让教育向土地靠近而非远离了。曾有一首关于猎取兔皮回家以包裹家中婴儿的儿歌，这样的民俗或许可以说明，人类通过打猎来满足一家人的衣食之需。

再者，还有一种任何经验中都有的价值，它践行着道德约束的作用，这些约束被统称为"狩猎者道德"。我们改善猎杀野生动物的工具远比改善我们本身更快，于是我们制定了"狩猎者道德"，自觉限制这些装备的使用，旨在提高狩猎技术，降低它们在猎杀野生生物方面的作用。

野生生物伦理学有一个奇特的美德是，通常没有人会对猎人的行为表示赞成或不赞成。无论他做什么，都是由着自己的良心来，而无需考虑旁边的围观者。这一事实的重要性无需被夸大。

自愿遵守伦理道德守则提升了狩猎者的自尊，不过他们更应该注意的是，漠视守则会使他们堕落和沦丧。例如，所有狩猎者伦理守则都遵循着同一个标准，即不要浪费好肉。然而，一个可证实的事实是，威斯康星的猎鹿者在合法猎杀雄鹿时，每猎杀两头雄鹿，便会猎杀并遗弃一头雌鹿、一头鹿仔或一头刚出角的小公鹿。换句话说，大约一半的猎人是不管什么鹿都猎杀的，直到他们猎取到合心意的公鹿为止。这些不合他们心意的鹿，就被抛尸在其倒下的地方。这种猎鹿不仅没有社会价值，而且容易造成其他方面的道德沦丧。

这样看来，似乎当"拓荒者价值"和"人与土地关系价值"表现为零或正值时，伦理价值却可能已经变成负值。

那么，这就粗略定义了我们户外运动根源的三种文化营养素。但这并不意味着文化已经被滋养。价值的萃取绝不是自动的，只有健康的文化才能够得到滋养并成长起来。而文化是被我们目前的户外娱乐形式滋养的吗？

拓荒者时代孕育了两种思想，一个是"轻装简从"，一个是"弹无虚发"，这两种思想都是户外娱乐活动中拓荒者价值的精髓。拓荒者总是携带最轻松的行装。此外，他们射击时既要节约，又要精准，毕竟当时缺乏必要的运输工具、资金和连续射击的武器。更清楚地说，从他们那个时代起，这两种思想被强加给我们，于是我们不得不如此了。

在其后来的演变中，这种思想成为户外娱乐运动的守则，成为一种自觉的狩猎规范。美国传统的自力更生、刚毅坚强、丛林知识丰富和射击技术精湛等就建立在这两种思想基础上。这些思想虽无形，但并不抽象。西奥多·罗斯福[1]就是个伟大的狩猎者，但他的伟大不在于其枪杆上悬挂着许多战利品，而在于他用小学生都能懂的语言，诠释了无形的美国传统。斯图尔特·爱德华·怀特[2]在早期作品中使用了更为微妙和准确的表达方式来叙述这种传统。因此，完全可以说，这样的人意识到了这种思想，从而创造了文化价值及其发展模式。

再之后，设计装备器械的工程师出现了，他们被人们熟知的身份是户外娱乐运动用品经销商。他们用花样繁多的玩意儿武装自力更生、刚毅坚强、丛林知识丰富、射击技术精湛的美国户外活动家，为之提供便利，同时也取代了传统。装备装满了口袋，从脖子到腰间全都挂着、摇晃着，泛滥成灾的发明塞满了汽车的行李箱和拖车箱。户外运动装备越来越轻便，越来越实用，但总的质量由磅变吨。新式装备的流通量更是天文数字，这些数字被严肃地表述为"野生生物的经济价值"。但是，它的文化价值在何处？

---

[1] 见"环境保护主义美学"一节注。
[2] 斯图尔特·爱德华·怀特（Stewart Edtwart White，1873—1946年），美国作家。他创作了大量以自然历史和户外生活为主题的，关于冒险和旅行的作品。

最后举一个捕鸭者的例子。他坐在钢制船上，船后面摆放着各式各样的诱饵。无需事前演练，轰隆隆的摩托车把他送到埋伏点。尽管寒风凛冽，但他丝毫不觉得冷，因为旁边的加热器在呼呼地吹着。他拿起工厂里常用的扩音器，朝飞过的鸭子喊叫，声调尽量具有诱惑性，这些都是他在唱片记录的家庭课程中学到的。不管声调的诱惑有没有用，他设置的诱饵还是发挥了作用，一群野鸭盘旋着飞进来了。不等这些野鸭盘旋两圈，他就急不可耐地开枪了，因为湿地里还埋伏着其他捕鸭者，大家装备都差不多，随时可能先开枪。他在距离鸭子70码远时射击的，因为他猎枪复合缩口的射程可以调到无限远，而且广告商也是这么说的——超级Z子弹，射程足够远，火力全开。鸭群惊散，一对受了伤的鸭子跌落下来，死在了别处。这位猎人汲取了文化价值吗？难道他只想把鸭子打落下来奉送给水貂？在75码的远处，另一个跃跃欲试的家伙不也是和他一样，正在扣动扳机吗？这是当下最流行的捕鸭模式，在公共土地和许多俱乐部中非常普遍。试问，这哪里还有"轻装从简"和"弹无虚发"的传统？

答案并非我们想象中的那么简单。罗斯福并不鄙视现代步枪，怀特也不拒绝使用铝锅、丝绸帐篷和脱水食品等，只是，他们在使用器械装备时更注意节制，将其作为狩猎的辅助，而不是被这些装备辖制。

我不会假装自己知道什么是适度，也不会直接划定合法与非法使用装备器械的界限。装备器械的起源与其文化效果之间存在密切关系。自制工具或户外生活辅助工具往往会丰富而非破坏人与土地之间的戏剧化情节。一个用自制飞蝇鱼饵钓到鳟鱼的人实际上收获了两次，而不是一次。我本人也用过许多工厂生产的器械装备，不过我觉得，这些工具装备的使用和依赖必须要有一个限度，超过限度地用金钱购买的装备只会破坏狩猎的文化价值。

并非所有的狩猎活动都堕落得像捕鸭一样，美国传统的捍卫者依然存在。也许弓箭运动和猎鹰术的流行，正标志着这种复古倾向的开始。然而，这种趋势显然越来越机械化，相应的文化价值也在萎缩，尤其是拓荒者价值和伦理道德价值。

我曾经发现，美国狩猎者时常感到困惑，他不明白发生了什么事。越来越强大、便利的器械装备促进了工业的发展，为什么就不能搬到户外娱乐运动中来呢？他们还没有意识到，户外娱乐运动就其本质而言是一项原始活动，具有明显的返祖性，其价值本身来自于对比，过度的机械化将工厂搬到了树林或沼泽地，因而破坏了这种对比价值。

没有哪位领袖告诉狩猎者，他们到底哪里错了。户外杂志已不再描述户外运动的美好，而是变成了人们投放器械装备广告的平台。野生生物管理人员正忙着繁育更多猎物，鲜有心思琢磨狩猎的文化价值。从色诺芬[1]到泰迪·罗斯福[2]，几乎每个人都在说户外运动是有价值的，于是人们认为这个价值坚不可摧、亘古不变。

在不使用火药的户外运动中，机械化却产生了不同的影响。现代望远镜、照相机以及鸟儿的铝制环志，一定不会降低鸟类学的文化价值。对捕鱼业而言，若非有舷外发动机和铝制独木舟，其机械化程度也要比狩猎低得多。另一方面，机动交通几乎将荒野旅行毁坏得一塌糊涂，只剩下星星点点的荒野。

在偏僻的森林地区，用猎犬追杀狐狸，算是一个局部且或许无害的机械化入侵的戏剧性实例了。这是最纯粹的狩猎活动之一，有真正的拓荒者气息，是十足的人与土地之间的戏剧。猎人故意不用猎枪射击狐狸，因此也算是伦理节制的表现。不过，我们现在是坐在福特汽车里，追逐着两个动物之间的追逐，猎犬巴格尔·安的吠声与廉价汽车的鸣笛混杂在一起！幸亏没有人会发明一种猎杀狐狸的机械犬，也不会有人在猎犬的鼻子上装一把猎枪，当然，更没有人通过留声机和其他无痛捷径来训练猎犬如何开枪。我想，器械在犬类王国里已经无计可施了。

把户外运动的所有弊病都归咎于户外装备的发明者也是不正确的。广告商想出很多创意，而创意很少像实物那样诚实，尽管二者有时同样无用。其中一个部门特别值得一提，即"去哪儿"部门。了解狩猎或钓鱼的好去处，是私人财富的

---

[1] 色诺芬（Xenophon，前440—前355年），苏格拉底的弟子，古希腊历史学家、思想家。他曾将自己一生的戎马经历写成两本著作，其中一部《马术》就详细介绍了关于狩猎和战争的相关知识。

[2] 还是指西奥多·罗斯福总统。1902年，罗斯福总统外出狩猎。他的助手发现并抓住了一只路易斯安那小黑熊，将其绑在树上，而总统拒绝射杀这只被套住的小熊，并称其为"无体育道德"的行为。漫画家贝利曼将小黑熊的故事创作为漫画作品，人们以罗斯福总统的小名泰迪来命名这只小熊。

一种形式，就像鱼竿、猎犬或猎枪一样，只能出于个人礼貌暂借或给予，若将其放在户外专栏市场上大肆兜售，就完全变了味道。若是把这种技术传授给每一个人，使之成为免费的公共服务，这简直令人匪夷所思。现在，甚至"自然资源保护部门"都争相告诉汤姆、迪克和哈利，哪儿的鱼容易上钩，哪儿有冒险落到地上觅食的大群野鸭。

所有这些有组织却不加选择的混杂行动，往往抹掉了户外活动中的个性化元素。我不知道，就户外娱乐活动而言，合法与非法之间的明确界限，但我确信，"去哪儿"服务已经打破了理性的所有界限。

如果狩猎或钓鱼行情看好，"去哪儿"服务足以吸引过多的户外娱乐活动者；但如果狩猎或钓鱼本身行情不好，那么广告商就必须采取更有诱惑力的手段。其中一种手段就是利用钓鱼彩票。他们在孵化场的鱼儿身上贴上标签，如果谁能钓到贴有幸运号码的鱼，谁就能得到中奖号码的奖金。这是科技与赌场的奇怪组合，结果导致原本已经濒临枯竭的湖泊又要遭受过度捕捞，许多村镇商会还生出一种公民自豪感。

专业的野生生物管理人员也不能完全撇清这些事情，产品工程师和推销员同属一家公司，二者受同一根利益指挥棒指挥。

野生生物管理人员正试图通过操纵环境，来提高荒野中的野生生物数量。如此一来，狩猎从开发利用变成了生殖培育。如果这种转换真能发生，它将如何影响我们的文化价值？我们必须承认，拓荒者的趣味与市场开拓之间存在历史上的关联。丹尼尔·布恩对农业种植没有足够的耐心，更别提野生生物培植了。或许，低劣的狩猎者固执地不愿意被转化而接受"培育野生生物"的想法，正是他继承了拓荒者价值的表现。也许"培育野生生物"被抵制，是因为它与拓荒者传统的重要价值组成部分——自由狩猎——不相容。

机械化将拓荒者价值破坏殆尽，却并没有提供任何文化替代品，至少在我看来是没有。野生生物的种植或培育确实提供了替代品，即荒野管理，这个替代品与拓荒者价值具有同等价值。为荒野生物管理土地的经验与其他任何形式的农业土地管理同样具有价值，这是在提醒人们，注意人类与土地之间的关系，而且还涉及伦理约束。在不诉诸控制捕食者的情况下管理猎物，就要寻求更高层次的伦理约束。因此，我们可以得出结论：野生生物的培育，缩减了一种价值（拓荒者价值），却同时强化了另外两个价值。

机械化进程如火如荼，生命勃发，而传统则完全静止，如果我们把户外娱乐运动视为二者之间的冲突，那么基本可以断定，文化价值的确前景黯淡。为什么我们的户外运动观念不能像器械装备清单一样成长变化呢？也许文化价值的救赎正在于抓住时机。我认为时机已经成熟，户外娱乐运动者可以自己决定未来的事态。

例如，近十年来发展出一种全新的户外休闲模式，它不会破坏野生生物，利用工具装备却不会被其辖制，迂回地解决警示土地问题，大大增加了单位地区的人类承载能力。这项运动没有猎物方面的限制，也没有季节方面的限制。它需要的是教师，而非守护者，它要求具有最高文化价值的新丛林知识。它就是野生生物研究。

野生生物研究始于专业祭司。当然，难度大、晦涩的问题必须交给专业人士来处理，但是还有很多问题，可以供各个层次的业余爱好者来探讨研究。机械发明领域早有业余爱好者的参与，只是在生物学领域，业余爱好者在户外娱乐方面研究的价值，才刚刚开始走进大众的视线。

业余鸟类学家玛格丽特·摩尔斯·耐斯[1]在家里的后院研究歌带鹀，现已

□ 哈比鹰

　　哈比鹰，即美洲角雕，是世界上体形最大的鹰，属大型猛禽，主要分布在美洲，暂未发现亚种。哈比鹰虽体形巨大，但飞行时发出的声响极小，即使从猎物头上掠过，也不容易被察觉。

---

〔1〕玛格丽特·摩尔斯·耐斯（1883—1974年），美国鸟类学家，世界上首位将心理学方法运用于鸟类行为研究的鸟类行为学家。

成为世界鸟类行为学的权威人士，超越了许多机构中专门研究鸟类的学者。银行家查尔斯·L.布罗利以研究老鹰为乐趣，他发现了一个尚未被知晓的事实：有些老鹰冬天在南方筑巢，然后到北方度假。马尼托巴草原上的小麦农场主诺曼和斯图尔特·克里德尔热衷于研究农场里的动植物区系，成为公认的权威，研究内容从当地植物学到野生生物周期理论等。新墨西哥州山区的一名牧场主埃利奥特·S.巴克写了一本关于美洲狮的专著，这本书在让人难以捉摸的猫科领域被视为最具价值的两部书之一。无需有人特别告诉你，这些人都是在娱乐之中完成如此硕果的。他们只是懂得了：人生最大的乐趣莫过于观察和研究未知的东西。

现在大多数鸟类业余爱好者都知道鸟类学、哺乳动物学和植物学，但他们在这些领域里的成就不过是儿戏罢了。一个原因是，生物学教育（包括野生生物教育结构）就整体而言是为了延续其在研究方面的专业垄断。如此一来，留给业余爱好者的，不过是虚伪的发现之旅，不过是验证专业权威人士早已知晓的东西罢了。这些新来者需要被告知的，是一艘在他自己精神世界船坞中建造的船，也是一艘可以在大海中自由航行的船。

在我看来，推动野生生物研究运动是野生生物管理专业面临的最重要的工作。野生生物还有另一个价值，现在只有少数生态学家才能看到，但这个价值对整个人类的事业而言都具有潜在的重要性。

我们现在知道，动物种群具有某些行为模式，动物个体通常意识不到这些模式，但却在执行。例如，一只兔子不知道何为繁殖周期，但它确是繁殖周期的媒介。

我们无法在个体身上或短时间内辨别出这些行为模式。即使采取最严密的监控方式，我们依然无法在一只兔子身上发现繁殖周期性的奥秘。繁殖周期性的概念源自于我们对一个群体十年如一日的周密观察。

这引起一个令人不安的问题：人类是否也存在一些我们自己意识不到但却乐于执行的群体性行为模式呢？暴民与战争、动乱与革命，是否也继承了这种模式呢？

许多历史学家和哲学家坚持认为，我们的群体性行为是个人意志行为集体化的结果。整个外交学的主旨思想都在假设政治团体是一群具有高贵品质的个体组合。另一方面，一些经济学家把整个社会视为某个过程的玩物，而我们对整个社会系统的认知往往都是滞后的。

相比兔子种群的进程，人类的社会过程有更高的意志含量，这种意见是合理的；作为一个物种，人类同样有一些个体未察觉但乐于执行的行为模式，这种观点也是合理的，因为客观环境从未唤起人们对此的意识。我们也许有一些被自己误解的行为模式。

对人类种群行为基本原理的怀疑态度，带来了对人类唯一可用参照物——高等动物——的特殊兴趣和特殊研究价值。埃林顿[1]等人指出了这些动物作为人类参照物的文化价值。几个世纪以来，我们无法打开这个丰富的知识宝库，因为我们不知道它在哪儿，以及如何寻找它。现在，生态学教给我们，要在动物种群中寻找并类比自身的问题。通过了解生物种群中某个微小部分的运作原理，我们就可以猜测出整个机制的运作原理。能够领悟到这些原理的深层意义，并批判性地审视这些原理，或许就是我们未来应具备的丛林知识。

总而言之，野生生物养育了我们，也塑造了我们的文化，为我们的休闲时光带来欢乐。不过，我们如今试图通过现代机械装备获得快乐，但同时也毁掉了它们的某些价值。倘若我们以现代的心态和头脑去收获，它们不仅会给我们带来欢乐，也会带来智慧。

---

[1] 保罗·埃林顿（Paul Errington），美国生物学家，本书作者奥尔多·利奥波德的朋友。

荒　野

荒野是人类制造人工制品的原材料，那些人工制品被称为文明。

荒野向来不为我们提供同质的原材料，它是多种多样的，由此锤炼的文明也是多种多样的。最终产品中的这些差异被我们称为文化，世界文化的丰富多样性也反映了作为文化发源地的荒野的多样性。

如今，人类历史首次面临两种迫在眉睫的变化：一种，是全球范围内适宜居住的荒野即将耗尽；另一种，是现代交通和工业化导致的世界范围内的文化混杂。我们无法阻止，或许也不应阻止这两种变化，但问题在于，是否可以通过对这两种变化稍作改善，从而保留某些价值，否则这些价值就会消失。

对于在劳作中挥汗如雨的劳动者，铁砧上未处理的原材料就是有待他们征服的对手；同理，对于拓荒者来说，荒野就是他要征服的对手。

不过，劳动者在歇息的时候能够以哲学的眼光看待现实世界，于是那些未被处理的原材料就变成了他们喜爱和珍惜的东西，这些东西赋予了他们生命的定义和意义。为此，我恳求能够将最后残存的荒野像博物馆珍品一样保护起来。也许有一天，有些人希望看到、感受到或研究他们文化遗产的起源，而荒野则可以给他们以启示。

残存无多的荒野

我们借以铸成美国这一存在的多样性荒野已经荡然无遗，因此，在任何实际计划中，被保存下来的荒野总是大小不一，程度各异。

活着的人再也见不到长满高草的草原。曾几何时，茫茫草原的花海簇拥在拓荒者的马镫下。如今，即使我们踏破铁鞋，能找到一片40英亩的草原就值得庆幸了。这儿有上百种植物，许多都异常美丽，但是对于那些继承了这片土地的人来说，大多数植物都相当陌生。

不过，那些长着矮草的草原，也就是卡维萨·德·瓦卡[1]在水牛腹下看到地平线，尽管被牛羊和旱耕的农民严重毁掉了，但还残存着那么几处，大概有上万英亩。如果1849年的淘金者[2]画像都值得我们挂在州会议厅的墙壁上，那他们逃亡的过程何尝不能在几个州立草原保留地立起纪念碑呢？

细数沿海的大草原，佛罗里达州有一块，德克萨斯州有一块，但如今它们全都被油井、洋葱田和柑橘园包围着，用钻头和推土机全副武装着。这是最后的呐喊。

活着的人再也见不到五大湖区的原始松林、沿海平原的低平林地，以及巨大的硬木林。对于这些树的品种，或许每种有几英亩示范林就值得我们满足了。不过，还有几块上千英亩大小的枫树林和铁杉林残存于世。此外，还有几处类似情况，比如阿巴拉契亚山区的硬木林，南方的硬木林沼泽、柏树沼泽和阿迪朗达克的云杉林。在这些残存的林地中，很少有林地能免于未来的砍伐，甚至没有林地能够免于未来旅客的踩踏。

萎缩最快的荒野类型是海岸荒野。别墅和旅游的道路几乎把两侧海岸线旁边的荒野全部占据。时下的苏必利尔湖也正在失去五大湖区野生湖岸线的最后一块大型遗迹。没有哪一种荒野像它们那样与历史紧密地交织在一起，也没有哪一种荒野像它们那样到了要彻底消失的地步。

在落基山以东的北美地区，只有一个面积较大的地区被正式作为荒野保留下来，即位于明尼苏达州和安大略省之间的奎提科—苏必利尔国际公园。这片地区主要位于加拿大，是一片幅员辽阔、适于泛舟的水域，其间镶嵌着许多湖泊和河

---

[1] 卡维萨·德·瓦卡（Cabeza de Vaca，1490—1577年），西班牙探险家。
[2] 1849年，因淘金潮闻名世界，大量淘金者涌入加利福尼亚，使其于1850年成为美国历史上第31个州。

□ 麋鹿

麋鹿原产自中国长江下游沼泽地带，以嫩草和水生植物为食。根据已出土的野生麋鹿化石可知，麋鹿起源于距今200多万年前的更新世晚期。

流。不过最近，其完整性受到两方面的威胁。一个是配备着浮舟的飞机载来了更多垂钓者，加速了这里作为钓鱼圣地的大规模扩张；另一个是其管辖权尚有争论，这片水域在明尼苏达州的一端是属于国家森林还是州属森林？整个地区都有被用作蓄水发电的危险，很遗憾，荒野拥护者之间出现的内讧可能要以把权利交给强权者而告终。

在落基山附近的几个州分布着20余处国家森林，面积从10万到50万英亩不等。这些森林被国家作为荒野收回，并封闭了道路、旅馆和其他一切有害的开发利用。在国家公园，同样的原则已经得到公众认可，只不过还没有划清具体的界限。总的来说，这些受联邦管辖的区域是荒野项目的骨干，但它们其实并不像纸质记录那样令人置信。地方政府面临开辟新的旅游线路这一压力，只能从这儿截取一段，从那儿拼凑一段。另外，还有一个长期存在的压力——延伸森林防火道路，而这些道路慢慢就会成为高速公路。民间护林保土队的闲置营地，也诱惑着他们新建一些基本不用的道路。战争时期军需造成的木材匮乏，也促进了许多道路的扩建和合法化。目前，许多山区正在推广滑雪缆车和滑雪旅馆，通常丝毫不会考虑这些地方之前曾被指定为荒野。

控制捕食者是对荒野最阴险的入侵方式之一。因此，为了管理大型猎物，人们将狼和狮子清理出荒野区域。因此，大型猎物种群（通常是指鹿或驼鹿）就急剧扩大，严重超出了牧场的承载能力。于是，猎人被鼓励去猎杀过剩的猎物。但是，现代猎人拒绝到汽车无法通行的地方去狩猎，没办法，只能修筑一条通往猎场的道路。荒野保护区被瓜分肢解得七零八落，这样的剧情一次又一次重演，永不停歇。

落基山脉的荒野地区囊括了各种类型的广阔森林，从西南部的刺柏地带到俄勒冈州无边无际地绵延着的森林。然而，这里却缺乏类似沙漠那样的不毛之地，或许是由于对美学认识尚浅，人们将"风光"的定义仅仅局限在湖泊和松树上。

在广袤而未被耕犁的加拿大和阿拉斯加，

不知名的人儿在不知名的河畔徘徊，

在奇异的山谷中独自奇异地死去。

这一系列具有代表性的地域可以而且应该被保留下来。许多地区的经济价值微不足道，甚至为负数。当然，有人可能会争辩说，为此目的不需要细致谨慎的计划，总有荒野会幸存。但是，你翻翻近代的历史，之后你会发现，这个令人欣慰的设想只是你的错觉。即使斑斑荒野能够幸存下来，那依赖它们生存的动物区系呢？林地驯鹿、不同品种的山地野绵羊、纯种森林水牛、生长在贫瘠地的灰熊、淡水海豹，以及鲸，现在都受到不同程度的威胁。被剥夺了独特动物区系的荒野还有什么用途呢？最近成立的北极研究所已经开始了北极荒野的工业化研究，很有可能将它们也毁坏殆尽。这是最后的呼唤，甚至来自遥远的北极。

没有人能够猜想到，加拿大和阿拉斯加在何种程度上能够看到和把握住它们的机会。任何为使拓荒延续下去的努力，通常都会遭到拓荒者的鄙弃。

用于户外娱乐的荒野

无数个世纪以来，出于生存需要进行的身体对抗，通常被视为一种经济行为。当这种对抗消失时，追求健康的本能则让我们将它以运动和游戏的形式保留下来。

人与野兽之间的身体对抗，同样也是一个经济行为，现在以狩猎和捕鱼的形式保留下来。

公共荒野首先以休闲娱乐的形式，将人们在拓荒之旅和生存中练就的彪悍原

□ 荒野

1964年美国国会通过了世界第一部《荒野法》，此法案是国会首次以立法的方式来保护荒野，旨在建立美国荒野保护体系，将荒野保护纳入法制化轨道，宣传荒野文化，使美国社会和群众了解到荒野的多重价值及保护荒野的历史与现实意义。

始的生存技巧保留下来。

其中有些技能分布广泛，其细节适用于美国各处，乃至世界各地。狩猎、钓鱼和背包徒步旅行就是例子。

然而，其中两个技巧就像山核桃树一样，尽管被复制到其他地方，但只在这个大陆上才被发挥得淋漓尽致。一种是泛舟而行，另一种是跟随驮马队旅行。不过，这两种形式都在迅速萎缩。现居住在哈得逊湾的印第安人拥有了小汽船，登山者也拥有了福特汽车。即使我不得不乘着独木舟或跟着驮马队旅行，那我也更喜欢汽船和汽车，因为前面的两种方式简直会把人累个半死。但是当我们不得不与这些机械化替代品竞争时，我们这些寻求荒野旅行的人就会被挫败了。无论是跟着把行李搬运到汽艇上还是在夏季旅馆的牧场里遛着母马，都是索然无味的事情，所以还是在家待着最好。

荒野地区首先是蛮荒之旅这一原始艺术的避难所，尤其是泛舟而下和背包远足。

我想，肯定有人想辩论一下这些原始艺术是否重要。但我是不会去跟这些人争辩的，因为要么你从骨子里了解这种艺术，要么你便是太老、太老了。

欧洲人在狩猎和捕鱼方面基本上不会遇到这种问题，因为只有在美国，荒野才可能是一种需要保护的财富。欧洲人是不愿意在树林里露营、烹饪或做其他事情的，他们迫不得已才会这么做，且更愿意把琐事委派给狙击手和仆人，因此，他们的狩猎倒是更像野炊，完全不像拓荒。他们的技能测验也很大程度上取决于实际收获了多少猎物。

有人谴责荒野娱乐活动是"不民主的"，因为与高尔夫球场或旅游营地相比，荒野的娱乐承载能力非常小。这种观点的根本错误在于，它把大规模生产的哲学理念运用到消解大规模生产的范畴中去了。荒野娱乐的价值不是通过简单数字计算出来的，它与其经历的强度成正比，与其与工作日生活的迥异程度成正比。基于这些标准，机械化的户外旅行不过是淡而无味的事情。

机械化的户外娱乐已经占据了90%的山川森林，出于对少数人的尊重，我们应该把剩下的10%留给荒野。

用于科研的荒野

生物体最重要的特征是内在的自我更新能力，这通常被称为健康。

有两种生物体的自我更新过程受到人类干预和控制，一种是人类本身，受医药和公共卫生干预，另一种是土地，受农业和资源保护影响。

其实，我们为控制土地健康所付出的努力，向来就不是很成功。现在人们普遍意识到，当土壤失去肥力，或者被冲刷的速度大于形成速度时，或者当水系统出现旱涝无度时，其实是土地生病了。

我们把其他紊乱称为事实，但却很少把它们视为土地生病的一种症状。动植物莫名地灭绝，尽管我们已经尽力保护它们，但它们还是毫无征兆地消失了。还有一些害虫，尽管我们努力控制它们，但依然数量激增。这些现象，在没有简单解释的情况下，必须被视为土地有机体生病的症状。这两种症状如此常见，因而我们不能认为它们是正常的进化。

我们对土地这些小病症的认识可以通过一个事实反映出来，即：我们对这些症状的治疗普遍都是局部性的。因此，土地不如之前肥沃了，我们就施肥，或者最多改变放养的动物区系和种植的植物区系，而从没有考虑过，也许最初的野生生物区系对于土地构建而言同样至关重要。例如，人们最近发现，不知何故，生长过野生豚草的土地，通常更能长出优良的烟草作物。我们想不到，这种意料之外的依存链可能在自然界中非常普遍。

当草原犬鼠、地松鼠或老鼠泛滥成灾时，我们毒死它们了事，却没有考虑导致动物激增的原因。我们总是认为，动物带来的麻烦肯定是动物自身引起的，然而，最新的科学证据表明，植物群落的混乱是导致啮齿动物激剧繁殖的真正原因，但是沿着这一线索进行研究的人却很少。

现在，许多人工林地的伴生树木最初是三四棵，现在只剩下一两棵，为什么？略有常识的林务人员就会知道，原因可能不在于树木，而在于土地的微小植物区系，也许毁掉土壤的植物区系很容易，但想要恢复土壤的植物区系可能需要更长时间。

许多保护土地的治疗显然都是肤浅的。防洪大坝与洪水泛滥成灾没有必然的因果关系，拦沙坝和梯田也不是水土流失的根本原因。保证猎物和鱼类供给的庇护所和孵化场也不能解释，为什么它们的繁殖不能维持自身种群的存在。

一般而言，这些证据的趋势表明，土地就像人的身体一样，症状可能表现在一个器官，而病因则暗藏在另一个器官。我们现在所谓保护的做法，在很大程度上，只是给土地打了一针局部镇痛剂而已。这固然重要，但它们并不是治愈的办法。土地医治的艺术正在朝气蓬勃地实践着，但土地健康科学还没有诞生。

土地健康科学首先需要一份正常的基准资料，一张关于土地如何作为一个有机体保持健康的蓝图。

我们有两个可供参照的标准。我知道有一个地方，尽管被人类占领了几个世纪，但那儿的土地生理却基本保持正常，即欧洲东北部。我们不能不研究它。

另一个标准，也是最完美的标准，那便是荒野。古生物学提供大量证据证明，荒野能够在无限期内维持自身存在，生存在荒野的物种很少消失，也不会失控，天气和水构造土壤的速度大于或等于水土流失的速度。因此，荒野作为研究土地健康的实验室，其重要性不言而喻。

人们不能在亚马孙河研究蒙大拿州的土地机能，每个生态组合区都需要自己的一块荒野，来比较研究已经使用和未使用的土地。当然，我们只能拯救作为研究区域的荒野，来不及拯救更多区域，而且这些残存的荒野大多都太小，因此无法在各个方面都保持其常态。即使是面积达到100万英亩的国家公园，也还是不够大，不能保留其自然捕食者，或排除牲畜携带的动物疾病。因此，黄石国家公园失去了狼群和美洲狮，泛滥成灾的驼鹿破坏了那里的植物区系，尤其是冬天的牧场。与此同时，由于疾病，大灰熊和山地野绵羊的数量也正在锐减。

　　当最大的荒野地区也在遭受局部失调时，J.E.韦弗只需要几英亩的土地，就可以发现为什么草原植物区系比取代它们的农业植物更耐旱。韦弗发现，草原植物将其根系分布在土壤的各个层次，在地下进行着"团队合作"，而农业经济中轮作植物的根系却只渗透到一层，完全忽略其他层次，从而日积月累，累计赤字。韦弗的研究揭示了一个重要的农业经济学原理。

　　此外，多哥瑞迪克也只需要几英亩土地就可以发现，为什么种在熟耕田地的松树的体型，远不及种在未开垦荒野中耐受风刮的松树那样高大。在后一种情况下，它的根部总是沿着旧时的根部通道扎到土壤的更深处。

　　在很多情况下，我们确实不知道如何做才能得到一块健康的土地，除非我们有一块荒野，用它与病态土地比较。据大多数西南地区的早期旅行者描述，以前的山川河流清澈见底。但我们对此表示怀疑，认为他们看到的可能是偶然天时地利的产物。防止水土流失的工程师一直苦于没有基础数据，直到他们在奇瓦瓦州发现马德雷山脉附近的河流与描述中的情况极其类似。因为害怕印第安人，人们从未在这里放牧或开垦，此处的河流最糟糕的情况也就是呈现乳白色，绝不会浑浊到让鳟鱼都看不到诱饵。它的河岸边长满了苔藓，而在亚利桑那州和新墨西哥州，大部分类似河流中只有大卵石，没有苔藓，没有土壤，也没有树木。建立国际实验站，研究和保护马德雷山脉荒野，并以此作为标准，推进两地边界地区生病土地的治疗，是一个值得考虑的睦邻友好的事业。

　　总而言之，所有可用的荒野，无论大小，都具有作为土地科学研究标准的价值。休闲娱乐并非它们的唯一用途，也甚至不是它们的首要用途。

野生生物的荒野

国家公园尚不足以延续大型食肉动物的永久生存，我们已经目睹过大灰熊岌岌可危的生存状态，以及公园系统再无狼群的事实。然而，灰熊和狼群濒危，并没有改善山地野绵羊的生存状况，羊群也在萎缩。

导致这种情况的原因有时是明确的，有时是模糊的。以狼群的活动范围来讲，这些公园确实太小了。不知为何，许多动物都很难在生物不多的孤立环境中繁衍兴旺。

□ "灰熊"亚当斯

"灰熊"亚当斯是一名专业的猎手。1853年他在加利福尼亚州捕获一头一岁的母灰熊并驯服它，之后他多次捕得灰熊，被称为"最伟大的加州山地人"。为了照顾灰熊及其他动物，亚当斯在地下室建了一所动物博物馆并不断扩建。后来，由于健康问题，亚当斯不得已将所有动物卖到了一个马戏团。

扩大野生动物区系活动区最可行的方法，通常是在位于公园周围的国家森林中更荒凉的地区划分出濒危野生动物保护地。然而实际上，这种方法并没有发挥作用，大灰熊的悲惨遭遇就是一个例证。

1909年，我第一次到西部时，每一片主要山区都有大灰熊出没，而且即使旅行几个月，也见不到一位自然资源保护人员。如今，每个丛林背后都有一位自然资源保护人员，野生动物保护部门不断壮大，但大型哺乳动物却正在稳步向加拿大边境退却。据官方报道，美国国土上现在仅剩下6000只大灰熊，其中5000只生活在阿拉斯加，另外几百只零星地散落在5个州。我们似乎有一个心照不宣的假设，即如果大灰熊能在加拿大和阿拉斯加生存，那就可以了。但是，我觉得这不够好。阿拉斯加的大灰熊可以说是另一个独特的物种，把所有灰熊都归到阿拉斯加，就像把幸福放逐到遥远的天际，人类可能永远不会到达那里。

拯救大灰熊需要一大片没有道路和牲畜的区域，或者一大片牲畜虽然可能被袭击但能得到补偿的区域。看来，购买分散的畜牧场似乎是打造这种区域的唯一途径。但尽管当局愿意购买和交换土地，自然资源保护局却鲜有为此达成任何成就。据我所知，森林管理局在蒙大拿州建立了一个灰熊专属区，但我也听说，他们同时也在犹他州的某个山区发展绵羊事业，尽管后一处才是大灰熊在犹他州唯一的避难所。

□ 蜗牛

蜗牛很怕阳光直射，对环境反应敏感，喜欢在阴暗潮湿、疏松多腐殖质的环境中生活，因而对未被开发的荒野尤其依赖。

永久灰熊保护区与永久荒野区域无疑是一个问题的两个名称，对任何一方的热衷都需要高瞻远瞩的保护观和历史观。只有那些能够看到进化盛会的人，才有望珍惜它的戏剧——荒野，或它的杰出成就——灰熊。但是，如果教育真的能够教化人，那么越来越多的公民会明白，古老西部的遗迹为新西部增添的意义和价值。尚未出生的年轻一代将会像刘易斯和克拉克[1]一样乘舟遨游密苏里河，或与詹姆斯·卡彭·亚当斯[2]一样攀登塞拉斯山脉。不管到了哪一代，他们都会质问："大灰熊呢？"如果我们回答"它们在自然资源保护主义者的疏忽之下灭绝了"，这该是多么遗憾啊！

---

[1] 刘易斯与克拉克远征（Lewis and Clark expedition）始于1804年，终于1806年，是美国国内首次横越大陆西抵太平洋沿岸的往返考察活动。领队为美国陆军的梅里韦瑟·刘易斯（Meriwether Lewis）上尉和威廉·克拉克（William Clark）少尉，该活动由杰斐逊总统所发起。——译者注

[2] 詹姆斯·卡彭·亚当斯（1812—1860年），又名"灰熊"亚当斯，是灰熊和其他野生动物的驯兽师，美国加利福尼亚州著名的山地人。

捍卫荒野

荒野这种资源只会缩减，不会再生。我们可以通过某些方式遏制或缓解入侵荒野的程度，以保持荒野作为娱乐活动、科学研究或野生生物生活基地的用途，但绝不可能创造完整意义上的新荒野。

因此，可以说，任何荒野计划都是一种后卫行动，通过这种行动可以将荒野的退却降低到最低程度。1935年，荒野协会成立，旨在拯救美国残存的荒野。

然而，只是成立这样一个协会是不够的。除非所有环境保护部门中都有一些怀着荒野保护之心的同志，否则，可能入侵行为都快结束了，协会还不知道怎么回事。此外，少数热心保护荒野的有志公民也应密切关注全国的情况，并在必要之时采取行动。

在欧洲，荒野已经退却到喀尔巴阡山脉和西伯利亚，每一位有思想的环境保护主义者都在为之扼腕叹息。在英国，他们拥有的土地少得如同奢侈品，几乎比任何文明国家都少，但是英国已经开始了一场激烈的拯救半荒野运动，虽然姗姗来迟，却十分有力。

归根结底，能否看到荒野的文化价值，在于我们是否具有智慧基础之上的谦卑。浅薄的现代人已经失去了土地上的根基，却自认为发现了更重要的事情：他们喋喋不休地谈论着持续千载的政治、经济或帝国话题。只有学者能够认识到，所有的历史都不过是连续不断的短途旅行，始于一个起点，终于同一个起点，再开启另一段寻求永恒价值的旅程。只有学者能够理解，为什么那些尚未开发的荒野能赋予人类事业的内涵和意义。

土地伦理

英雄奥德修斯从特洛伊战争凯旋后，绞死了家里的12个婢女，因为他怀疑她们在自己离家期间品行不端。

这种绞刑并不涉及处置是否适当的问题，因为那些女孩子不过是他的财产，当时对于财产的处置，与现在无异，只要主人高兴就好，没有对错之分。

奥德修斯时代的希腊已经有了是非对错的概念。例如，在他那黑色舰队劈开暗红色的海浪重返家园之前，他的妻子在漫长的岁月中守身如玉。只是，当时的道德伦理只涵盖了夫妻血亲，尚未延伸到奴婢。自那之后的三千年里，尽管道德标准已经扩大到许多行为领域，但其削减掉的，也不过是一些权宜利害做出的判断而已。

伦理的演化序列

伦理学迄今为止只有哲学家在研究，但其实，伦理学的延伸过程是一个生态演化过程。伦理演化序列，既可以用哲学语言来描述，也可以用生态学语言来描述。从生态学观点看，伦理是一种对为生存而斗争的行动自由的限制；从哲学的角度看，伦理反映了社会行为与反社会行为的区分。它们是对同一事物的两种不同方式的定义。事情的根源在于，相互依赖的个人或群体，倾向于在相互合作的演化模式中共同发展，生态学家称之为共生。政治学和经济学是更高级的共生关系，因为暗含在其中的最初自由竞争机制，在某种程度上已经被伦理内容的合作

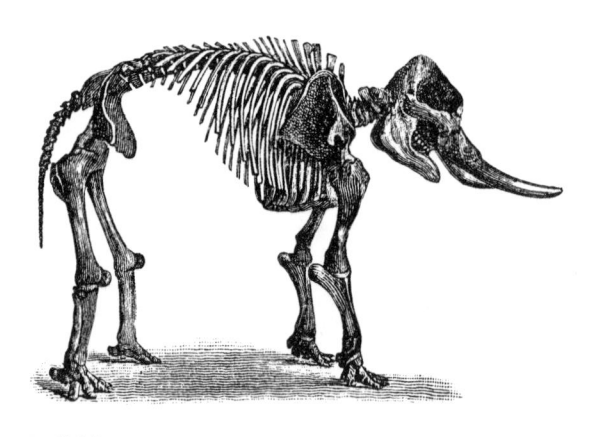

□ 乳齿象

乳齿象是长鼻类哺乳动物，生存于中新世，主要栖息于美洲中部和北部的森林之中。它们是原始长鼻类动物与现今长鼻类动物之间最重要的进化环节，但在更新世末期已悉数灭绝。

运行机制取代了。

这种合作运行机制的复杂性随着人口密度和工具效率的提高而增加。例如，在古代乳齿象时期，定义棍棒和石头的反社会用途，比在发动机时代定义子弹和广告牌的反社会用途简单得多。

最初的伦理观念用来处理人与人之间的关系，比如摩西十诫[1]。之后的伦理观念增添了处理个人与社会之间关系的内容。这些规矩试图将个人融入社会，而后来的民主则试图将社会组织融入个人。

至今还没有用于处理人与土地及生长在土地上的动植物之间关系的伦理观。因此，土地就像奥德修斯的婢女一样，仍旧是一种财产。人与土地之间的关系仍然是严格以经济为导向，只涵盖了人类所需的特权，而没有涉及人类所需承担的义务。

如果我看得没错，伦理学扩展到人类环境中的第三个要素，就是进化的可能与生态的必然。这是伦理演化顺序的第三步，前面两步已经实现。自以西结和以赛亚[2]时代以来，就有某些思想家断言，对土地的掠夺行为不仅是愚蠢的，而且是十分错误的。只不过，当时的社会并未肯定他们的信仰，我认为目前的自然资源保护运动便是肯定这种信仰的萌芽。

伦理可被视为一种使人适应新颖或复杂生态环境的指导方式，明显具有延迟反应，因此普通个体无法辨别出社会的权宜之计。动物本能是指导个体应对这些

---

[1] 摩西，希伯来人，公元前13世纪时犹太人的民族领袖。传说神在西奈山的山顶将对以色列人的告诫和警示亲自传达给摩西，并亲自将这些话刻在石碑上，送给摩西。
[2] 以西结和以赛亚，均是《圣经》人物，希伯来人的先知。

环境的方式，而伦理学则可能是尚在形成中的群体本能。

群体的概念

迄今为止，所有伦理的形成都依赖这样一个前提：个体是一个相互依存的群体中的一员。个体的本能，促使他在这个群体中去竞争属于自己的空间，而他的伦理规范又促使他跟群体中的其他人合作（也许合作是为了创造更有利于竞争的环境）。

土地伦理只是扩大了这个群体的界限，囊括了土壤、水、植物、动物，或者把这些要素统称为——土地。

这听起来似乎很简单，我们不是已经歌唱了我们对自由土地和勇敢家园的热爱与义务了吗？是的，我们的确表明过心迹。但是，我们真正爱的是什么，我们真正爱的是谁？我们爱的肯定不是土壤，不然就不会让它被滚滚河水冲刷而去；我们爱的肯定不是水，除了转动涡轮机、漂浮驳船和冲走污泥外，我们认为水一无是处；我们爱的肯定不是植物，否则也不会有那么多植物在我们眼皮子底下彻底消失；我们爱的肯定也不是动物，许多最大最美的动物早已被我们赶尽杀绝。当然，土地伦理无法阻止人类对这些"资源"的改造、管理和利用，但肯定了它们继续存在的权利，至少肯定了它们在某些地区继续以自然状态生存的权利。

简而言之，土地伦理旨在改变人类在"土地与群体"关系中的征服者角色，使之成为该群体关系中平等的一员。这意味着对其他成员的尊重，也意味着对整个群体的尊重。

在人类历史上，我们已经了解到，或者我希望我们已经意识到，征服者最终的结局都是要自我毁灭的。为什么？因为征服者的角色暗示着，在群体生活中，征服者作为权威，知道如何使群体运转下去，哪些人和事物是有价值的，哪些人和事物是无价值的。但是实际上，征服者对诸多问题一无所知，因此最终自食恶果。

生物群落中也存在类似的情况。亚伯拉罕（希伯来人的祖先）清楚地知道土地是用来干什么的，是为了将牛奶和蜂蜜滴进他的嘴里的。在如今，我们看待这种观点的态度与我们的教育程度成反比。

现在的普通公民都认为科学一定知道是什么推动着群体一直在运转，但科学家们却非常确定地说他们什么也不知道。他们认为，生物运行机制如此复杂，可能永远也不能被人类完全了解。

事实上，通过历史的生态学解释可以证明，人类只是生物群体中的一员。许多历史事件，迄今为止仅仅从人类事业的角度来解释，但实际是由人与土地之间的相互作用才导致的。正如土地的特性决定了居住在土地上的人的特征，土地也决定了历史事件的发生。

例如，我们不妨看看定居在密西西比河谷的居民。独立战争后的几年里，有三个群体争夺那儿的控制权，分别是当地的印第安人、法国和英国的贸易商，以及美国的拓荒者。历史学家们一直在研究，如果当时在底特律的英国人向印第安人投放更多火力，结果会如何？这会直接决定殖民地向肯塔基州甘蔗地的迁徙。现在，是时候这样思考了：当甘蔗地被拓荒者的牛、犁、火和斧头等各种力量征服，这里便变成了一片蓝草地。假如这片黑暗血腥的土地上固有的植物在这些力量的冲击下给予我们的是一堆没有价值的莎草、灌木或杂草呢，历史又将会怎样？布恩和肯顿（指布恩市和肯顿市）还会坚持吗？会有移民流向俄亥俄州、印第安纳州、伊利诺伊州和密苏里州吗？美国还会购买路易斯安那州[1]吗？还会有横贯新大陆的国家联盟吗？还会发生内战吗？

肯塔基是美国历史剧情中的一小部分。我们通常被告知，在这个剧情中，作为演员的人类企图做什么，不过我们很少知道，他们是成功了还是没有成功。他们成功与否，很大程度上取决于各自所占的土地，土地对他们的劳作赋予不同的回馈。就肯塔基州而言，我们甚至不知道蓝草是从哪里来的，它们究竟是本地物种，还是来自欧洲的偷渡者？

将甘蔗地与我们此后知道的西南部地区相比，后者的拓荒者同样勇敢、足智多谋和坚持不懈。他们在这里定居下来，没有带来蓝草，也没有带来能够经受得住猛烈垦荒的其他植物。放牧以后，这个地区的草地、灌木丛和杂草越来越不值钱，重新回到不稳定平衡状态。植物种类的每次衰退都会导致侵蚀，每次侵蚀，

---

[1] 即路易斯安那购地案。1803年4月30日，美国和法国正式签署"路易斯安那购买条约"。美国以大约每英亩三美分的价格向法国购买路易斯安那地区，其面积与当时美国原有国土面积大致相当，超过现今美国领土的四分之一。

又会导致植物进一步衰退。于是，便有了今天的结果：不仅是植物和土壤，就连生存在这片土地的动物群落也开始退化。早期拓荒者没有料到这种情况，甚至有人在新墨西哥州的湿地挖沟凿渠，加速这种退化。环境恶化的过程就是这么潜移默化，当地居民几乎没人意识到这一点，游客还认为这个破败的景观丰富多彩、令人陶醉（事实的确如此，但与1848年[1]的风景相比，已经差远了）。

同样的景观曾经被"开发"过，结果却截然不同。在前哥伦比亚时代，普韦布洛的印第安人曾定居西南部，不过他们碰巧没有养殖牲畜。尽管他们的文明已经灭绝，但他们不是土地恶化的罪魁祸首。

在印度，人们生活在没有形成草甸的不毛之地，显然没有破坏土地，只是采用把草搬到牛场这样的权宜之计，而不是把牛养在草原地区。这是大有深意的智慧还是碰巧？我不知道。

总之，植物的演替左右着历史的轨迹。不管是好是坏，拓荒者简单明了地向我们证明了土地中的确存在这种植物演替。历史是本着这种精神教导我们的吗？一旦"土地是一个群体"这种概念真正渗透到我们的认知中，历史就会本着这种精神教导我们。

生态良知

自然资源保护是人与土地之间的一种和谐状态。尽管宣传了上百年，自然资源保护依然蜗牛一般地缓慢爬行着，取得的进步基本停留在文字功夫与公开的演讲上。回顾过去40年，我们依旧是浅尝辄止。

走出这种困境，通常的办法就是进行更多的"自然资源保护教育"。我想，没有人会对此有异议，只是，我们只需要"更多"教育吗？我们教育的内容是否还缺少些什么？

对于眼下的教育内容，我很难扼要地对其进行总结，不过据我所知，其内容

---

[1] 1848年美墨战争结束，战败的墨西哥被迫割地52万平方公里。大批美国移民涌入加利福尼亚和新墨西哥地区。

基本是：遵守法律、行使投票权、加入一些专业组织、在自己的土地上身体力行地做些自然资源保护的事情，其他事情就留给政府处理吧。

这个模式是不是太简单了，以至于不能靠它取得任何有价值的成就？它没有规定对错，没有宣布任何义务，不要求有所牺牲，也意味着当前的价值哲学没有改变。就土地使用而言，它不过是敦促开明的利己主义罢了。这样的教育能带我们走多远？下面这个例子可能会告诉我们一部分答案。

1930年，除了对生态学视而不见的人以外，基本上所有人都十分清醒地认识到，威斯康星州西南部的表层土壤正在向大海流失。1933年，农民们被告知，如果谁采取一定的补救措施且连续实施五年，国家会免费调遣民间护林保土队进行协助，并提供必要的机械和材料。这个提议当时被广泛接受，只是五年的合同期一到，人们立马把这些补救措施抛到脑后。对农民来说，他们只愿做那些能即刻为自己带来直接显著经济效益的事情。

这导致了另一个想法：如果让农民自己制定规则，那么农民可能会学得更快一些。因此1937年，威斯康星州立法机关通过了《水土保持区法令》。实际上，这是告诉农民："如果您自己制定土地使用规则，政府将会为您提供免费的技术服务，并为您所需的机械提供专门的贷款。每个州县都可以制定自己的细则，细则具有同等法律效力。"几乎每个州县都接受了政府提供的帮助，但经过10年的施行，却没有一个州县制定出自己的规则。在施行该举措的10年中，草坪、牧场改造和土壤改良等取得了明显的进展，但人们从不在林地边缘设置围栏阻止放牧，也从不将耕牛和犁头赶出陡坡地。简而言之，农民只会选择那些对自己有利的补救措施，完全不会考虑那些对群体有益却对自己无利的举措。

也许有人要问，为什么没有州县制定自己的规则呢？有人告诉我，群众还没有准备好支持他们，教育必须先行。可是，实际正在进行中的教育并没有提到人们对土地的义务，只是传达了那些心口相传的利己主义。最终的结果便是，我们拥有了更多的教育，但更少的土地，更少健康的森林，以及与1937年同样频繁的洪涝灾害。

这种情况令人困惑的是，这种超越了自身利益的义务被想当然地认为是类似改善道路、学校、教堂和棒球队等行为。但是就改善水土或保持农场的美丽和多样性而言，相关义务并不是理所当然的，也没有被认真严肃地讨论过。现行的土地使用伦理，正如一个世纪前的社会伦理一样，完全受制于经济上的利己主义。

总而言之，我们要求农民尽其所能地去拯救土地，他们也只是做到了这些，也只能做到这些了。有位农民砍倒了树林里75%的树木，然后把牛羊赶到砍伐的空地上放养，任凭雨水将石块和土壤带到当地

□ 啮齿动物

啮齿动物是哺乳动物中的一目，这类动物的上颌和下颌各有两颗会终生生长的门牙，因而必须通过啃咬坚硬物体来将这两对门牙不断磨短。

小溪里。但是，他仍然是一位受人尊敬的社会成员，假设他在别的方面没有瑕疵的话。如果他在农田里撒了石灰，采用等高线种植法，他仍然有权利获得在水土保持区的所有特权和补贴。土壤保护区是社会机器的一个美丽的部分，但却被自身的两个气缸呛得要命。因为我们胆小怕事，急于求成，所以从来没有告诉农民他们真正的义务是什么。没有良知的义务毫无意义，我们面临的问题，是将人们的社会良知延伸到土地上。

伦理学上没有发生重要变化，是因为我们缺乏在思想、忠诚度、感情和信念方面的内在转变。实践证明，自然资源保护尚未触及这些行为的基础，因为我们在哲学和信念中尚未听说过它们的存在。我们努力让自然资源保护工作变得更容易一些，结果却使它变得微不足道了。

土地伦理的托词

当历史的逻辑渴望面包时，我们却把石头交了出来，而且绞尽脑汁地解释它有多么像面包。我下面要描述的就是那些代替土地伦理的石头。

自然资源保护系统完全以经济动机为基础，它有一个基本弱点，即：土地群体的大多数成员是没有经济价值的。例如野花和黄莺。栖息在威斯康星州的2.2万种高等动植物中，是否有5%是可以出售、食用或作其他经济用途的，都令人怀疑。然而，这些生物也是群体的成员，倘若（我相信）整个群体的稳定性取决于其完整性，那么这些毫无经济价值的成员也是有权利继续存在下去的。

当这些毫无经济价值的种属受到威胁时，如果碰巧我们喜欢它，我们便会想出一些诡计，赋予其经济意义。20世纪初，人们预计黄莺会灭绝。鸟类学家们便纷纷站出来，提出救援措施，并拿出一些显然不可靠的证据，说："如果不让鸟类有效控制昆虫，那么最后昆虫就会把我们吃掉。"这种证据必须是经济上的才能有效。

今天阅读这些迂回曲折的借口是痛苦的。虽说我们还没有土地伦理，但至少已经认识到，鸟类应该有继续生存下去的权利，不管它们对我们是否有经济价值。

在掠食性哺乳动物、猛禽类和食鱼鸟类中也存在类似情况。有一段时间，生物学家过度强调了这样的证据："这些生物通过杀死弱小动物来维持猎物种群的健康，或者它们为农民控制了啮齿类动物，或者它们猎食的对象只是些'无用的'物种。"这再次证明，证据必须是经济上的才能有效。也仅仅是在最近几年，我们听到了更为诚实的说法，即掠食者是群体的成员，没有人可以为自身利益消灭它们。遗憾的是，这种开明的观点仍还处于坐而论道阶段。在野外，灭绝掠食动物的行为正欢快地进行着。在国会、自然资源保护局和许多州立法机关的默许下，我们亲眼看着灰狼被赶尽杀绝。

有些树种由于生长速度缓慢或者作为木材的售价太低，已经被一些有经济头脑的林农开除"森林籍贯"了，比如北美香柏、北美落叶松、柏树、山毛榉和铁杉树。欧洲的林业在生物学意义上更为先进，那些非商业性树种被公认为原生森林群落的重要成员，因此被人们合理地保护起来。此外，人们还发现，有些树种，比如山毛榉，具有保持土壤肥沃的宝贵功能。森林与其组成树种之间的相互依存，以及地表动、植物区系之间的相互依存关系，在欧洲人看来是理所当然的。

缺乏经济价值有时不仅是物种或群体的特征，也是整个生物群落的特征，比如沼泽地、泥塘、沙丘，以及"沙漠"。在这种情况下，我们通常所做的是将它们作为保护区、风景区或国家公园,由政府保护起来。但这样做的困难在于,这些地方通常分布着价值不菲的私人土地,政府不可能完全拥有或控制如此分散的地块。最终,我们只好任由这些地区大面积地消失。如果私人所有者具有生态意识的话,他就会自豪而合理地管理这些地区,这会为他的农场和社群增添不少丰富多样和美好的东西。

有些时候,人们假定这些"无用之地"没有经济价值,其实是错误的,不过只有在大部分这样的区域被毁掉之后,人们才恍然大悟,悔之莫及。最恰当的例子便是,现在人们争先恐后地往麝鼠沼泽地里灌水。

美国的自然资源保护有一个明显的倾向,那就是将所有必要而私人所有者未能履行的事情统统交给政府。如今,政府在森林草原管理、林业、牧场管理、土地和流域管理、公园和荒野保护、渔业管理、候鸟管理等方面,已经广泛实施了所有权、经营权、补贴发放权和监督管理权。大部分政府主导的环境资源保护是正确合理的,有些甚至是不可避免的,我并不否认这一点,我一生中的大部分时间也都在为此工作。然而,有个问题出现了:这项事业最终能扩大到什么规模呢?税收能够支付其机构的正常运行吗?政府的自然资源保护工作会否像乳齿象一样,由于体形庞大成为自己的障碍?这些问题如果有答案的话,答案或许就是用土地伦理或借助其他某种力量,将更多义务分派给私人土地所有者。

工业社会中的土地所有者和使用者,尤其是伐木工人和畜牧业者,对政府扩大土地所有权和管理权表达强烈不满,但是(除了极个别例外),大部分人显然不想采用唯一可行的替代方案——在自己的土地上自愿实施一些资源保护办法。

当我们要求私人土地所有者为整个群体利益去做一些无利可图的事情时,他们会举双手反对。若说这些事情花费了他们的现金,那么他们反对也无可厚非。然而,如果这些事情只需要他们付出一些深思熟虑、开明或时间,那他们的反对就值得争议了。几年来,在土地利用方面的补贴大幅度增长,这主要归功于政府自身设立的许多保护教育机构,比如土地管理局、农业院校和推广服务机构等。但就我的观察而言,这些机构并没有提及人类对土地的伦理义务。

总而言之,完全基于经济利己主义的自然资源保护体系是无望而不平衡的,它很容易忽视并最终消除土地群体中缺乏商业价值的许多因素,但(据我所知)诸

□ 负鼠

负鼠是一种原始且低等的有袋动物，主要产自拉丁美洲，距今已有7000年的历史。负鼠遇敌会有策略地倒地装死，并放出一种恶臭的液体，给追捕者造成一种死亡和腐烂的假象，以此保命。

多因素对整个土地群体的健康至关重要。这个体系错误地认为，生物链中有经济价值的部分可以在无经济价值部分缺失的情况下依然运行无误。而且这个体系倾向于将事情甩给政府，但这些事情实际上非常庞大、复杂、分散、广泛，如此下去，政府也会无能为力。

据此情况，让私人所有者担负起一些土地伦理责任，显然是唯一的补救办法。

土地金字塔

补充和引导土地与经济之间关系的伦理学，通常预设土地作为一种生物机制而存在一些心理形象。只有涉及我们能够看到、感受到、理解、爱或相信的东西时，我们才说，自己是有道德的。

自然资源保护教育中常用的心理形象是"自然的平衡"。由于一些冗长而难以详尽的原因，这个比喻其实并没有准确地描述出我们对土地的所知甚少。生态学中使用了一个更真实的形象——生物金字塔。首先，我将代表土地形象的生物金字塔简要介绍一下，之后再探讨它在土地利用方面给我们的启示。

植物吸收太阳的能量，这些能量在一个被称为生物区系的环路里循环，我们可以将这个区系用一个由多层组成的金字塔来表示。金字塔的最底层是土壤，植物层位于土壤上，昆虫层位于植物层上，鸟和啮齿动物层又在昆虫层上等等。以此类推，各种动物群体通过不同方式排列直到金字塔的最顶层。金字塔的最顶层通常是由较大的食肉动物组成。

位于金字塔同一层的物种有其相似性，但这种相似性表现在他们的食物上，而非栖息地在哪里，或长成什么样子。每个层次都依赖其紧挨着的下一层，由下一层提供食物和服务，反过来说，每一层都为其紧挨着的上一层提供食物和其他服务。随着层次不断上升，每层物种的数量不断减少。因此，每一种食肉动物有数以百计的猎物，而其猎物又有成千上万的动物作为捕食对象，而下一层的猎物或许又以数百万计的昆虫为捕食对象，而昆虫则以那些无量数级的植物为捕食对象。这种金字塔式的系统反映了从最底层到最顶层之间的数值进展。人类与熊、浣熊、松鼠一样，同属中间层，既食肉也食植物。

这种通过其他生物提供食物或服务的依赖线路，统称为食物链。因此，在很大程度上，原本的"土壤—橡树—鹿—印第安人"食物链已经变成了"土壤—玉米—牛—农民"这样的食物链。包括我们人类在内的每一个物种，都是许多条食物链中的一个环节。鹿除了吃橡树以外，还有一百余种植物可以食用，牛除了玉米以外，也还有一百余种植物可以食用。这样一来，食物链就变成了几百种。金字塔上的食物链极其复杂，看起来有些杂乱无章，但其系统的稳定性又充分说明它是一个高度组织化的结构。它的运作取决于各个部分的相互合作与竞争。

一开始，生物金字塔是低矮的，食物链短而简单。随着生物进化，金字塔一层一层往上加，食物链也一环又一环地延长。人类是体现金字塔高度和复杂性的上千上万种物种的一员。科学为我们留下许多疑问，但至少有一件事情是明确无疑的，即，进化的趋势，是生物区系的更加复杂和多样化。

因此，土地不仅仅指土壤，它是土壤、植物以及动物组成的循环的能量源泉。食物链是向上传导能量的生命通道，在生物死后和腐烂后回归土壤。能量循环线路不是封闭的，有些能量在腐烂中消散，有些通过空气得到补充，有些则被贮藏在土壤、泥炭和生命周期较长的森林中。这是一个持续的循环，就像一个缓慢增长的循环生命基金。有些土壤中的能量会因下坡式冲刷而造成净损失，但通常损失较小，并被岩石受侵蚀而成的泥土所抵消。这些被冲刷走的能量沉积在海底，经历若干个地质时期后重新形成新大陆和新的金字塔。

能量向上流动的速度和特性取决于植物和动物群落的复杂结构，就像树液依赖其复杂的细胞组织沿着树干向上流动一样。没有这种复杂结构，可能就不会有正常的能量循环。所谓结构，是指组成物种的特征数量、种类以及功能。土地的复杂结构与其作为一个能量单位稳定运行之间具有相互依赖性，这种依赖性是其基本属性之一。

当循环线路的一部分发生变化时，其他部分也必须根据情况调整，以使整体适应这种变化，不至于阻碍或转移能量的流动。进化便是一系列自我诱导的变化，其最终结果是设计好能量的流动机制，并延长其循环线路。不过，进化意义上的变化通常是缓慢和局部的，而人类发明了工具，迫使进化中的变化前所未有的迅速和广泛。

如今，动植物群体结构发生了变化，较大的掠食者被从金字塔顶端削去，食物链有史以来第一次没有延长，反而缩短了。在其他地方驯养的物种取代了野生物种，野生物种则迁徙到其他栖息地。世界范围内的动植物区系中，有些物种从病虫害的包围中死里逃生，而有些则被灭绝了。这种结果鲜少能被预见或想象，它们代表了整个结构中不可预测且通常难以捉摸的调整。农业科学很大程度上便是新害虫出现与控制害虫的新技术出现之间的博弈。

另一种变化是关于动植物之间的能量流动以及能量最终回归土壤的方式。生肥力是土壤接受、储存和释放能量的能力。农业透支了土壤的肥力，或者用驯养物种取代本地物种而可能扰乱了能量流通循环通道，甚至耗尽了储存。当土壤耗尽了它储存的能量，或失去了固定它的有机物时，它消失的速度就会远远大于其形成速度，这便是我们常说的水土流失。

水和土壤一样，是能量循环线路的一部分。工业污染水域，堵塞水坝，毁坏动植物，而动植物恰恰是保持能量循环所必需的。

交通运输则带来又一种基本变化，在一个地区生长的动物或植物现在被运输至另一地区，在另一地区被消耗掉并回归土壤。交通运输将储存在岩石和空气中的能量抽出，并用在其他地方。我们把氮肥施在苗圃中，肥料是从鸟儿的粪便中得来的，而鸟儿又以赤道另一端的海鱼为食。因此，以前的循环线路是局部的、独立的，现在变成了世界范围内的。

这种由于人类的占领而改变的金字塔进程，释放了储存的能量。这在拓荒者阶段，通常会使动植物——不管是驯养的还是野生的生命，表现出一片繁荣的假象。这些日积月累的生物资本的释放，不过是掩盖或延迟了对我们一些过激行为的惩罚。

我们把土地作为能量循环线路的能量圆圈，来传达三个基本思想：

一、土地不仅仅是土壤；

二、原生动植物能够保持能量循环线路的畅通，但其他迁入的动植物则可能做不到这一点；

三、人为改变与进化带来的改变，两者处在不同的秩序之中，其影响远比我们想象中或预期中的更复杂。

□ 水獭

水獭是夜行动物，通常白天会在洞中休息，除了交配期，平时都是单独行动。水獭善游泳、潜水，主要以鱼类为食，故在江河湖泊以及一些养鱼的山区常见其出没。

综合这些观点，我们提出两个基本问题：土地能否自我调节，以适应新秩序？减少过激行为能实现我们所期望的改变吗？

面对变化，不同的生物区系适应过激行为的能力似乎也不同。例如，西欧如今的金字塔与凯撒时代的金字塔完全不同。现在，一些大型动物消失了，森林沼泽已成为草地或耕地；许多新的动植物被引入，其中一些作为害虫逃脱了，存留下来的当地动植物在数量和分布方面发生了很大变化。然而土壤仍然在那里，并且在移植过来的营养的帮助下，仍然肥沃，河里的水流也依然正常。新结构似乎仍在有序运行，循环线路并未表现出明显的中断或紊乱。

因此可以说，西欧具有抵抗力强的生物区系，它的内部运行强硬，有弹性和应变能力。无论发生了多么激烈的变化，金字塔迄今为止做出了新调整，使人类和大多数其他本地物种可以居住无虞。

另外，日本似乎也是另一个经过彻头彻尾的改变却没有秩序紊乱的例子。

其他大多数文明地区，以及一些尚未开化的地区，从最初的症状到更深的损耗，都显出各种各样的紊乱。在小亚细亚和北非，我们受到气候变化困扰，很难对此做出判断，而气候变化也可能是更深一步损耗的原因或结果。在美国，紊乱的程度因地而异，西南部地区最糟糕，其次是欧扎克和南方的部分地区，最好的是新英格兰和西北地区。更好的土地使用方式可能还是存在于较不发达的地区。在墨西哥、南美、南非和澳大利亚的部分地区，土地损耗正在激烈而加速地进行着，目前无法评估其后果会怎样。

这种几乎是全球范围内的土地利用紊乱状态，似乎与动物中的疾病相似，只不过它还没有严重到完全紊乱或死亡。土地有自愈能力，只是恢复过后的复杂程度降低，对人类、植物和动物的承载能力也有所下降。目前被视为"机遇之地"的许多生物区系实际上已经靠剥削型农业为生，也就是说，它们早已超过土壤的可持续承载能力。从这个意义上来说，美国南方大部分地区人口太过稠密了。

在干旱地区，我们试图通过复垦等工程来弥补损耗的土地，但显然复垦的土地预期寿命通常比较短。在我们的西部地区，最好的复垦也不会持续一个世纪。

历史学和生态学的结合似乎证明了一种普遍推论，即人类导致的变化越不激烈，金字塔成功进行再调整的可能性就越大。反过来说，人类导致的变化激烈程度因人口密度而异，人口密度越大，就越需要激烈的改变。就此而言，如果北美能够设法控制其人口密度，那么它就能比欧洲拥有更好的持续性。

这个推论与我们现行的哲学信条背道而驰。我们现在的哲学假定，人口密度小幅度增长可以使人类的生活更丰富，那么若人口密度无限增长，人类的生活便会无限丰富。然而，生态学却知道，没有哪一种环境能够承受得住无限增长的人口密度。所有从人口密度中获得的收益势必会受到规模效应递减规律的制约。

不论人类与土地之间的关系等式究竟怎样，我们都不可能知道其中所有的要素。最近，人们在矿物质和维生素营养学方面的发现，揭示了向上游循环的一些不确定的依赖关系。某种极少量的物质却决定了土壤对植物的价值，从而决定了植物对动物的价值。那么下游循环的线路呢？那些消失的物种呢，那些我们现在认为是美学奢侈品的物种呢？它们曾帮助建构土壤，那么它们以什么不可思议的方式对土地维护起着至关重要的作用呢？韦弗教授建议，我们应利用草原上聚集起来的野花，重新构建因风沙侵蚀而荒芜的土壤。谁知道哪一天，我们会不会出于一种什么目的要利用鹤、秃鹰、水獭和大灰熊呢？

土地健康与A—B争论

土地伦理反映生态良知的存在，反过来，生态良知又反映个人对土地健康的责任和义务。健康是土地自我更新的能力，而自然资源保护则是我们为理解和保持这种能力而付出的努力。

环境保护主义者因其内部分歧而臭名昭著。从表面上看，他们的分歧似乎只是让人产生困惑，不过仔细观察就会发现，这些分歧揭示了许多专业领域共有的某种分歧。在每个专业领域，A组将土地视为土壤，因此它的主要功能就是生产产品；而B组将土地视为生物区系，因此它的功能更广泛一些。但究竟广泛到何种程度，还处于令人猜疑和使人困惑的状态。

就我自己所在的林业领域而言，A组更认同种树就像种甘蓝这样的观点，以纤维素为基本产品。他们对过激行为没有任何抑制行为，其思想还停留在农业性质方面。相较而言，B组认为林业和农业有着根本区别，因为林业采用自然物种，而且管理自然环境，而非创造一个人造环境。因此，B组在原则上更喜欢自然繁殖，也会从生物角度和经济角度出发考虑，担心栗树等物种的消失以及白松的日益濒危。他们会忧虑一系列次生森林的功能负担，比如野生动物、户外娱乐运动、水域、荒野地区。在我看来，B组已经有了一些令人震撼的生态良知。

在野生生物领域也存在一个类似的分歧。A组认为，基本产品是户外运动与肉食，生产的标准就是捕获的野鸡和钓到的鳟鱼数量。如果单位成本允许的话，人工繁殖可以被永久接受，也可以作为权宜之计。相较而言，B组则担心生物区系中可能产生的一系列生物问题。比如，生产一种猎物会让掠食者付出怎样的代价？我们是否应该进一步追求外来动植物？我们如何管理才能恢复像草原松鸡那样的衰减物种？如何管理才能恢复像黑嘴天鹅和高鸣鹤那样的濒危物种？这些管理原则可以扩展到野花领域吗？和在林业领域存在的分歧一样，我又一次清楚地看到这里也存在A与B的分歧。

在更广泛的农业领域，我不太具有发言权，不过似乎也存在类似的分歧。科学农业在生态学诞生之前就已积极发展，因此，生态学观念的渗透可能比较缓慢。此外，农民具有改造自然的精湛技术，他们肯定能比护林队员或野生生物管理者们更加彻底地改变生物区系。尽管如此，农业方面仍有许多令人不满意之处，尤其是标榜"生态耕作"的现代农业。

最重要的是，新证据表明，磅数或吨位数量已不再是衡量农作物食物价值的指标，肥沃土壤里种植的产品可能在质量和数量上都比较优越。我们可以通过大量施肥提高枯竭土壤的产出量，却不能提高其作为食物的价值。这个想法可能最终导致巨大的分歧，我必须要把它留给更有发言权的专家了。

那些标榜自己为"有机农业"的不满者，虽然带着一些狂热崇拜的情绪，但仍然是坚持保护生物区系的，尤其是他们都坚持认为土地动植物区系十分重要。

农业的生态学基本原理同土地利用的其他领域一样，对公众而言都是浮光掠影。例如，即使受过良好教育的人，也鲜有知道，近几十年来，技术方面取得的惊人进步是水泵的改进，而非水井的改进。他们简单地重复着土地换土地的游戏，却无法阻止土壤肥力下降的事实。

在所有这些分歧中，我们看到同一个基本矛盾反复出现：作为征服者的人类与作为生物群体公民的人类之间的对抗，作磨刀石的科学与作为宇宙探照灯的科学之间的对抗，土地作为奴隶和仆人的观点与土地作为集合有机体的观点之间的对抗。罗宾逊[1]对崔斯特瑞姆[2]的劝告也许可以很好地描述在地质时期出现的人类：

无论你是否愿意，

你都是一个国王，崔斯特瑞姆，

因为你是离开世界时经受住考验的少数人之一，

当他们走了，这里便不再是同一个地方。

你必须留下你的痕迹。

---

[1] 埃德温·阿林顿·罗宾逊（1869—1935年），新英格兰人，出生于缅因州的海德泰德，曾三次荣获普利策文学奖。

[2]《崔斯特瑞姆》是由埃德温·阿林顿·罗宾逊创作的作品，并荣获普利策奖。

结论

我认为，如果人们对土地没有热爱、尊重、赞美，并高度重视土地的价值，那么人类与土地的伦理关系是很难存在的。当然，我所谓的价值，不只是经济价值，还涵盖些其他更广泛、更深刻的东西，这种价值，其实便是哲学意义上的价值。

也许影响土地伦理演变的最严重的障碍，是我们的教育体制和经济体制正在朝着背离土地良知的方向发展。由于许多中间环节和不计其数的物质发明，现代化的人类与土地是分离开的。他们与土地毫无关系，对他们而言，土地不过是城市与城市之间可以生长作物的空地。如果让他们在这片空地上放松一天，他们会觉得无聊至极，因为这儿既不是高尔夫球场，又不是"风景区"。如果农作物能够通过溶液培养方式获得，而不需要传统耕作，那这对他们来说简直太完美了。对他们而言，人工合成的替代品比木材、皮革、羊毛以及其他天然土地产品好得多。总之，土地对他们而言已经"过时了"。

对于土地伦理来说，还有一种几乎同样严重的障碍：农民仍然视土地为其对手或是奴役他们的监工。从理论上讲，农业机械化应该解除土地对于农民的束缚，然而事实上，这一点是否正确还存有争议。

理解土地生态学的必要条件之一就是理解生态学，但这与"教育"并非属于同等范围。实际上，某些高等教育似乎在刻意避开生态学观念。对生态学知识的理解并不一定要学习带有生态学标签的课程，我们完全可以从地理学、植物学、农学、历史学或经济学中汲取生态学知识。事情本应如此，但无论学习哪种标签的课程，生态学培训仍然稀缺。

若不是有少数人明显比较讨厌那些"现代化"趋势，土地伦理的问题看起来真是无可救药了。

推进土地伦理演变过程的关键的一步，在于不再把合理利用土地视为单纯的经济问题。我们从经济学角度看待每一个问题时，还需要同时从伦理角度和美学角度思考。如果一件事情倾向于维护生物群落的完整性、稳定性和美感，那么它就是正确的，反之，就是错误的。

当然，毋庸赘述，我们能为土地做些什么或做不到什么，必然受到经济可行性的制约。经济条件的制约总是存在的，而且会一直存在下去。经济决定论的错误观点已经架在我们的脖子上，这种论调认为经济决定所有的土地利用方式，而我们现在需要摆脱这种谬误。经济决定论的观点根本就是不正确的。无数关于土地利用的行为和态度（或许它们才是人与土地之间关系的主要组成部分），都取决于土地使用者的偏好和风格，而不是他们的钱包。绝大部分土地关系取决于投资时间、预见、技巧和信仰，而非现金。一个有思想的土地使用者应该如此想，也应该如此做。

我有意将土地伦理视为社会进化的产物，因为人类从未"写下过"比伦理道德更重要的东西。只有最肤浅的历史系学生才会认为是摩西"写下"了十诫。其实，"摩西十诫"从一个群体的思想中演化而来，摩西不过是为这场"研讨会"写了一个暂时性的总结。我说暂时性，是因为进化演变永远不会停止。

土地伦理的演变是一个知性与感性的过程。自然资源保护者的好意被证明是徒劳无功的，甚至是危险的，因为其对土地或土地利用的经济性缺乏批判性理解。我认为，随着道德伦理的边界逐渐从个体拓展到群体，其知识内容也势必会增加。

任何伦理的运行机制都是相同的，即社会对正确行为的认同和对错误行为的反对。

总的来说，我们现在的问题，归根结底，是态度和实施的问题。我们正在用蒸汽铲重塑着阿罕布拉[1]，而且我们为自己的庭院感到骄傲。我们很难放弃这些铲子，毕竟它有那么多好处，但是，我们真的需要以更温和、更客观的标准来衡量是否成功利用了它。

---

〔1〕阿罕布拉，指位于西班牙安达卢西亚的格拉纳达的一座宫殿，意为"红色的城堡"。

A Sand
County Almanac

另一些与森林、土地和动物
相关的文字

柳晨曦 / 译

冠蓝鸦

11月的流浪

利奥波德先后曾在爱荷华州、新泽西州和康涅狄格州上过学，在读书的那几年里，他每周都要徒步去郊外几次，这也是他坚持了一辈子的习惯。1904年1月，利奥波德进入新泽西州的劳伦斯维尔中学读书。他曾在写给母亲的信件中描述过数次自己在郊外流浪的经历，且其中一次成为了他在劳伦斯维尔中学写过的一篇课堂作文的主题。这篇文章不仅展现出利奥波德对郊外风景和野生动植物敏锐的观察力，而且从字里行间流露出他精妙又有些夸张的叙事风格，洋溢着青春的气息。这篇文章的手稿是在他一本未标日期的棕皮笔记本中发现的，文章里有几处是老师（此处略掉姓名）做的微小改动和点评。据说，此篇文章写于1904年11月，当时利奥波德17岁。

在美好的11月，某天早晨太阳冉冉升起，他比往日更加勤快敏捷。之前他总被指责说喜欢赖床贪睡，因此他想证明自己并非如此。他同任何一个勤劳的人一样热爱工作，而冰霜已经创造了很多工作机会在等待他。在这个特别的早晨，他岂能错过这样的机会。看啊！没过多久，他的光芒便笼罩在东南方的山丘上，夜晚凝结成的冰晶在阳光的照射下让整片土地熠熠生辉。他喜欢干净凉爽的空气，而且也喜欢这份让他感到愉悦的工作，这让他更加干劲十足，愉快地投入其中。

如今，如果一个人在看到别人开始一项使身心愉悦的工作之后不仅毫不嫉妒，而且若无其事地开始自己的日常工作，即便是一个绅士，也很难做到如此。因此，在这个特别的早晨，当我起床（晚起是大家的习惯）继续进行研究时，我望向窗外，看到如同由闪闪发光的钻石装扮的校园，以及在兴高采烈地工作中的太阳，我立下一个伟大的誓言："我今天要到斯托尼山去流浪，午夜归来。"我认为那里是整个泽西岛最美的地区，万物生机盎然，让我觉得活着终究是一件很棒的事情。阳光灿烂的清晨，扑面而来的气息洋洋洒洒，贯窗而入，吹散所有心底的嫉妒。

早晨工作的时光过得真快！中午时分，我穿好衣服和鞋出发去旅行，然而太阳看上去还没有完成他的融冰工作。进入村庄之前，天气转暖，我听到果树林后面的一只小山雀在欢快地尖声歌唱，一只出来探险的幼虫成了他的点心。我继续前行穿过特罗利，翻过一座座山丘向正南方向前进，山雀的歌声越来越遥远。不管是在一段很长的山坡，还是在一片一望无垠、刚收割过的平坦田地上，我都有一种深切的欲望想要抬腿肆意奔跑，但当我到了斯托尼河分水岭，这种冲动完全被抛到了九霄云外，在那里，我第一次看到了斯托尼山的景色。天气晴朗，湛蓝的天空几乎与4月份时毫无分别，而这座山看起来却像远处一股巨大的黑暗浪潮，越过山丘之间泛着阳光的涟漪。我加快脚步，穿过山谷中的田野和林地，很快到达斯托尼河，它的位置就在古老典雅的"厄珀磨坊"和绿树成荫的大坝之下。我蹚过冰冷的河水爬向河对岸，看到一只耐心沉稳的翠鸟大声叫着飞离了栖木并冲向了溪流，至此我已经完成了三分之一的路程。从那之后我又一次进入到田野中马不停蹄地前行，于下午3点半到达树木繁茂的山腰处，而前方还有很长的一段路要走。

树林里落满了棕色秋叶，在这样一个阳光明媚的日子里耕作是一件多么让人满足的事情！另外，在11月的那个午后，在山腰处行走时，我把脚趾置于秋叶中用力穿行，感到无比快乐，凉爽的空气让我毫不畏惧地丈量着山腰以上岩石的高度，当顶峰映入眼帘时，我欣赏到了这座山的全貌。冰川将来自格陵兰岛坚硬的花岗石一路带到此处，我在山顶找到一大块花岗石坐下，呼吸着高处稀薄的新鲜空气，美景尽收眼底，好不惬意。

景色真是太美！方圆20英里以内尽是树木繁茂的山丘和安详的山谷。普林斯顿山丘占据了多半个圆的视野，一直向东北方向延伸，在远处变成蓝色。视野前方只有山丘和山谷，以及在东方很远的地方逐渐变成海岸的沙丘。西南方向的地势明显降低，那里是位于特拉华州的山谷，对面的峭壁就如同在远处飘浮的低云。夜晚时分万籁俱寂（因为太阳已经西沉，成群的乌鸦静悄悄地飞向西方，我从沉思中清醒过来），我恋恋不舍地最后看了一眼周围的景象，开始下山。

向下的山路穿过一小片红雪松灌木丛，我正在它们中间穿行时，距离我20步远的一只大雕鸮从保护着它的针叶里飞了出来，轻轻拍打着翅膀从树林中飞过。让我百思不得其解的是，这么大的一只鸟（这一只伸展开来至少能达到5.5英尺）竟然可以飞出纠缠在一起的茂密树木和树枝而不发出一点声响。而且，同样让我摸不着头脑的是它们恐吓猎物的方式，它们会进入猎物藏匿的地方并发出狩猎时的呼叫声，一般是低声洪亮的鸣叫，但在特殊情况下，也会发出可怕的尖叫声，在自然界里，这是一种最毛骨悚然的声音。但可以说，我还是很开心遇到这只鸮，我之前还从未在这个州见过这一物种。

在返回的路上，我的脚步很快被寒冷夜晚的景色吸引。我时不时地回头看壮丽而多变的日落景象。最初，天空呈现出分明的琥珀色、黄色和明亮的绿色，慢慢变成并合在一起的紫色和玫瑰色，而背景呈现出柔和的淡紫色。随后，整个天空出现条状和波浪状的火红色，就如同焕发出新的生机，头顶的深红色变得逐渐模糊，慢慢变成了褐红色和暗紫色。当第一颗明星开始闪烁时，天空中温暖的光辉再一次褪去，最后，这片乌云之中的余烬慢慢褪色、熄灭。

太阳落下，满月升起。深邃的天空中，一轮白色的玉盘向田野倾泻着皎洁的光芒。与几周前照在茵茵绿草上的月光相比，晚秋时节照在灰色海洋上的月光用苍白和寒冷来形容都不够！然而，有一件事值得高兴，那就是很多新的美景让人一饱眼福。举例来说，有比月光下山毛榉树的枝丫更简单优美的景色吗？灰色平滑的树干，残断干枯的细枝上零星生长着树叶，随风颤动，裸露的嫩芽紧紧地裹在一起，这一切就是对这个季节最好的诠释！有些人说只有春天可以用美来形容，而到了冬季，他们就去气候温暖的地方避寒。还有些人，虽然没有在所有季节逃离美景，但他们会一直抱怨，浪费了幸福时光。有些人甚至非要去欧洲欣赏美景，诗人们也是如此。而我，愿意终生享受在家乡的每分每秒；因为家乡的美景、利益和崇高的影响力都给予了它的子子孙孙，胜过一切。也许你会内心疑惑，但要毫不畏惧，当你漫步在山丘时，任何人都可能收获许多有用的东西，甚至会超过我这一次重要的"11月的流浪"。

1904年

圣母玛利亚之河

在利奥波德所写过的关于荒野的文章中,这一篇最为深刻,然而遭到了文学杂志《耶鲁评论》的拒刊。这篇文章的打印稿就放在利奥波德的桌子前,稿件有些发黄并且经过了少量的编辑,文章揭示了神秘的未知区域。

我意识到自己向南美洲借贷了一笔数量可观的个人债务。

举个例子,它给予我汽车轮胎用的橡胶,载着我通向大地表面的孤寂之境,一路欢愉,一路安宁。

它给予我咖啡。为了冲泡咖啡,黎明的风携卷着回忆的篝火在秋树中瑟瑟作响。

它给予我罕见的树林、甘甜的水果、皮革、药材和硝酸盐,让我的花园繁花锦簇,它还为我讲述奇异的怪物和古老的人。我并未忽略自己对这些事物的债务。最重要的是,它给予了我圣母玛利亚之河。

在我的印象中,这条河已经离我太过遥远,让我想不起来自己是什么时候又如何第一次听到这个名字。我仅有的记忆就是,在很久以前,一位西班牙船长在遥远的安第斯山某处高地漫游时,发信说自己发现一条长河流入亚马孙森林然后不见踪迹。他将这条河称为el Rio Madre de Dios[1]。这位西班牙船长并未归来。他像这条河一样不见踪迹。但从那之后,南美洲的一些地图上就画出一条较短的粗线,一直向东方延伸,越过了安第斯山脉,这条线就代表那条无始无终的河,人称圣母玛利亚之河。

这条河流穿过广袤无垠的热带荒野,完美诠释了地球上未知之地的神秘。它的名字让人联想到叮当作响的银质盔甲和耶稣被钉在十字架上的苦相,承载着西班牙大帆船船首虔诚的敬意和低语跨过七大洋,它的名字是征服的象征,一个接一个地征服那些未知之地,直到现在将它们全部发现。

---

[1] 即马德雷德迪奥斯河。

我曾在书中读到过，麦克米伦在居住于极地海洋最远端的爱斯基摩人中安置了无线电，珠穆朗玛峰还未有人成功登顶，俄罗斯在弗兰格尔的土地上发展渔业。我知道不久的将来，那条无始无终的河在地图上不仅仅再是一条短线，不再是一条从安第斯山高地倾泻而下坠入亚马孙荒野而消失的河。摩托艇会在无迹可寻的森林中横冲直撞，蒸汽起重机的叮当声将响彻太阳之山，而圣母玛利亚之河会漂浮着留声机和口香糖。

毋庸置疑，"为此，地球在为万兆年的运转做准备；为此，各个世纪都在稳定旋转"。在人类历史上，这是一个新纪元，对人类生活来说，未知之地被发现是一个重要事实。

曾经，旧石器时代的人意识到他自己的狩猎天地只不过是广阔世界的一部分，在人类环境中，未知之地似乎是一种既定事实，通常会对人类生活产生重大影响。苏美尔人部落在未知之地探险时发现了幼发拉底河山谷，在那里建立了帝国。腓尼基水手在未知海域冒险时发现了迦太基和康沃尔[1]，在那里建立了贸易往来。汉诺[2]、尤利西斯、埃里克、哥伦布——历史上他们都是在未知之地冒险的继承者。人类和民族经历了无数个世纪的考验：是否选择"痛苦地生活在这个国度，与居民纠缠在一起，或者选择做一个真正的男人，向遥远的土地勇敢前进"。

如今，从地理上来说，未知之地的终点即将出现。我们的环境似乎与风和日落一样固定，最终都会消失。我们能不能期盼着一些从人类经验中消失的东西不会从人性中消失呢？

我并不这样认为。事实上，人类对消失着的基本环境影响存在一种本能的反抗反应，这样的例子在历史上比比皆是。例如，所有游牧部落生活的基本活动就是追捕猎物。当这些部落一次又一次地征服和占有了农业区域之后，他们决定定居下来，并且生活方式变得文明，不再需要狩猎，然而他们把狩猎这一活动发展为一项运动流传至今，在美国就有一千万爱好者。

---

[1]康沃尔是英格兰西南端的一个郡，位于德文郡以西，有全球最大的温室"伊甸园"。

[2]汉诺，迦太基探险家，大约生活在公元前570年，曾率领舰队发现7个迦太基城市，也对非洲和大西洋进行过探险。

对朝向未知之地的冒险的正在遗失的现状，人类存在相同的反抗反应。每年都有成千上万的人展开小型探险，他们或步行，或跟着驼队，或乘皮划艇前往荒野各地，然而贸易和"发展"将我们暂时遗憾地分开到各个地方。与汉诺、刘易斯与克拉克相比，他们是谦逊的冒险家。与新石器时代的祖先单打独斗对抗野公牛相比，现在的冒险家带着赛特犬追赶鹧鸪，同样表现得更加谦逊。据说，随着种族本能表达的需要，人们产生了幻想能力，小男孩因此能在洗涤桶中欢快地钓鱼。如果我们不会过度使用这种能力，它将对我们弥足珍贵。

然而，追捕猎物式的冒险活动与荒野旅行式的冒险活动具有根本差异。通过相应技能追捕得到的狩猎动物产品不仅可以叠加到农业和林业生产上，而且可以长久地保存。但是荒野不能叠加到任何东西上。在任何普遍意义上，荒野都与经济学相互排斥。如果想要荒野得到长期保存，就应该有专门的地方来实践这一目标。

我们现在来讨论这个问题：在我们国民生计中，有没有可能保护未知之地的自然环境？这样做是否切实可行，而不会对经济价值造成过度损失？

这样做是可行的，但是在现存的荒野消失之前，我们必须果敢迅速地采取行动。

如同公园、运动场和其他"无用"的东西一样，政府应该将任何荒野地区系统的所有权交给公众而且为公众所用。幸运的是，政府已经掌管了足够多的荒野，这些贫瘠荒芜的土地散落在国家森林和国家公园中的各个地方，这是一个非常好的开始。政府需要将每块荒野圈起来，并且宣称："这里是荒野，而且会一直存在。"这里是美国人"做真正的男人，向遥远的土地勇敢前进"的地方。

这一政策不仅对我们经济财富连1%的损失都不会造成，而且随着岁月的流逝，它将会保留下已经成为人类精神财富的一小部分。

当今，一条关于威尔斯[1]《世界史纲》的宣传语是这样说的："不可饶恕的罪孽依旧存在，万物停止生长就是走向毁灭。"我认为这句话非常准确地概括了经济的美国人对建立荒野运动场提议的反驳。但是什么依旧存在？什么构成了生

---

[1] 赫伯特·乔治·威尔斯（Herbert George Wells, 1866—1946年），英国科幻小说家、社会学家、史学家。代表著作为《世界史纲》《时间机器》等。

长？经济的美国人已经非常坦率地指出，他们认为生长指的就是每年加入到全国人口与资金中一文不值的东西数量。但是早在数百万年以前，巨太龙[1]就尝试对生长进行界定。它是一流的计量经济学家。它将两种一文不值的东西加入到自己身上，并且将一大排一文不值的东西加入到它的种群中。但是它最终灭亡，不知不觉地成为了自然与"经济"规律的受害者。这些规律造就了它，也毁灭了它。

继巨太龙之后只出现了一种新物种。这种新物种就是人类，在浩瀚的时间与空间中，人类是第一种自主进化的生物。这种生物在精神意识下创造自己的环境。我们难道不正是在这种情况下，而非仅仅在美元或人口的一文不值之物中成长了起来吗？

荒野运动场的问题即是环境自我控制的问题。如果我们没有通过其他方式对这种控制进行运用，那么我们就已经走在了被自己一文不值的东西毁灭的道路上。荒野运动场仅仅代表了一种新需求，即将其应用到一个新的方向。我们在为时已晚之前已经意识到这一情况了吗？

我说"为时已晚"，是因为我们不能通过接单生产的方式创建荒野。如果一文不值的东西成为了贫民窟，那么我们会把它们推倒后重建公园和运动场。如果一文不值的东西造成了交通堵塞，我们会把它们推倒后修建高速公路和地铁。但是如果一文不值的东西扼杀了未知之地最后的遗迹，我们却不能建设新的未知之地。创建人为荒野的想法甚至超出了抱着洗涤桶的小孩子的幻想能力。

究竟是什么扼杀了荒野最后的遗迹？是对农田的经济需求吗？出去瞧瞧它们——农田名存实亡。是对林木的经济需求吗？林木确实存在，而很多中看不中用，我们的"经济"系统使得八千万英亩土地被大火毁坏，但直到我们开始在这片土地上种植林木时才发现，这里拥有的林木让人羡慕。事实上，并不是真正的经济学扼杀了荒野，而是我们的支持者们创造的"良好道路运动"[2]这一科

---

[1]巨太龙是一种存在于晚侏罗纪、产于英国的蜥脚类恐龙。
[2]良好道路运动，是20世纪初美国为促进现代道路和推动地方、州和联邦政府为其建设和维护提供资金而组织的一项运动。这一运动促使阿拉巴马州法律的改变，以确保在20世纪初对建立州公路委员会的定期资助，它在1910年取得了最大的成功。当时联邦政府开始授权数以百万计的美元用于援助该运动，于20世纪20年代在阿拉巴马州修建了许多长距离高速公路。

学怪人扼杀了荒野。

这一运动起初开展良好且带来很多福利，后来像淘金热一样迅速发展起来，同样重视道德标准与良好工艺。自然与政府提供的这份满到溢出的财富煽动人类趋之若鹜，也使得人心惶惶。

这一事件中的诱饵就是汽车旅行。我们对玛门[1]这尊新神卑躬屈膝，他用一种傲慢无礼的态度奴役着我们。我们将自己的果园和草坪献上供他扎营，并且任由他随手丢弃罐子和垃圾。我们一直唯唯诺诺地为他献上野生生物和野生花草，直到一无所有。但让他最为满意的祭品是我们献给他的愚蠢道路。（由于以上这些东西主要会让未来的国库和后代来付出代价，因此我们也同样在享受它们。）

对所有的愚蠢的道路来说，最讨人喜欢的便是那条"开辟"原始荒野中最后一些遗迹的公路。在狂热者邪恶的怂恿下，我们对它们进行猎杀后堆在他的祭坛上，一千个午宴俱乐部、商会与西部草原协会发出庄严的声音："汽油是唯一的神，马达是他的先知！"

伟大的马达之神比较有益的方面和良好道路运动真正美好的要素都不需要对我设防。人人皆知，它们在每个屋顶上哭泣。我在尝试描述这一试图挥鞭激励帝国飞驰前行的痛彻心扉的谬论。

我要非常明确地指出，从长远来看，以牺牲不到几百万美元的财富或人口为代价，我们为了速度和一文不值的东西而鲁莽地趋之若鹜，压垮了最后一块需要得到保护的遗迹，这对未来的美国人在精神和身体上都是一种伤害。在过去的无数个世纪中，某种东西帮我们创建了人种，我们可能会想当然地认为，它会在未来的世纪中帮助大家保护遗迹。

在我看来，这一失败就意味着我们在自我吹嘘的终极测试——环境的自我控制中——铩羽而归。马铃薯瓢虫终结了马铃薯的生命，最终也因此终结了自己的生命，而我们也重新陷入了这种情况。

1924年

---

[1] 玛门（manmon），古迦勒底语，意指金钱、财富，在《圣经》中被用以代指使人追逐财富而堕落、相残的邪神。

客厅里的猪

在某种程度上，利奥波德一直希望自己关于荒野的观点可以得到林务局同事们的认同，然而他们却是异议声最大的听众。他在以下简短的笔记中强调了关于道路的关键问题，这一笔记夹在了油印的《服务公报》中，此公报由华盛顿办公室出版并在内部传阅。

5月11日《服务公报》D-6版中有句话是这样讲的，"野生生物狂热者"实际上不需要因公路修建到荒野中这一入侵行为而感到焦急，这是因为，在德国每105英亩森林中有1英里土路，每220英亩森林中有1英里石砾路。这篇文章说，德国每年在每英亩土地上花费35美分用于森林道路建设。由于我们还未实现这样的条件，因此无须担心道路游戏玩得过火。

简而言之，荒野地区的概念被设想为是一种反道路的想法。这一设想是错误的。这与编辑阿尔伯特认为游憩发展与林业相违背的设想如出一辙，大错特错。我恳求大家，尤其是林务员，先不要指责荒野保护的概念，至少对其整体有个基本了解后再做决定。

我知道的荒野保护"狂热者"中，没有任何人否认森林道路需求增多的事实。问题不在于修建多少道路，而在于这些道路如何布局。荒野保护的观点是对一种高度平衡方案的肯定，即国家森林的最大化利用会与对应区域修路形成排斥关系，从而非机动式的公众娱乐活动将重现生机，这就像将国家森林中的避暑别墅移除后可为露营者提供更多的便利一样。两者唯一不同之处在于，公众露营区占地达40个镇区面积，而公众荒野地区占地为几个镇区面积。

荒野中的公路就像客厅里的猪一样。我们都知道猪可以做成腌肉，而且人人都会吃。但是，我们的祖先发现更多的猪意味着更多的腌肉这一现象不久后，无疑会有一段时间在设想：因为猪对我们有用，因此它们在任何时间和任何地方都应受到欢迎。而我认为，第一个提出限制猪的分配问题的"狂热者"，会被认定为是不经济、空想而且"反猪"的人。

1925年

荒野

　　1935年，利奥波德在为期3个月的德国之旅中，对德国的林业和野生生物管理方法进行了研究，其中最著名的两篇文章，要数《德国的鹿与恒续林》和《德国的自然保护区》。然而，其中这份未注明日期的手写演讲草稿最能引起大家的共鸣。与其说德国少有荒野甚至是蛮夷之地，不如说这个国家根本不存在荒野。这种认识困扰着他，也强化了他避免美国陷入同样命运的决心。如果是德国读者，就会知道文章最后一句话中说的是精灵王（Erlkonig），这是一个德国民间传说中的人物，随歌德的诗歌一同永垂不朽。

　　对于一位美国环保主义者来说，德国旅行给他最强烈的印象之一，就是德国没有荒野。

　　那里的森林——绵延数英里，云杉高耸入云，阴森森的灌木丛生长在峡谷中，还能在疾驰的火车中瞥到"黄松直挺挺地朝着山坡行进，并聚集在山顶上的情景。"就那里的狩猎动物而言——在任何一个夜晚，即使是从火车窗口望去，都可以看到一只雄鹿甚至是一群红鹿。那里有小溪和湖泊，有比我们国家更干净的罐头和旧轮胎，而且没有比我们更差劲的旅馆和"彼威"别墅。但从批判的角度看，我们在美国这样一个富饶的国家里以"保护"之名所宣扬的东西都是非常必要的。这到底指的是什么呢？在一个如此大量地实践我们美国人以"保护"名义宣扬的所有东西的国家里，有一种东西不可或缺。它是什么？

　　让我先从土地利用的经济机制角度，谈一谈人口密度以及人口压力的明显差异。我之前就知道这一差异的存在，并也已经理解。此外要明确的是，我不希望在德国发现类似于在我们的国家森林和公园中梦想、谈论的，以及一些时候撇在脑后的巨大"荒野地区"一样的任何东西。从美学上看，这种荒野古迹是一种美学奢侈品，对木材短缺且数百万人渴望得到土地的德国来说，是无法承受的。我谈到在森林和农场的寻常景观中应该存在的一种品质，但我仍未发现这种品质的存在，这一品质仍在一定程度上存在于美国其他的景观中，而且我默认，我们会从环境保护的实践中增强希望的信念，而非迷失。我尤其谈到了这个假设在何种约束下成立的问题。

德国人自己了解并热爱自己的石头和小溪,这在全世界看来显而易见。但首先要问的是,他们是否承认在他们的农村存在这样的审美缺陷。这样一个问题的标准中"是"与"否"并不重要。我用证据来说话。首先,德国有一次以环境保护运动的形式证明了他们对审美的强烈不满,以及他们提出荒野理念的时间比美国要早。我认为,这种拯救野生遗迹的冲动,在一定程度上,可以看作是将荒野与实用性混合在一起而形成的更重要、更复杂任务的预兆。我还认为,德国人仍在阅读库珀[1]的《皮袜子故事集》和帕克曼[2]的《俄勒冈小道》,而且仍然会涌去观看关于美国西部的电影。我问过一个有哲学头脑的林务员,为什么德国人不像美国人那样,成群结队地去他的森林露营,他耸了耸肩说,也许是树木挨得太近了,很难有地方支帐篷!当然,这不是这个问题的答案。或者,也可能就是答案?

这让人想起了造成德国赤字的首要原因:他们以前对无用的户外几何学充满热情。在人类事务中存在一种滞后——这些想法似乎曾被早期工业时代冷酷无情的思想所掩盖,而今天这些思想又从地球上冒了出来,与我们共存。例如,大多数德国森林虽然在几百年前就已形成,但它对任何立体派艺术家来说都是很好的素材。它们不只是一排排同种类型的树,通常不同树龄区域形成的都是平行四边形,这一早期发现与风的不良影响有关。树龄区域可能按升序排列——1、2、3——类似众所周知的四脚活梯。木头和田野之间往往存在着明显的、笔直的而且分明的界限,尤其是在我们的"不中用"的农业区,木头和田野形成一个个和谐的整体。德国人现在决心摆脱立体主义的林业——经验表明,土壤"纯净的"微植物群落受到扰乱,大约三代松柏类作物会停止生长,但还要经历一代人的时间,才能等到关于土地景观新政策的出现。

---

[1] 詹姆斯·费尼莫尔·库珀(James Fenimore Cooper,1789—1851年)美国边疆文学作家。代表著作为《间谍》《舵手》《领港员》《火山口》。《皮袜子故事集》系列小说因其主要描写印第安人和边疆居民的生活而备受推崇。

[2] 弗朗西斯·帕克曼(Francis Parkman,1823—1893年)是最著名的民族主义史学家,深受美国大众喜爱。美国历史学家协会每年都会颁发以他命名的弗朗西斯·帕克曼奖。他的代表著作是《俄勒冈小道》。

然而，我们没那么容易能从德国对河流造成影响的几何思维中得到任何喘息的机会。如果只有他们有地方，那么聚集世界上所有的高速公路工程师，以及陆军工程兵团内聪明的朋友和亲属，并在一些"改良"的德国河流的完美曲线和切线处定居下来，将是一个绝妙的主意。我当然知道，在较大河流处建造运河源于重要的商业原因，但我也看到了许多小溪和小河像死蛇般笔直地躺在地上，两边是石筑的河岸。我对这样的现象感到沮丧，对现在大量新机构涉足改善美国乡村的工作感到担忧。我认为这是一个历史事实，没有任何配备了金钱、人力和机器的美国机构——水土保持局——会根据原则拒绝整治和挽救一条河流。

造成荒野不存在的另一种更微妙的（对一般的旅行者来说难以察觉的）原因是，作为猎物的鸟类和动物近乎被根除。斯图尔特·爱德华·怀特[1]说过，一只灰熊的存在给整个郡带来了一种味道。味道从德国的山上消失了——成为了毁在狩猎动物管理员和牧人的盲目热情下的一个牺牲品。即使是普通的鹰也几乎消失不见——在4个月的旅行中，我仅数出了一只。而大猫头鹰——如果它不叫，冬天的夜晚就只剩下漆黑一片——只存在于东普鲁士最远端。在美国户外爱好者、狩猎动物管理员和畜牧业者完成他们自作主张的任务——清除美国的掠食者之前，我希望我们能够意识到一个已经在德国大地上被大胆而清晰地展现出来的真理：在大多数过度人工化的土地使用中取得的成功，都是以牺牲公众利益为代价的。狩猎动物管理员以牺牲公众的老鹰和猫头鹰为代价，购买了一群人为培育的野鸡。养鱼者以牺牲公众的苍鹭、秋沙鸭和燕鸥为代价，购买了一群人为培育的鱼。林务员以牺牲土壤为代价，购买了一种人为培育的木材，对于这种木材，林务员又以牺牲所有美味的灌木和草本植物为代价，购买了一群人为培育的鹿。

特别需要提及的是鹿的数量过多对森林地面植物区造成的不利影响，这是对美学财富的一种虚假盗窃行为，正因为无意识性和不可见性而显得更加危险。森林底下的野生植物群落由许多物种组成，有些适合于鹿，有些则不适合。当鹿群

---

[1] 斯图尔特·爱德华·怀特（Stewart Edward White，1873—1946年），是美国作家、小说家和精神主义者，擅长写关于冒险和旅行的小说和非小说，强调自然历史和户外生活。

密度过高时，没有天敌控制其数量，它们会吃掉所有能吃的食物，因而，鹿必须依靠狩猎动物管理员进行人工喂养，由此，它们明年对可食植物的需求压力就会进一步无限制增加，等等。最终的结果是，它们将完全吃尽所有能吃的植物，也就是说，森林地面植被的物种存在一种非自然的简单和单调的特点，人工种植的树木过于拥挤，在土地上造成了过密的阴影，加上由针叶树引发的土壤衰颓，都会进一步加剧这一悲剧的程度。有人会想到来自莎士比亚的警告："美德，变成了一种胸膜炎，因自己太多而死去。"尽管如此，森林景观欣欣向荣的特质被剥夺，这种特质源自于各种各样的植物在阳光下的相互争斗。这就好像地质时钟被拨回到那些只有松树和蕨类植物的昏暗年代。我以前从未意识到，只有在与进化历史的暗淡色调相对抗时，自然的旋律才是音乐。在德国的森林里——这片激发了《精灵王》[1]之灵感的森林——现在人们只能听到永恒的石炭纪之中一首令人沮丧的赋格曲。

1935年

致挖野花者的一封信

　　利奥波德每次特别生气的时候，他就会在信中怒骂。这封公开信意在保护大学植物园里失窃的一株黄色皇后杓兰，利奥波德通过当地的《威斯康星州报》发表了这封信，希望以此警告那个小偷。在这封信中，他向约翰·缪尔致敬。

　　这封信是通过《威斯康星州报》的专栏讲述给那位不知名的人士听的，他上周在温格拉树林中挖出了仅存的一株黄色皇后杓兰。

---

〔1〕此处指奥地利浪漫主义作曲家弗朗茨·舒伯特在1815年根据歌德同名诗歌《精灵王》（也称《魔王》，1782年）谱写的叙事曲。

虽然不知道你的名字，但你的行动充分地表明了你的性格或教育的低劣。如果是后者而非前者的原因，那么这封信就是写给你的。这封信也写给在这个季节里从别人的树林中挖走野花，而让其在自己花园里突然绽放的那些人。

两代人的时间之前，约翰·缪尔来到麦迪逊地区，那里的树林和沼泽中点缀着数百万种不同种类的皇后杓兰。今天，因为那里出现了排水系统、火灾、奶牛、犁、挖野花者——跟你一样——导致很多物种灭绝，剩下的都变成了非常罕见的物种，是普通市民从未见过的物种。

现在，约翰·缪尔从他的野花中发现了一些令人愉快和有价值的东西。他成了一位伟人，他的野花似乎在这件事上有可能与之有关。我们有理由认为，如果有关的话——现在这代人可能也会从它那里得到一些令人愉快和有价值的东西。但是，即便算上你，也没人能从你后院的这株憔悴不堪的皇后杓兰身上得到任何有价值的东西。

也许这听起来很愚蠢，但威斯康星大学有这样的理念：观赏皇后杓兰的特权与教育相关。出于这个原因，这个大学需要一个植物园。这所大学想把植物学专业的学生带到那里，向他们展示威斯康星州年轻时的样子——那也是约翰·缪尔年轻的时代。威斯康星大学希望让学生们不要安于威斯康星州的现状。但是现在，多亏了你，温格拉树林比州里的其他地方抢先了一步。毕竟，如果我们把学生们带到那里，他们会学到很多东西，然后说：

"我们这曾经有一株皇后杓兰。"

然后，如果你允许我们侵犯你的隐私，我们想把学生们带到你的后院，向他们展示你在哪里种植的这株皇后杓兰，以及它在新家里是如何茁壮成长的。

说到茁壮成长，以下是一些你可能不知道的事情：

只有一个人成功地在人工环境下让这一物种的种子发芽。这需要一个厉害的化学家来重现皇后杓兰发芽所必需的条件。在野生森林里，皇后杓兰有机会繁殖，但在后院永远不会。在其长出幼苗后，要经过4年才能开花。你认为你的皇后杓兰会在后院里繁殖吗？

我们希望在这一植物园中应用新发现的化学物质来促使物种发芽，比如在温格拉树林外建立"皇后杓兰苗圃"，而且采用这种方法也可能使树林中所有其他未死的威斯康星物种得到大量繁殖。为了达到这一目的,我们雇佣了活在这个世界上唯一知道如何去做的人,而且他已经准备去尝试了。但现在你已经取走了他的种子。当然,我们可以像你这样的其他成千上万的野花挖掘者一样,找到其他的植物替代,但在下金蛋的鹅死之前,留给我们的时间不多了。我们最好快点。

请你注意,这株皇后杓兰并不是用来装饰你家的唯一公共财产。在纪念联盟中有很多画,你可以在没人的时候将它们从画框中剪下。我承认,它们不像你的花那么美丽,它们没了也更容易用别的东西替代。在历史博物馆里,有许多东西不可替代,就像你的花一样——为什么不也把那些加到你的收藏中呢?

我期待你的回复,并告诉你为什么不这么做:因为你、还有你的朋友和邻居将会认为你的行为是暴殄天物。你现在并未意识到盗窃那株皇后杓兰属于暴殄天物。我让你自己来决定,这到底是不是。

您真诚的威斯康星大学植物园研究室主任
奥尔多·利奥波德　1938年

野草是什么

这是1943年8月2日的一份打字稿,这是利奥波德用幽默的反语进行讽刺的一个例子,他写的所有东西都是非常严肃的问题。文中有一个空白的位置,有几行是利奥波德想要填补的,但他一直没有填上。这篇简短而有趣的文章阐述了荒野生物和野花保护之间的类比,并且强调了农业哲学中工业与生态主题之间的脱节。

与植物和谐相处是也应该是良好农业的理想目标。我担心,把每一种植物都称为一种不能喂给牲畜或人类的杂草,已经变成了农业大学的实际做法。最近,我对《爱荷华州的杂草群》进行了研究,这是对杂草害虫的鉴定和控制的权威著作之一，这让我得出了一个令人悲伤的结论[1]。

"杂草对爱荷华州的庄稼造成了巨大的破坏"，这是这本书开篇的第一句话。说得很对。"需要一卷用于处理杂草的书……长期以来，公立学校都感受到了这一点。"我希望这是真的。但是，在公立学校感到需要处理的杂草中，有以下几种：

黑心金光菊（Black-eyed Susan，学名Rudbeckia Hirta），"容易种植。"一种模范杂草！

鹧鸪豌豆（Partridge Pea，学名Cassia Chamaecrista）"生长在黏土河岸和沙地上"，在那里它可能"被轻易地割下"。

其推论是，即使是黏土河岸也必须为了无用的花朵保持清洁。不存在任何关于这种植物作为野生动物食物或因固氮作用而具有显著价值的说法。

开花大戟树（Flowering Spurge，学名Euphorbia Corollata）"在砾石土壤中很常见"并且"难以消除。为了根除这种植物，应该对地面浅耕，并使根苗暴露在阳光下"。

这其中完全没有提及这种翻耕碎石土壤的智慧，或者这种属于草原植物的大戟是爱荷华州仅见的草原年代遗迹之一。据推测，公立学校对此并不感兴趣。

硬叶一枝黄花（Prairie Goldenrod，学名Solidago Regida）"虽然通常在牧场上是一种让人苦恼的杂草，但很容易通过耕种而扼杀。"

这种不同寻常而可爱的一枝黄花带来的困扰确实与众不同。威斯康星大学的植物园为了提供其植物学课程，需要几株样本，而必须在苗圃里传播这一牧场植物群落的遗迹。在我自己的农场里，它已经绝种了，所以我亲手种了两株样本，并因它们重新繁殖出6株新的植株而感到自豪。

马薄荷（Horsemint，学名Monarda Mollis）"这种杂草很容易因为耕作而消灭"并且"不应该允许种植种子"。

在爱荷华州的7月，人类的勇气也很容易被消灭，但（据我所知）对于这种常

---

[1]《爱荷华州的杂草群》，公告编号：4（爱荷华州地质调查，1926年），第715页。

见的在草原上无害的幸存者来说，7月有着令人振奋的颜色和香味。

鲍德温斑鸠菊（Ironweed，学名Veronia Baldwini）"是一种经常令人讨厌的杂草，但在耕地上灭绝它通常并不难"。

我很难忘却第一次狩猎之旅，那是我跟随父亲的第一次狩猎之旅。在爱荷华州的一片土地上，那些干枯的奶牛踪迹在我看来就像小的峡谷，并且还有像高大树木一样的紫色的斑鸠菊。据推测，尽管思想受到了农业当局的灌输，但仍有一些学校的孩子可能有同样的感受。

辣薄荷（Peppermint，学名Mentha Piperita）"这种植物经常出现在小溪旁。通过连根挖出可以将其清除"。

有人会问，在爱荷华州，无用的东西是否有权沿着小溪生长？的确，这条小溪也让许多其他有用的农田荒废了，为什么不清除掉这条小溪？

水蓼（Water Pepper，学名Polygonum Hydropiper）"不会造成什么麻烦……除了生长在较低的地方。大批滋生水蓼的农田应该通过耕地和排干的方式将其消除"。

尽管它很漂亮，但没有人能否认这是一种杂草。但即使是在排水之后，会不会有某些年份在耕种完的农田里长出更令人头疼的野生草原玫瑰（Wild Rose，学名Rosa Pratincola）？爱荷华州是否废止了植物演替？值得注意的是，爱荷华州野生动物研究小组发现水蓼……[1]

野生草原玫瑰（Wild Rose，学名Rosa Pratincola）"这种杂草经常存在"，作为原始草原植物群落的遗迹，"生长在爱荷华州北部的谷物地里。然而，进行几个季节的彻底耕作通常会将其破坏"。

不予评论。

蓝花马鞭草（Blue Vervain，学名Verbena Hastata）和白花马鞭草（Hoary Vervain，学名Verbena Stricta）被公认为杂草，"很容易被耕作所破坏"，而且"经常出现在牧场上"，但是没有人说它们为什么会这样。

显而易见，这是由土壤耗竭和过度放牧导致的。在一部关于除草的权威著作

---

[1] 手稿此处出现了几行空白。

中，把这个简单的生态事实告诉农民和学校的孩子们，似乎是恰当的。

菊苣（Chicory，学名Cichorium Intybus）在良好的农业区并不常见，除了作为路边的杂草出现。"在炎热干燥的天气里，将盐涂在个别植株的根部可以将杂草清除。"

学校里的孩子们可能也会受到提醒，即在炎热的天气里，它是唯一一个有勇气用优雅的蓝色来装饰植物熔炉的坚强的移民，这是房地产经纪人和工程师们最严重的错误。

《爱荷华州的杂草群》这本书的精神和态度对任何一本书或一个州来说都是特殊的，我几乎不会有挑战它的冲动。然而，这份出版物仅仅是许多农业州进行强有力宣传的一个样本，而且通常是借助了联邦政府的补贴，不仅包括出版物，还包括野草法和专门的推广人员。我认为，这样的宣传对于保护农业来说是必要的，对于那些曾经在一种严重的植物害虫上有过争论的人来说，这是显而易见的。我所挑战的不是宣传，而是看起来似乎非常普遍的虚伪前提，以及所有其他对抗植物或动物害虫的努力。

第一种错误的前提是，每一种偶尔对农业有害的野生物种，都是由于这一事实而被列入一般性迫害黑名单。很讽刺的是，如今农业科学发现，一些"最糟糕"的杂草物种会发挥有用甚至不可或缺的作用。人们发现，通过一些神秘的魔术，令人讨厌的豚草和看似毫无价值的蓬草，能将土地变为高质量、高产量的烟草作物准备土壤，因而由此向农民推荐了保留这种杂草的初步休耕[1]。

第二个错误的前提是强调对杂草的控制，而不是杂草预防。很明显，大多数杂草问题都是由于过度放牧、土壤枯竭和更高级的连续阶段中不必要的干扰而产生的，而对这些滥用的预防是问题的核心。然而，它们在有关杂草的文献中很少被提及。

这些错误的前提是公共区域对掠食者控制的特征。因为大量的美洲狮或狼与家畜不相容，所以人们认为狼或美洲狮不存在会对家畜来说很理想。但是，鹿和

---

[1] 伦恩·W.M., 布朗·D.E, 小麦克默特里·J.E., 加纳·W.W.烟草裸露和天然杂草休耕和纯种杂草[J]. 农业研究杂志，1939（59:11），829-846。

麋鹿在许多牧区清理之后的灾难，只不过是将害虫的作用从食肉动物转移到食草动物身上。因此，我们忘记了，任何物种都不是天生的害虫，任何物种都可能成为一种害虫。

同样的错误前提可以描述为对啮齿动物的控制。过度放牧可能是导致一些或大多数啮齿动物数量暴增的根本原因，这些啮齿动物以之为生的杂草取代了弱嫩的草。这种关系仍然是推测得到的，而且在我看来很重要的一点是，没有任何一家啮齿动物控制机构开始进行任何研究来验证或反驳它。如果这是真的，我们可能会在没有实施有效治理方法的情况下将啮齿动物毒死。唯一的治疗方法是将牧区退还。

同样的错误前提也困扰着老鹰和猫头鹰。它们最初被认为是"坏"的，早期捍卫者试图通过将部分内容重新归类为"好"来纠正这种情况。那些讨厌鹰的人，以及那些枪手，他们都很开心地把这个谬论扔回了我们的脸上。首先，我们应该更好地断言，"好"和"坏"是若干个体的属性，而不是物种的属性；鹰和猫头鹰是本地动物的成员，因此它们有权与我们分享土地；没有人有道德上的权利去杀死他们，除非是在受到伤害的时候。

在我看来，农业和自然保护都处于内部冲突的过程中。两者各有一个关于土地利用的生态学校，我可以称之为"铁蹄"学校。如果事实上前者更真实，那么两者都面临一个共同的问题，即构建生态土地实践。因此，在其他情况下，一方将不再与另一方相抵触。而长远看来，这无论如何都会走向繁荣。

1943年

森林维护

这篇文章内容涉及森林的盲目破坏与对合理政策的需求，反映出利奥波德在耶鲁大学研究林业前，甚至在1905年国家林务局成立前他的职业选择观。这篇文章源于一篇写于

1904年6月初的手稿，日期注明为1904年11月。利奥波德曾于当年11月在劳斯维伦斯中学年度原创演讲比赛中发表过这些内容。

在当今和未来，木材一直是生活必需品之一，这是普遍公认的事实。考虑过这一主题的人都知道，木材对我们来说不可替代，尽管科学不断取得进步且还有进步的空间，但是似乎仍未发现木材的替代品。此外，我们曾以为取之不尽用之不竭的国家林木供应，现在几乎消耗殆尽；据估计，20年后林木资源将彻底耗尽。当今的林木供应来源主要受北部和西部各州的限制，然而即使在那些地方，平均只有10%的原始树林属于有利用价值的林木。

这一状况由两方面原因导致。其一源于伐木工人，其二源于森林火灾。为了了解这两者如何对林木区产生影响，我们一起来看一段关于一大片林木土地的历史，见证它们是如何遭到破坏的。对于一片原始的陆地来说，其状况非常稳定；树木经历生长、老死和新旧更替。但当移居者踏入这片土地时，他们制造了永久的空地。这块土地如果适宜耕种，好之又好，但是如果这片土壤不适宜耕种，那就通常会变成植树区，种植有利用价值的林木，我们喜欢将这一过程称为"林木采伐"。对一个区域的林木采伐理应是"收割森林作物"的意思，然而实际上，它已经成为了"破坏森林作物"的代名词。现代的做法导致我们对林木资源的浪费和滥用，而且到处都在采用这种方法。

所有足够大的树都会被砍伐，以此制造成可锯木，之后剩下的大树被制成"滚动垫木"，将可锯木送到公路与河流旁，从那里再运向锯木厂。那片区域的树木有的被制成了"滚动垫木"，有的成为了可锯木运向了工厂，之后整片区域被遗弃，人们再以同样的方式破坏新的土地。为什么要遗弃土地？不该有人提出这样的疑问吗？看看我们的土地，尽是越来越多的干枯的树冠和被制成滚轮的原木，答案不言而喻。被遗弃的土地让森林火灾有机可乘。诸如发动机一个小小的火花就能引发巨大的毁灭，大火会吞噬数英里的土地，最后只会留下烟熏灰烬。消耗殆尽的土壤通常会变成裸露的不毛之地。由于缺少树根固定土壤的能力，斜坡很快会被侵蚀并被分割成很深的山壑，除了最顽强的杂草之外，没有植被能够存活。这里曾经是一片富饶的土地，而如今成为一片废弃的荒地，寸草不生，死气沉沉，这样的状况在未来几年都会存在，或者，可能会永远存在。

像这样的大火通常会在数百平方英里的范围肆虐，而且每片林木繁茂的地区都会重复上演这样凄惨的悲剧。正如之前发生的那样，大火不仅毁灭了未砍伐的林木，而且扼杀了未来利用土地的机会。采用现代方法进行伐木的土地，无一幸免。

由此，以下问题呼之欲出："如何防止这种百害无一利的破坏？"欧洲一些国家已经解决了这个问题，而美国也能解决。

一切错误都可以归咎于处理森林土地问题时采用的草率而且无用的方法。伐木工人为了疯狂赚钱，从不考虑后果；如今他们遵循破坏性的原则，对合理的政策熟视无睹，但后者不仅能给他们现在带来同样多的利润，而且在以后，这种利润是无限的。"合理的森林政策是什么？"用不到的树木不砍伐，使用过的树木树枝和树冠堆积起来，防止火势蔓延。从当地的角度来看，这样的政策会对伐木工人造成什么样的损失呢？答案显而易见：毫无损失。那么他们又可以得到些什么呢？他们能获得与以前相同的森林作物，年复一年。

如果以上的陈述正确，那么让人难以置信的是，现如今那些破坏森林的做法还会继续。它们的确在继续，他们那些人与现在其他很多造孽之人的共同之处在于：对"赚钱多、赚钱快"的觊觎。而伐木工人并不是造成这一问题的唯一群体。那些间接以政府名义发号施令的人应当受到责罚，而且他们必须寻求补救的方法。我们非常期望政府可以对森林土地征收与同区域农场同样的税！如此来说，当森林所有者尝到乱砍乱伐的苦果，也会为了避税将土地归还给国家。类似这样的土地，政府如今拥有几十万平方英里，数年后将变成沙漠。这些地方每年或者每两年收几美元的税就行！这才是林木业的"繁荣"，才是用以提高土地产量的现代方法。

我们国家维护的不仅仅是森林木材的持续供应问题。乱砍乱伐还会破坏自然界平衡，之后会逐渐产生不可避免的气候变化问题。西班牙的衰落就是一个例子。她曾经是地球上最强大的国家。土壤的肥沃程度无出其右；人民富裕兴旺。但是她对利润的贪婪导致山地森林遭到破坏，就如同我们国家现在的样子。如今西班牙在烈日的暴晒下土地发烫，成为了一片干旱缺水的沙漠。我们不能干预自然界平衡。造物主创立了这个平衡，然而人类却能轻而易举地将它迅速打破。无论对我们还是对我们的国家来说，守护和维护森林状况对我们未来的幸福生活都至关重要。

1904年

害兽问题

经过了长时间休养，利奥波德回到位于阿尔伯克基的林务局地区总部，开始了一项新工作，即提高休闲性狩猎的狩猎动物管理与组建西南地区野生动物保护协会。"害兽"这个词清楚地表明了利奥波德当初对狼、狮子和其他掠食性动物的敌视态度，这一策略也是为了得到大农场主对野生动物保护的支持，而与肉食动物进行的一场激烈博弈。尽管这篇文章并未署名，但其与利奥波德当时的立场一致，而且文中也特别指出了他与牧羊人姐夫E. M. 奥特罗的合作。文章发行在第一期的《松果》公报中，由阿尔伯克基野生动物保护协会于1915年12月出版（其后这一公报由新墨西哥州野生动物保护协会出版），利奥波德在协会中任秘书职位。1924年利奥波德离开了西南地区，在此之前，他负责《松果》的编辑工作，公报中的大部分文章都由他来执笔，然而他很少署名。

不知是什么原因，在致力于野生动物保护的人与畜牧业相关个体之间总能感受到一股敌对气息。然而值得注意的是，尤其在畜牧业者之间，还是会存在一些例外情况。比如，平心而论，某些个体畜牧业者对新墨西哥州的羚羊进行了保护。而通常来讲，本段最开始的说法也没有错。

畜牧业者与野生动物保护者共同在一个问题上如此感兴趣，而似乎还没有人遇到过在同一个问题上有两种截然相反态度的情况。这个问题就是掠食性动物的减少。

众所周知，掠食性动物一直从畜牧业者身上占便宜。随着野生动物的供应量越来越低，掠食性动物数量的减少有助于这一状况的改善，这一观点无可厚非。

如果狼、狮子、土狼、短尾猫、狐狸、臭鼬与其他害兽减少的速度与我们的狩猎动物减少的速度一样快，那么至少我们可以说没什么太需要担心的地方，但每个熟悉环境的人认定的一个既定事实是，这些害兽的数量并未按照这样的速度递减。个体或政府采取赏金制度、毒害和诱捕工作，可能对控制害兽的数量有所成效，但无论用何种方法都无法抑制害兽群体继续发展壮大的势头。因此，只能通过实施实用、强力和综合的计划措施来减少害兽数量。

如何制定这一措施？比如，生物学调查如何为他们开展的出色工作获得更多的拨款？再比如，如何制定更令人满意的赏金法律？再比如，如何制作陷阱吸引真正要诱捕的对象？显然，这些问题需要统一协调的解决方法。畜牧业者长年在寻求这些答案，尽管他们已经完成了很多工作，但是这些仍不够多。那些有组织的动物保护者为什么不加入畜牧业者的行列，一起满足这些需求呢？他们的加入难道不会提高必要的效力吗？我方对合作表现出的真挚渴望难道不会拓展能力极限，并消除我们与畜牧协会的隔阂吗？除害兽之外，我们每个人难道不都是此举的受益者吗？

合理的畜牧经营不会与我们的狩猎动物规划相冲突。相反，我们的野生动物规划不会伤害畜牧业，也不会伤害此产业下的牲畜。所以我们为什么不选择联手呢？

我方协会在此理念下积极制定方案，已经付出行动。我们与生物学调查掠食性动物监督员利根先生举行了非正式会议，获取了他个人关于必要行动的理念。我们与新墨西哥州羊毛牧场主席E. M. 奥特罗先生进行了非正式会晤，他对合作一事表示欢迎。我们很快将正式向羊毛牧场主执行委员会提出合作，以及，如果时机合适，我们将很快向阿尔伯克基地区的每位苗木种植主体提出合作方案。如果对方接受我们的提议，我们将与这些主体在采取的合作方式方法上交换意见，并且我们完全有理由相信，双方取得的协定将会带来预期效果。

我们非常需要强大的畜牧协会的帮助与合作。他们也同样需要我们力所能及的帮助。因此，我们的合作备受期待。

1915年

一种广为流传的荒野谬论

在写完第一篇关于荒野的文章一年后，利奥波德开始意识到荒野自身是一种需要保护的资源。在《一种广为流传的荒野谬论》中，他认为荒野的死亡不会给野生生物招致厄运，然而它会促使生活在文明社会的人类担负起资源保护的职责。1918年1月，就在利奥波德的这篇文章出现在《外部世界——娱乐》中的同一个月里，他离开了美国林务局，前往阿尔伯克商会担任秘书职位，这是因为当时的林务局正在为战时需求量增加的木材和牲畜做准备，然而他希望继续推进荒野保护的工作。

当拓荒者在美国荒野之地披荆斩棘、开辟前进道路之时，美国民众心目中滋生出两种相互排斥的命题：文明与森林。发展与森林破坏携手并进；由此我们接受了它们两者等同的谬论。

我们付出了一些代价才懂得，广袤无垠的森林不仅能与文明和谐相处，而且对高度发达的文明至关重要。

这与另外一种谬论刻画出的现象相同，即我们对狩猎动物和野生生物的态度造就了我们对森林的态度，然而不幸的是，这种意识仍挥之不去。数百万人对野生生物保护的观点，如果他们有的话，在某种程度上都基于这样一种假设，即狩猎动物的充裕量与人居程度成反比，而狩猎动物存在时间长短由人类何时占据所有土地决定。

笔者认为，这一假设不仅错误百出，而且其对推进野生生物保护进程的消极影响罄竹难书。为了让大众相信经济发展意味着狩猎动物的消失，就要让他们误以为狩猎动物的保护终究无望。

的确，美国的人口定居量增加与经济发展势必给野生生物带来很多消极影响，但仔细分析这些影响因素会发现，一些有利于野生生物繁盛的积极影响也随之产生。

比如说狩猎。每年狩猎都会导致数百万只野生动物和鸟类死亡。然而与此同时，狩猎也消灭了数百万野生动物的天敌。无论是为了消遣还是充饥，每年人们都需要狩猎掠食性动物，毕竟在自然状态下，在不计其数的野生动物中，至少有一部分是"害兽"口中的食物。

再比如说农业。农业取代了狩猎往日很大一部分地位。但在一定程度上来说，农业至少以人工的庇护所取代了自然形成的庇护所。至少对于小型狩猎动物来说，一平方英里用于种植的耕地与同样面积用于豢养野生生物的荒地相比，所能达到的土地能力相同。在某些情况下，农业发展远不止于此。毫不夸张地说，它为狩猎动物的供应创造了条件。比如，最近位于新墨西哥州东部地区的一大块土地上建立了旱作农场。之前在这里几乎看不到小型狩猎动物。如今，这里出现了大量的草原榛鸡，并且，随着农业发展，这些野生动物向西方迅速蔓延。文明让自然得到改善。

沼泽与湖泊曾是无数野禽生养和繁殖的温床，但却遭到了人工排水系统的破坏。与此同时，人类每年都会修建数百个人工湖。其中一个不错的例子就是基奥卡克大坝[1]，它横贯密西西比河并创造了一块巨大的沼泽地。现在这里是中西部地区最佳的狩猎地点之一，而且是重要的木鸭繁殖地。此外，密西西比河沿线的自然湿地一直在缩减，然而这里却是永久之地。最终，我们从野禽那里获取的水域都能悉数奉还。

在西部地区公共土地上过度放牧，无疑是羚羊、山地野绵羊以及其他牧区狩猎动物的一场灾难。但随着数千座人工蓄水水坝的修建，放牧范围受到了影响。数百万英亩的"干旱牧区"——死气沉沉的缺水沙漠——现被用于蓄水，顺便为狩猎动物提供了生存空间。至少，在国家森林里和思想进步的畜牧业者拥有的土地上，过度放牧的现象一去不复返，而且牧区也一直在恢复。毋庸置疑，对西部除野牛外的大型狩猎动物来说，合理使用西部牧区放牧有利于改善自然环境。然而，没有任何借口能为野牛的大规模灭绝开脱，这类大型迁徙种群最终的灭亡不可避免。

人类定居的早期阶段很容易发生森林火灾与牧场火灾，大量的狩猎动物不是

---

[1]基奥卡克水电站，横跨密西西比河东西两岸，至今已经有100年的历史。大坝、水电站、船闸加起来有2英里长，基奥卡克也因此而被称为"闸门之城"。

被烧死就是被饿死。如今这样的火灾鲜有发生。虽然人类将火灾发生的可能性降至零附近，然而原始荒野仍会因为闪电和印第安人导致火灾发生。不久的将来，当白人来这些地方定居时，火灾带来的毁灭性灾难势必会大幅度减少。在国家森林可以发现一些蛛丝马迹，除了极其干旱的年份外，平均每场大火的肆虐范围都可以控制在几英亩之内，几乎可以忽略不计。

可能有一小部分人认为，一些狩猎动物疾病都是由人类定居者引起的。据称，疥疮由圈养绵羊传给了山地野绵羊，但最新的研究表明，事实并非如此。此外，针对羚羊放线菌病源于家牛这一说法也遭到质疑。狩猎动物天敌感染的外来疾病很可能同它们从狩猎动物自身感染的疾病一样严重。数千只西部丛林狼死于狂犬病。此外，人类越来越有能力对狩猎动物中自然传播的疾病破坏力进行检查。有人在研究野鸭身上的疾病。有人已经不再从墨西哥进口染病的鹌鹑。终究有一天，文明可以阻止更多野生生物疾病的引入。

最终，铁路、住宅和城市会占据大面积野生生物活动区，而且还会一直扩展。在某种程度上，野生生物会失去这些乐土。但至少，我们这里的鸟儿们已经准备好适应它们的新环境了。几十种物种如今经常出没在人类生活的地方，比如烟囱雨燕、家朱雀以及黄鹂鹟。城区每半英亩的地方都会有20对鸟儿在这里安家。尽管野生生物的种类存在些许不同，但与原始荒野相比，谁说不能采用现代方法在郊外方圆一平方英里的住宅区为更多鸟儿提供食物和住处呢？

狩猎动物的充裕程度看起来与人类定居程度成正比，而不是反比，这样显著的例子并不少见。比如，对比新墨西哥州的国家森林——相对来说就是荒野——与人口稠密的新英格兰各州。根据新墨西哥州森林护林员估计，1915年，13000平方英里的山地森林中有656头鹿被猎杀；粗略算一下，大概每20平方英里一头。同年或邻近的几年内，缅因州、佛蒙特州、密歇根州和纽约这些地方大概平均每5平方英里有1头鹿被猎杀——生产率优势达到4比1。谁还会说只有荒野才适合养鹿？

经常有人争论说，西部牧区的栅栏毁掉了羚羊。农庄把占用的土地范围用结实的障碍物围起来，从这一角度说，也许这种说法有些道理。但是，这并不是问题的全部所在。林业局最近针对新墨西哥州残余的羚羊数量进行研究，数据表明，目前有38群羚羊生活在此地，其中32群位于开放牧区，6群位于圈养区。开放牧区的羚羊平均每群有30头，而圈养区的羚羊平均每群有127头。后者中四分之三的羚羊群群体数量在持续增加，而对前者来说，只有1个群群体数量未缩减。谁还会说只有无围栏的荒野适合羚羊？

即使有些人并不认同荒野对狩猎动物供应的重要性，但他们会假定只有荒野被真正留下来，狩猎动物供应才会相对安全。拥有北美洲最大荒野土地面积的阿拉斯加州对这一假设进行了反驳。实际上，即使在阿拉斯加州最偏远的地方，对野生生物的肆意屠杀同样会威胁到狩猎动物的供应。没有任何足够大的荒野可以保护野生生物，也没有任何人口足够密集的郊外地区可以把野生生物驱逐出去。

文明容不下野生生物这一观点可以被称为谬论。美国民众是时候意识到这一点了。我们再也不能将发展建立在毁灭本土动物和鸟儿的基础上，相反，发展不仅是一种责任，而且是保障这些物种永远存在的机会。美国的野生生物只面临唯一一个可怕的威胁——肆意屠杀。作为我们国家永久环境的一部分，野生生物未来的命运抑或是血脉掌握在我们手中，这一切都视情况而定。

1918年

林业保护与狩猎动物保护

这是利奥波德的一篇关于林业保护与狩猎动物保护案例分析的经典文章。这篇文章曾发表于《林业期刊》，强调专业林务员的重要性，利奥波德希望林务员可以效仿森林管理，进而带头发展科学的狩猎动物管理方法。这篇文章被认为是《一种广为流传的荒野谬论》的姊妹篇，其面向的读者群扩展到了猎人和游憩者。

在美国，对林务员进行技术教育的主要目的是教会他如何培育和使用林木。这一举措非常合理，毕竟林务员的主要职责就是管理林地。

然而，当林务员着手实际的森林作业时，他需要解决一个比管理林地更大的问题，那就是实现土地利用最大化。

1908年，林务员开展了对美国国家森林的管理工作，没多久他们就肩负起林区再生和发展的责任。他们不再对大面积过度放牧的荒地置之不理，不再对阻碍整顿和发展的私欲姑息纵容，不再让无人知晓的林区科学管理方法流于形式，他们要终结过时的体制。林务员通过科学方法成功地实现了林区再造。由此，美国国营林区的管理方法有望在当今世界成为最具成效的措施。

当年，林务员在进行美国国家森林的管理工作时发现，狩猎动物资源同牧草资源一样被消耗殆尽，产出无望。但是这些人并没有推进狩猎动物资源再生的工作，而只是被动地应付形势，一直被牵着鼻子走。如今看来，美国国家森林的狩猎动物资源与10年前森林刚建成时的情形别无二致，依旧处于消蚀殆尽的状况。这是由于他们工作所遵循的政策都仅仅是用于解决眼前问题，未曾从长计议。这样一种目光短浅、缺乏努力的状态很难为激进的狩猎动物保护政策奠定广泛的基础，而且同林木和牧区发展政策以及公众娱乐需求相违背。简而言之，林业管理工作采取的都是保守的方法，而没有激进的策略。

诚然，历史上如此反常的现象事出有因，这些原因无疑已经成为了那些自我感觉良好之人的说辞。不过现在大家开始怀疑，这些说辞很难再讲得通。

第一，国家森林野生动物问题上的双重权威导致多重障碍出现。联邦政府拥有土地并且有具体人员来管理，而州拥有狩猎动物并且制定法律。由此双方需要在合作协议下拟定双重管理方案。大家几乎会习惯性地认为这些协定存在根本性的缺陷，与此同时，除非其中任意一方经济完全衰退，否则大家还会假定没有任何补救措施存在，但不管出现哪种情况，都会出现与"州权"相关的困扰。这一假设最终的三种出路都自然地失去了主动性，毫无希望可言。但笔者认为，这一假设大错特错。在之后的一系列文章中笔者会提出一种合作管理的新方法，将一些非常简单的联邦法律作为补充，提供一种永久切实可行的计划。

第二，林务员缺少来自当地对更好的野生动物管理需求的激励，或者悲观地说，在某种程度上他们的任何管理都遭到当地的反对。这一管理需求应运而生，他们为此等待了10年之久，之后他们才意识到，提出并创造这一需求的可能性很大。新墨西哥州已经完成了这一过程，在那个地方从来不缺少"愿意做"的决心，而且在很早之前，野生动物管理就已经与放牧管理联系在了一起。

第三，林务员一直在一种不知所措的担心状态下工作，他们担心大量的狩猎动物可能对放牧和森林培育产生干涉，好像放牧和森林培育就不会互相干涉一样！显然，针对"土地利用最大化"原则的问题，更多的只是谈论，而没有理解。

以上就是国家森林缺少野生动物激进政策的三个原因。假设他们到现在为止还没有采取有效措施，那么说明他们肯定没有建设性想法。在笔者看来，缺少建设性想法是阻止这一领域取得进步的最大障碍。此时就应想到，外部机构曾提出过关于建立国家森林狩猎动物庇护所相关系统的真正建设性意见。本文的目的，在于敦促林务员履行他们的特殊职责以及发挥提供建设性想法的专项能力，最终得以提出一种解决森林狩猎动物问题的实际方案。

林务员必须认清自身在处理野生动物问题中的特殊职责，这是因为：（1）由于工作性质，他们比其他人能更好地了解狩猎动物现状；（2）他们接受的林业教育非常适合他们现在的工作；（3）他们是在现场唯一接受过科学训练的庞大群体；（4）如果他们提不出保护狩猎动物的措施，森林的娱乐价值会一直被严重降低。

林务员显然应该知道，狩猎动物现状不应该受到大众的指指点点。对林务员训练的意义在于让他们提供解决当今狩猎动物问题的最大需求，笔者希望他们能将这些需求展现出来。

首先，美国狩猎动物保护历史与林业保护历史出奇地相似。采取的每项行动开始都是一种"事业"，并且在最初的几年里，绝大部分时间都在为推动这项事业进行宣传。林业保护始于一项事业，最初的10年就是一部林业保护宣传历史。狩猎动物保护也始于一项事业，而同样将进行其既定的过程。从对林业保护的历史来判断，狩猎动物保护的下一步会是什么呢？

答案就是，很可能与林业保护一样开始进入宣传阶段，焦点放在我们的森林是否应该得到保护的问题上。人们在这一问题上持肯定态度，林业保护很快进入到第二个阶段。在这一阶段，问题的焦点在于我们如何保护森林。此时需要林业科学为处理这一状况做准备。林务员已经预料到这一需求的出现，而且至少已经发展出了美国森林管理的雏形。

再次回到狩猎动物问题上，针对是否保护狩猎动物，我们可以大胆地说美国民众已经做出了非常肯定的回答。狩猎动物保护准备好进入第二个阶段，即便是外行人也开始询问这一工作如何实现。我们会见证狩猎动物庇护所、狩猎动物饲养业以及狩猎动物法律中无数改革的出现。现在我们需要用科学解决问题，为处理这一状况做准备。但我们是否已经预料到这一需求的出现并且至少对美国狩猎动物管理的基本方法有些研究了呢？笔者认为并非如此。

事实上，国家正处于发展狩猎动物科学管理方法的最后关头，狩猎动物管理科学能从林业管理科学中借鉴些什么呢？笔者认为可以借鉴的东西很多。可以通过以下的简单类比来说明，主要对象为大型狩猎动物。

对狩猎动物活动范围进行地区管理的第一步是展开狩猎动物数量普查。这一工作类似林木数量估计或勘察。准确的狩猎动物普查可以让我们确定各个种群中动物头数（林分估计），狩猎动物分布图（类型分布图），单位面积受掠食性动物伤害（受火灾和虫害）数据，水源、隐蔽点与食物（地点与土壤质量）数据以及单位面积每年猎杀（采伐）数量。

第二步，建立巡逻系统，防止狩猎动物受非法猎杀和掠食性动物伤害（盗伐与大火损害）。这样做是为了保障所需种畜（立木[1]蓄积），其损失会对我们森林的生产力造成严重影响。

在类比中，假设我们对所有狩猎活动（林木市场）都存在永久无限的需要。这样一来，良好的管理方法需要第一时间采取年度猎杀（年度伐木）管理系统，旨在获得可持续的年度猎杀资源（可持续的年度产量）。种畜（立木蓄积）是保障可持续性资源产量的基础，为了确定其数量，我们首先将稀有或受威胁物种的狩猎动物所在的庇护所（受保护森林）进行隔离。我们也将主要具有娱乐与观光价值的狩猎动物庇护所地区（娱乐性森林地区）进行隔离。下一步，我们将种畜放在狩猎区并确定每年猎杀限度（每年砍伐限度）。

以上仅是一些提示性类比，并非全部。我们确定每年猎杀量而采用的猎杀因素将在后续文章中进行说明。猎杀数量主要由经验计算得到，类似于产量表。我们还会确定野生动物可猎杀年龄，类似于轮种。我们还会采用狩猎动物庇护所、

---

[1] 立木是指形成森林主要部分的树木的总和，此处指活着的树木。

捕获量限制、以及狩猎许可证书的数量限制，这些措施的综合效应类似于对森林砍伐面积和数量的规定。

针对狩猎动物市场，我们制定狩猎动物法律（销售合同）对一些执照费（立木价值率）进行说明。我们会对获取的动物年龄和性别做出限定，类似于标记规则。

在猎取之前，我们会选定再生系统。在大多数情况下，这一系统会自然增加（自然繁殖），不过也可以通过人工再引种（种植）来补充。如果是这样，我们需要建立野生动物养殖场（苗圃）。由此再一次指出，在我们没办法进行资源补充的地方，种畜（母树）迁移一旦超过最小固定值，我们就绝不能允许。

前几段对野生动物与林木管理进行了类比，只给出建议而非解释。完整的解释说明必然会超出此篇文章范围。然而，显然对于读者来说，在一个固定再生系统中为获取持续产量而进行基本的储量盘点、伤害防护与管理是人人皆知的事情。尤其是不惜一切代价抵抗正常种畜（正常林分）消耗。

怀疑者会立即站出来反驳以上的类比。他会说，美国林务员只会纸上谈兵，说一些林业理论，尤其是持续产量的大道理，但这些东西从来没有实现过。如此这般，又如何在狩猎动物管理中进行实践呢？此话不假；但为什么会出现这样的情况？这是因为我们不需要次等和偏远地方的立木。也因为我们老生常谈的问题——难以达到。那么野生动物管理工作也会遭遇类似的瓶颈吗？当然不会。我们需要美国境内每一只可猎杀的大型狩猎动物，无论它在哪里。五百万的猎人在寻找猎场，其中很多无功而返。就市场而言，相比于实行森林管理，我们其实对实行狩猎动物管理的准备更加充分。

下一个问题是：森林管理原则能在多大程度上运用于狩猎动物管理？

最明显的事实就是，除捕获量限制外，每年的猎杀完全不存在其他任何数量上的限制。如果对捕获量的规定失效后，那么我们完全不再受任何量上的限制。对猎杀时间的限制（狩猎季节）一直都有（但常常不会强制执行），而且我们开始探讨对猎杀的地域限制（狩猎动物庇护所），不过仅此而已。尽管狩猎季节与捕获量限制很重要，但这些远远不够。这些办法并没有成功地防止种畜的消耗；致使我们饲养的狩猎动物越来越少。如果在一片森林里，每个工人都缴纳了许可费，可以在9月15日到11月1日对这片森林里的林木任意砍伐，而假设在一天的时间内工人不能将这些林木运送到5万英尺外的市场,那么这样做有意义吗?答案显然是否定的。不管我们多么需要树种,我们也不会涉足其他土地,以上的做法最终让我们把可接触到的部分剥离掉,并从中选择最需要的物种,留给我们一个低产的森林。然而也正是如此,我们造成了低产的狩猎动物供应。

假定目前系统并没有对每年猎杀量进行充分限制,那么我们该如何弥补这一缺陷呢?以下是对联邦狩猎许可证系统的简要概述,此系统控制国家森林狩猎动物猎杀的必要限制条件。

首先,取单位面积(在国家森林中,这将成为林务员管理区域)进行研究,找出在存储过程中失去的部分。根据狩猎动物被猎杀状况(迄今为止很少使用过去多年留存下来的数据),对存储量进行适当补偿,逐渐达到正常水平,针对每一物种,对下一年可以安全迁出的动物数量进行估计。在这一地区售卖的联邦狩猎许可证数量最大值为同年狩猎失败猎人数量的2倍,人们可以凭借州许可证进行购买。联邦狩猎许可证会在特定的时间和地点进行售卖,先到先得。每个许可证上都带有标签,在所有者持有许可证期间,这些标签都必须挂在动物尸体上,到最后,将其邮寄给森林管理员进行注销。如果猎杀所得动物尸体上无标签或最后未归还标签,这将成为随后几年拒绝为此人发放许可的理由。根据被注销的标签数量以及重新进行的猎人人数普查的结果确定下一年限定数量。当地狩猎动物保护协会(此为我们管理机构的附属机构,与畜牧业者咨询委员会同等重要)应该帮助确定许可证的数量和分配。

上一段仅为对一个系统的启发性描述,至于具体的细节,将在另外一篇文章中详细阐述。此系统生效的法律基础源于一部简单的联邦法律,这部法律授权发布狩猎许可证。(顺便一提,在美国已经对这种许可证进行了授权,但还需要国会颁布法令指示农业部部长执行这一指令。)由此,州不能以任何方式,出于任何权利、名义或利益进行干涉。整个过程导致大型狩猎动物"价格提高",因此创立了联邦基金来协助州进行保护。合作协定的修订本中加入了州野生动物部门,对整个必要机构体系进行了完善。

我们需要注意的是,以上所提出的联邦狩猎许可证系统中狩猎期与禁猎期由州来确定。联邦政府一直在拿不能决定狩猎时期这一老套的说辞之一挑战管理机构的合作方案。但由于联邦政府对猎杀容量的控制，谁还会关心狩猎期是什么时候？只要在合理范围内不就行了吗？只要每年的猎杀量都在规定范围之内，狩猎期就不再是一个很重要的因素了。那长期的禁猎期也多此一举了。狩猎期的整个问题，也不过关乎便利罢了。

我们开始来证明：未发展完善的狩猎动物管理科学可以借鉴发达的林业管理科学框架。通过两种科学的类比以及这些类比在样本系统中的应用，希望可以对笔者的论点进行解释，即林务员可以应用他们唯一熟悉的原理知识满足狩猎动物问题中存在的巨大需求。

在这篇文章写完之前，考虑到某些珍贵的野生动物物种即将灭绝，因此，很有必要从物种选择的角度对林业与野生动物管理做一下对比。在笔者看来，这一点无需过多强调。

林业管理针对的是一块具有多种或单一林分的区域。但是野生动物管理一直针对的是具有混合物种的区域——本土物种的长期存在。野生动物多样性同数量一样重要。比如在西南方，我们不仅想饲养尽可能多的骡鹿和火鸡，而且还想保证墨西哥山地野绵羊、大角羊、羚羊、白尾鹿、索诺拉鹿、麋鹿和西㹠的数量。由此，森林狩猎土地的吸引力和价值都会因为本土大型狩猎动物的多样性而翻一番。这一多样性散发出的巨大魅力也吸引着夏季露营者、佃农和渔民的到来。一些物种受人关注，它们的兴旺繁衍利在千秋，在自然资源保护主义者看来，这些物种的灭绝对后代来说是一种罪过。

林业保护不会面临如此严重的问题。在硬木森林中，尽管黑胡桃木和鹅掌楸的商业价值不高，但它们永远都不会灭绝。就算我们对它们火烧斧砍，毁掉它们赖以生存的土壤并大肆征用，但如果需求紧急，我们总能拥有一片胡桃林或白杨林。但这对大多数狩猎动物来说是无稽之谈。白尾鹿和兔子似乎不会灭绝，但是绝大多数大型野生动物抵抗物种灭绝的能力很差。在西南方，一种大型狩猎动物物种正在灭绝的边缘，两种物种已经灭绝，至少五种物种存在灭绝危机。

当前让林务员担忧的是，具有商业价值的栗树和白松分别遭受枯萎病和疱锈病的困扰，面临灭绝。但是对于即将灭绝的山地野绵羊和羚羊，有谁会关心呢？我觉得恐怕很少。如果山地野绵羊储量充足，将会给国家森林资源资本价值增加数百万美元。人们去中国西藏猎杀盘羊。如果墨西哥羊还存在的话，这些人当然还会去新墨西哥州猎杀它们。

总之，笔者以野生动物保护支持者的身份表达自己的立场，指责林业保护专业对狩猎动物问题的消极态度。但是，为什么不该有更多林务员像笔者这样热衷于这个问题呢？事实上，如果他们作为野生动物管理新科学的领路人，那就必须要了解这个问题。林业保护宣传阶段过后的很长一段时间，对森林保护的热情成为了林务员最明显的特质——也是非常重要的特质。如果没有这种特质，他们战胜不了建立林业保护新科学道路上的艰难险阻。如果没有这种特质，我们也战胜不了阻止美国狩猎动物成为主要森林产品的重重挫折。

1918年

冰雹环境下针尾鸭的行为注解

从《沙乡年鉴》中的记载来看，利奥波德一生热爱自然历史，在这一领域他具有敏锐的观察力，《秃鹫》是库珀鸟类学会出版的杂志，在这份杂志上曾发表过一系列利奥波德在其事业早期的短札记和文章。利奥波德对很多概念都进行了重塑，比如这篇文章是对针尾鸭的注解，在他的野外日记中，他认真地记录了每次狩猎探险与外出活动。

1918年10月20日，我在新墨西哥州洛斯卢纳斯南方的格兰德河捕猎鸭子。我坐在沙堤上的掩体中，外面放了一些死鸭子做诱饵，突然这时候下起了一场强冰雹。在暴风雨中，我发现了一群针尾鸭在距诱饵不足20码处的地方聚集，数量大概有40只。每只鸭子面朝暴风雨，头部和喙部几乎垂直指向天空。这群鸭子奇怪的姿势让我一直很疑惑，并不清楚代表什么含义。后来，我恍然大悟。鸭子处于正常姿势时，冰雹会砸伤它们易受伤害的鸟喙，但如果将鸟喙垂直指向天空，与冰雹的接触面积变得非常小，冰雹在落下时会自然偏转。随后，这一解释的正确性得到了验证，当冰雹变成细雨时，它们又恢复到了正常的姿势。

其他观察者有没有在这种或其他种鸭子抑或是其他鸟类身上，发现类似的现象呢？

1919年

林业的先知

尽管利奥波德未曾公开表明自己的宗教信仰，但他曾在耶鲁大学参与过《圣经》学习小组，而且在事业早期阶段，他偶尔会引用《圣经》中先知的话。他研究过有关旧约先知的书籍，从中寻找他们对森林、森林火灾、木材利用与树木生长的理解。这篇文章发表在《林业期刊》中。

是谁发现了林业？欧洲国家普遍接受的说法在后来遭到了派尤特人[1]强烈的质疑。我请求可以在开始之前提一下以色列的孩子们。我很难断言他们从事过林业，但我相信他们对森林非常了解。（而且他们也知道不能在森林纵火。）以下的注解源于一项对《旧约全书》中《先知书》[2]纯粹的业余研究，可能会得到其他林务员的喜欢，而且对有能力的希伯来语学家和自然地理学家来说，提供了有利可图的研究领域。

无论过去还是现在，林业最有趣的一面都是有人参与的那部分。个体先知们的森林知识存在巨大差别——他们对森林的熟悉程度，尤其是他们采用明喻的次数，都源于森林现象。似乎犹太与蒙大拿州一样，尽是樵夫和都市人。

以赛亚就是圣地的罗斯福。他通晓一切，对森林也非常了解，他的言辞明

---

〔1〕派尤特族是北美洲印第安人中的一族，分为南北两支，曾居于美国西南部。
〔2〕引自莫尔顿所著的《圣经——现代读者版》，此版本是基于《圣经》的英文修订版。

确，从不含糊。他一直用森林来说明他的教义，而且给树命名。与他形成对比的是见多识广的所罗门，所罗门言谈中透露着智慧，但他的学问都与城市相关——他去过最近的森林是黎巴嫩长满无花果树与香柏的一处地方，我觉得他在宫殿天花板上看到的香柏要比他在山上看到的多。约珥[1]对森林的了解胜过以赛亚——他是水域保护的宣传者，从某种意义上来说，他还是提出"防止森林火灾"的真正创始者。大卫[2]经常会谈及森林，而且对森林非常熟悉，他对很多关于森林的明喻都特别精确优美。以西结[3]不仅是樵夫和艺术家，他还对国内外的林木生意了如指掌。耶利米[4]与何西阿[5]对木材知识一知半解，而且对这一领域表现得兴趣索然。但以理[6]对森林毫无兴趣。尽管西拉之子耶稣是一位敏锐的商人、哲学家和警句大师，但他的兴趣从不在山上。《约伯记》的作者是犹大的后裔约翰·缪尔，他曾为马写过悼词，而且迄今为止人类关于自然奇观最华丽的文章也出自他手，但奇怪的是，他对森林三缄其口。也许他是把森林作为背景而不是他要描述的景色，他认为读者都了解森林。

圣地的森林火灾

我认为，每个林务员认真阅读《先知书》时都会对书中人物对火的深刻了解佩服得五体投地。森林火灾强烈地感染了他们的想象，并经常在文学作品中被比作摧毁美好事物的方式。先知不仅知道火灾直接的破坏作用，而且可能也了解其

---

[1] 约珥（Dole），据《约珥书》中记载，约珥是毗土珥的儿子，是一位先知，其名字的含义为"主是神"，即"耶和华是神"。

[2] 大卫是以色列第二位国王、大卫王国的创立者，被誉为"以色列最伟大的民族英雄""以色列最重要的国王"。其子为押沙龙、所罗门。

[3] 以西结（Ezekiel），是以色列地方的先知，著有《以西结书》，其名字含义为"上帝加力量"，他被称为犹太教之父。

[4] 耶利米（Jeremiah），是一位先知、祭司，著有《耶利米书》。他是《圣经》中犹太国灭国前最黑暗时期的一位先知，被称为"流泪的先知"。

[5] 何西阿（Hosea），是公元前8世纪的一位先知，著有《何西阿书》。他的父亲备利也是当时的一位先知。

[6] 但以理（Daniel），是四大先知之一（其他为以赛亚、耶利米、以西结三人），著有《但以理书》。其名字含义为"神的审判"。

对水域的深远影响。但匪夷所思的是，没有任何地方提及火因或者任何灭火方法。

《约珥书》开篇讲的是一部寓言，其中谈到，上帝的判决都是以火的形式表现出来的[1]。这可能是在整部《圣经》中对火最有说服力的描述。"唉，天哪！"约珥说，"成群的牛儿慌乱无措，因为他们无草可吃；是啊，成群的羊儿悲伤孤苦。耶和华啊，我向你哭诉，这场火吞噬了荒野的牧草，火焰烧毁了土地上所有的树。是啊，河水都已干涸，土地上的野兽在树下苟延残喘。天国的号角声已经吹响，在圣山中如同警鸣；让大地上万物颤抖！这是因为……他们面前是燃烧的大火；火焰在他们身后燃烧：曾经这片土地是伊甸园，现在是一片荒凉的野地！"

在我看来，约珥讲述的火焰故事是有史以来对火焰最生动的描述之一。这是"乌云密布黑暗笼罩的一天"，大火"就像山间蔓延开来的黎明"。火焰"就像列成战阵的人海"，而且"它们就像一群骑兵和战马，风驰电掣。它们从山顶上一跃而下，如同战车一样发出轰鸣声，……它们跑起来如强壮的男人；他们像战斗中的男人一样爬过城墙；而且它们每个人朝自己的方向行进。它们没有等级之分：它们互相推搡；它们在行进的道路上轧过每个人。……它们越过城市；它们撞击城墙；它们爬入房屋；它们像小偷一样跳窗而入。大地颤抖，天堂摇晃，日月黯然，群星失色"。

约珥显然在描述一场破坏力强大的树冠之火或者灌木丛之火。如今，巴基斯坦是否还存在这样一处能引发如此大火的茂盛森林呢？虽然我不清楚，但我有所怀疑。如果不存在，我们可以做出一个有趣的推断：森林覆盖面积的减少是气候变化的原因还是结果[2]。《以赛亚书》（64-1）中加入了一些很有意思的论据，说明《圣经》时代森林覆盖的密度，"当大火点燃了草丛，……大火让水域沸腾"。在这个国家，甚至在西北地区或者大湖区，有没有一次火灾曾让水体沸腾？1918年，西北地区发生较大火灾，一位作家曾躲在小溪中避难，他说燃烧的

---

[1]《约珥书1》与《约珥书2》中部分内容出现在西南地区防火宣传册中。
[2] 出自埃尔斯沃思·亨廷顿教授的《亚洲脉搏》，书中包含很多关于小亚细亚气候周期的可读性强并且有说服力的材料。

木头掉落在溪水中，使水温提高了"好几度"，这一描述听起来与《以赛亚书》的叙述有异曲同工之处。实际上，《以赛亚书》的描述并不可信。约珥是不是在说大话？或者是否存在其他的解释，比如含有树脂的草丛可以产生巨大热量，抑或落在烈火之上骤雨的引流，抑或水坑渗出的矿物中含有沥青或者石油？我还是将这个问题留给了解这个国家的人吧。

实际上除约珥之外，很多作家描写过发生在圣地的树顶之火。《以赛亚书》（10—19）中说过，一场大火"吞噬了森林所有的荣光以及硕果累累的土地……森林中存活的树所剩无几，一个孩子都能数得出来……它将森林的灌木丛点燃，让其在缭绕的烟雾中翻滚"。每棵燃烧的树木都被比作是"内心充满渴望的旗手"。当大火掠过树叶时，那些看到过垂死的树木"苟延残喘"的人都能体会得出这个比喻的意义。《以西结书》（20—46）中说："一场大火……会吞噬所有绿树……以及所有枯树：燃烧的火苗永远不会熄灭。"

然而出人意料的是，很少有人谈及大火是如何引起的。在牧业社区中，人为火灾无疑会相当频繁。但烟草火灾起因尚不明确。（萨缪尔·巴特勒[1]说耶和华推迟了烟草的发现时间，担心扫罗圣人[2]会禁止吸烟。巴勒特认为这对扫罗来说有些苛刻。）闪电无疑是造成大火的自然原因。大型闪电似乎多发生在山中。大卫在《雷暴之歌》（《圣歌》29）中说："上帝发出荣耀之声，……耶和华的声音撕裂香柏；是啊，耶和华将黎巴嫩雪松撕成碎片。"耶和华的声音"切开火苗……剥去森林的外衣"。但这一描述并没有指明仅仅是对闪电的描写，还是对随之而来的大火的描写。

先知们对火灾的影响真正了解多少呢？之前我引用了《约珥书》中对水流速与流量的影响，但是有一种可能是，他描述的"溪水"干涸不是火灾导致的，而是当时久旱造成的。大卫（《圣歌》，107）坦率地指出气候发生了变化，但对森

---

[1] 萨缪尔·巴特勒（Samuel Butler，1835—1902年），英国作家，著有长篇小说《众生之路》。戏剧大师萧伯纳评价他为"19世纪后半期英国最伟大的作家"。

[2] 原名扫罗，少时受教于耶路撒冷的伽玛列，他原为犹太教徒，曾苛待新教教徒。后在大马色的路上蒙主光照悔改，向外邦传扬福音。他的部分书信成为《新约》的主要组成部分。

林造成的影响与气候变化的原因只字未提。我认为很有可能是一些像约珥一样先进的思想家对森林中水的流速与流量有些研究经验，但是他们的知识都没有进一步得到深度拓展。曾经大家把对自然现象的思考最终都归结为上帝的旨意，而现在绝大多数人都会思考前因后果。但尽管先知们对科学一无所知，但他们在人类的角度上依然聪慧。"在肥沃的草地上吃草对你来说是小事吗？剩下的草却遭到你们践踏。而且，你们喝清水，剩下的水怎么被蹄搅浑了呢？（《以西结书》24-18。）"从其主观方面来看，这是一种保护主义学说，对我们这一代的任何森林都适用。

圣地的森林利用

古希伯来人[1]用锯条和斧子砍伐林木。《以赛亚书》（10-15）中说："斧子应该因为砍伐而自夸吗？锯条应该因为摇动而炫耀吗？""摇动"锯条是一种森林方言，让人不禁好奇它究竟是一种什么样的工具。除此之外还有很多森林方言："……他用铁器砍向森林中的灌木丛，黎巴嫩的树木被能者砍倒。"尽管我水平有限，不能对原话的翻译进行探究，但是"铁器"这个词用在这里有点像我们现在工程中的"钢铁制品"，换言之，"铁器"这个词代表的是一种由钢铁制成的工具或物品。

对砍伐得到的林木进行利用似乎已经不是什么新鲜事。所罗门（《至理名言》13-11）讲述了一位樵夫如何将一棵树锯倒，剥下树皮，将良木制成船只，用木屑生火煮晚饭，最后用烧过和多节的余木做成雕像。那时候培养修削的手艺似乎像现在一样是为了打发时间，所罗门说伐木者"通过在闲暇时孜孜不倦的态度和……技能"塑造雕像。《以赛亚书》（44-14）中也说过一个人如何种植枞树，树在雨水的滋养下成长壮大，之后他将其砍下，取一部分用于给自己取暖，一部分

---

[1] 希伯来人属古代北闪米特民族，是犹太人的祖先。"希伯来人"一词被史学家用来指称《旧约全书》中亚伯拉罕、以撒等族长们的后裔。之后他们征服并占领了迦南（今巴勒斯坦及其周边），这些人就被称作以色列人。直到公元前6世纪末，这个民族被称为犹太人。

用于烤面包，一部分用于制作炊具，一部分用于制作雕像。如果有人相信先知所说的话，那么雕像一定会成为当今行业中重要的木制产品。

然而还存在一种未解之谜："木匠……他砍伐香柏，又砍下冬青栎和橡树，而且他在森林所有树木中为自己选择了一棵树。""为自己选择一棵树"表达的是什么意思？是制作某些调味品的过程吗？还是像做空心树那样留下个人标记的传统吗？还是对木材层压增强其强度和亮度？

《以西结书》（27-4）在对提尔[1]的辉煌进行讽刺时，记录了很多有关林木来源和使用的数据。"他们所有的木板都由示尼珥[2]的枞树制成；他们用黎巴嫩的香柏制成桅杆。他们用巴珊[3]的橡树做成船桨；他们把象牙嵌入基提[4]群岛的黄杨木中做成长凳。"《以赛亚书》（2-18）中也提到过"巴珊的橡树"。当今用橡树做长桨似乎有些重。

谁制作了第一个香柏木箱？《以西结书》（27-24）在一篇介绍提尔海上贸易的文章中说，"华丽的衣服放在香柏木箱中，用绳子捆着"。在香柏木箱中放好看衣服似乎是一件非常古老的做法。所罗门的轿子也是用香柏制成。根据《雅歌》[5]（3-9）中他自己的描述："所罗门王用黎巴嫩的木材亲手为自己制作轿子。银色的柱子，金色的轿底，紫色的座椅，其中镶嵌着耶路撒冷众女子对他的爱慕"。（我对所罗门是否"亲手"做了轿子表示怀疑。他给人的印象不是那种会用工具的人。但那无疑是他的王国中手最巧的技工做的轿子。）

在《圣经》的那个时代，香柏制品被认为是一种社会地位的象征，如同现在的桃花心木。（我们维多利亚时代的祖先还用过以大理石为顶面的胡桃木！）所罗门的新娘夸耀道（《雅歌》1-16）："我们有绿色的睡椅。房梁由香柏制成，房椽由枞

---

[1] 提尔古城位于黎巴嫩首都贝鲁南，是一座腓尼基古城，它曾在地中海一带因海上贸易而称霸一方。

[2] 示尼珥，也称黑门山，是位于黎巴嫩以南的一座山峰，西顿人称其西连，亚摩人称其示尼珥，迦南人称其西云山。

[3] 巴珊是罗马帝国最大的粮仓之一，位于约旦河东极北之地，南到基列，北至黑门山，土地肥沃，林木丰富，橡树尤为著名。

[4] 基提，《新约》称为居比路，就是现在的塞浦路斯，《圣经》中称为基提岛，位于地中海东部。

[5] 《雅歌》是《圣经》中的第五卷。《雅歌》之名取自书中首句："所罗门的歌，歌中之雅歌。"

树制成。"《耶利米书》（22-14）中指责约雅敬[1]利用不义之财搭建的"宽敞的房子……有窗……天花板由香柏制成，由朱砂上色"。"难道你做王，"耶利米叫喊道，"是为了用香柏筑楼争胜吗？"

香柏似乎可以长得很高大。以西结在一篇寓言（31）中谈到一棵树："神园中的香柏不能将他遮蔽；枞树不及他的树枝，悬铃树不及他的树枝。"这棵树指的就是法老，耶和华"坠落时声响让列国震动"。

至少有一些地方聚集展开过对林木利用的实践，这些实践在海岸城市的林木贸易中得到了进一步发展，基于大量文献可以推断，香柏的大量使用与交易导致当地林木奇缺。这一事实在《以赛亚书》（14-7）中得到了验证。他预言了巴比伦的陷落，而万物皆因此感到快乐。"是啊，枞树和黎巴嫩的香柏都因你感到快乐：'自从你倒下后，无人再来砍伐我们。'"这些拟人手法表达出的内容是对《圣经》作者内心的刻画；大卫（《诗篇》，96）说："所有的树木都在欢快地吟唱。"

木材的相对稳定性也众所周知。《以赛亚书》（9-10）中说："砖墙塌了，我们却要凿石头搭建；梧桐树被砍下，我们却要换成香柏。"《便西拉智训》[2]（12-13）中将才智的耐性和强度比作"黎巴嫩的一棵香柏，也是……黑门山中的柏树"。

薪材不仅源于之前提到过的精选材料，而且还源于砍伐得到的生材。《以西结书》（39-9）中预言，在歌革[3]的侵略军溃败之后，"住在以色列城市中的人会出去捡武器，将它们烧掉生火，……他们用这些东西整整烧了七年；因此他们不必再去土地上伐木，也不用砍伐任何森林"。以此表明，不是《圣经》中的燃烧费用很划算，就是歌革留下了大量武器。

---

[1]约雅敬是古代中东国家犹大王国的第十八任君主。约雅敬是埃及王指派的"傀儡王"，他不满宫殿陈旧，耗费国资，建造新宫殿，还令耶和华的宫殿无人管理至荒废。
[2]《便西拉智训》，又译作《西拉书》，天主教称《德训篇》，属于《圣经》次经，成书于公元前180年到前175年间。
[3]歌革在先知预言中是人类反抗基督的领袖。

希伯来造林术

《先知书》[1]中很多段落讲的是世人理解的造林术基本原则，并在一定程度上实现了人工植树。所罗门（在《传道书》[2]（2-4）中）说，他修建了很多葡萄园、果园、花园和公园，并且"挖凿水池，浇灌森林中的幼苗"。《以赛亚书》（44-14）中说到一个木匠种了一棵枞树，后来将其用作燃料和木材。这些例子给人的印象是，种植树木并取其木材产品是一件稀松平常的事，但是规模可能较小。《以赛亚书》（41-9）似乎对森林类型与物种生态关系略知一二。以赛亚引用耶和华的话："我将在荒野中种下香柏、金合欢树、香桃木和油树；我将在沙漠中一并种下枞树、松树和黄杨树。"以赛亚也许是参考了森林类型的演替而做出以下有趣的陈述《以赛亚书》（55-13）："荆棘将爬上枞树而将其取代，荆棘也会爬上香桃木而将其取代。"

以赛亚也提到了很多物种奇异的繁殖方式。《以赛亚书》（44-4）中说："它们要在草丛中生长，就像河道旁的柳树。"书中也说过橡树和笃褥香树[3]在小灌木林中繁殖《以赛亚书》（6-12）。《约伯记》（14-7）中也提到过小灌木林，但未说明具体的物种。《以西结书》（17）在《鹰与香柏》这篇寓言中，讲述了一只鹰将一棵大香柏的树顶折下，并将其种在另外一座高山上的故事，这棵树长出硕大的枝叶，结出果实，并且整棵树非常漂亮。我并不了解黎巴嫩的香柏，但是我严重怀疑这个寓言的真实性，毕竟松柏科植物不会砍下一条树枝扦插就能活。我认为这是"诗的破格"。

《以赛亚书》（65-22）在以下的比喻中谈到了一些物种的长寿问题："他们建造的，别人不能住；他们种下的，别人不能吃；因为我民的日子就像是树的日子，我所挑选的人将长久享用他们的劳动所得。"以赛亚并没有说明这里指的是

---

[1]《先知书》是《旧约圣经》的第四部分，主要包括以赛亚、耶利米等16位大小先知向世人传递的信息。

[2]《传道书》是由大卫之子所罗门所著，其书要旨在于劝勉世人明晓人生的虚无。

[3] 笃褥香树，即希俄斯（今爱琴海）南部的乳香黄连木，由其生产的树脂被称作笃褥香。笃褥香有黑白之分，其实是指树脂的纯净程度，较为纯净的是白笃褥香。

哪种物种，与所罗门、但以理和《便西拉智训》不同之处在于，他对所有树木的称呼都是"树"。

杂项

巴尔内斯曾写过一篇引人入胜的关于在圣地放牧的文章，此外还有很多关于这一主题的其他资料，或许可以吸引林务员的兴趣[1]。一些昆虫学者可以查阅一下《以赛亚书》（7-18）中的内容。以赛亚说："那一天会到来，耶和华会发出嘶声，引来埃及河流最远端的飞虫和亚述土地上的蜜蜂。它们会蜂拥而至，落在荒凉的山谷中、磐石的洞穴中、一切的荆棘上，和一切的牧场上。"这里说到的飞虫是什么？是舌蝇还是牛瘟？

《旧约全书》中有很多关于野生动物和鱼类的内容，还有一些史书讲述了森林的问题，以上这些内容都将在后续文章中谈及。

在结束前，再多加任何一个字都显得多余，《旧约全书》涵盖了众多主题，内容引人入胜。正如史蒂文森[2]在对黑兹利特[3]的一篇文章做评价时所说的那样："文章写得很不错，对于没读过的人就该跟他们收税。"

1920年

---

[1]《国家的羊毛生产商》，1915年2月。

[2] 罗伯特·路易斯·史蒂文森（Robert Louis Stevenson，1850—1894年），19世纪后半期英国著名小说家，代表作有长篇小说《金银岛》《化身博士》《绑架》等。

[3] 威廉·黑兹利特（William Hazlitt，1778—1830年），英国作家、戏剧和文学评论家、画家、社会评论家、哲学家。他被认为是英国历史上最伟大的评论家和散文家之一。

拓荒者与沟壑

正如利奥波德在《保护标准》中建议的一样，他特别提到了山中水域的状况，为此他在西南方国家森林进行了频繁的实地考察。他早在1921年就开始谈及水土流失的问题，在一系列文章中，他强调林务员、科学家和公众的重要性。此篇文章在1924年发表于《日落杂志》，这是南太平洋铁路公司出版的一本通俗杂志，其实这篇文章主题为"水土流失威胁着西南方社会和经济的未来"这一演讲的整理版本，利奥波德于1922年12月将此文章交给了新墨西哥州科学协会。大概在第一次出版的文章中，利奥波德对同时代的"发展"观以及部分私人土地所有者的责任感需求进行了论述。在文章中，他援引亚利桑那州怀特山中的蓝河谷作为例子进行分析，这里是他在1909年加入林务局后分配到的第一项任务的所在地。

在一片新的土地拓荒是一个艰辛的过程。在迎来历史的黎明前，北欧人需要付出最好的体力和脑力。人类学家称，北欧人的种族基因适合拓荒，他们比其他所有人种更有能力将荒野变成财富。

但是假如我们看到一位北欧移民在新土地上挥汗如雨，灌溉良田，然而他曾经的土地却因为缺少保护工作而被洪水冲毁，我们应该称这样的人为无能的拓荒者。但这恰恰就是我们正在西南部地区做的事情。唯一的不同之处在于，第一个人对新土地进行灌溉，第二个人失去了洪水冲毁的旧土地，第三个人因为滥用土地导致洪水泛滥。也许不同的业主或行业会对整个事件的因果得失进行狡辩，但这些毫不会改变我们的合资企业在"开拓"土地时的无能。我们这个群体在小处节省，在大处浪费，而现在，是时候认识到这一点并对我们的方式做出改善了。

当我们的政府和资本家们致力于通过建造巨大而昂贵的建筑以灌溉新的土地时，洪水正在一小块一小块地卷走这里或那里的旧土地，这些旧土地大多已被灌溉，其面积和价值与开垦的新土地相当。在这些大型的围垦工程开幕式上，我们用慷慨的演讲和宏伟的纪念碑来庆祝，而对于我们现有农场的损毁，我们却认为是由于不可避免的天灾——暴风雨或地震——而不予理会。但是这都不是天灾；

与其相反，这是由于我们设法改善的国家土地遭到滥用而造成的直接后果。

有证据吗？一项对亚利桑那州和新墨西哥州30个小型农业山谷的调查表明，其中的12个完全或部分损毁，9个开始出现水土流失，还有9个水土流失程度较轻或不存在。粗略地估计一下，我们正在失去将近一半的农业山谷。

美国围垦工程在以上两个州的整体灌溉面积达到了43万英亩。迄今为止，30个高山深谷中损失的面积达到1万英亩。加上调查中未涉及的被山中溪流破坏的面积，这一面积会增加一倍，达到2万英亩。已调查的山区面积涵盖了两个州七分之一的土地，但是不包括损毁严重的希拉河[1]与圣胡安河[2]山谷。普韦布洛洪水的破坏面积达到了2500英亩。据奥姆斯特德[3]说，1915年希拉河洪水泛滥导致格拉哈姆县2500英亩土地损毁，同时对该县3万英亩的农业用地构成威胁。我可以负责任地说，水土流失在这两州造成的农业用地损失面积达到了6位数。

我们来仔细地分析一下其中一处遭到水土流失损害的山谷。怀特山中的布卢河最初流经大概4000英亩的耕种土地。这片土地支撑着45座大农场的运转和300人的生活。洪水侵袭了这片土地后，只剩下400英亩可耕种土地，仅可以支撑20座大农场的运转和90人的生活。每英亩土地损失150美元，共计54万美元。把这些损失换成现金，可以支付一项小型的围垦工程。其实此前本可以每英亩花费100美元用于防洪保护。但最终，这些现金的价值根本补偿不了实际的损失。不仅34处房屋被冲毁，还有一块含有"关键"资源的土地被破坏，而这片土地非常适合放牧和种植林木，与此同时，毁掉的还有邻山50万英亩地区带来的娱乐价值。这一区域再没有其他的土地适合建造房屋大农场、磨坊、公路或学校。让我们通过检查每一条细节对整个事件的重要性进行分析。

比如相邻区域。在农场毁掉之前，畜牧业者住在这里，经营苜蓿、粮田、花

---

[1] 希拉河是美国西南部河流，源出新墨西哥州西南部，向西流，最后在亚利桑那州汇入科罗拉多河。

[2] 圣胡安河是一条中美洲河流。源出尼加拉瓜湖东南端，向东南流经热带雨林区，在河口分成三股汊流注入加勒比海。

[3] 奥姆斯特德（Frederick Law Olmsted, 1822—1903年），19世纪下半叶美国最著名的风景园林规划设计师。他被称为美国风景园林学的奠基人，是美国最重要的公园设计师之一。

园和果园。他们失去土地之后，要付出昂贵的代价将所有的鞍具、役马和羸弱的家畜送走或者运送到60英里以内的铁路旁。这就是畜牧业盈利与非盈利的区别。在一个案例中给出了具体数字，一位畜牧业者失去可供养850头牛的60英亩农场用地，会导致24%的收入损失，而且平均到每头牛身上的生产成本会增加6.5美元。此外，饲养家畜的农场被花园、果园、奶牛和家禽占用，并不适合建造房屋和养家糊口。抛开商业利润不说，这是一种反社会的制度。

但这并不是全部。洼地的破坏导致连接各大农场、学校与外部世界之间的必经之路遭到损毁，林木和矿产不能被运送到市场。洪水使人无路可走，孩子们现在只能骑马上学，但在发生洪水时，这样的方法都行不通。政府和各县投资50万美元修建一条贯通这座城市的公路，但不能简单地基于布卢河[1]群落现在的样子进行搭建，毕竟将公路修建在沙洲上后患无穷。因此，必须斥巨资将公路修建在高高的岩石和丘陵上。

我们这样一群人通过过度放牧"发展"布卢河，搭进去50万英亩的土地，拱手送出了畜牧业，将农场房屋削减了三分之二，切断了林木的销路，而且我们花费50万美元在自己创造的荒地上修路。为了"替换"掉自然免费给予我们的这个幸福山谷，又花费50万美元在另外一处一样大的沙漠地区拓荒。

通过过度放牧毁掉这些可以为牧业带来利润的土地，整个过程的本质何在？在过去的几年里，大多数工程师和自然资源保护主义者认为适度放牧不会造成水土流失。然而历史与经验表明，这一理论必须要谨慎考量。在水资源匮乏的国家，放牧通常意味着在河道与洼地处过度放牧。对于一些家畜集中圈养区，这样的事情难以避免，就算精心管理也很难做到。一片长满树木、杨柳、葡萄藤、杂草和青草的生机盎然的纯洁水域，在遭到破坏力很强的洪水侵袭之后，它的美丽被严重破坏，但是存活的树根还会发芽并将土地覆盖，使得下一次强度变弱的洪水将其伤疤修复而不是扩展。但当洪水涌入河道之前，如果经过土壤裸露区、无下层灌丛的林木区以及土地伤疤，比如公路、小径和与溪流平行的水道时，洪水

---

[1] 布卢河是堪萨斯河最大的支流。这条河从内布拉斯加中部流到堪萨斯州，直到它与曼哈顿的堪萨斯河汇合。从1780年到1830年居住在它的河口的美国印第安人部落给它起了名字，并称它"伟大的蓝色地球河"（the Great Blue Earth River）。

会在土地上留下深沟，当洪水再一次经过此地时，深沟会扩大；无保护措施的沟渠会被翻开；树木会向杠杆一样撬动地下的河岸，底部两侧先后被撬起，对丘陵的根基造成伤害；背向变深的水道而延伸的侧沟呈直角方向截断洼地和阶地，将天然沼泽和干草草地中的水排出，并将草地的草变成抗性较弱的牧草类型。从长远来看，我们"改善"的山谷变成了一处荒芜之地，到处是沙洲、石堆和浮木，就像是一座纪念碑，纪念着我们这些愚蠢和鲁莽的拓荒者。

这就是我为什么说，在西南方我们用双手创建的良田比我们无意识地用双脚糟蹋的荒地多，这种行为是值得怀疑的。但为什么大自然这么迅速就对西南方愚蠢的"开拓"进行了惩罚呢？

每个地区似乎对人类正常使用或滥用土地会产生不同的抵抗力。抵抗力的程度和本质似乎由气候决定。气候越干燥，该地区对土地滥用的抵抗力就越差。欧洲气候潮湿，经过了人类多个世纪的正常使用和滥用，土地、植被和动物生命发生改变但没遭到破坏，新英格兰、加拿大、美国南部、中西部和西北部地区也明显地处于这种状态。

此外，巴勒斯坦和小亚细亚具有半干燥气候。几个世纪以来，由于人类的正常使用与滥用，很大程度上破坏了植被、动物生命和土壤本身。《圣经》中很多证据表明，在先知的时代，圣地的山区长满了森林；牧区充足完美；很多源自高地的溪流流过。巨大的森林火灾未加控制，席卷了整个山脉。牧业是支柱产业，当地的牧区无疑出现了过度放牧现象，如今同样的一幕在美国西南部地区上演。森林已经很久不见，山脉已经光秃得不能再引发火灾。

将消失的森林找回需要巨大的开支，但没有一个国家可以恢复如此辽阔而已经流失的农业用地。印加[1]是最靠近这个目标的国家，印加人将土壤包好背在背上，建造了梯田。我们没有耐心做这些。我们不知道如何将土地上被冲走的土壤恢复。土壤是基本的资源，而它的损失是最严重的损失。

在气候干旱的国家，土壤并不是唯一对使用和滥用表现出抵抗力差的资源。

---

[1] 印加帝国是11世纪至16世纪时美洲大地上的一个古老帝国，其版图曾经涵盖了整个南美洲的西部地区，16世纪上半叶被西班牙灭国并成为其殖民地。

森林在遭到砍伐后，其生长会变得更加缓慢，并且很难进行繁殖。牧草资源经过过度消耗会降低活力并变成野草。狩猎动物资源对狩猎的抵抗力低于在潮湿地区的抵抗力。以上所有因素和土壤状况以一种非常复杂的方式互相影响，迫使负责保护工作的各个行业专业人士发挥技能，开展最圆满的合作。

我们再回到土地上：土壤水土流失经常会伴随可用水供应扰乱和损害问题。比如在明布雷斯、萨佩约和布卢这样的山谷，曾经满是鳟鱼的溪流已经完全被残骸覆盖。尽管水可能依旧在那里流淌，但已经被污物埋藏。像加利斯特奥河与普埃科河，其河道变深，使得水流不能流向为果园和农场灌溉的沟渠。最后我们不要忘记，由于淤泥进入灌溉水库，导致流域上大多数遭到破坏的土地不能再继续使用；水库的存储容量也在逐渐下降，如果它们被泥浆填满，会出现什么后果？

早年，如果土地出现了水土流失，可以通过对新土地的改造暂时解决问题。简易和廉价的公路路线被毁掉之后，可以在山丘上重建。大坝被淤泥填满，可以在更高的地方再修建或者直接建造新的大坝。但是这一点要记住：可耕种灌溉土地面积英亩数、可用水的英亩—英尺数，以及坝址存储用量——这三种因素制约了西南地区未来的发展。每种因素在最开始的供应量都有限；无论我们利用什么方法"替代"它们，随之而来的损失会持续地缩小设定的限制范围。在某种程度上，我们面临的选择是：是对西南地区的土地"剥皮"之后扬长而去，还是建造一个永久的文明群落，有地可耕，有地可养。我们不能长时间地继续接受损失，而不承认是前者而非后者正在成为我们占用土地的真正结果。

到目前为止，很少有人谈论过补救方法，但这一问题值得研究。过度放牧导致水土流失，即使未过量存储家畜的地方也是如此，而一些局部地区的过度放牧现象很难避免。但是没人会说我们要停止放牧。

这种情况下不需要禁止放牧，而是需要依靠畜牧业者的手艺和牧场专家的专业技能，制定出有效的控制办法。我们的管理者要有勇气强制执行这些方法，合理地处理利益冲突，并且公平地对待整个群落。

畜牧业者必须认清，具有采用运载工具进行放牧特权的人，有责任通过更多技巧性的保守方法最小化和控制这一特权产生的影响。总会有一天，具有这一特权的土地所有者将肩负起使用和保护土地的责任，防止水土流失，不再威胁其他土地所有者和公众。因土地所有者的土地状况混乱或不卫生而威胁到公众安宁和健康将是一种违法行为，此外，导致公共河流、水库、灌溉项目或邻居土地产生水土流失问题也将属于违法行为。预防水土流失问题比解决此问题成本低，总会有一天，所有土地所有者会为了卖给所有消费者的产品而一致接受预防措施的成本。

但是，土地所有者这份强制执行的责任还需要等到未来才能实现。而对于那些非常激进的所有者或即将遭受损失的所有者来说，现在有什么实用的预防措施吗？

对破坏过程的诊断可以为预防与治理过程提供可靠依据。首先，在流域，尤其是河道旁，草的茁壮成长至关重要。上个世纪，科学的草原管理在开发保守的草场使用方法中取得了巨大进步。其中一些方法发表在了1923年10月的《日落杂志》中。这些方法逐渐被畜牧业者接受，与之前使用破坏性方法的畜牧业者相比，他们取得了更多的利润。但是为什么此后这些方法并没有得到普遍应用呢？

因为从目前形势看，并没有法案规定要付费给畜牧业者让其使用这种方法。国家森林管理部门对预防过度放牧进行了认真管理，付出了真实有效的努力，但是在森林以外的公共牧场区域并未采取任何控制措施。俗话说，先到先得。由于缺乏管理，致使每一位畜牧业者都希望尽可能早地在牧区范围饲养尽可能多的家畜，这一现象导致了无尽的破坏性过度放牧现象的发生。很难理解公共土地领域的政策为何进一步拖延实施。采用决定性政策比这些理论上正确的政策更重要。畜牧业者有望同意联邦政府的租赁法案。这将是从1900年以来关于立法的第10次重要尝试。为什么不让它通过呢？

第一步是关于流域保护——保持牧场整体草地覆盖，预防水土流失。但其他步骤也很重要。比如，西南地区初期水土流失与家畜对当地杨柳的消耗存在惊人的巧合。之前，杨柳多生长于峡谷与河底。它是一种美味的冬季饲料，然而却很快不再生长。过度放牧耗尽了杨柳资源，这无疑直接导致数百处的河岸发生水土流失。

保证河道上青草和杨柳对家畜的供应量是一件非常困难的事情。尤其在春季和冬季，自然密度的家畜会对以上资源造成损害。因此很多河岸都将必须围上围栏，并且为了保护牧草而减轻放牧强度。此外，我们还会在溪流河岸旁通过插枝种植杨柳，人为增加杨柳存储量。以上试验工作结果表明，在河岸上每隔2英尺插入一株杨柳条，那么每100英尺只需要不到50美分的成本。种植这一牧草的实用价值可以抵消建造围栏的花销。当然，建造围栏需要留出充足的水口并且为建造公路提供便利。

围栏只适合建造在峡谷宽阔的地方。杨柳只适合种植在围起来的适度放牧区或农业土地上。由于河道不能用围栏围起来，因此需要找到当地杨柳的替代植物，它们不能带刺也不能难吃，以保证放牧的顺利进行。农业部展开植物探索工作，开始寻找这样的替代品。

农场用地通常可以采用河岸采伐这种经济的方式得到保护。砍倒的树木被放入重要位置的沟渠中，并将树干根部与树桩连接在一起，洪水冲击时，它们可以顺势改道，而不需要依靠造价昂贵的高墙和大坝。这些倒下的大树为杨柳形成屏障，可以在其保护下进行杨柳种植。一种廉价而有效的方法是，将带有防冲乱石的钢丝围栏绑在绿色的棉白杨桩上，与河岸平行，并在其上种植树木。

通常，对居住在同一条小溪旁的土地所有者来说，很有必要制定出一项统一的方案，否则其中一个所有者的所作所为带来的问题会对溪边的邻居们造成麻烦，这是一件危险的事情。对于地区代理、森林官员及相关人员来说，这是一个展现领导能力与提供技术建议的机会。然而不幸的是，我们的农业院校并未抓住机会发展水土流失控制技术，未能造福畜牧业者与农民。

除了通过保护牧区草地覆盖进行水土流失防护，以及通过保护河道坡岸进行水土流失控制，总的来说，还存在流域沟蚀控制这一巨大问题。很多土地都因为沟壑存在而满目疮痍，土壤资源被耗尽榨干，由此改变了牧草资源的类型。很多优质的沼泽地、公园、山谷、峡谷或干草草地中形成的沟壑都会逐渐侵蚀其整个区域。然而，花费几分钟将原木、石子与灌木丛扔到沟壑源头能阻止沟壑进一步扩展，这是堵住沟壑的最好办法，值得工程师们去认真研究。每次花费25美分堵住一条沟壑，可以保护一英亩价值2美元的牧场或价值40美元的干草草地，因此，如果不这样做，是对公共福利与良好的私营企业原则的置若罔闻。

自然资源相互依赖，半干旱国家经常处于一种转瞬即变的平衡状态，不受控制地使用资源很快会导致混乱，而不受控制地使用局部资源会威胁到整个区域的经济系统。因此，为保护公共利益，某些资源必须掌握在公众手中，无论资源的所有者是谁，所有资源的使用必须在公众监管下进行。这就是国家持有山地森林所有权的基本原因，这也是国家设立和管理围垦工程的原因之一。但是，尽管林务局与垦务局已经制定出部分规定来保护森林与水源供应，但是保护土地这一基本资源的规定还未制定出来。

对这一疏漏进行补救的第一步，就是对土地占有制度现状进行改革，尤其要包括未受保护的公有土地，由此，畜牧业可以采用那些通过科学的草原管理制定出的保护措施。

第二步则针对所有的相关机构进行，在农业院校的领导下，相关机构要发展和论证有关人工水土流失控制的性价比最高的方法，并且敦促所有土地所有者采用这些方法。这将使土地所有者得以控制部分土地损失，防止土地状况继续恶化。

接下来必须经过第三步，政府需要对地区内所有遭受水土流失威胁的土地进行检查，实施恰当的水土流失控制，并迫使全部土地所有者在合理和切实可行的范围内保护其土地。如果土地所有者的保护措施失败，政府必须采取必要控制措施并且对他们征收成本费用。

前两步进行得越拖沓，第三步来得越快而且越猛烈。

1924年

荒野作为土地利用的一种形式

利奥波德在《土地与公共事业经济学》这本学术期刊中，发表了他关于荒野思考的最持久、最综合的观点，同时也表明他对出台荒野保护政策、并理性地将其作为美国土地利用之一部分的呼吁。在利奥波德搬到麦迪逊的同一年，研究美国边疆的著名历史学家弗雷德里克·杰克逊·特纳搬到了利奥波德所在的同一条街道，仅相隔两个门。利奥波德关于荒野文化价值的论述明显受到了特纳的影响。

很早之前，文明的主要标准之一，是征服荒野并将其转化为经济用途的能力。否认这一标准的有效性就是在否认历史。但是，由于征服荒野对社会、政治和经济发展带来利益，我们有意无意地建立起了相反的假设，即社会、政治与经济的终极发展完全由征服荒野获得——也就是说，将荒野在我们环境中消除。

我的目的在于挑战这一设想的可信性，并且说明这一设想与某些最具美国人特征的文化思想间的矛盾。

我们的土地利用体系中全是这样的现象，即趋势良好然而后果不容乐观。在这一体系下，城市可以健壮成长。但当城市中它高楼林立时，它不再健康发展。我们可以砍伐森林，但是耗尽木材会导致情况恶化。我们可以扩大农业，但是势头过猛会导致现在的生产过剩。这样的例子太多，不再一一赘述。简而言之，问题就在于，征服荒野获得的效益会不会最终导致荒野消失。

这一问题非常新颖，这是因为荒野消失这一想象最近在美国可预见的事件中初露端倪。4个世纪以来我们一直在征服荒野，荒野消失的这种意识离我们过于遥远，因此我们心里并不会思考这个问题。我们首先必须确定一些观点和概念。

什么是荒野地区

这里的荒野指的是野外一处无路可走的地方，在这里人们可以享受以原始的方式旅游和生存，比如跟随驮兽或乘皮划艇进行探险之旅。

第一个观点是，荒野属于一种资源，这不仅指它含有的物理意义上的原材料，也指在正确使用的前提下，它所创造的特殊环境带来的某些社会价值。以上的概念并不难以理解，因为我们在后来经过举一反三想到了土地利用的其他方式。比如，我们不再认为市高尔夫球场仅与土壤和草坪有关。

第二个观点是，荒野的价值随位置不同而差异巨大。对于其他资源来说，将其价值与地理位置割裂来谈是毫无意义的。西伯利亚的荒野可能与我们大湖区部分区域的荒野相似，而它们的价值相比我们的来说不值一提，这就像是它们把高尔夫球场建在了球手去不了的地方。

第三个观点，如果从环境角度对物质材料进行区分，那么荒野就处在像矿物的非可再生资源和像森林的可再生资源的类别中间。荒野不会像矿物那样随着使用而逐渐消失，因为如果我们对自然环境地区管理得当，我们总可以去这里旅游，而且这里的环境一直会保持良好。此外，荒野也不会像城市公园或网球场一样能根据我们的意志建造出来。如果我们毁坏已取得的成绩来建造荒野，不仅会给我们带来巨额成本，而且结果可能会让大家大失所望。没有一片荒野可以像林木那样生长，因为荒野不仅仅是树的问题。事实上，如果我们希望得到荒野，我们必须预见到自己未来所需，并且防止这一珍贵的地方受到侵害。

第四个观点，荒野面积大小不一，最小的地方是玉米带林地处峡谷源头的一处野地，最大的地方是原始国家中广袤无垠的土地——

无名无姓的人在无名河畔徘徊，
又在奇怪的山谷中独自离奇地死亡。

那么，我们在讨论什么样的荒野呢？答案是，所有类型的荒野。荒野是一种相对条件。除了作为土地利用之外的所有形式，都不是一种不可改变的坚固实体。相反，它必须富于变化，适应于任何形式的改变，并且将这些改变在土地规划中高度局部化的妥协方案内进行融合，采用的标准被称为"最大化利用"。土地规划师通过调整一种形式而去适应另一种形式，在不过分牺牲任何功能的前提下建立整个平衡，因而实现土地净效用最大化。

从对街角公共长凳的规定到建立与城市一般大的市级森林运动场，公园建设的想法在城市规划中的运用各不相同，因此对荒野建设这一想法的应用也会因地制宜，用于林木种植的公有森林中几英亩荒芜无路的地方与在面积上等同于整个国家森林或整个国家公园的区域应该采用不同的应用方法。因为公共荒野地区并不是一种远离公共森林或公园的新型公共土地保护区。它其实是一块涵盖我们公众森林和公园系统的专用土地，与该系统中已经容纳的其他使用者相互关联。

最后，为了确定这些定义，我们先不去想任何类型的荒野，暂时完全禁止合理的保护措施。如果荒野遭受森林火灾或人为滥用的灾难，再谈论它们无非是纸上谈兵。然而，经验告诉我们，采用路径追踪、电话线路和观察站等现代化方法可以有效地对荒野进行保护。这些改进不仅不会消除土地上原始的气息，而且可以保留这种原始韵味，以备不时之需。

平衡土地系统中的荒野地区

荒野在什么情况下可以当作土地使用？

诚然，在野外环境下保护任何一处土地都在逆转经济运行趋势，但这一事实不该作为谴责这一提法的借口。一项对土地利用历史的研究表明，合理的土地利用在很大程度上取决于良好的平衡——在对立趋势之间的明智调节。现代化措施旨在获得农场中多样化的粮食和家畜，保护受侵蚀的土壤、森林，牧区管理、狩猎动物管理以及公共公园——所有这些都在试图平衡那些已经脱离平衡的对立趋势。

其中一件值得注意的事是：良好的平衡是其对立趋势的本质。从功利的角度看，似乎在现代农业中，经济用途之间需要调整。但在另一方面，公共公园运动中，调整发生在经济用途和纯粹的社会用途之间。然而，经历了一个世纪的实际体验，即使是最坚韧的经济决定论者，也已经停止挑战对经济趋势进行合理逆转的明智之举，转而支持公共公园。

我认为荒野是一个并行问题。而这一问题并未得到广泛认可，这是因为我们还没有把荒野环境当作是一种资源。到目前为止，我们可得到的资源供应是无限的，如风能、潮汐能或太阳能，我们不会将任何东西视为资源，直到需求能与供应相匹配。

经历了3个世纪的不平衡发展，在我们意识到正在处理一种非可再生资源前，拓荒者开创的环境已经走到尽头，而我们打算在太平洋对残存的土地进行开发。3个世纪以来，环境决定了我们发展的个性；事实上，也决定了我们种族世系的个性，从而构成了美国现在的样子。我们现在是要消灭这个创造我们的东西吗？

邬斯宾斯基[1]说过，从生物学上讲，理性存在的决定性个性，是自主进化。约翰·巴勒斯[2]引用了一个关于马铃薯瓢虫的反面案例，它们盲目遵循增殖规

---

[1] 邬斯宾斯基（P. D. Ouspensky，1878—1947年），20世纪一位重要的俄罗斯思想家，他预见了哲学、心理学和宗教的很多问题。代表作《奇异人生》《第三工具》。

[2] 约翰·巴勒斯（John Burroughs，1837—1921年），美国博物学家、散文家、美国环保运动中的重要人物，被誉为美国自然主义文学之父。代表著作《醒来的森林》《诗人与鸟》。

律，消灭马铃薯之后葬送了自己。我们是哪一种人呢？

荒野为美国文化带来了什么

毋庸置疑，作为一种经济事实，我们的荒野环境不可能以任何可观的规模得到保护。但是与其他衰退的经济事实类似，它可以因为体育而得到保护。不过，体育这个词用在这里的原因是什么？

举例来说，在无数个世纪中人与人之间的身体对抗都是一种经济事实。当这种行为消失之后，我们健全的本能被保留了下来，发展成了体育运动和比赛的形式。从前人与野兽之间的身体对抗是一种经济事实，而当这种行为消失后，我们头脑中的种族本能引导自己为了运动而捕猎和捕鱼。这些技能的运用从经济基础过渡到了社会基础，并没有毁掉人类经验的功效——事实上，在某些方面这一改变可以当作是一种改进。

足球运动同样需要对抗中的意志力，但避免了道德和身体素质的退化。为了测试技能，最高形式的狩猎运动是对掠食的一种改进，猎人为自己制定出一套伦理守则，且必须经常在没有旁观者道义帮助的情况下自觉执行。

在以上这些案例中，保留下来的运动是对逐渐退化的经济事实的一种改进。在公共荒野地区游玩本质上是一种刚健原始的户外游憩形式，以此得以在退化的经济事实条件下存活。这些形式应该得到流传，这是因为它们同样也是对开拓荒野的改进。

毫无疑问，美国和美国人很多最具特色的属性都印上了荒野和荒野生存的烙印。如果在美国文化中有这样的东西（我认为我们有），那么成功的拓荒者与众不同的个性的判别标志可以被概括为：具有某种强烈的个人主义感并有组织能力，具有某种为获得实际结果而存在的好奇心，对呆板的社会形态不妥协，并且不能容忍碌碌无为。如果有的话，以上这些都是美国精神的固有属性，其中展现出的品质对文明做出了新的贡献，而不是一种效仿。很多观察者认为这些品质不仅造就了我们自己，而且铸成了所有制度。环境创造了这些制度，且环境如今或许成为了我们保持这些制度生生不息的有效手段之一。我们如此热切地保护着这些制度，却没有同等地考虑过保护环境，这是否远远偏离事情的关键了呢？

荒野的位置

建立荒野保护区的提议需要在荒野消失前采用，否则只是纸上谈兵。美国残存的荒野现状是什么？

50万英亩以上的广袤之地正在迅速消失，其主要原因并不是经济需求，而是不断延伸的汽车公路导致的。在国家多山地区中，相对较小的地方依旧富足，可以挺得住很长一段时间。

较大荒野地区的消失可以用以下实例来说明：1910年，亚利桑那州和新墨西哥州共有6处无路地区，这些地区面积从50万英亩到100万英亩不等，是游客享受在山地荒野中背包旅行的最佳之地。如今由于公路的修通，只剩下一处大概50万英亩的荒野。

加利福尼亚州在10年前拥有7处大型荒野区，然而如今只有两处未被践踏。

大湖区再无未被汽车轧过的荒野。汽艇和汽车公路将这一皮划艇国度残存的荒野迅速抹掉。

西北地区中的大型无路区依旧相对较多。林务局的土地方案要求中等大小的荒野区中不准修建公路。

然而除非当前试图保护这些区域的努力得到大力加强和拓展，否则，最终的结果必然是，除了西北地区之外全部公共所有的大型荒野地区将在下一个10年被汽车入侵。

在选择要保留的荒野问题上，必须要考虑的一个很重要的因素就是荒野的位置。在爱达华州或蒙大拿州的国家森林中，荒野聊胜于无，但毕竟对芝加哥与新奥尔良那些对荒野需求较大却囊中羞涩、假期短暂的人来说，这种荒野用处有限。他们可以前往欧扎克与大湖区土地贫瘠地区的荒野。对大西洋海岸线地区聚集的大量城市人口而言，阿巴拉契山脉两端的野地价值就尤为突出。

残存的大型荒野地区消失得如此迅速，是不是因为它们含有适合居住的农业土地？答案是否定的；绝大多数荒野地区完全没有存在或潜在的农业。那是因为它们有可被砍伐的林木吗？其中一些地区确实存在有价值的林木，而且在少数情况下这一事实致使采运作业得以合法扩展；但在大多数残存的荒野中，林木不是太细就是太过分散，或者地势过于崎岖，仅靠开采林木不能抵消修建公路和铁路的成本。普遍来说，林木过度砍伐而导致立木逐渐稀缺，这样的状况可能会延续几十年，从必要性的角度来说，为林木而牺牲荒野是不合理的。

一般而言，导致荒野地区大量毁灭的原因不是林木，当然也不是农业，而是为了吸引游客的需要。良好道路运动高涨的势头构成了一股强大的力量，被每个拥有商会和成为大都市欲望的小山村熟练地玩弄在股掌之中，无论是否出于经济原因，这一力量使得汽车公路延伸到野地的每一个地方。

我们剩下的未开发的土地都是贫瘠的野地。但是这一贫瘠并不会阻止支持者修建成本昂贵的公路。以此来引诱汽车旅行者。

我并不赞赏边远村庄的这种企业精神，我也不会对他们希望获得公款补助的野心做出批判；我也不会说这些道路没有任何经济效用。我的观点是：（1）我们的道路系统在荒野中的此种扩张回报甚微，不足以用于分期偿还公共投资；（2）即使可以得到充足的回报，公共利益中道路系统的建设也非必要，最多在没有公园的城市里最后的空地中，获得一份将属于公共利益的经济收益。相反，公共利益要求对荒野地区体系进行认真规划，而且在要求范围内永久逆转常规的经济程序。

诚然，汽车旅行业务是这些荒野运动场遭到入侵的原因，仅仅是一种娱乐方式对另外一种娱乐方式的替代。但是从良好平衡的角度看，这一替代是一件极其严重的事情。将我们公共公园和森林全部的娱乐资源贡献给汽车司机是愚蠢之举，就像将所有的城市公园都建成旋转木马。让老人们喜欢上只有秋千的公园，抑或让孩子们喜欢上只有长凳的公园，抑或让汽车司机喜欢上只有骑马道路的公园，都是不合理的做法，这就像让游憩者喜欢上具有汽车公路普遍优先权的荒野一样荒谬。然而这就是我们的土地规划——我宁愿没有它们——正在做的事情；我们"发展"的教条是如此神圣，以至于无人抗议。美国个体在其经济活动中所形成的标准化模式很难改变，因此形成的多余的标准化消遣品位非常不可取。

建立荒野地区的实践层面

公共荒野运动场与其他所有公共区域的不同之处在于,前者建立和维护的成本很低。荒野是公共土地的一种形式,而且不需要任何改进。诚然,荒野也需要简单的消防和巡逻管理系统,但是其每年每英亩的成本不会超过2到3美分。它甚至通常不会成为一种新的成本,这是由于国家森林和公园里比较崎岖的地方中,更多区域的所需土地已经得到了管理。在我们的国家公园和森林系统中,需要采取行动的,是进行永久性变异的适当体系的野地。

在大湖区这样的地方,公有土地大面积消失,土地需要购买;但无论如何,这一过程将在我们的公园和森林系统中完成。在这些情况下,较小的荒野可能就足够了,其中可以除去的普通设施包括村舍、旅馆、公路和摩托艇。

这些在国家森林和国家公园中得以保留的野地将为荒野理念带来一种健康的改变,森林地区将被用作公共狩猎场,公园地区将被用作公共野生生物保护区,两种地方都属于公共运动场,在这里,荒野环境和旅游模式将被保存下来,供人娱乐。

荒野的文化价值

这些荒野值得保护吗?这是一个至关重要的问题。我不能给出一个公正的答案。我只能想象出在不久将来的某一天,噪声轰鸣的汽艇后拉着带有桨的皮划艇,从夏季别墅的后院中拖出来。当那一天来临的时候,皮划艇旅游将要成为历史,随之成为历史的还有部分美国精神。乔利埃特[1]和拉萨尔[2]将成为书中的文字,山普伦[3]将成为地图上蓝色的一点,而且皮划艇仅仅被当作是用木头和帆

---

〔1〕乔利埃特,美国伊利诺伊州东北部的一个城市,在芝加哥西南方。
〔2〕拉萨尔,加拿大魁北克省的一个城市,位于圣劳伦斯河中的蒙特利尔岛南岸。
〔3〕山普伦亦称尚普兰,是位于北美洲的一个湖泊,注入的河流多达9条,且多客货船往来。

布做的东西，只让人联想到白鸭裤和沐浴的"美人"。

这一天很快就要到来，驮畜队必须嗅出通往碎石铺就的高速公路的路径，并且将带头母畜从夏日旅店中的牧场逐出。当这一天到来时，驮畜队将成为历史，而且那菱形索结仅仅成为了绳索，基特·卡森[1]和吉姆·柏瑞哲[2]将会成为历史书中的名字。"集结"（Rendezvous）将成为法语中的"约会"，而49[3]将成为50之前的一个数字。从那以后，帝国将在汽油和四驱刹车支配下前行。

欧洲户外游憩很大程度上缺少像我们国家通过建立保护区一样进行的荒野保护手段。他们在承担得起费用时进行狩猎和捕鱼，而他们的狩猎和捕鱼的确是狩猎和捕鱼，有现成的狩猎旅舍、精致的食物和雇佣的助猎者。整个氛围就像是野餐而不是背包旅行。对技巧的测验几乎变成了猎杀表演。人类体验价值也相应降低。

我国的一场浩大运动的目的，在于保护野外运动的独特民主性，即自由狩猎和捕鱼，与欧洲商业化狩猎和捕鱼存在很大区别。我们提出建立公共射击场，以及户外运动爱好者和土地所有者之间组织的合作关系，以此使得美国人适度地接近这些运动。自由狩猎和捕鱼是一种非常有价值的目标所在，但是它只涉及美国运动中两种特性之一。另外一种对技能测验的特性包括在户外生活和猎杀狩猎动物的能力之中。公共野生运动场对我们至关重要，这一基本特性需要得到保护。

赫伯特·胡佛[4]曾说，如果允许工业扩张毁坏娱乐资源，那么通过对工业组织的完善，难以增加美国人花费在娱乐资源上的平均空暇时间。荒野当然是最重

---

[1] 基特·卡森（Kit Carson，1809—1868年），一名美国前线军人。在新墨西哥州做农场主时，帮助南北战争中的联邦军组织志愿军。曾协助政府镇压纳瓦霍族起义。
[2] 吉姆·柏瑞哲（Jame Jim Bridger，1804—1881年），美国山地人、猎人、陆军侦察员、荒野向导，他被认为是美国西部最重要的拓荒者之一。
[3] 美国加利福尼亚州于1848年发现黄金储矿，此消息于1849年正式传开，引发淘金热潮，无数淘金者跋山涉水，倾家荡产，甚至冒着生命危险前来，只为一夕暴富。此地的火车、蒸汽船需求大涨，相应地，大量铁路随之修建。加州农业也趁此得到发展，1849年给加州迎来了经济繁荣，而在此表象之下，大量美洲原住民被攻击、赶离甚至杀害。此外，大量的矿物开采带来了诸多乱砍乱伐，从而导致了水体污染和水土流失。
[4] 赫伯特·克拉克·胡佛（Herbert Clark Hoover，1874—1964年），曾担任美国商务部部长，从事矿业、铁路、冶金行业，并成为矿业界的富豪，曾在光绪年间的英商开平矿务有限公司（今河北唐山开滦煤矿）任职。

要的资源之一，而用公费在错误的地方修建无人问津的道路是工业中最不划算的事情。如果我们不能主宰自己的繁荣，那这必然会让我们自吹自擂的美国精神招致不幸。只有在我们变得团结、独立、理性和自主时，理性存在的自主进化才会发生在我们身上。

荒野作为一种土地利用形式，是以进步这一定性概念为前提的。其建立在一种假设之上，即个体经验的增长与个体数量的增加同等重要；商业扩张是一种手段，不是终结；美国拓荒者创造的环境本身具有价值，而不仅仅是忍耐对开汽车的我们的惩罚。其还建立在另外一种假设之上，即美国的岩石、溪流和遍布圣殿之山[1]不仅仅是经济材料，也不应该专门被用于经济用途。

考虑过土地利用的美国先驱在理论上已经意识到了这些情况。而我们还没有意识到这个事实，是因为自身心灵贫瘠、囊中羞涩，还是因为虚度时光呢？

1925年

美国的狩猎方式

这篇文章于1931年发表在《美国狩猎动物》中，利奥波德解决了美国狩猎动物政策中最有争议的问题之一，这一政策倾向于美国传统，即野生生物为国家所有，在使用土地所有者的土地时会给予他们补偿，然而欧洲体系中，野生生物所有者为个人。一组有影响力的美国户外运动者成立了美国更多猎鸟基金会，旨在通过私人所有制的方式进行狩猎动物繁殖和圈养繁殖，由此对利奥波德倡导的系统造成直接威胁。然而，利奥波德从自己的角度通过巧妙详实的语言对这一政策进行了反击。

---

[1] 在19世纪的S. F. 史密斯所作的美国国歌《My Country Tis of Thee》中，就有"I love the rooks and rills, the wood and templed hills"一句，利奥波德在此加以引用。

狩猎动物政策于1930年美国狩猎动物大会上生效，其开头的陈述如下：

除极少数例外情况，当土地拥有者还未实行管理。以下面3种方式引导土地拥有者实施管理：

1. 买下他的产权并成为土地所有者。
2. 直接或间接对他的狩猎动物作物生长和收获优先权进行补偿。
3. 将他的野生动物所有权进行转让，可以像拥有、买入和卖出家禽一样拥有、买入和卖出野生动物。

第一种方法适用于廉价的土地，但在其他地方禁止。

第二种方法在任何地方都适用。

第三种方法属于英国体系，与美国传统和思维相矛盾。在此份报告中不予考虑。

最近一期的《狩猎动物饲养员》要求委员会解释起草的政策中"与美国传统相矛盾"的意思。

珀西·R. 克里德在他的《曲解事实的英国人的胡言乱语》中也列举了关于当前"欧洲狩猎动物系统滥用"讨论中的有趣的例外情况。

这篇文章旨在表达个人结合欧洲实践而对政策的解读。不涉及委员会中其他成员或其他个人与组织。

对于美国和欧洲来说，需要首先对比两个大洲的生物与经济环境，否则，对比两者的实践毫无意义。即，经济和生物环境是如何成为美国和欧洲国家狩猎动物保护中问题所在的呢？

其中一种解说一定与当前和未来的人口密度有关。欧洲人口众多，但土地面积较小。然而美国地广人稀。为了给任意给定比例人口提供相应数量的狩猎动物，欧洲必须比美国在每英亩饲养更多的狩猎动物种群，而且由此需要落实更加密集的狩猎动物管理方法。此第一定理是我们问题产生的条件。

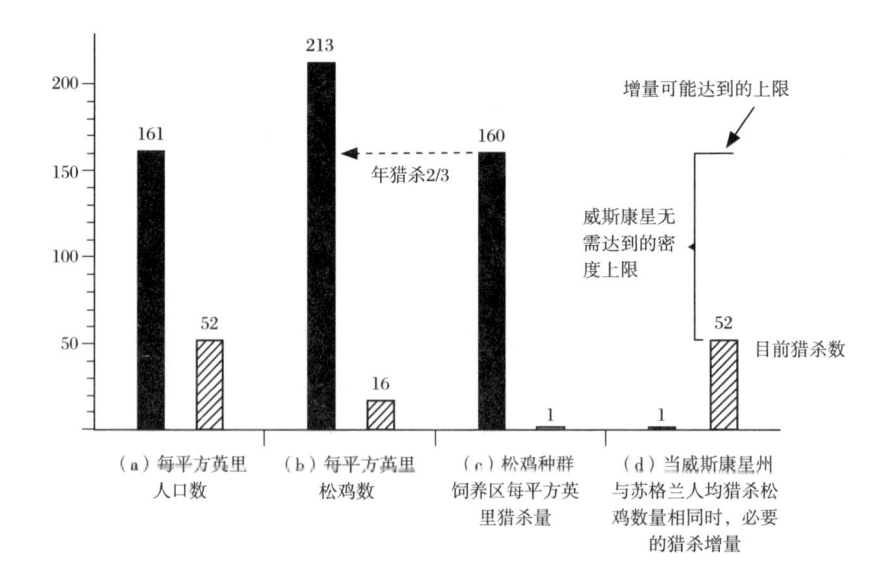

苏格兰（■）和威斯康星（▨）人口、松鸡数量与密集管理的关系

图表内容：
- （a）每平方英里人口数：苏格兰 161，威斯康星 52
- （b）每平方英里松鸡数：苏格兰 213（年猎杀2/3），威斯康星 16
- （c）松鸡种群饲养区每平方英里猎杀量：苏格兰 160，威斯康星 1
- （d）当威斯康星州与苏格兰人均猎杀松鸡数量相同时，必要的猎杀增量：目前猎杀数 1，增量可能达到的上限 52，威斯康星无需达到的密度上限

□ 奥尔多·利奥波德发表在1931年3—4月《美国野生动物》中的"野生动物管理方法"相关说明图

举例说明：苏格兰平均每3英亩（最多每英亩）沼泽地大概可以养活1只松鸡。在这里种群密度非常大，只有通过密集的管理方法才能实现。威斯康星州的沙原平均每40英亩大概可以养活1只松鸡。在这里种群密度非常稀疏，无需任何管理就能"自然"发生。图中（b）部分描述了这一对比。

一种原始或延伸的狩猎动物管理系统可以将威斯康星州的松鸡密度提高到（比如说）每8英亩1只，或者是现在种群密度的5倍。此外，一种完全或密集的狩猎动物管理系统可以将威斯康星州松鸡密度提高到苏格兰的2倍，或者是现在种群密度的20~40倍。

现在我们基本都知道，在任何一个地方，任何提高种群密度的方法都会因疾病的发生而失效。

因此，我们在根据生物和经济偶然设定的上下限中大展身手。技术不能抬高上限。拖延会压制下限以及根除物种。这两种限定组成了狩猎动物政策"石板"的上下两个边缘。两种极限相去甚远。在它们中间充斥着多种选择。

种群越密集，其中可被安全猎杀的数量越多。事实上，苏格兰的松鸡种群几乎是密度上限，需要消灭掉三分之二。如果目前种群允许增长40倍，那么我们目前的捕杀量可以提高40倍以上。图中（c）部分将达到160倍。

第二个定理关乎美学，因此具有一定争议性。这一定理是：每只狩猎动物带来的娱乐价值与其初衷南辕北辙，因而在很大程度上背离了产生它的狩猎动物密集管理系统。我冒昧地将其称为一种定理。这只是我作为户外运动爱好者的个人感受，并不能证明其正确性。但我觉得很多人跟我的想法如出一辙。可能这种思维方式在美国要比在欧洲常见得多。我从未去过欧洲，因此不得而知。如果确实如此，可能这就是我们的定义中最先出现"美国精神"的地方。就算这是事实，我也不会在自己的观点中表现出任何"优越性"。我们在未来只会拥有一代的野生自然环境——而欧洲已经持续拥有了几个世纪。我认为，一种生命的美学标准或多或少地受到其自身的现实体验限制。

我不会尝试说明这一定理，因为它根本不属于逻辑领域。无论它是否正确，都源于个人的观点。我一直感到好奇的是，他们是否已经确定，这个国家对"低级落后"成分的精神上的热情，是否可以解释为对调节这种感受进行的盲目探索？他们确定，尽管他们并没有用文字来描述这一现象，但他们不确定的，是美国狩猎动物问题中的实践限制，因为这些限制是最近才被分离出来并且被定义的。

第三个定理承接前两个定理：狩猎动物政策应该在一些明显必要的管理与无需太多的审美需要之间寻求折中办法。如果我们不利用相对较低的人口密度这个优势，就太愚蠢了。假设威斯康星州和苏格兰各有三分之一的土地为松鸡放牧区，那么每平方英里的面积上，苏格兰可以在密集的管理方法下猎杀160只松鸡[见（c）部分]，如果此方法可以复制，那么究竟需要复制到哪个程度，才可以使得威斯康星州的市民获得与苏格兰一样的平均人口猎杀量？（c）部分表明猎杀量提高50倍才可以满足这个条件。这一提高需要种群数量增加到6倍或10倍。（我们要记住的是，最近多年来的证据表明，目前种群数量过低，以至于几乎不支持猎杀。）

毋庸置疑，我们整体猎杀量在生物学上限下可以提高到160倍。简而言之，我们仅需使用管理方法中三分之一的强度等级[见（d）部分]。第三个定理表明，这一方法具有美学特征，要比通过完全控制所有因素而盲目复制苏格兰的种群好得多。我再说明一下，这里没有任何"优越性"含义在内。如果我们每平方英里的人数像英国一样多，我们也不得不实践密集的方法，或者停止猎杀。（如果存在任何有关"优越性"的问题，那么，我们能否证明自己有能力以某种定性标准来调节我们未来的人口密度？或者像松鸡一样，我们是否会自动填补哥伦布为我们发现的巨大生物领域？而爱迪生和福特先生通过对人类环境的"管理"，正在不断扩大这个生物领域。恐怕我们可以做到。支持者担心我们不会这么做，否则他们担心会有一些不必要的耽搁。）

一些为数不多的管理具有良好的美学价值，但是一些读者更关心其中良好的商业价值。狩猎动物管理是一种农业形式，大概与其他形式一样遵守马尔萨斯[1]收益递减定律。其他所有土地作物也是一样。这就是说，目前用1美元或1小时将松鸡的偶然种群翻5倍，而下一次再翻5倍需要不止1美元。这是为什么呢？因为我们在接近密度的生物学上限，加入一只鸡比降低生物经济学中的"石板"需要付出的工作更多。我用"大概"一词，是因为没有数据用于佐证。我们国家的管理工作少之又少，因此不存在能用上的数据，而且欧洲的数据很难转换过来。这些针对小规模狩猎动物数量的低廉成本引出了第四个定理。这种现象是导致种群增长还是猎杀，均不得而知，因为生产速度比密度递增得更迅速。

第四条定理的一个重要结论是，在确定范围下可得到以下正确观点：花费1美元可以在较大土地上饲养的野生动物，比较小土地多。这一点被乐观主义者所忽视，他们会为农民找捷径，因为无论在租赁还是占有的小型公共猎杀场上，"国家可以饲养所有的狩猎动物"。这一点也被很多狩猎动物饲养者所忽略，他们因对私人饲养土地的不计成本的处置而受到限制，否则，在不考虑成本的条件下，这些饲养土地的所有者会想在小型土地上获得更多的猎杀产品。

第五条定理在狩猎动物政策中进行了说明：只有土地拥有者实施狩猎动物管理的成本低廉。这是因为，管理工作一般是由分散在各个季节范围内的小型工作组成。农民和林务员可以将这些工作当作是"兼职"，通常不需要单独结算成本。

在我们描绘的情景中，只有这些生物经济法律限制了"石板"。引用法律比对症下药更容易。而接下来会发生什么呢？

目前的野生动物政策勾勒出了局面，至少对现在状况的轮廓进行了描述。它

---

[1]托马斯·罗伯特·马尔萨斯（Thomas Robert Malthus, 1786—1834年），英国教士、经济学家、人口学家，代表著作《人口原理》《人口论》。

提出在所有土地上采取低密度管理（而不是在某些土地上采取高密度管理），这是为了降低成本并减少人工干预。它还提出，无论公共场所地处哪里，都要成为自身的管理者。但是要承认的是，当其管理不善时，需要目前土地拥有者进行必要的管理工作。政策制定者不能自欺欺人地去相信政策可以对这些目标描绘出精确的实践路线，或者政策完全可以被推广至全国。他们的确相信这一政策或其他一些政策的利用可以得到公众的理解和支持，而且路线的细节问题必须通过一些"试试看"的手段一步一个脚印地解决。

那些想让我们接受欧洲理念的人，嘲笑我们在"低级"循环里普遍存在的这种观点，这是非民主的。"像欧洲那样生产狩猎动物，"他们说，"那么我们总可以进行打猎，狩猎动物的量肯定比现在多很多。"这一反驳大体正确，毋庸置疑。然而它只代表一种含义，因此需要拿到台面上更清楚地进行说明。据我所知，所有欧洲国家在市场上卖肉的同时也销售打猎优先权。但欧洲户外运动爱好者租用（或建立）他的打猎场时，他会决定卖出一部分自己不需要的肉来回收成本。结果是，他租用的土地越来越多，花的钱越来越多，而且打猎得到的肉也越来越多，自己一个人用不完。这导致其他人的地越来越少，野生动物越来越少，因此赚得越来越少。简而言之，欧洲开放市场的打猎优先权变窄，而不是变宽。我们同样可以清楚地看到，他们采用的是密集而非宽放的管理方法。

很多低级趣味的辩护者以伦理道德为理由谴责大型动物狩猎。他们并未意识到这些大型动物狩猎是欧洲狩猎动物经济中的重要一环。他们也忘了，尽管有大型动物狩猎，欧洲非洄游性的狩猎动物也不会像这里一样被过度猎杀。我不知道哪种系统更符合伦理道德。它们仅仅是有区别，其区别源于历史演变中的意外。我们想要哪一种呢？土生土长的美国系统基于"为家庭提供一大堆野生动物"这一基本观念。我猜欧洲系统源于"为封建群体提供一大堆野生动物"这一观念，为此确保贵族或男爵在他领地内尽情狩猎。除去伦理不说，我们的系统是土生土长的系统，如柯南·道尔[1]所说："一种美国社会习俗，会因丢弃而受处罚。"

---

[1] 柯南·道尔（Conan Doyle，1859—1930年），英国人，世界著名小说家、剧作家，被称为"世界侦探小说之父"，成功塑造了夏洛克·福尔摩斯等人物。

因此我更喜欢这一系统。没有什么可以阻止我们采取欧洲技术以生产狩猎动物产品，与此同时，抵制欧洲习俗，控制经营强度，以及抵制欧洲系统的收获和分配方式。总的来说，狩猎动物政策提出的就是这一理念。从这一程度上来看，其"提倡欧洲系统"，而且仅用于农场土地，对于公有制公共运营来说过于昂贵。

低级落后的阵营中最激进的先知，从未公然督促过建立如此庞大的社会化公共娱乐项目。

多年来，让欧洲自然主义者和自然爱好者一直耿耿于怀的是：多数欧洲国家的狩猎动物管理中都对掠食性动物进行无情压制。W. T. 哈德逊曾对掠食性物种的接连消失表示抗议，他因此藐视户外运动爱好者的美学视野和运动精神。他可能了解美国保护主义者的嫉妒反感，以及害怕美国即将发生（？）类似的情况。他们的恐惧有根据吗？

我非先知。然而我想指出的是，除大规模的密集型狩猎动物管理外，严格的掠食者控制通常是不必要的。如果第三个定理正确，那么我们就不需要那种管理方法了。

当我说严格的捕食者控制对于较低规模的管理不必要时，我不是在表达个人观点或个人希望，而是在表达生物学研究的明显趋势。狩猎鸟类生命方程分析师相继发现，首先要重视食物、住所、疾病和其他环境因素，之后才是掠食者。一开始，在这些其他因素上花费1美元就能走得最远。这并不是说不需要对掠食者进行控制。这意味着宽放的或低级的管理工作——比如足够能让我们的产品翻5番——可以通过对掠食者因素进行轻微的、局部的、季节性的，以及选择性的处理实现。在狩猎动物的哺乳类动物中，这一趋势表现得并不如在鸟类中那么明显，但其在北方各州表现得比南方各州更明显。

此外，我们不能忽略的是，欧洲掠食者政策由经验得来，而不是凭借科学理论获得。其标准在生物科学诞生前就已经确立。我们的标准可以做得更好。这不是欧洲人的错误，而是我们的幸运，这是我们在生物学管理上的领先。

我们希望野生生物企业合作小组可以像狩猎动物政策倡导的那样，最终可以基于新的生物学对掠食者形成一种"美国态度"，并将自然爱好者、农民和户外运动爱好者当作是合作伙伴。这样的希望过分吗？它是不是一种乌托邦精神？也许是，但是我们还有其他选择吗？农民副产品生产收入的损失，男孩在缺乏精神养料的农场中进行抚养，成千上万的鸣禽损失，以上这些缺憾都可以在狩猎动物管理方法下得到充盈。这就像是具有另外一个哈得逊的欧洲系统。对这一工作抱有野心的人已经开始摩拳擦掌。下一个10年，这个国家所有党派是否会花费时间思考以及学习如何在土地上进行实践，或者反反复复说一些空洞的话，未来的命运就决定于此。所有的东西都相对简单而且真实地发生在土地上，而写在纸上不免有些深奥晦涩，让人生畏。基本问题在于，大多数户外运动爱好者和保护主义者手里拿着的都是笔，而不是犁。对他们来说，用篱笆围起的土地、灌木丛和田地是伟大而悲壮的历史信件，前进的方向很明显。

  10年前我会说在美国狩猎动物管理中还存在另外一种与众不同的方法。对过于有效的工具和过于有破坏性的措施进行自觉限制，似乎在美国得到了比欧洲更大的进步。我们进行了很多次游行，聚焦于封闭的市场、小型标准、无射杀、"比起射杀，还是去遛狗吧"，等等。我们对欧洲执着的狩猎行为发表了评论，以此证明我们优良的道德标准。如今需要一个比我更加勇敢的人来传递这一观点，勇敢面对我们混乱的机械化设备、大规模投放的诱饵，以及一种普遍的观点，即对猎获物的限制只是对狩猎技术的最小程度的验证，而非对尊重自然的最大程度的克制（这是进行限制的最初目的）。在这件事上，我只能表达个人的希望，希望这一混乱是暂时的。美国人的露营、在河水两岸钓鱼以及在新兴的一弓一箭式的捕猎运动中，自愿将运动难度加大的观点尽管并不流行，但依旧存在。

  或许随时间流逝，一枪一狗式的田间运动将重获生机。

  美国和欧洲的狩猎动物管理方法有一项共享的义务：它必须是隐含艺术的艺术。我们隐含艺术的机会更大，这是因为我们有大量土地，而且不需求助密集的管理形式。因而，也会有些人对无论什么管理方法都嗤之以鼻。对于这些人，我只想说："眼见为实。"我们很多返祖的本能，比如捕猎，都只有在坦率接受幻想之后得到锻炼。我们真的没必要去查看女人的房间——在大多数种群中她们都很安全。养狗来看守"城堡"表现的是我们对狗的热爱，而不是我们对家庭的担心。"通过猎犬的力量"或快速扣动扳机猎杀大量的野生动物，并把它们带回家，这对成年美国人的重要性等同于让他们年轻的儿子在家庭洗涤桶里钓鱼。以我来看，这一点至关重要。

1931年

狩猎与野生生物保护

关于欧洲与美国在狩猎动物管理中的争论依旧火热。《秃鹰》是一份鸟类学杂志，得到保护主义者的青睐，一位作家在其上发表了一篇文章，将利奥波德这些提倡人工繁殖的人视为主要对手，而且对他们"恶劣地"强调猎杀而非保护野生生物资源的观点进行校正。作为一位鸟类学者，利奥波德经常在《秃鹰》中献计献策，他与以商品为导向的保护主义者一样富有同情心，但是他因受到抨击而感到非常委屈，他所认为的更现实的保护方法受到了针锋相对的回击。这篇发表在《秃鹰》中的文章不仅揭露了保护联盟内部的紧张态势，而且是利奥波德在工作期间对保护问题的最明确声明。

这是对 T.T.麦凯布先生最近写的两个非常棒且有说服力的关于户外运动爱好者运动说明的回复：我的《北方中部各州狩猎动物调查》，以及被美国更多狩猎鸟类组织发布的许多出版物，我认为这两者都已经被责难为"一种有害教条的框架，华而不实"。

麦凯布先生提出的问题在我看来是一个非常基本的问题。我希望这一问题可以激发保护主义者与户外运动爱好者进行深入思考，对我这样处于中间并且共享两方愿景的人来说更是如此。

很多户外运动者会对任何野生动物项目中体现保护主义者观点的尝试进行嘲笑。"不管你做什么，保护主义者都会反对。" 麦凯布先生的文章字里行间对我们这些坚决反对这一观点的人进行讨伐，这是因为我们使目前僵持不下的现状无限延长。最犀利的笔锋可以得到更多的赞誉，但狩猎动物除了增加了消失的机会外，什么也得不到。

此外，更多狩猎鸟类组织以及狩猎动物调查（后来发展为"美国狩猎动物政策"）代表了户外运动爱好者阵营两种不同的势力。最初，他们在麦凯布先生推测自己本身"恶劣"的问题上而意见相左，即掠食者控制、外来物种、商业化程度以及人工繁殖。《秃鹰》的读者可以察觉出两组坚定的户外运动爱好者在基本问题上产生的分歧。

我并不是说麦凯布先生应该在这些悬而未决的问题上同意更多狩猎鸟类组织或我自己的观点。我想问的是，他对两者不予理会，且认为这可以对良好政策造成同等破坏，这样是否有利于进行保护？（我认为这不是一个很有力的声明，这是因为麦凯布先生说："这些建议……是为猎鸟而对国家提出的提议。"他会对我提出的问题做出这样的回答："猎鸟属于非卖品。"）

毋庸置疑，争议并不像纸上看到的那样简单。我认为这一问题的部分解释是，不管麦凯布先生是否意识到，事实上，他的狩猎动物政策由个人意愿体系构成，如果美国由1.2亿鸟类学者组成，这一愿景可能会实现，然而我提出的是一种基于公众行为的体系，可以适应由大量商人、农民和"扶轮社"[1]成员组成的美国，可以在经济扩张的国家狩猎动物保护中大展身手。他们大多数人承认更喜欢有鸟类、树木以及花朵的环境，但很少有人承认目前水禽的"减少"比银行账目的"减少"更重要，或者，蓝雁的现状比美国钢铁的价格更能对美国文化的未来产生影响。

现在，如果麦凯布先生和我都有勇气对物质材料和物质经济的普遍优先权进行挑战的话，我们可能会一贯地举起"非卖品"这面旗帜，并且英勇地死在暴民的践踏之下。但是我们已经向自己妥协了吗？我意识到每次自己打开一盏电灯，抑或坐在一辆普尔曼车上，抑或收获股票、债券或房地产中不劳而获的盈余时，我都在向环境保护的敌人"出卖自己"。当我将这些思想写在纸上打印出来，我就是在帮助砍伐树林。当我在咖啡中倒入奶油时，我就是在耗尽饲养牛的沼泽，并且根除了巴西的鸟类。当我在浅滩捕鸟或捕猎时，我是在摧毁一片油田，并且

---

〔1〕扶轮社是依据国际扶轮的规定所成立的地区性社会团体，特点是其内部成员需要来自不同职业，并定期举行例会。首个扶轮社由保罗·哈里斯于1905年在美国芝加哥创立。

重新选举一位帝国主义者为我带来橡胶。不仅如此：当我有了两个以上的孩子时，我需要更多的印刷机、更多的牛、更多的咖啡、更多的石油和更多的橡胶来满足自己的贪得无厌，因此需要弄死或者毁掉更多的鸟类、更多的树木以及更多的花朵，将它们从各种环境中铲除。

这该怎么办呢？我认为我们只能选择两种方法：其一是靠荒野的蝗虫为生，前提是还有存在的荒野；其二是在经济力量下，利用根植于"扶轮社"内部对自然残留的热爱，偷偷建立某些新的齿轮和车轮，重新创造至少一部分的价值，破坏他们对于"进步"的热爱。更简洁的方法是：如果我们想让巴比特先生重新建造美国野外之地，我们必须让他使用与他造成破坏时相同的手段。他知道的仅此而已。

我绝对没有说麦凯布先生应该赞同这个观点。我说的是，毁灭野生生物这一经济秩序剥夺了我们用所有经济手段进行恢复的资格，这些手段肮脏而且罪恶。

举例来说，我们除了用经济手段外，可以通过清洁的农耕和排水系统将狩猎动物（以及其他野生生物）从我们富饶的农业土地上驱逐出去吗？是否有人依然相信，限制性的野生动物法律自身可以阻止贯穿大洲的毁灭？到目前为止，由保护主义者和户外运动爱好者一起或独立提出禁猎期、纸面划定的庇护所、学龄儿童的鸟类读物、野生动物农场、艾塞克·沃尔顿联盟[1]、奥杜邦协会[2]或者其他的无力手段，是否在前行的道路上成为了障碍？麦凯布先生是否知道引导普通农民给鸟类留下些食物和居所而不提供任何资金的方法？是否知道如何在筹集资金时不对户外运动爱好者收税？

我在尝试建立一种机制，由此户外运动爱好者和弹药行业可以从财政上为这一问题的解决提供帮助，而不是命令他们自己解决这一问题。这一机制包含一系列狩猎动物团体，由农业大学设立，被用于检验华丽而干净的农业是否经济的问题，如果答案是否定的，那就向农民提供如何养育野生动物且留给它们一点食物

---

[1] 艾塞克·沃尔顿联盟是一个美国环境组织，成立于1922年，旨在促进自然资源保护和户外娱乐活动。该组织是由一群希望为后代保护捕鱼机会的运动员在伊利诺州的芝加哥成立的。

[2] 奥杜邦协会是以鸟类学家J.奥杜邦（J. Audubon，1785—1851年）的名字命名的全美鸟类保护的民间组织。

和住所的建议,并在市场上向户外运动爱好者出售狩猎优先权。我认为这一机制华而不实。而保护主义者有更好的选择吗?

我曾试图建立的另一个机制,即户外运动爱好者和保护主义者委员会负责制定新的野生生物政策。麦凯布先生是否读过相关文章呢?

我不会对做的这些事情道歉。即便它们最终会成功,但它们不会将往日完全在自然的野生生物之间狩猎的美好日子(对此,我同麦凯布先生一样热爱)带回来了,然而,它们会恢复一些别的东西。这些东西对美国来说,相比更多狩猎鸟类组织,更加本土化,也更容易在民主条件下获得,然而麦凯布先生梦想的日子一去不复返了。

我承认,我的齿轮和轮子是为了可以永久捕杀和观赏野生生物而设计的。这是因为我相信狩猎、农业、自然研究是并列的三个与土壤相关的重要人类价值产物。其次,狩猎收益提供了唯一可用的"领域货币",用于向巴比特先生购买对工业入侵进行补偿所必需的环境修复。

我承认我可能对狩猎存在误解。完全中断猎杀当然可以使得一些地方的野生生物得到保护。然而,任何一位生态学者都必须承认,由此导致的物种分布和分类会非常不规律,与人类需求无关。最富饶的土地会完全缺少狩猎动物,这是因为缺少狩猎动物住所,而相对贫瘠的土地也差不多如此,这是因为缺少食物。而中间区域会存在大量的狩猎动物。每种物种会收缩到由经济偶然为环境要求提供的必要分类区域。相同的情况——由野生生物环境的偶然性(与目的性不同)构成——与我们当前过度射杀野生动物导致的凄惨状况一样。

在这一点上,保护主义者让我想起建立公有的不受侵犯的庇护所的可能性,其宜居环境可以在公共开支的维持下得到长期保存。我们建立得越多越好。但是巴比特先生是否会赞同为我们大规模扩张的庇护所筹集必要的资金呢?目前他还未同意。我们手中大部分都是"血腥的钱"。同时,这些庇护所只能挽救几种野生生物。而我想要更多。我想对巴比特先生说,狩猎动物和野生生物是每个农场的正常产物之一,而且这种乐趣是每个男孩所享受的自然环境的一部分,无论他住在公共庇护所隔壁还是其他什么地方。

麦凯布先生谴责我未提及公共土地上的狩猎动物生产,在那里,落后无知的猎人可以自由出入。我只能推断他从未阅读过美国狩猎动物政策。还有任何组织提出过更大型的公共土地规划并呼吁在其上生产更多野生生物吗？诚然，这一政策承认"面向大众的土地必须廉价"这一令人不悦的事实。它提倡的有偿狩猎系统只有当公共所有的土地过于昂贵时才会实施。

最后，麦凯布先生谴责我对外来物种有过多兴趣。谦逊心理让我不能详细地对这一指控进行反驳。我已经说服两个州淘汰野鸡业务，而且说服其他一些州将这一业务面积减半。我设计的"冰川作用假说"似乎将美国三分之一的野鸡消除掉了。另一方面，在经济变化导致环境发生根本变化而使当地狩猎动物恢复成本过高的某些地区，我建议延续野鸡的生长。麦凯布先生会向威斯康星州中西部，或者爱荷华州北部，或者马塞诸塞州的农业土地推荐什么物种呢？

因为我在以一位户外运动爱好者的身份在说话，而且为户外运动爱好者运动的整个历史辩护。我们在不先做出猜测的情况下，事后想来，历史中含有很多错误，有很多糟糕的生态学，且存在不少固执或虚伪的行动。以上每一点都可以在保护主义者历史上找到对应事件，只是没有兼具手段和需求的"紧急状况委员会"对此加以汇总宣传罢了。比如在15年前，保护主义者停止饲养爱荷华州的草原鸡，并在一旁袖手旁观，眼睁睁看着犁和牛将这一物种推上消失的边缘。这是错误的行为吗？的确如此——但又能怎么样呢？有没有这样一种人类意志，在争取胜利时不会在某种程度上失去自我批评的能力？任何事业的价值评判，并不依据于干净的记录，而依据于能迅速发现被指出的瑕疵并改变思维的预期意识。有没有办法让我们两个派系互相指出诡辩和错误，而不会失去我们对巴比特先生脚下践踏之物的共同的爱呢？每个派系之前都犯下过错误，难道非要对为未来更正错误所做出的努力进行不经思索的谴责吗？

对我来说，户外运动爱好者行动中最具希望的迹象，是很多小型团体公开宣布旧的规划已经失败。每个团体都在争取设计出一种新的准则。我非常有信心地认为，我们团体设计的准则正尝试将经济中的丑陋现实与保护主义者的理想联系在一起。麦凯布先生的言论不会对户外运动爱好者未来的对该准则接受或拒绝有任何影响，但会阻碍保护主义者对其进行深思熟虑，因而会妨碍我最期待看到的一幕的发生：他们主动地参与到准则的发展、修正和改进中。

为防止这一观点被当作自吹自擂，我想指出，作为狩猎动物政策委员会主席，我要求美国鸟类学家联合会任命一名委员会代表，以便在委员会提出不利于保护主义者观点的提议时及时发出提醒。这位代表还不曾发出他的提醒。我在此邀请麦凯布先生与之共坐。

简而言之，我请求对其他人提出的新章程进行略微选择性的权衡。我也祈求在未来的一天，一些小型保护主义者团体可以公开宣布他们旧的约束准则不再是保护工作的全部始末。因为曾经的两方都不是圣贤，都会犯下错误，因此我们要进行长期的合作以挽救一些野生生物。目前，我们各自已经完全准备好团结合作了。

1932年

尚未开发的西南部

1933年，利奥波德被临时分配去监管亚利桑那州和新墨西哥州的国家森林水土流失控制工作，他对6年前在西南部地区完成的一篇关于水土流失问题的草稿进行了修改，用以在圣菲的人类学实验室进行展示。利奥波德最初打算将这篇文章作为一部未完成的关于西南部地区狩猎动物书籍的一章，并命名为"尚未开发的西南部以及白人都做了些什么"。这篇文章揭示了利奥波德为了弄清环境变化过程而表现出的阅读风景和历史描述的技巧。利奥波德仔细地修改了这篇打印文稿，经过一家西南部期刊的编辑审阅后，未予发表。利奥波德引用的亚历山大·俄亥俄·帕提日记可能有误——应该是詹姆斯·俄亥俄·帕提[1]的"个人记述"。

---

[1] 詹姆斯·俄亥俄·帕提（Jame Ohio Pattie，1804—1851年），一位来自美国肯塔基州的拓荒者和作家，代表作品《美国传道书》。

文明的主要前提，是上一代人的成就可以被下一代人享用。

一些社会科学在本质上对这一前提的有效性产生了怀疑。比如说，考古学描述了社会中一列无尽的废弃商队，而对商队的生前事不能做出描述。另一方面，我认为统治之术对这些疑惑的关注并不是出于对未来的关心，而是为了获得生者信任的必然需要。奥尔特加[1]在《大众的反叛》中认为，一代代人的变化"节奏"大概由社会信任的波动组成。即使如此，所有深思者实际都在关注着任何挑战主要前提有效性的事物。

直到最近，生物科学才有机会对它进行新的挑战，生物科学发现我们最佳土壤区的水土流失率出现反常情况。尽管其他地方的水土流失率都很高，但在西南部和毗邻的半干旱地区，情况却令人担忧。比如，犹他州一处峡谷口处，水土流失沉积导致季节性色层的出现，根据这种像树木年轮的现象建立了年代学。它更多地向人们展示了过去50年来而非更早的冰川萧条期向流域引进牲畜之后的土壤运动。

"发现"是一个漫长的过程。几乎需要一代的生态学家、放牧管理者、林务员和工程师见证和描述目前西南部的状况，但是让大众对其社会效果的持续性给予信任仅需要1到2年。现在连政治家们都已经意识到，状况最佳的土壤在朝大海的方向滑移，而导致这一反常运动的基本原因在于：家畜的过度放牧造成了放牧区植被破坏。

然而我认为对于一位认真思考的市民来说，他的态度仍会对此有所保留——如果情况属实，他会将此当作一件重要的事情。这是一件自然发生的事情，因此他个人难以对技术性证据进行权衡；他只能听信生态学者的解释。然而，这种反常的水土流失现象可以通过历史和生态证据得到证实。这篇文章旨在将这些证据呈现给大家，所有这些证据都是从亚历山大·俄亥俄·帕提的日记中整理得到的。日记的主人曾在圣菲地区诱捕过海狸，而在经历了几乎一代人的时间之后，圣菲贸易通道在此开通并进行了大规模经济开发。接下来要插入一段关于帕提的

---

[1] 何塞·奥尔特加·伊·加塞特（José Ortega y Gasset，1883—1955年），哲学家、散文家，是20世纪西班牙最伟大的思想家之一，无数西班牙知识分子深受其影响。他的代表著作有《大众的反叛》《大学的使命》等。

故事，这一故事的起源在民间众说纷纭，而且有很多人声称亲眼目睹了故事中发生的事。

帕提是密苏里州的一位年轻人，遵循布恩和肯顿地区的传统，他热爱狩猎动物，热爱草地和林木。他在1824年去过格兰德河[1]与希拉河，且诱捕过海狸。1825年（？），他回到了位于科罗拉多河的大峡谷。

在圣菲到圣费利佩[2]的旅行途中，帕提曾提到"一处宏伟的平原，到处是一群群家畜"。他继续从格兰德河上流流域前往索科罗[3]，"穿过同样一片美丽的平原地区"，这片土地上"有同样数量庞大的家畜"在吃草。这里的草地茂盛繁密，它们不仅长在河边，而且铺满了毗连谷底的台地。如今这些毗连台地地区的草地变得稀疏；很多地方成为了裸露的沙丘。

据帕提记载，除了位于圣费利佩和索科罗的谷底外，其他谷底都未进行过耕种。这些地方的山谷狭窄，而且河流的倾斜度很陡。因此，这些地方可以很方便地将一条未淤塞的河道中的灌溉用水转移过来，正好利用到溪流的倾斜度变化，之后还需要在河岸上修建引水沟渠。

据帕提说，山谷虽然主要用于放牧和耕作，但像普埃科河[4]一样，其大部分是对侧流的利用。如今这一情况完全颠倒。山谷中除（淤积造成的）渗流导致土地过湿的地方除外，其余主要地区全部用于耕作，然而侧流地区只适合用于放牧，这是由于水土流失导致所有可灌溉的土地遭到损毁。

卡曾斯说，1859年（？）普埃科河的河道仅有12~15英尺深，穿过了从伊斯莱塔通向阿科马和祖尼的公路。阿尔伯特说，1846年，这条河某处以上几英里的高处仅有10~12英尺深。如今在同一地方，普埃科河的河道就像是在泥土中雕刻出的一座大峡谷缩影。在我的记忆里，它有100码宽、30英尺深。

---

[1] 格兰德河是北美洲第五长河，也是美国与墨西哥两国的界河，墨西哥人称其为北布拉沃河。格兰德河源自美国科罗拉多州西南部的圣胡安山，流向东南，最终汇入墨西哥湾。

[2] 圣费利佩位于美国新墨西哥州桑多瓦尔县。每年5月1日这里都会举行圣费利佩节，数百名普韦布洛人在节日上会跳玉米舞。

[3] 索科罗是美国新墨西哥州的一个城镇，位于格兰德河谷。

[4] 普埃科河流经新墨西哥州西北部和亚利桑那州东北部，穿过干旱地区包括沙漠，因其淤泥含量较多被当地人称为"泥河"。

据帕提记载，索科罗的山谷中林木稀疏，但是长满了很多柳树和杨木丛，"有大量熊、鹿和火鸡"在丛林中寻找庇护所。有人推断，上游地区大型林木稀缺。如今，排列在灌溉水道旁的古老杨木基本成为了装饰物。由于每年对沟渠通道的清理，导致大多数杨木将根扎在淤泥的隆起处；事实上，逐渐生成的淤泥团将旧的沟渠抬到了距谷底以上5~10英尺的位置。

这些看起来杂乱的事实告诉了我们关于尚未开发的西南部的哪些情况呢？

它们告诉我们，在帕提所生活的日子里，格兰德河使得一片稳定集水区的水耗尽，没有发生反常的水土流失现象。甚至长在毗连河流的沙丘处的草地都非常旺盛。正是由于这种草地，使得燎原大火横扫了整片山谷，且使大型林木不能生长。在以前，河道远低于谷底，而如今河道中灌满了淤泥，实际高度超过了谷底，除了倾斜度很陡便于建立引水口的地方外，其他地方很难进行灌溉。简而言之，如今我们的草地不足，水土流失加剧，一条河流被淤泥堵塞，其河床因渗流而陷入困境，而且由于碱性作用对其肥沃性造成毒化影响。在帕提所生活的日子里，草地到处都是，水土流失轻微，河流正常，洼地处的土壤既芳香又排水良好。

帕提的证言的确有些多余；任何一英亩的地方都会向理解山丘河流之语的人诉说它的故事。来自加利斯特奥[1]的风吹过帕提所说的"宏伟的平原"，从那时起就有人定居在那里。我们看到了古老的水果树树干被一个接一个地推入干涸的溪流中，曾经的农场里的土壤受到年复一年的侵蚀。

曾经那个农场得到的灌溉——可以通过蜿蜒穿过洼地的残迹追踪到古老的沟渠。如果曾经经历过灌溉，一定会有溪流。如今溪流消失，只剩下一条沙中的细流。

溪流河岸一定浅而平缓，否则水流不可能会被引上土地。如今河岸很深。河道是一条被洪水撕开过的裂口。

如果存在过沟渠，它一定会伸展得很宽，有利于土壤灌溉。淤泥进入干流导致土壤遭到废弃；下游某个地方的农场被冲走，预示着另一个正在建造的农场的命运。

---

[1]加利斯特奥是新墨西哥州圣菲辖下的一个市镇。

帕提所说的宏伟平原有时依旧保持绿色，但这种绿色只骗得过观光客。这不是草地的绿色，而是风滚草[1]、蛇草等这些不值钱的替代品的绿色，用于遮盖她裸露的身体。与加利斯特奥相同的是，在1846年，多尼芬[2]发现了"资源充足并且质量良好的草地和水源"。

有的人可能会说，曾经的耕作就像在加利斯特奥那里一样占据了山谷，引发了水土流失，从而将其毁坏。科罗拉多[3]到来之前，这里的山谷层被耕种过，根据这一历史来看，这种说法并不正确，而土地的侵蚀发生在家畜的引入之后。圣何塞[4]就是这样一个例子。

大家发现，几个世纪以来排列在山谷旁边的熔岩悬崖在阳光的氧化下变黑。在它们脚下环绕着一圈水平的灰色和红色带。对比一下，就像一个说谎后脸色苍白的男学童告诉你他在哪里洗的脸一样。这些悬崖被冲刷侵蚀。灰色和红色的带可以表征源自未变黑的岩石的洪水冲毁了哪些土地——在下游某个地方，更多被摧毁的农场阻塞了河流并堵塞了水库。

圣何塞集水区唯一发生变化的就是草地。科罗拉多以及追随他的那些人给印第安人带来绵羊、山羊和牛，后来，在集水区的过度放牧打破了其平衡。整个西南部水土流失最严重的地区位于最老的定居点，因为在那里，过度放牧现象最严重、持续时间最长。

泰勒山北侧戏剧性地证明了水土流失的时间和成因。一条长满蛇草的古老的大地疤痕在寸木不生的山麓丘陵中上下蜿蜒，在山谷和山顶中穿入穿出，而就像某种巨型蟒蛇一样，可以清楚地追踪到它在数公里间的轨迹。这就是圣菲贸易通道。

---

[1] 风滚草又称俄罗斯刺沙蓬，被人们称作草原流浪汉，是一种戈壁常见植物，生命力极强。干旱季节，风滚草会团成一团随风滚动。1870年风滚草被传入美国，如今已遍布美洲，此物种在北美洲被认为是有害入侵物种，人们积极采取措施控制其蔓延。

[2] 多尼芬县是位于美国堪萨斯州东北角的一个县，与密苏里河相邻并与密苏里州隔河相望。

[3] 弗朗西斯科·巴斯克斯·德·科罗拉多（Francisco Vásquez de Coronado，1510—1554年），文艺复兴时期的西班牙探险家。他于1540年至1542年间到访了新墨西哥州、犹他州南部和美国西南部的一些地区，在其关于冒险的叙述中就涉及了对这部分美洲大峡谷的描述。

[4] 圣何塞是美国加利福尼亚州的一个西部城市，地处圣弗朗西斯科湾南的圣克拉拉谷地。

无论它穿过哪里隆起的土地，这一古老的路基都要插入2~3英尺深的土壤。这一路基周围的斜坡以及其在岩石和障碍物周围蜿蜒的方式，都和现在人们在同一路线驾驶重型货车时选择的结果一模一样，除了一个重要的不同之处：如今在每个山谷底部都有一条坡面陡峭的小溪，没有货车可以通过。这里的小溪太多，一大群工程师在几个月的时间里也没能把桥搭起来。我们只能通过一种方式来阅读写在这些山丘上的历史。这个故事就像一条被很多深沟堵塞的街道一样简单清晰。如果你了解这条街道曾于1849年被使用过，你就会知道这些沟渠在那时已经被挖开了。

那是在多久之前呢？小溪的底部穿过古老的痕迹，长满了灌木和一些锯齿状的刺柏，这些刺柏源自生长在山上更高地区的刺柏林。砍下最老的树后数一数木头上的年轮，它们会告诉你，自己已经生长了1850年。过度放牧造成了这些小溪的出现，而且，很可能是随着移民火车运送而来的家畜导致了过度放牧的发生，因此毁掉了他们自己的货车公路。事实上存在这种可能性；水坑附近的水土流失问题最古老也最严重，正是因为淘金者曾在这里露营，并放养数千头牲畜。

现在我们再回到帕提的格兰德河之旅中。他离开靠近河水的地方（现为圣马西亚尔），向西南方穿过圣丽塔[1]德尔科布雷地区的铜矿。从圣丽塔出发，他前往希拉河的上游捕海狸。他从山间浮现的河流中抓到了"鳟鱼"，现在这一地区可能在克利夫斯的定居点。（如果真的是鳟鱼而不是"骨尾鱼"，那么那时鳟鱼的分布范围比现在向下游方向要长15英里。）第一晚，他在这里诱捕了30只海狸。但重要的事情不在于海狸的数量，而是这些厉害的捕手"因难以通过茂盛的树木脚下的高草丛而出现疲劳现象"。

如今在这个地方，河流两侧是裸露的沙洲和卵石坝，一直延伸数公里，而在底部地区，除了有围栏的地方，就是光秃秃的草地和林木，就像台球桌面一样。

沿着希拉河上行，据帕提的描述，这里有"一团又厚又密的葡萄藤和灌木丛"，他匍匐前行，时而用手和膝盖着地。河流分支处（现为XSX畜牧场）的河岸依

---

[1] 圣丽塔是美国新墨西哥州格兰特县的一座"鬼城"。该地区盛产铜矿，最早的开采始于西班牙殖民时期的后期。

旧"灌木丛生，而且经常看到大量的熊"。现在这里的灌木丛很少，但有很多卵石坝。

砍下扎根于卵石坝中最古老的悬铃木和桤木后会发现，很少有年龄超过奶牛商业历史的，早在19世纪80年代，这一商业已经侵入了各个山丘。

一年后，帕提沿希拉河下行来到了与之汇合的科罗拉多河处。如今发生在西南部的故事可以写成一本书，但在1825年2月26日，帕提只用一句话进行了描述。这句话是："12点我们启程前往红河谷（科罗拉多河），它大概有200~300码宽。这是一条很深又湍急的溪流，河水非常清澈。"

如今科罗拉多河每年要排出大概1.2万英亩-英尺的淤泥，将之用来铺满半个镇区，其高度可达1英尺。科罗拉多河的河水已不再清澈。

帕提又一次站在大峡谷上方的小科罗拉多河河口，这一次他说："（4月）15日，我们回到红河谷的岸边，这里的溪流清澈且漂亮。"

帕提在二月发现的河水依旧清澈，这一现象可以归因于当时上游源头积雪依旧完好，但是在他的报告中称，在二月和四月都发现了清澈的河水，而且在期间的行程中都未表明有不同的现象发生，这对我来说意味着，如今的科罗拉多河仅剩下了位置和名字没变。如今的河水不再清澈；不仅如此，它还将亚利桑那州最肥沃的土壤带到了加利福尼亚湾，此地成为了事实上的"朱红色海洋"。

之前对比了帕提眼中和如今的情形，这些仅是随便找出的几个例子，而在某种程度上，这些现象几乎发生在西南部的每个集水区中。很多国家森林以及一些经营良好的私人牧场发生的损毁比较局部，而且这些损毁主要限于洼地受损。在其附近很多老旧的定居点发生的损毁比较彻底，水土流失导致很多岩石裸露出来，打破了曾经适合植物生长的力学平衡。大多数地方的损毁正在发生，而且这一过程还在不断积累。

现在非常有必要提供证据来证明这些改变，因为大多数人并未觉察到任何改变的发生。有的人虽然觉察到这些事情，但他们否认过度放牧是最主要原因。他们要不坚信反常的水土流失一直存在，要不坚信这是上帝的行为，而不是山羊、绵羊和牛的原因。

为了描绘出过度放牧这一概念的意义，读者需要抛弃头脑中的这一假设，即过度放牧构成了一种超过放牧增长速度的、均匀分布的过度资源消耗。经常过度使用一种植物或一类土地必然会导致另外一种资源未得到充分利用。因此，土地多样性遭到破坏。如果一只山牛在寒冷的冬天可以选择在一棵阔叶树下边晒太阳，或者爬上被风吹过的平顶山，或者在两者之间的岩质边坡攀爬，它当然会选择第一项。事实上，在它能够到斜坡上的丛生禾草之前，它会啃食最后洼地的柳树一直到死。这看起来好像是种类的多样性越强，它们利用资源的均匀性就越弱，发生损毁的时间越快。

读者必须认识到这一事实，即过度放牧的后果不只是导致可见饲料的缺乏。它会导致所需饲料作物缺少强壮的根基。在一个地区过度放牧会导致可口的植物生长稀疏，或者其生长力变弱。这些可口的植物需要的，不仅是几场好雨或者家畜临时迁移来修复自身的稀疏性和脆弱性。在某些情况下，我们需要数年精心的牧场管理才能有效地治理这一现象；在其他水土流失的地方，土地被严重耗尽和过滤，恢复起来需要数十年的时间；它们又一次将整片土壤移除。后者的恢复还需要考虑地质周期，因此不会让人类随心所欲。

曾经，大家普遍认为森林火灾与过度放牧一样是导致集水区损毁的重要原因。最近在其他地区的证据支持了这一说法，但并未在此地得到验证。相反，在亚利桑那州的灌木丛地区观察到了一系列现象及其相对重要性，在这片地区，牲畜到来后草地消失、火灾消退，而水土流失开始发生。

我们在河水上建立蓄水库或水力发电所，使其在海中和水坝后面沉积形成了三角洲。我们修建这些设施是为了蓄水，押上了我们灌溉的山谷和产业，但是它们每年的蓄水量越来越少，而沉积的泥沙越来越多。本来我们可以进行永久性的开垦，但现在从某种程度来说，只能带来短暂繁荣。

河流携带着从山丘而来的淤泥，冲刷着曾经富饶的山谷。从印第安人生活的时代起，希拉河谷就像一座花园，在宽度上几乎穿越了整个亚利桑那州，然而从帕提在那里诱捕海狸的时候起，这一地区已经损失了6000英亩的自然农业用地，而在此地遭到完全破坏前，还可能会有3.3万英亩的土地遭殃。同期，在希拉河流域进行人工开垦时仅对4.6万英亩土地供应了水源。然而我们认为，开垦相当于干旱的西部地区的财富中的净附加额。从某种程度上来说，可以更精确地将西南部仅当作是对我们自然河底破坏的补偿，这里不需要昂贵的水坝和水库，在水利债券出现，以及在升压机响彻这片土地前，印第安人曾在这里耕种。

我们现在该如何总结对未来的信疑程度——在我们时代可能发生的损坏，究竟哪种才是这一问题的本质所在？

我们站在一位传记作者的角度看问题，他不能对同时代的事物进行评价，这是因为他知道的虽多但懂得的却很少。这种压力依然存在于工作中；时间还是太早，难以预知它们的最终结果。

但我们可以肯定的是：如果水土流失的进程未被抑制，那么放牧区、灌溉水库和野生生物将不复存在。

如果我们确实进行抑制，我们会失去山谷，最终水库也会受到损害，但是放牧区会得到恢复。

我们可以这样说：我们所谓的"发展"并不是一种单向过程，尤其是针对半干旱地区。我们使用难以控制的发动机开发这片土地，而且我们的行为和反应与那些机器本身的意图相去甚远。有些被证实有利可图；然而绝大部分造成了很大伤害。对采用现代工具武装成的"大众思维"实施的简单过程来说，这片土地非常复杂。为了与这样的土地真正和谐相处，在一定程度上似乎还是需要我们难以忍受的公共管制，或者我们不具备的私人教化。

但是，我们必须根据自己的理解继续与之一起生活。有两种事物有望提升我们的理解。其一是科学地利用土地。其二是培养对土地的爱，少一些浅尝辄止，多灌输一些对大地尊重的思想——对我来说，正是这些思想的缺乏，造就了机器时代的辉煌。

1933年

环境保护的伦理

当为西南部土壤水土流失的情况提供建议时，利奥波德在新墨西哥州拉斯克鲁塞斯举办的第4届年度约翰·威斯利·鲍威尔[1]讲座上，给美国科学发展协会的西南部部门做了一次演讲。这是他职业生涯中最重要的一次演讲，对当时环境保护中的伦理问题进行了最全面的陈述。15年后，利奥波德对已经发表在《林业期刊》上的部分演讲内容进行改写，将其并入《土地伦理》一文，这篇文章在《沙乡年鉴》中堪称经典。而《环境保护的伦理》一文也被广泛传阅和引用，在利奥波德的理论与智慧发展的过程中，具有里程碑一样的重要意义。

当神一般的奥德修斯[2]从特洛伊战争归来时，他把家中很多女奴用一根绳子吊死，因为他怀疑这些人在他外出时有品行不端的行为。

这一绞刑不涉及合乎礼仪的问题，更不用说是否与正义相关。这些女孩就是财产。那时候对财产的处理同现在一样，只关乎权力，无关对错。

奥德修斯时代的希腊并不缺少评判对与错的标准：最终载满黑火药的大型海船劈开蓝色的汪洋大海，载着他回到家中，让他见到了多年忠诚的妻子。当时的伦理结构涉及妻子，但是并未延伸到人类的动产。3000年的时间过去，伦理标准延伸到了很多领域，由此仅根据权宜做判断的情况日益减少。

目前只有哲学家研究过伦理学的扩展，这其实是一种生态进化的过程。其序列可用生物学和哲学概念来描述。从生物学上讲，伦理是在生存斗争中对自由行为的限制。从哲学上讲，伦理是从反社会行为到社会行为的变异。这两者都是对同一事物的定义。这一事物起源于个体或社会间相互依赖的倾向，从而发展成为

---

[1] 约翰·威斯利·鲍威尔（John Wesley Powell，1834—1902年），美国西部探险家、地理学家和人类学家，曾担任过美国民族学局首任局长。

[2] 奥德修斯（Odysseus）又称俄底修斯，是荷马史诗中《伊利亚特》和《奥德赛》中的重要人物，参战特洛伊战争时，他曾献木马计促使战争得到重大胜利。经过各种艰难险阻，终于在离家后的20年回归。

合作模式。生物学称之为共生现象。人们将某种高级的共生现象描述成政治学和经济学。和原始的生物学祖先一样,他们让个体或团体以一种井然有序的方式互相利用。他们最早的评判标准就是权宜。

协作机制的复杂性随人口密度与使用工具效率的增加而增加。举例来说,定义乳齿象时代[1]的棍子和石头的反社会用途要比发动机时代的子弹和广告牌更简单。

当复杂性到达某一阶段时,人类团体发现权宜标准已不再满足要求。这些标准一个接一个进化并叠加,形成了一系列伦理标准。最初的伦理学用于处理个体之间的关系。摩西十诫就是这样一个例子。后来,不断加入的标准开始处理个体与社会之间的关系。基督教试图将个体融入到社会,将民主融入到个体的社会组织中去。

到目前为止,还没有任何能解决人与土地及非人类动物与植物之间关系的伦理学。土地就像是奥德修斯的女奴一样,仍属于财产。土地关系完全是一种经济关系,与特权相关,与责任无关。

如果我们能正确地理解进化就知道,伦理学向人类环境中这一第三要素的扩展存在生态上的可能性。这是扩展发生的第三步。前两步已经完成。文明的人类在思维中意识到第三步的必要性。举例来说,当一个人看到附近的林地遭到亵渎,就像看到中国的一场饥荒、德国最近的一场大屠杀或者古希腊的女奴被杀一样,会让他产生强烈的对与错的判断意识。以西结与以赛亚时期的个别思想家宣称,对土地的掠夺是冒天下之大不韪。然而,社会还未证实他们这种说法。我认为目前的正处于萌芽期的环境保护运动就是一种证实。我在这里将讨论一下为什么会这么说,或者为什么应该这样说。

由于生态学与对错无关,因此一些科学家会草草地解决这个问题。针对于此,我会回应说,如果没有哲学,那么科学现在应该让我们对这些不屑小心翼翼。一种伦理标准可能会被当作是满足新的或复杂的生态状况、或者涉及延迟反应的一种引导模式,一般人难以辨别社会权宜的路径。动物的本能就在于此。伦

---

[1] 即指乳齿象所存的中新世到更新世。

理学可能就是一种正在形成的高级社会本能。

不管这一类比的优劣在哪里，没有任何生态学者会否认我们的关系涉及处罚和奖励，但是个体还被蒙在鼓里，而且所需的引导模式尚不存在。你可以随心所欲地称呼它们，科学无法逃避其形成过程。

生态学——历史地位

与土地间建立和谐的关系要比历史学家意识到的更加复杂，更多是对文化的影响。就像他们经常设想的那样，文化不是对稳定且永恒的土地的奴役。它是对人类动物、其他动物、植物和土壤之间共同相互依赖的协作关系的陈述，每一方的失败都可能会导致协作瓦解。土地掠夺使民族遭到驱逐，而且有时还会再次上演。只要能在六块尚未开发的大陆上安心耕作，也许就不会发生悲剧——从一片土壤上被驱逐就会去掠夺另外一片土壤。但是如今经常会有战争发生，而且传出关于战争的流言蜚语，这都在预示着地球上最好的土壤和气候即将达到饱和。由此产生的一个重要问题是，至少对我们来说，我们曾经获得的统治权得到了自我延续，而不是自我毁灭。

证明我们土地关系的不稳定性需要例子。我将对其中一个方面进行描述：历史上的植物演替。

大革命[1]之后的几年里，三个团体抢占了密西西比河谷的控制权：印第安土著、英法商人以及美国移民。历史学家想知道，如果底特律的英国人再向印第安人这端稍微倾斜一些会发生什么，毕竟这一不平衡决定了殖民地居民迁移到肯塔基州甘蔗区的结局。然而有的人想不明白的是，为什么遭受过奶牛、犁、火灾和拓荒者斧头的甘蔗区可以生长出早熟禾[2]？如果在这几方面压力的影响下，植物继承了这片"黑暗血腥之地"的本质，长出的都是毫无价值的莎草、灌木和野

---

[1] 指美国独立战争。
[2] 早熟禾，别称小青草、小鸡草、冷草，是世界广布性的杂草，一般作绿化和饲料用途。

草，会怎么办呢？布恩和肯顿还会在这里坚守吗？还会有过多的人涌向俄亥俄州吗？还会有路易斯安那购置地[1]吗？还会有新州组成的洲际联盟存在吗？内战还会发生吗？机器时代还会来临吗？经济萧条会发生吗？美国历史上这些戏剧性事件的结果在很大程度上与特定土壤对特定力量的影响有关，后者由人类施加的特定种类和程度的行为促成。还没有政治生态学家对这些势力进行过选择，更不要说对其影响进行预测。我们称美国独立纪念日为自己国家的命运，在那天发生的一系列事件是"各种要素偶然的集合"，我们现在只能在事后含糊地解释各种要素的相互影响。

将肯塔基州与我们后来对西南部地区的发现做对比后我们发现。在这里居住后，这里的土地并未长出早熟禾，也没有长出任何适合于抵抗碰撞和冲击的植物。大多数土壤在经历放牧时，后续会长出越来越多无价值的草地、灌木和野草。每种类型植物的衰弱都会导致水土流失；每一次水土流失恶化都会导致植物进一步衰落。现在就是这样一种恶化的结果，不仅发生在植物和土壤中，也发生在依靠它们生存的动物群落中。早期移民者并未预期到这些事情发生，新墨西哥州中心的一些人甚至切断了人工沟渠。大家对这一微妙的过程一无所知。这种事情不该拿到优雅的茶桌上或野心勃勃的午餐俱乐部中讨论，而只应该放到沉闷的科学殿堂中进行分析。

在人类居住的影响下，无论植物演替是否提供了有多种植物类型的稳定且宜居的环境，所有文明均已对此适应。凯撒管辖下的高卢沼泽森林因为人类的使用而发生变化——向好的方向发展。摩西富饶的土地也完全发生变化——向坏的方面转化。两种改变都无法预测，都是在生态与经济势力的影响下形成的。现在我们回过头解释这些反应。什么会比预见和控制它们更重要呢？

处于机器时代的我们赞赏机械的精巧；我们用石炭纪[2]的森林中存储的太阳能为汽车提供动力；我们扮成机械鸟的样子飞行；我们制作乙醚用以保存我们的

---

〔1〕在美国成立之初，1803年，美国政府用1500万美元（约68000万法郎）从法国殖民者（拿破仑当政期）手中购得路易斯安那，使得美国的版图扩大了一倍。
〔2〕石炭纪是地球历史中的一个地质时期，分为始石炭纪（密西西比河纪）和后石炭纪（宾夕法尼亚纪）。当时气候温暖湿润，沼泽遍布，出现大规模的森林，促成了煤层的形成。

文字,甚至是图片。但是从某种意义上来说,与我们为留住赖以生存的土地的完全无能的行为相比,这些难道不仅仅是一些小把戏吗?我们的工程学得到了突飞猛进的发展,然而生物学的应用还停留在石器时代牧民的帐篷中。如果我们的土地利用系统恰好可以自我延续,那么我们会一直生活下去。但如果这一系统会自我毁灭,那么我们只能像亚伯拉罕[1]一样四处游走,在新的地方安营扎寨。

我的观点是否有些夸张?我认为没有。在西南部航线中传输的航空邮件横跨大陆——这是最终征服的象征。它能看到什么呢?就像科罗拉多、埃斯佩霍、帕提、阿尔伯特、西特格里夫斯和卡曾斯所说的那样,20座山谷土地肥沃,像一颗颗绿宝石。它们现在变成了什么样子?只剩下沙洲、废弃的鹅卵石和无舌状黄花,以及一条湍流。帕提笔下的那条清澈河流成为了帝国的一条泥泞的排水沟。一处曾由肥沃的野牛草和格兰马草铺成的像割绒地毯一样的"公有土地",如今成了一片满是响尾蛇的灌木丛和风滚草的废弃土地,土壤贫瘠,令人难以接受。为什么会变成这样?这是因为西南部的生态岌岌可危。当草地消失后,牛啃食灌木丛,因此推迟了土地过度利用的惩罚。当放牧过于频繁时,某些草会变得脆弱并被劣质草、劣质灌木以及裸露的土地替代。当雨水落到有植被的土壤上时,它会保持洁净并渗入其中,而当雨水落到没有植被的土壤时,它将与胶状的泥土混合在一起,在洪水来临时必然会被推走,随之带走土地的肥力。对这些现象的预见比用科学进行丝毫不差的解释更难吗?哪一种对文化的永久性与福利更重要?

我在这里并不是斥责天文学家的早熟,而是恨生态学者没有这方面的特质。他们与世隔绝的日子已经结束:

无论你是否愿意,

你是一个国王,崔斯特瑞姆,

因为你是世界上久经考验的少数几个人之一,

他们走后,物是人非。

你离开后,要留下痕迹。

---

[1] 亚伯拉罕,原名亚伯兰,是犹太教、基督教和伊斯兰教的先知,同时也是希伯来人和阿拉伯民族的共同祖先,被称为"多国之父"。

不可预见的生态反应不仅让一些杰出的企业在历史中沉浮——它们在经济和文化上适应、约束、限定并曲解所有与土地相关的企业。在玉米带中，我们所有的放牧和翻耕都是为了实现"清洁耕种"的利益，我们为野生生物的消失哭泣，用了数十年时间通过了恢复野生生物的法律。我们就像指挥潮汐的克努特[1]。最近的研究表明，恢复野生生物不在于立法，而在于农民的工具室。带刺铁丝网和智慧的头脑在做着法律本身不能做到的事情。

在其他的例子中，我们就像从树上摇下苹果一样被人称赞，然而这多半是生态学上的意外收获。在大湖区和东北部，伐木、制浆和大火意外地造就了数百万英亩的新次生林的出现。我们发现，在合适的阶段，这些灌木丛中有很多鹿出现。对此，我们由衷地感谢狩猎动物有规律的智慧。

简而言之，土地对占用的反应决定了文明的性质和持续时间。在干旱的气候下，土地可能会被损毁。在所有气候下，植物演替决定了这块土地适合什么样的经济活动。它们的性质和强度反过来决定的不仅是家畜的命运，而且还有野生植物和野生动物的生命、风景，以及大自然的整个面貌。我们是土地的继承者，但是在土壤和植物演替的限制下也在改造土壤——没有计划，缺少对性能的理解，也不了解科学赋予我们的日益粗糙和强大的工具。我们在用一台蒸汽挖土机重塑阿罕布拉[2]。

生态学和经济学

环境保护运动至少是这样一种宣言：人与土地之间的相互作用十分重要，不能全凭偶然，即使是被称为经济法则的各种神圣的偶然也不行。

我们有3种可能的控制方法：立法、自身利益和伦理。在我们弄明白它们在

---

[1] 克努特，英格兰、丹麦、挪威国王，其统治的帝国有"北海帝国"之称。此处的"指挥潮汐"，源自一个故事：国王克努特的一个臣下恭维克努特，说克努特是海洋之君主，连海洋也会听从他的命令，因而克努特下令在海边架椅，并令告大海不得打湿椅脚。结果自然与令相违，克努特由此训斥了大臣。

[2] 阿罕布拉是位于西班牙安达卢西亚的格拉纳达的一座宫殿，同时也是一座防御工事。它享有"宫殿之城"和"世界奇迹"之誉，是西方世界最伟大的穆斯林建筑之一。

哪里以及如何派得上用场之前，首先必须对一系列反应进行了解。而且只能通过研究进行了解。当前我们的研究并不彻底，只不过是对大量事实的堆砌，即哪些土地不适合或（声称）不能用于现代行业中。为什么呢？我举3个领域内的例子进行说明。

目前，土壤科学中保护的动机源于自身利益。土地拥有者得知，保护他的土壤及其肥沃性需要付出代价。在土地肥沃的地方，这一经济准则提高了土地实践能力，而在土壤贫瘠的地方，土地的大肆滥用仍未得到抑制。公开收购产量低的土壤被认为是一种对滥用的补救措施。这在某种程度上得到了推广，但是在发现水土流失时，这常常为时已晚，此外，对于这片大洲上每平方英尺的土地，最多也只能期待这种现象能在某种程度上得以改善。强制性立法也许在土地最肥沃的地方管用，因为这些地方最不需要法律，但似乎在土地贫瘠的地方起不到什么效果，这些地方现存的经济体制不会允许私营企业在不受控的情况下赚钱。总的来说，我们必须直面这一事实，即，目前人与土壤之间的关系不牢固。

林业展现出了另外一种悲剧——或喜剧——关于智人，他们骑在自己建造的已经失控的巨无霸身上，同时试图向环境表现得友善。从自身利益出发，一种新型行业备受期待，即，原始林木的减少会导致人们开始大量种植林木。林务员在某些公共薄田里种植林木，但是在私人占据的土地上鲜有种植。是经济学不让他们这么干。这是为何呢？如果有人说知道完整的答案，那么他胆子确实大，而有一部分我们还是认同的：现代运输使得在与世隔绝的地方种植林木无利可图，除非其他所有地区的原始林木全被耗尽；木材替代品未来的前景并不乐观；立木保护区的保管费用过高，由此导致长期存在结算问题、生产过剩、价格低迷以及滞销产生的惊人浪费现象，因此必须砍倒它们种下更高等级的树；森林所有者头脑中缺少可持续收益的意识；美国林业不存在像欧洲那样的低工资标准。

1929年以前我们曾对工业性林业进行过一些探索，但是结果并不乐观，40年的"运动"[1]给我们留下的只有这些公库担保的树木收成。只有盲人才会在一开始就以一种有秩序且和谐的使用方式利用森林资源。

---

[1]指西进运动。

这些人想通过对私营企业主的强制立法弥补这一错误。即使从目前来看，难道可以成功做到迫使一位土地拥有者在其私有土地上种植任何作物（更不用说像森林这种复杂的长期作物）吗？强制只会加速目前正倾泻入公共领域的大量拖欠税款的土地所有权崩塌。

另外一群更大的团体寻求的补救方法在于扩大公有制。我们无疑非常需要这种方法——不管需不需要我们都会得到——但是这条路可以走多远？我们不能回避这样一个问题，即森林问题，就像土壤问题一样，与美国国土同时扩展。我们对其他土地和产业征税，以人为维护森林土地和森林产业，这样的方法能走多远？我们的脚踝被一根20英尺的绳子拴在了起跑线上，还能有多大信心可以再进行100码的冲刺？但无论如何，我们已经勇敢地"出发了"。

对野生生物保护的趋势可能要比土壤或森林乐观一些。出于个人利益考虑，农民可能会被诱导饲养狩猎动物。饲养狩猎动物得到的产品销路很好，而主要作物的销路很差。因此，农场物种的前景相对明朗。从某种程度上看，当森林产业衰退时，森林中会偶然形成新的庇护所，森林狩猎动物会因此受益。另一方面，流浪的狩猎动物由于排水系统和过度猎杀而损失严重；其前景黯淡，这是因为，个人利益的动机不适用于私人饲养的鸟类，这些鸟类移动速度过快，因而它们属于任何人，也可以说不属于任何人。它们每年都要进行迁徙，只有政府的利益关系才会随它们一同扩展，而自然资源保护主义者存在意见分歧，这就成为了政府碌碌无为的充分借口。政府可以饲养候鸟，这是因为它们在沼泽地区的庇护所廉价而且集中，但是我们只有一种一年生的作物，需要召开新的听证会讨论如何分配快速减少的剩下部分。

以上是保护的三个领域，虽然是整体中的一小部分，但是足以说明：目前，我们在努力协调机器文明的结果，其中混杂着各种相互冲突的势力、事实和观点，涉及为我们提供食物的土地。我们无所作为，本需要学习更多的东西。要学什么呢？

我认为只有两种东西：

第一，在土地利用的一些最重要的改革中加入经济策略。

第二，公有制中避开这一障碍的计划虽然非常让人满意并且目前运行良好，但远远不够。很多人会对此展开争执，但这一问题处于这两种冲突之间，最终指向的是我们正在做的事情。

有人将保护看作是政府部门在我们土地上做的一种祭祀，以此平息种种暴行，而没人打算将它用作其他目的。我们给这些保护开了一个头，而且我们可以把它带到税收政策所能达到的最远地方。显然，相比于保护土地，其保得更多的是我们的自尊。很多优秀的人承认这一点，这可能是因为他们对其他的事情更绝望，也可能是因为他们没有看出土地的普遍反应需要得到控制。也就是说，他们的生态学教育并不合格。

另外一个概念支持公有程序，但仅将其看作是延伸、教导、示范、一种开始以及一种达到目的的方法，而不是目的本身。真正的目的在于：无论从经济角度还是美学角度，无论是公有土地还是私有土地，我们都要与土地形成一种普遍的共生关系。在这种学派观点中，公有制是一块补丁，而不是一个程序。

难道我们还要一直拼这些补丁，等着巴比特先生获得他的生态学和美学博士学位吗？或者说，新的经济准则是否为我们与环境和谐相处提供了一种捷径呢？

经济主义

就像我所看到的那样，所有新的主义——社会主义、共产主义、法西斯主义，尤其是已消失的但并不让人感到惋惜的技术统治论[1]——甚至在一件事上超过了资本主义：机器生产更多的商品分配给更多的人。他们在理论上都能吃饱穿暖，各有一台福特车和一部收音机，都能享受美好的生活。他们的规划仅在为达到这一目的的实现方式上略有不同。尽管它们互相鄙视，但从这一目的的角度来说，它们是一荚之豆。它们都在为同一个信条竞争：以机械来救赎。

我们在这担心的并不是它们提出的要根据商品来调整人和机器的观点，而是它们缺少任何根据土地来调整人和机器的重要提议。对自然资源保护主义者来

---

[1] 技术统治论（technocracy）兴起于19世纪末20世纪初，柏拉图理想国中哲学王治国的本质就与技术统治论同出一辙。

说，他们仅能提供老生常谈的办法来搪塞：公共所有制和私人强制力。如果现在这些方法力不能及，那么在我们把集体标签换掉后，他们会如何施展魔法让这些方法生效呢？

让我们对一个简单问题进行经济推理，看一看它将把我们引向何方。之前已经说到，有一片巨大的土地因其在开采时入不敷出，由此被经济学者称之为边际土地。然而，在它曾经原始的状况下，人们为牟利而"剥下草皮"。此举最终导致该地区水土流失。我们该做些什么呢？

根据所有目前公认的经济和科学原则，我们应该说"任凭其水土流失"。为什么呢？这是因为主要的土地作物都过度生产，我们的人口曲线变得平缓，科学依旧使得更好的土地能获得更高的产量。我们从公库中拿出数百万美元用以将不需要的田地退还给自然，而大自然会免费地做同样的事；那为什么不让她来做这件事呢？这就是我说的经济推理。然而没人这样说过。我不理解这一事实的意义。对我来说，从某种程度上，这意味着普通公民很轻易会对自然资源保护主义者的态度表示不屑。这就像是我们能忍受在过度生产棉花、咖啡或玉米的土地上进行耕种，但不能忍受大地遭到的破坏，然而"边际土地"触动了人类智力中一些更深层与一些次经济层的东西，其中的东西——可能是文明的本质——用威尔逊的话来说是"人类合理的意见"。

环境保护运动

我们面对的是一种矛盾。为了建立一种更好的发动机，我们抽取人类头脑中最大限度的能力；为了建造一个更好的农村，我们掷骰子。政治制度无视这种差异，不会提供有效的补救措施。然而，有一种处于休眠状态的意识广为流传，即对土地以及依靠其生存的事物的破坏是错误的。一个新的少数派支持环境保护的观点，并倾向于声称这是一种积极的原则。这其中有没有包含可能会发展壮大的萌芽？

我承认，这一观点的支持者经常会给出充分的怀疑理由。举一个极端的例子，我们都有对无倒刺鱼钩的崇尚，在钓鱼过程中通过自我强加的限制获得自尊。这种限制值得推荐，但其与救赎有关的幻想与一些宗教派别中坚持的原始禁忌和禁欲一样幼稚。这种赘疣似乎表明了道德的问题所在，它们在定义或是解决道德问题方面，都无关紧要。

此外，还有一位自然保护支持者，他最近以"旅游诱饵"的方式重写了自然保护入场券。他告诫我们要"保护威斯康星州野外地区"，这是因为如果我们不这样做，那么汽车旅行将穿过此地，去往密歇根州，留给我们的只有一股尘埃。巴比特先生是否因为在做他认为正确的事情，而为此捏造了顽固的理由呢？他固执的性格表明，他追求的不只是旅游者。他和其他数以千计的"自然保护工作者"在荒废了几十年的土地上挥汗如雨，难道是因为他们被扩大三明治和汽油销量的美梦点燃希望了吗？我并不这么认为。他们有些人总是渴望一鸣惊人——这就是问题所在。

眼光敏锐的政治家渴望通过一鸣惊人快速地获得荣耀。他敏捷地跳起来并迅速抓到了命运的缰绳，这为他的事业增添了些许的尊严，但这确实证实了他对一个重要问题的政治嗅觉：这种保护是人们真正想要的吗？可以肯定的是，政治的目的通常表现在对法律的修修补补，或者一些无用的拨款，或者在丑陋的现实中贴上一些漂亮的标签。然而，有多少次政治活动描绘出了这一观点背后真正的深度？对于政治消费来说，一种新想法必须可以被简化为一种态度或者一个句子。在这之前，伟大的思想在国家的发展初期涅槃而生，对那些尚未受到影响的旁观者来说半喜半忧。环境保护主义者的一言一行在我们的政治能力中并不重要，并不会影响我们坚持做某件事时具有持久欲望的重要性。将这种欲望转化为富有成效的渠道是一种时间和生态任务。

最近野生生物保护的趋势显示出思想进化的方向。此项运动开始于50年前，其基本论点是拯救物种免受灭绝之灾，为达到这一目的而出台了一系列限制性法令。个体的责任是珍惜和扩展这些法令，并且观察他的邻居是否服从它们。整个结构既消极又成本巨大。其假定土地在生态方程中是一个常量。而火药和杀戮欲望是需要控制的变量。

如今，这是一种既积极又明确的意识形态，其主题是防止环境恶化。达到这一目的的方式是研究。个体的责任是将其研究发现应用于土地上，并鼓励他的邻居也这样做。土壤和植物演替被认为是决定植物和动物生命的基本变量，同样地，无论是野生还是家养，其数量和质量要满足人类需要。火药被降级为一种工具，用于对以上某项成果进行收获。杀戮欲望是一种动力来源，就像社会组织中的性一样。然而仅有一种要素被设定为常量，而且其在两个方程中都很常见：对自然的爱。

到目前为止，这一新观点仅被认为是一种更好地进行狩猎和捕鱼的备受期待的新方法，但它的潜力无穷。为了对这一点进行解释，让我们回到最基本的问题——动植物的保护。

为什么物种会灭绝？这是因为它们首先变得稀有。为什么它们变得稀有？这是因为特定环境的缩减，让它们需要具备特殊的适应性才得以生存。这种缩减可以控制吗？只要知道具体的情况就行。如何知道呢？通过生态学研究。如何控制呢？通过在农业和林业使用同种工具和技能来改变环境。

因此，考虑到知识和欲望，这种控制野生文化和"管理"的理念不仅可以应用在鹌鹑和鳟鱼上，也可以应用在从美洲血根草到贝尔的绿鹃等任何有生命的事物中。在植物演替、土壤、所有权规模及各个季节的限制下，土地所有者可以"饲养"任何他想要的野生植物、鱼类、鸟类或哺乳动物。需要保留的稀有的鸟或花的数量，并不比那些愿意冒险将其建成栖息地的人少。我们总有一天要学会承认：现实和理想最好要统一起来。它们的和谐融合可以使农业不仅成为一种商业，甚至成为一种艺术；这片土地不仅是一座食品工厂，还是一种自我表达的工具，每个人都可以演奏自己选择的音乐。

细细想来，这样说是很有道理的。它为我们提供的不仅是复兴——一种创造性的舞台——它是最古老也可能是潜在的最普遍的美好艺术形式。对与经济用地分离的时代来说，"乡野景色"遭受了矮化和扭曲，审美或精神功能退化到了公园和客厅中。因此，我们很难想象出一种具有土地之美的创造性艺术，这是自耕农而非审美牧师的特权，它不仅涉及植物，还涉及生物群落，不仅利用了铁锹和修枝剪，还控制了那些决定动植物存活与否的无形力量。如果我们想做，这些事情近在咫尺。在其中是变革的种子，也许包括社会尊严的重生，这应该是土地所有权的一部分，但如今它已经变成了劣等职业，而且，目前的土地剥削过程毫无所获。此外，其内部也可能是新的土地关系萌芽，在所有有特权进行耕作的人中形成的一种新团结，以及惠曼特梦想的一种实现——"美国所有河流两旁，植物伴随着树木旺盛地生长"。对我们这一代来说，对这种共生、这种树木与河流的拙劣模仿是多么的苦涩！

我不会做白日梦。这不是预言，而仅是一种断言，即控制环境的概念包含了色彩和画笔，可能在某一天，能用它们描绘出一幅崭新的更加美好的社会画卷。诚然，在这样一个群落中，土地美丽与实用的结合决定了其拥有者的社会地位，而且，我们将看到那些现在困扰着自然保护的经济障碍会迅速瓦解。经济法可能是永久的，但它们的影响反映着人们的需求，转而反映出它们知道什么以及它们是什么。从一定程度上来说，建立于任一时候的经济都是当时盛行的生活标准的结果和原因。这一标准发生了变化。例如：有的人歧视由童工或其他反社会程序制造的商品。他们已经学会了滥用机器，并且愿意用它们作为改善习惯的手段。社会压力也被施加在改变生态的过程中，人们很容易理解这些简单的过程——比如见证了对用鸟皮制作女性帽类装饰品的有效抵制。我们只需再进一步发展生态教育，就可以想象将类似的压力放在其他保护问题上。

例如：伐木工人目前不能从事林业活动，这是因为公共需求转向了合成板，因此他们也许可以出售人工种植的林木以"保持青山常绿"。再比如：某些羊毛生产于公共土地；而那些在更绿的牧场中养羊的竞争对手，难道不能给自己的产品贴上绿色标签吗？我们用纸教育子孙，而其碎屑污染了我们较于书籍同样迫切地需要着的河流，难道我们必须永远面对这种讽刺吗？难道很多人不会为了一份"干净的"报纸而多付一分钱吗？也许某一天，政府会忙于根据土地工业所使用的标签合法性来区分保护产品，而不是试图为它们经营土地。

我既不预测也不提倡这些特别的压力——它们的智慧与愚昧超过了我的知识范畴。我断言，这些滥用行为真实存在，它们的每一次被纠正都很急切，这就像是为了做帽子杀死白鹭的行为一样。它们只在构成因果关系的生态链的链接数量上有所不同。白鹭中存在一两个链接是大众思想能看到、相信并付诸行动的。此外还存在很多其他的链接；人们既看不到它们，也不相信正在行动的我们。与其他社会问题一样，自然保护的最终议题是：大众思想是否想要拓展其对所生活的世界的理解，或者，在这种欲望下是否有这样做的能力。奥尔特加在《大众的反叛》中彻底明确地指出了这一问题。遗传学家们带着恐慌，逐渐开始认真对待第二个问题。两个问题的答案我都不知道。简单地说，一个足够开明的社会，通过改变其需求和容忍力，可以改变土地的经济因素。可以这样说，它可以是国家的，也可以是个体的："当一个人在思考时，他亦是如此。"

在数百万人缺乏物质存在之方法的情况下，对这种现象的文化进行描述似乎是一种虚无的行为。为此，有些人可能会感受到和来自密歇根州的参议员一样的诚实的恐怖，因为他最近在同胞食不果腹的时候，控告国会提出的候鸟保护措施。这种致命相似的问题在于，我们永远不知道什么是原因，什么是结果。可想而知，最近的波动现象引发了从银行到犯罪分子的各种各样的浪潮，如果其中的人类媒介重新调整了其紧张状态，那么这种浪潮就不再是个麻烦。惊跑乱窜是只对草感兴趣的动物的一种属性。

1933年

环境保护经济学

承接《环境保护的伦理》，本文对政府赞助的环境保护——特别指明罗斯福新政的实践——的局限性进行了批判。文章呼吁发展制度激励，促使私人土地所有者以公共利益管理他们的土地。利奥波德进入威斯康星大学农业经济学院不久后，他在泰勒—希巴达经济俱乐部发表了一次讲话，之后，这次的讲话内容发表在了《林业期刊》中。

他们说，当一些强大的行星在天空中毫无目的地移动时，月亮诞生了。它碰巧在地球附近通过，将其他物质从地球上剥离下来，并将其作为一个新的独立实体从天体的星系中发射出去。

我认为在1933年，环境保护"诞生"的方式在某种程度上与之相同。这股强大的力量由两代自然资源保护主义者被压抑的欲望和挫败的梦想组成，在国家钱袋附近通过，为后萧条时期的救济敞开了大门。一些又大又重的东西被举了起来，扔到了字母表的星系中。它移动的速度仍然太快，我们无法确定它究竟有多大，也不知道宇宙的力量是如何影响它的整个生涯。我的目的在于讨论它的到来及其前景。

我们必须首先理解产生升力事件的先后顺序。在过去的半个世纪里，人们普遍认为，我们对大自然的支配并不是一种纯粹的祝福。我们的生活变得更轻松，但在获得它的同时，我们失去了两种与之等价的东西：（1）来源于面包和黄油的资源的持久性；（2）个人与自然之美接触的机会。

环境保护之鞭意图作出努力，将两者损失降到最低。

在美国历史上，它可能会被压缩成一句话：我们试图通过购买土地、资助土地中值得做出的改变，以及严格的法律，使环境获得保护。最后一种方法基本失败；另外两种方法取得了些许成功。

"新政"的开支是这种经历的必然结果。公共所有权与补贴让我们尝到了曾经享受过的环境保护的感觉，公共的钱袋是开着的，而且私人土地在市场中就像是毒品一样，我们突然决定为自己购买真正的食物，一顿饱餐。

这是良好的逻辑吗？我们会得到一顿饱餐吗？这是关于时间的问题。

地理

最近，关于林业的科普兰报告[1]以及其他领域的一些较轻的体力劳动中显示出这些问题，但在我看来，我们可以通过考虑在自然保护中试图控制的简单地理现象而进一步对其进行阐述。森林、水土流失和狩猎动物各具特点和局限性，影响它们各自在土地上出现的集中程度。这些都符合公共所有权中的地理特性吗？举例来说：

---

[1] 科普兰报告是美国国会对林业调查的结果报告，该报告于1933年4月完成，从木材、水、野外娱乐、国家援助和防水等方面进行了陈述。

1. 公共土地的集中程度必然有限。

2. 公共土地与私人土地的比例不能超过私人的计税基数，如果有营业收入也要加上。

3. 公共土地的最小单位必须足够大，以安置一位管理人。

让我们根据这些限制研究狩猎动物的地理位置。野生狩猎动物中存在固有的不耐集中性。很少有爱好者意识到这一简单而重要的事实。就算在建造技巧最娴熟的文化中，也不能在每英亩土地上建造比鸟类所占比重更大的野生种群，或者在每20英亩土地上建造一头鹿。以山地鸟类为例。每年的安全猎杀限制为总数的三分之一，因此，在理想条件下，将一只鸟放在猎装中，需要3英亩土地。在实际的非乌托邦实践中，可能至少需要6英亩土地。也许威斯康星州的一半土地适合养鸟。在这半个州的土地上，每年可以收获300万只鸟，或者每个猎人有资格获得15只。这一产量非常充足，但前提是，假定所有合适的土地都可以饲养鸟类。不夸张地说，公众可以拥有所有合适的土地。此外，如果真是这样，那么土地就不会再被耕种，因此其生产力将下降到一个更低的水平。如果该州十分之一的土地归公共所有并可以收获鸟类——也就是300万英亩——那么现在每个获得执照的猎人只能得到5只。现在，对于没有获得狩猎执照的数千人来说，他们可以享受闲暇时光，但是无处可去，这又为他们留下了什么呢？而且对于非驻留居民来说，哪一个又会是热情的支持者想要的答案呢？

可以肯定的是，我们能通过人工繁殖获得更大的产量，但成本会高得令人却步，而且产品的美感质量也明显降低。然而水禽与其他狩猎动物有所不同。它们不会受到集中程度的影响。因此，在沼泽地中实现大规模公有制是可行的。而且这也是必要的，因为水禽的跨州迁徙导致他们进行私人生产的部分动机失效。因此，水禽群落是一个例外。

然而很明显的是，在狩猎动物管理中，这种现象的内在分散性使得公共狩猎动物生产仅仅是对私人土地生产的一种补充。狩猎动物必须成为其他土地利用目的的副产品。只有使用所有土地才能实现"全民运动"。公共狩猎动物饲养作为唯一的依靠被排除在狩猎动物本身之外。

如今我们来考虑一下森林的地理位置。林业是独一无二的，林木可以在一个地方种植而在另外一个地方被使用。但这对狩猎动物、鱼、水土流失控制、风景、野花或鸟类来说并不适用。林业在这方面也很独特：林木产品的消费并未增加。因此，将林木生长的功能降级为公共土地有可能可行。当然，这并不是森林问题理想的解决方案，因为随着分散性的降低，控制水土流失、野生生物生产和娱乐的次要功能也会减弱。随着分散性的降低，木材的浪费现象也会增多。私人土地所有者可能会从林木种植中收获社会纪律，当这项工作由公共机构代理时，必然会导致纪律的部分丧失。到1933年，虽说使私人土地实践得以进行的所有努力几乎全都失败，但林务员和伐木工人都坚持认为私人和公共林业必须同时存在。然而，从1933年开始，人们都在争先恐后地争取公共所有权。甚至林木法典的第X条款似乎也在为公共收购树木被砍光的原野做准备。

现在，发生水土流失和洪水之地的地貌如何？决定密西西比河变化特征的分散性现象是什么？——是什么决定农场的表层土壤是会停留在原地，还是被卷入墨西哥湾？除非科学完全自欺欺人，否则答案与最近的土地政策趋势存在分歧。我们都知道燕子是否在泥土中冬眠，以及火、水和空气是否可以被称为元素，我们知道潜在水土流失的分散性与耕作、放牧、斜坡和雨水的分散性一样普遍。那么我们如何通过购买一些供水源与河岸来控制它，并将它转化为公共森林呢？我承认，这些地方最脆弱，而且我也承认，他们进行公共植树造林会阻止我们的土壤和水资源恶化，但是这能保证美国在2000年甚至1950年保持物理上的完整性吗？肯定不能。这是一个地理公理，美国除了能够合理使用集水区每一英亩土地外，无论农场还是森林、私人土地还是公共土地，都不能保证能做到保持完整。在西部，有十几个灌溉项目受到国家森林中上游源头土地的"保护"，每一处都有一片集水区，在那里，过度放牧、火灾和旱作猖獗。大多数这些"受保护的"水库在水迹未干之前都已经被淤泥堵塞。水土流失之疾给土地带来麻风病，而在第一次溃疡时拍上芥末膏是很难将病治愈的。唯一的解决办法是普遍实施用地改革，我们越迟缓，修复工作的规模就越大。

现在让我们来研究一下这种微妙且复杂的地理特征，关乎所有土地的最重要的用途（除农业外）：娱乐。娱乐是一个永恒的战场，因为它是一个单一的词汇，却指的是各种各样的人和事。每个人只能用个人术语来讨论它。锯木的长度可以丈量，一群鹌鹑有15只，然而没有任何一种单位可以用来测量和比较娱乐的用途。那些对此有意见的人需要承认，就像惠特曼[1]所说，

不管听起来如何，无论是海还是帆，

人类带来了所有东西，以考验自己。

在我看来，户外娱乐显著的地理特征是：娱乐的用途是自我毁灭。越多的人集中在一个特定的区域，它们找到自己想要的东西的机会就会越少。这并不是缺乏批判力的暴徒的真实写照，但我认为，比起公共艺术画廊或公立大学，国家或州立公园没有理由取悦暴徒。贫民窟就是贫民窟，不论是在鲍厄里[2]还是在黄石公园。因此，分散性是娱乐计划的首要原则。户外运动场的分散性在提高其可及性上具有同等重要的属性。

胡佛先生在他梦想中向我们展示的"所有人的休闲"，可以或者很大程度上可以在公共娱乐场所度过，我认为这是不可思议的。公共娱乐场所已经如此拥挤，以至于孤独的娱乐主义者必须要么入侵他们的无路的内陆地区，要么暂时逃离土木工程管理局，要么完全避开他们。在某种程度上，不断扩大的娱乐需求必须在公共和私人土地上得以扩展，否则就如莎士比亚所说，它将"因拥有太多而死亡"。

让我们明确这一点：我不反对为实现环境保护而购买公共土地。这是历史上的第一次，购买土地的规模与问题的规模相当。我的确挑战了越来越多的假设，即更大规模地购买土地是私人保护实践的替代行为。我担心，更大的购买行为是一种逃避现实的行为——它掩盖了我们未能解决的更棘手的问题。地理策略不利于其最终成功。从长远来看，这有和买半把伞一样的效用。

---

[1] 沃尔特·惠特曼（Walt Whitman，1819—1892年），美国诗人、散文家，他是美国文坛中最伟大的诗人之一，代表著作《草叶集》。
[2] 鲍厄里是美国纽约一个街区，被公认为是世界最著名的贫民窟，街上到处都是无家可归的醉鬼和流浪汉。

整合

人们一直承认,几种保护措施应该相互结合,并与其他经济用地相结合。该理论认为,对同一棵橡树来说,其树干将成长为可锯木,并与土壤相结合抵抗水土流失,缓和洪水,将橡子扔到狩猎动物中,为鸣禽提供庇护所并为人们的野餐提供荫凉;对于同一亩土地来说,可以同时服务于林业、流域、野生生物和娱乐活动。然而,需要借助1933年敞开的钱袋来阐述,这篇论文的理想与一位土地工头的实际表现之间究竟存在一种什么样的差距,随着一系列针对某人该做什么样保护工作的指令的出台,这样的差距变得更大。例如,道路上的工作人员沿着土堤修建一段斜坡,同另一队改善水坝和庇护所的工作人员一起把鳟鱼溪水搅浑;植树造林的工作人员们砍伐了狩猎动物以之为食的"狼树"[1]和边境灌木丛;负责路边清理的工作人员烧毁了所有壁炉中的橡木木材燃料,而壁炉是由娱乐场地的工作人员建造的;然后,在鹿和鹧鸪通向苜蓿区的唯一通道处,种植人员在所有的地方种下了松树;消防队员们在野生生物保护区里烧掉了所有中空的断枝,或者更糟的是,他们伐倒了那些在"风景优美的道路"沿线长满疙瘩的老树,而那些是唯一优美的风景线。简而言之,"科学"技术的生态和审美局限暴露无遗。

即使是在民间资源保护队阵营里,这样的交叉线也会经常出现,那里的工作人员由聪明的年轻技术人员进行指导,他们中的许多人刚从环境保护学校出来,但他们都只接受了自己独特"专业"的教育。在像土木工程署这样短命的组织,经营它的人可能会理解,那些暴行占了上风。这种经历的指导意义,并不在于缺

---

[1] 19世纪末至20世纪初,美国小规模畜牧业兴起,大量森林被砍伐,以提供用于建筑的木材以及用于种植、畜牧的田地、牧场。牧场中少量的单棵树木(通常是橡树)会被留下,用以给牧场动物庇荫,并提供橡子或坚果。这些单棵的树木在没有竞争的情况下生长,枝杈横生,树冠巨大。后来,小规模畜牧业逐渐消失,一些农业用地恢复为森林,其他树木又重新开始在单棵树木周围生长,但此时的单棵树木已生长多年,体量巨大,无论就森林资源消耗还是生长空间而言,它都会抑制周围较小树木的生长。对当时的多数林业人员而言,这种被称为"狼树"的树木粗糙而样貌不整,不讨人喜,而其树龄太老,且树干大多中空,商业价值颇微,仅对野生生物尤其有用。甚至,这种树还抑制了周围一些更具经济效益的树木的生长。因而,这种树木普遍被当时的林业人员认为是"枝节如狼一般蔓延,本身价值颇微但侵占森林资源,阻止其他适销对路的小型树木的生长,是森林的溃疡,应该予以消灭"。

乏经验的工头在整合环境保护方面缺乏对所有知识的掌握能力，而是那些高层（我是其中之一）没有预料到这些利益冲突，有时并未觉察到它们的发生，而且当发现时也没有准备好如何进行调整。我们得到的一个朴素的教训是，在一块土地上进行环境保护的实践者需要更多的智慧，以及更广泛的同情心、远见和经验，而不是成为一所大学或环境保护局的专业林务员、狩猎动物管理者、牧区管理者或水土流失专家。在纸上进行整合很容易，但这个领域比我们任何人所预见的要重要得多，也更困难。我们中没有一个人在工作中同时进行过足够数量和种类的劳动，因此不能充分意识到它的陷阱或可能性。如果1933年的保护措施没有结出任何其他成果，那么这种令人清醒的经历将是值得我们感到痛苦并付出代价的。

如果在公共土地上受过训练的技术人员发现，将不同的公共利益整合到土地使用中是一项庞大的任务，我们该如何评价这个私人土地所有者呢？他为来之不易的生活而努力奋斗，甚至还不知道这些公共利益究竟是什么。

立法

一个明显的事实是，我们目前的法律和拨款几乎都是单向措施，用以处理土地使用的单方面问题。发生在1933年夏天的一个同样明显的事实是，这些措施在应用到土壤中时，经常会发生相互冲突或者是不能契合的情况。

举个例子，设想有一座位于威斯康星州的农场，看一下十几个人同时指挥一匹马向左和向右走的后果。

首先，我们让农业调整署向农民支付其从土地中获取玉米或烟草的奖金。这时，是否要鼓励农民重新整理农田布局，以便将闲置的土地永久地转移到狩猎动物、林业或水土流失控制上呢？不——这不是农业调整署的事。相反，农民可以自由地清理新树林，或者把他的牧场扩展到山上，而这会对林业、狩猎动物和水土流失问题造成不好的影响。

其次，我们的民间资源保护队在农民山坡的冲沟中建造免费的拦沙坝，这项工作完成得很出色。但是民间资源保护队是否规定，农民必须把他的牛从陡峭的山坡上拉下来，以此修正他的耕作方式，使其不会再有新的沟壑形成？这只有在非常有限的范围内且在最明显的情况下才会发生。实际上，单向措施无法改变其他的土地利用，从而使其获得的利益永久化。

之后我们又有了森林作物法，向那些从事林业的人提供税收回扣。难道做木材产品的林木所有者不仅生产木材，还生产狩猎动物、控制水土流失、生产毛皮或野花，从而获得任何优先权吗？一点也不可能，尽管他可能对公众带来的利益是只从事林业工作的10倍，而且尽管立法机关通过了法律，但管理法律的保护委员会也同样对这些"侧面问题"感兴趣。

这个假想的农场可能位于防火区，该地区受到来自克拉克—麦克纳里法[1]的联邦政府补助。这个地区有可能会发生火灾，威胁公众野生生物或野外娱乐。然而，这些事情影响不到那些遵守消防标准的检查员。这是因为他们必须听从在特定的单向法规中对于保护的严格单向定义。

当然，这些困惑远远超出了保护范畴。公共狩猎动物农场对公共公路工作人员刚刚烧毁或砍伐的丛林进行了重新补充。国会即将对猎鸭者征税，对其代理造成的沼泽破坏进行恢复。农业大学宣扬建立公共牧区栅栏——内政部反对这一行为。并不是所有的这些逆转都是可预见的——事后之明胜先见，而且永远都是如此；真诚的公仆在什么是健全的公共政策上存在分歧，而且他们总会这样。而以下这个列表提出了这些足够深刻的基本问题：

（a）关于保护的严格法定单向定义是否实现了其有限目标？迄今为止的答案是：几乎没有。

（b）私人土地所有者是否可以将这些不协调的定义整合到一个单一的土地使用系统中？我认为，政府专家会发现做到这一点很难。

（c）当纳税人了解到在不同的环境下保护财团之间的团队合作非常差劲时，他会不会因为更多的人重蹈覆辙而感到满意？我对此表示怀疑。

---

[1] 克拉克—麦克纳里法案颁布于1924年，是美国联邦立法的组成部分，因其代表是约翰·D. 克拉克和查尔斯·麦克纳里参议员而得名。该法案的出台使农业部长与国家官员合作，更好地保护森林，主要是保护消防和水资源，并且促使美国农业部开始与私人林地所有者一起重新造林。该法案还大力推动和支持各州建立州立林业机构，现在美国50个州都有林业推广机构。

（d）如果单向补贴或强制措施不起作用，如果公共收购的替代方案不能解决问题，那么解决方案是什么呢？

经济学

在试图阐明这个问题前，我们必须先简单地回顾一下一个在历史上很著名的假设，即环境保护是有利可图的，而且利润的激励促进实践的进行。

在环境恶化开始前，林业和水土流失控制通常是有利可图的——很少发生在恶化开始后。从当地的观点来看，对提前到来的水土流失进行控制总是无利可图的，但是，如果一个人因流失的土壤而增加了处理洪水和淤积的成本，那在源头上根治它会更廉价，即便后种成本可能超过土地本身的价值。

如果一些主要作物可以保持土地稳固，并且如果环境不需要重建，那么狩猎动物管理是有利可图的——而在必须狩猎动物本身保持土地稳固或者土地被毁的情况下，狩猎动物管理就很难有利可图。

娱乐和审美用途很少能直接提供收入。而且通常只有公众在相信无形资产存在之后，才会认为其有利可图。

即使在这个简明的调查中，我们能明显地发现：

1. 只在某些地方才有直接利润。
2. 提前到来的恶化通常会妨碍收益。
3. 项目的平衡不能仅靠利润来建立，公共干预也是必要的。
4. 无论付出什么代价，预防通常都比治理廉价。
5. 奖励比惩罚更美好，因为惩罚是事后诸葛亮。

发生在1933年的大规模公共支出表明，从现在开始，每当一个私人土地所有者的土地损害到公众利益时，最终支付账单的将会是公众，要么通过买断他的土地，要么通过捐赠修理费，要么两者兼而有之。因此，防止对土壤或对其上生物的损害，已成为公共财政的首要原则。滥用不再仅仅是一个消耗资本资产的问题，而实际上会对纳税人造成现金负债。我希望读者能好好思考一下这个问题。这是描绘我们未来前景的一副新框架，它打破了许多先前存在的思想惯例。

我们要防止的是任何形式的破坏性私人土地利用。我们鼓励将公共利益和私人利益结合在一起，因而最大程度地利用私人土地。反正我们也要花费大量的公共资金，那为什么不用它来补贴土地使用中的利益结合所需，而要通过购买、禁止或修复来治疗让人头疼的破坏呢？

我完全意识到，我有资格通过这样的问题得到政治和经济梦想家的庇护。很多人对公有制趋之若鹜，现在我们最受尊敬的保守派也加入了这个行列，然而我认为，相比之下，我的这个提议在政治上并不那么激进，而且可能更经济。

让我来举例说明。去年夏天，我参与了数百个水土流失拦沙坝的建设，每一座大坝都要花费一大笔钱，而建造这些大坝的贷款利息要比它们所保护土地的税收还要高。这些大坝是"治疗手段"，是必要的。但是，如何防止土地使用过程形成更多的冲沟而需要更多的大坝呢？首先，如果向支持合理使用土地的农民或畜牧业者征收不一样的税额，比如说原税额的25%，也许根本就不需要建造大坝。经济上将节省75%。从政治上来说，难道向漫不经心的农民征收一种更少的税额比为他们修建免费的大坝更激进吗？

民间资源保护队阵营在许多被烧毁的土地上种植森林，其成本尚未公布，但其商业成本肯定不低于5~10美元每英亩。对于这种通过差别税额的"治疗手段"获得的1或0.5美元的利益驱动，是否会阻止最初砍伐木材以防火灾的伐木工人？如果现行的森林税收法律没有为大家提供足够的诱因而防止悲剧重演，那么，采用"提高赌注"甚至免除所有税收的方法保护公众利益，难道不合乎逻辑吗？有必要为了贪图便宜而等着购买烧焦成灰的公共森林吗？

我们的狩猎动物部门每年都会在每只鸟身上花费2.5美元为它们重建因过度放牧或火灾损坏的庇护所，但收效甚微。那么，以征收差别税或狩猎费的形式为农民支付同样的费用，用于在遮蔽点建栅栏、饲养狩猎动物、布置土地等，这样如何呢？我知道有1000个地方，每个地方花费2.5美元用于建造围栏或饲养，虽然一分钱也得不到，但是每年都可以收获10只鸟，且无年限。这就是说，一共需要2500美元外加每年的保管业务费，就可以获得与购买公共土地一样的结果。

在这一点上，我也要为所谓的"被压制的少数民族"辩护。土地所有者的土地边界偶然包括一个鹰巢，或者一块苍鹭栖息地，或者一片皇后杓兰，或者是当地牧场草地残骸，或者一棵有年代的橡树，或者一片印第安土丘——这样的土地所有者是公共利益的守护者，他与种植森林或治理冲沟的人是平等的，有时甚至比他们更伟大。我们已经有了如此多的单向法规，针对每种"少数利益"都有新设立的、单独的禁令或补贴政策，然而很难颁布这些政策，甚至更难实施或管理。也许这一僵局为整个保护政策中存在的广泛问题提供了线索。这表明需要管理者对利益进行全面融合，并且对一些保护法规进行全面简化，为每一块土地设置一个单独的土地使用标准："其中所有资源中的公共利益是否得到了保护？"然后，这一标准通过像差别税这样的单一刺激措施进行激励，而且其代表了一些独立且训练有素的行政土地检查员的决断能力，他们将由法院进行审查。这必须是一名集税务评估员、地区指导员和保护生态学家于一身的人。我认为，虽然这样的人很难找，但是要比制定一项法律更容易，能做到用数百种替代方法来处理哪怕是一个农场中的土地资源。

法律本身可能没必要对公共利益进行定义，检查员也不需要在很长一段时间内墨守成规。根据威斯康星州工业委员会法案（修订法，第101章）设立的工业安全服务中，成功地实施了对私人的弹性监管，促使他们遵守公共利益。

我花在土地管理上的时间太久了，已经没有也不想再有任何幻想，这种预防性补贴的想法听起来很简单，但我怀疑它是否会像我们目前着手的解决方法一样复杂。我意识到，国家财政必须为差别税的实施提供足够多的支持，以此防止地方转移税收负担，而且，差别税的实施必须基于一些切实可行的土地使用标准。如何对其进行定义？谁来定义它？差别税是最好的或者是一种可能的媒介吗？我不知道。但我知道的是，相比于我们现在所采用的单向法规，很难再找一种更差的复合保护标准。可能其中一些标准可以用来定义单一土地利用中的交易，但用来定义构成实际土地问题的相互冲突或合作使用的组合标准，似乎毫无希望。

我不是经济学家，也不是法学家。然而在1933年以前，我们对经济机制的整体探索局限在政治法律、经济法律以及习俗预先设定的限制范围内，这一点对我一个外行人来说似乎都是显而易见的。而突然之间，这些限制似乎变得很窄。

这是不是很让人惊讶？我们的法律和经济结构是从同一块地带（中欧和西欧）中演化而来的，这一地带与生俱来地比地球表面任何其他地方都更能抵抗得住土地滥用的后果，当时我们征服土壤的引擎都太弱，因而无法将其摧毁。我们把这种结构移植到一个新的地带上，其中至少有一半处在生态平衡的临界点上。我们发明了前所未有的强大引擎，并将它们随意地置于无知之人手中。我对这个社会实验并不后悔——这是一次最大胆的尝试，以减轻牙齿和爪子进化过程的严酷考验——但我认为我们应该对此感到惊讶，不是因为已有的结构需要扩展，而是它将会服务于所有人。

在我们现有的结构中，陷入长期困境的公有土地中存在一种不良症状。如果没有联邦机器的大规模扩张，我们怎么能保住公有土地呢？在没有确定土地已经遭到滥用之前，我们又如何放弃它呢？在这种进退两难的境地之间，确实没有什么选择。但是，如果存在这样一种情况，即土地占有问题依情况而定，或者是将差别税作为一种促进土地合理利用的持续正压，还会进退两难吗？

本文预言，环境保护，归根结底是对为公众利益服务的私人土地所有者进行奖励。前提是，如果他不这样做，他的邻居最终必须支付账单。我们的法学家和经济学家预计，实施这种奖励需要切实可行的媒介。这种方法是对单向土地法律效力的挑战，以及对亡羊补牢这种思维的挑战，推动了所有事情的发展。它们是真实存在的，具有深刻信念的公众终于准备好为土地问题做点什么了，而且，我们为此提供了20个相互竞争的答案。也许，这样一种挑战会激发我们思考，使我们仍能抓住机会。

1934年

土地病理学

这篇文章是利奥波德于1935年4月15日在威斯康星大学科学研究荣誉学会分会上的一篇演讲稿，他曾对其进行过仔细的修改和编辑。与在《沙乡年鉴》中相同，雄心勃勃的他曾设想在此采取一种统一的保护方法，以建立私人审美和主动性、公共利益和激励之间的平衡。他强调伦理和审美的价值，对经济危机保持警觉态度。他在这篇文章中首次提及了"土地伦理"这个词。

从某种程度上讲，动物和植物种群的特性已经为人所知。人们逐渐可以预测到它们与环境的相互作用。每天在农场、工厂和医院中都会利用到生态预测。

人们目前尚不能完全了解人口特性及其与土地的相互作用。人们对行为所做的预测存在很大的不确定性，因此不受待见。经济学家、环保主义者和规划者们刚刚开始意识到，这其中存在着一种基本的生态。

哲学家们早就声称社会是一种有机体，但他们对少数例外情况仍未理解，没有意识到生物体包括了作为媒介的土地。人类人口的属性由土地决定，是社会学家、经济学家和政治家共同研究的范畴。

我们可能永远都不会把社会和土地放入试管中进行观察，但是可以通过普通的视觉观察来辨别它们之间的一些相互作用。本文试图对与土地保护有关的问题进行界定和讨论。

环境保护是对破坏性土地利用的一种反抗。它同时对景观的实用性和美观性进行保护。而且如今需要科学的参与以达到这一目的。我们从未要求让科学为国家的审美疾病开处方。这一努力可能会让科学家、外行人以及土地受益。

根据对土壤肥力、土壤水土流失、森林、公园、放牧区、水流、狩猎动物、鱼类、皮毛、非狩猎动物、景观、野花等的不同兴趣爱好，自然资源保护主义者被分成各种群体。

这些不同兴趣倾向显然受个人审美、知识和经验的影响。而且这些兴趣也反映出由来已久的实用与美丽之间的冲突。一些人认为，这两者可以整合到同一块土地上，以此实现共同利益。另一些反对这一主张的人则认为，一块土地只能用于做一件事，要么干这个，要么干那个，不能冲突。

这篇文章提出了两个假设。一个是，这里只包含一片土壤、一个植物群落、一个动物群落和一类人，因此只存在一个保护问题。每一英亩土地都是独一无二的，生产它们能生产的东西。因此，任一英亩的土地都可以服务于一个、数个或所有的保护组织。

另一个是，在同一英亩区域上以经济和审美为目的的土地利用可以而且必须得到整合。将两者隔离是对土地的浪费，也是一种不健康的社会哲学。最终的问题是，一个土地所有者是否能同时具有良好的审美和工艺技术。这是对农业教育的挑战。

当审视社会与土地之间相互作用的历史时，我们会产生一系列的观察推论。虽然我们不能通过对照实验来检验它们的准确性，但这些推论可能比那些由不了解低等生物生态学的历史学家和政治家所做的推论更可靠。这些推论是：

（1）在机器时代之前，社会和土地之间相互造成的破坏可以通过自动调节而进行纠正，而如今在动物群落中也上演着相同的一幕。其中的影响因素包括人口循环、移民、饥荒等等。

（2）机器文明的早期阶段是在土地上展开的，特别是体现在对土地滥用的抵抗。例如，欧洲西北部地区的土地似乎拥有非凡的恢复能力，即在受到干扰时，其能够在土壤、植物和动物之间建立新的、稳定的平衡。

（3）在机器时代之前，这些破坏性的相互作用可能导致了一些早期社会的衰败。类似东地中海这样的半干旱气候地区、以及类似中国内陆这样的大陆气候地区的平衡可能特别容易遭到破坏。然而以上这些都是推论，这种衰败也可能是由于气候变化引起的遮蔽效应所造成。

（4）首先拿美国社会举例，美国具有大量的机器，而且它们进军土地的行动一触即发。毋庸置疑，破坏性的相互作用在以前所未有的加速度进行。恢复机制要么不存在，要么没有时间实施。在土壤、森林、放牧区和野生生物等资源中，我们至少已经在其中恶化的方面追踪到了这些相互作用的机制，并且发现它们之间有着非常紧密的相互联系。

（5）并不是所有的破坏都是由机器直接造成的。这些机器释放出自然之力，如火灾、水土流失、洪水和疾病，并且上演了一场非自然的闹剧，使它们缺乏相互制衡的能力。同时，机器也以这样或那样的方式打破了家畜的相互制衡关系。

历史上这5个论断屡见不鲜，被称为演绎推理。然而同样有趣的是，基于最近发生的事件又出现了一系列的观点。它们是：

（6）补救措施正在制定中，但除了用在公共土地或公共支出上之外，再没有在其他地方应用。由于破坏性过程具有普遍的地理分散性，因此这些措施并没有提供充足的解决方案。公共行动不能在不破坏计税基数的条件下得到普及。

（7）目前的法律和经济结构是在一个更具抵抗力的地区（欧洲）以及机器时代之前发展起来的，因此没有任何合适的现成机制来保护私有土地的公共利益。曾经公众对土地毫无兴趣，仅是对土地进行驯化，也就是在这个时候，这一结构逐渐得到了进化。

（8）美国的土地征服速度史无前例，因此不得不面对许多困难，而这反过来又导致了对建立审美用地传统的忽视。随后的城市发展中审美文化得到重生，但是没有土地的人却没有机会将其应用到土壤上去。环境保护法律的繁文缛节、效率低下可能是造成这一问题的主要原因；此外，保护运动内部存在很大分歧。

（9）农村教育的重点在于将机械和城市文化移植到农村社区，最近的经济状况如此不利，以至于低产土壤居民受到了驱逐。最终的结果是，加大了对被遗弃土地的破坏，并进一步抑制了土地所有者心中土地审美的重生。

基于以上背景，我们现在可能会提出这样一个问题：现在各大学里发展起来的社会学和物理科学，是如何实现对现在社会和土地利用之间关系的必要调整呢？

也许，我们可以首先通过一次排除来缩小范围。至少就目前而言，我们似乎可以很有把握地得出这样的结论：所有基于公共购买的补救措施，亦或现有法律或行政法规的延展，都不再需要特别的激励去推动。它们势头正盛。

我们也可以根据最近的历史进行状况推测，我们需要注入一些新的强大力量去实现真正的改变。

在我看来可能存在两种力量，它们可能是从头开始运作的，而且也可能是在大学中通过研究创造出来的。一是保护私人土地中公共利益机制的制定。另一个是农村文化中土地美学的复兴。

进一步完善补救措施同样重要，但这里不需要再次强调，因为此事已经有了一些起色。

最终，在这3种力量中可能会诞生一种比它们更强大的土地伦理，但对伦理的培养和发展仍远远超出了我们现有的能力范围。所有科学都能做到的，是保护可能发生伦理突变的环境。

最近的几份出版物[1]中已经讨论了可能的伦理及预示其出现的哲学基础。土地美学不在本文的讨论范围之内。虽然关于公众对私人土地使用后果的初步讨论已经公之于众，但这里将从不同的角度[2]对其重新表述。

为了更好地引出这一主题，让我们对导致现状的一系列理念和经历进行回顾。

起初，人们认为利润的激励会促使土地所有者进行环境保护。而到目前为止，这种期望不尽如人意，我们现在至少可以分析出以下3个原因。

其一，在土地过剩的情况下，开发新土地比保护旧土地更便宜，或者至少看起来更便宜。

其二，利润激励只在土地恶化的早期阶段才会有效。通常个人所有者会得到一部分钱来改造稍微受损的土地，但在早期阶段，他并不知道土地受损。因此到他发觉的时候，为时已晚。这种损坏已经发展成一个群落的破坏，因此对公共财政造成了损失。

其三来自于合成材料的竞争，这些材料通常来源于矿物，由此木材等产品的未来并不明朗。

当对私人的利益保护失利时，取而代之的是强制性立法。然而到目前为止，有科学研究显示，我们需要更多积极的技术而非消极的节制，来实施合理的用地方式。我们从未尝试过强迫实施这些方式。

最近提出的木材法典是对实现伟大前景的一种自我强迫，但它现在却被法院驳回了。这是因为它与某些伟大而稳定的古老教义相违背。

面对这一连串的障碍，政府所有权和补贴现在才是保护措施实施的出路。这一政策中存在的谬论已经被指出：没有什么可以阻止所有脆弱的土地最终走上私毁公修的老路。

这个系统埋下了导致自身最终崩溃的孽根。它缺少阻止泥石流发生的方

---

[1]奥斯卡·德·博著《生物伦理学》（发表于1932年佛罗伦萨的《意大利邮件与论坛报》）；奥尔多·利奥波德发表于1933年10月的《环境保护的伦理》（《林业期刊》，第634至643页）。

[2]奥尔多·利奥波德所著的《环境保护经济学》（发表于1934年5月的《林业期刊》，第537至544页）。

法——一些用来检查土地恶化的低成本机制。关键问题存在于私人占有的财产中；政府只持有残余的一部分。对于政府来说，预防比修缮更划算。但如何进行预防？一种可能的答案是，建立一种奖善惩恶的媒介，这也是防止公共修复政策像恐龙一样消失的唯一方法。

顺便一说，这样的媒介也可以被用于鼓励对景观之美的保护。但对于如何做到这一点，尚无任何设想。一些优美的风景围于公园中，但在公共交通的冲击下，它们作为"户外大学"的潜在功能受到人类需求的影响而改变，而正是人类的需求推动了它们的被创造。公园就像是人满为患的医院，试图应对一种流行的审美性佝偻病；治疗方法不在于就医，而在于日常饮食。辽阔的土地美景和壮丽的土地生命分散在千山之中，而破坏性土地利用的力量也同样在持续破坏着它们。如今，私人所有者承诺捍卫自己的土地之美，他无视所有来源于税金上升或下降引发的人为经济力量。有许多种美丽——有生命的和无生命的——但它们的存在及其持续性，几乎完全是一个偶然的问题。

简而言之，无论在经济上还是道德上，我都恳请对那些保护公共利益——经济或审美——的土地所有者给予积极和实质性的鼓励，因为他们是环境监护人。我们需要研究如何寻找可行的媒介来推进这种鼓励措施，我认为这个问题可以解决。在这个解决方案中显然需要综合生物、法律和经济技能，或者说，这是一种对物理科学的应用，这也正是这所大学的"科学探究"中所寻求的。

保守地说，这样的媒介并不一定意味着对私人用地的束缚。私人所有者仍有权决定如何使用他的土地；公众只会根据其中涉及的利益决定最终结果是好还是坏。

那些寻找此种媒介的人必须首先在理智上了解整个情况。也许有些东西比我预见的更加深远。任何补救措施都可能暗含必然的承诺和改变。

我可以清楚地看到其中之一。每一个美国人心中都有这样一个烙印，即经济活力的表现在本质上都是有益的。然而对我来说，其中有一种表现似乎是恶性而非固有的，因为一件好事超出了其好的限度。我们知道至少在生态学中，一切真理都是有限度的。这件好事——是对经济工具的改善。在这个范围内它是好的，但是它已经超过了这个速度或程度。在这些工具过量的作用下，社会对环境的调整并不稳定,最终会使其受到损害甚至毁灭。社会和土地是一个有机体,而这一有机体突然出现了病症,比如自我加速而不是自我补偿,因此导致其功能不能正常运行。这些通过智力创造出的工具不能丢弃,它们现在主要致力于创造更多的东西,至少在一定程度上是为了控制那些已在掌握的事。诚然,科学可以创造出越来越多的工具,这些工具甚至能在一个被毁的乡村里挤出自己的应用市场,然而谁又想成为那种国家中的一员呢?我个人并不喜欢。

1935年

濒危物种

这篇文章发表在《美国森林》中,记录了利奥波德在掠食者问题上的态度的180度大逆转。文章还表明,利奥波德敏锐地意识到他对另外一种不为人所知的观点的态度转变,可以与对掠食者的重新评价相提并论:从"狩猎动物"管理转向"野生生物"管理。在这里,利奥波德坚定地表示,不仅要保护掠食者,还要保护其他珍稀的濒危野生物种——植物群落与动物群落。在这里他概括了一种协调解决问题的构造性手段,他在描述中指出,首先要形成一个独立的联合委员会,由其监督濒危物种数量与管理问题,以重新定义国家公园的使命,并刺激远方的私人保护组织及其个人成员进行合作。

在荒野生物保护方面的努力消耗呈现出了巨大而快速的增长趋势。这种努力源于不同的方向,并通过不同的渠道指向不同的目的。而人们普遍认识到,其间缺乏协调和专注性。

政府正试图通过重组部门、立法和拨款来确保协调所有努力,并令其保持专注。公民团体正在通过利用协会重组和私人基金来试图达到同样的目的。

但是,最容易且最明显的协调手段却被大家忽视了:对特定物种在特定地区的直接需求进行明确定义。例如:数以百万的钱花在灰熊自然分布区内的土地购买、民间资源保护队劳动、栅栏、道路、小径、种植、掠食者控制、侵蚀控制、毒害、调查、水开发、造林、灌溉、苗圃、荒野地区、水坝和庇护所中。

很少有人会质疑这样一个问题，灰熊是我们国家的一种动物，保护运动的首要任务是保护灰熊。几乎没有人会质疑这样的断言，即，在任何时间和地点，任何一个人都可能会对灰熊的数量恢复过程产生重大影响，使之变得更加容易或不可能完成。然而，在每一个还有灰熊存活的地点，以及在每一个灰熊可能再次出现的地点，没有人列出过它们的具体需求，并根据这一地点或附近的保护项目是帮助或阻碍美国最高贵的哺乳动物的延续而进行权衡。

相反，我们的各种计划、部门、办事处、协会和运动都集中在一些抽象的类别上，比如娱乐、林业、公园、自然教育、野生生物研究、狩猎动物增加、消防、沼泽恢复。除非它们成为了导致最终结果的手段，否则得不到任何人关心。最终结果是什么？当然，在这个时候，有许多结果不能被定义，也有许多结果无法被精确定义。而现在，动植物群落中濒危成员迫切需求我们要么必须定义，要么根本不去定义。

它们在被定义和公开之前，我们不能因为错误的努力、误解或者错失的机会而责怪公共机构甚至是私人机构。不能忘记的是，我们可以拿以保护为目的所设立的理论类别当挡箭牌，而且把这当作是值得付出的事情。我引用民间资源保护队的工作人员作为证据，他们以"林分改良"的名义，在威斯康星州北部把为数不多的鹰巢拆掉了一个。可以肯定的是，那棵带鹰巢的树已经死了，根据规定，这种情况具有火灾风险。

大多数允许被猎杀的非迁徙类狩猎动物至少有一个反抗的机会，人们可以通过目的性地操纵法律和环境来进行拯救，这一过程被称为管理。但是，在管理狩猎动物物种的过程中产生了巨大的错误、延误和混乱，而事实上，地方利益的强大驱动力仍在起作用。欧洲国家通过对这些驱动力的运作，拯救了他们的狩猎动物。这是一种生态可能性，我们也将会逐步形成这样的做法。

然而，我们同样不能猎杀那些不适合经济型用地的荒野狩猎动物，或共同拥有的候鸟，或被以非狩猎动物类别划分的掠食者，或必须与经济植物和牲畜竞争的稀有植物群落体，或一般只有审美和科学价值的、以野生原生生物种类生存的物种。它们都是野生生物中特殊和直接的关注点。就像狩猎动物一样，这些存在的种类依赖于永久保护和一个有利环境。就像狩猎动物一样，它们需要"管理"以形成永久的良好习惯，但我们却缺乏提供这种管理的普遍动机。它们是美国户外活动的受威胁要素——是保护政策的关键。新组织现在已经以"野生生物"的称谓替代了"狩猎动物"，并且渴望实施野生生物运动，我认为他们有义务将大部分精力集中在这些受威胁的种类上。

这项建议不仅面向荒野生物各自生存地点受威胁的种类清单，还包括被应用于每个地方每个物种的信息、技术和设备的清单，以及能够对它们进行应用的当地人类机构的清单。虽然有大量的信息存在，但信息却散杂在许多人的思想和文件中。如果把这样的清单放在机构的鼻子底下，那么现在或未来肯定有很多机构愿意使用它。如果对于一个给定的物种问题而言，不存在任何相关信息或者不存在任何相关机构，那么这个物种本身就算是一个有用的清单。

例如，某些鸟类学家已经发现了象牙喙啄木鸟的残留种群——一种与我们的拓荒者传统紧密交织的鸟——传统中的"黑暗血腥之地"精神已经成为了国家文化的中心。众所周知，象牙喙啄木鸟需要大量的原始硬木来建造栖息地。现在的残留种群所生活的森林已被工业霸占，用于储备立木。随着森林砍伐的开始，象牙喙啄木鸟随时可能会消失。公园管理局目前虽然已经或有能力获得资金来购买原始森林，但对象牙喙啄木鸟及其所处的困境一无所知。公园管理局关注的是一个错综复杂的问题，即迎合即将包围公园的大众的需要。当管理局购买一个新的公园时，它很可能会在一些"风景"区做这样的事（指森林砍伐），以为更多的游客腾出空间，而不是延续一些特定的东西以供人参观。其中的野生生物项目被"免受侵犯的庇护所"这一抽象概念所困扰。难道现在不该为像象牙喙啄木鸟这样特定的"自然奇观"建立特定的公园或类似的建筑吗？

当然你可能会说，一种稀有的鸟类并不属于公园项目——应由生物调查局来购买一个庇护所，抑或是由服务于国家森林的林务局来处理这种情况。于是这个问题又回来了：调查局只有养鸭子的钱；林务局将不得不砍伐林木。但是，有任何东西会阻止这三家机构聚在一起并约定谁来做这份工作吗？而当它们在处理这个问题的时候，还有其他上千类似性质的工作。应该如何来做？每一份工作要花多少钱？每种情况下都需要做些什么呢？有任何人会怀疑公众会通过国会来支持这样一个计划吗？嗯——这就是我之前所说的清单和计划。

荒野和其他狩猎动物物种需要包括在样本清单中，如灰熊、沙漠和大角羊，北美驯鹿、明尼苏达州的云杉松鸡残留物种，花脸齿鹑，索诺拉鹿，野猪，艾草松鸡；还有掠食者和其他物种，如狼，食鱼貂，水獭，狼獾和秃鹰；候鸟，包括黑嘴天鹅，杓鹬，沙丘鹤，布鲁斯特莺；植物群落，如草原植物群落，沼泽植物群落，阿尔卑斯山和湿地植物群落。

除了这些在世界各地都很罕见的种类之外，还有一个同样重要的问题，那就是，在它们各自的中心存在着物种的衰减边界。科罗拉多州的火鸡、密苏里州的披肩榛鸡、内斯加州的羚羊，都是这一文件中所说的稀有物种。阿拉斯加存在灰熊，这并不能成为让其从新墨西哥州消失的借口。

重要的是，清单不仅代表了对这一问题有思考特权的人的抗议，还代表了那些有权采取行动的人的协议。这意味着该清单应由一个保护部门的联合委员会，以及代表各州和协会的野生生物会议代表制定。他们共同承诺执行关于每个物种的计划，包括要做什么，以及谁来做。这些机构享受大量的拨款，因此应该能够为这样一个委员会提供必要的专家人员，而不需要额外的费用。为了避免任何可能的来源于官僚、金融或集团利益的责难，国家研究委员会需组建一个合适的小组，机构内委员会应在得到理事会的批准后通过此小组向公众提供调查结果。其中，每位秘书用于收集证词和地图以及出版的必要附加资金，很可能来自野生生物研究所或者某个科学基金会。

在我们所期望的机构中缺少一个齿轮：一旦脱离任何办事处或现场官员，寻求负责任地照料野生生物残余物种的方法，就很难为如此分散的野生生物残余种群筹集到资金来聘用特定的有偿工作人员。很久以前我们就已证实，设置没有工作人员的禁猎期和庇护所海报是毫无用处的。在遥远地区，州官员或部门，甚至私人个体之间联合建立的协会组织，可以前来采取相应措施。当代环境保护的悲剧之一，是孤立的个体或群体因没有工作而抱怨。然而缺乏的不是工作，而是发现它们的眼睛。

清单应该是环保主义者的眼睛。每种残留物种都应该托付给一位管理人——

放牧区管理者，看守人，狩猎动物管理者，协会分部负责人，鸟类学家，农民，畜牧业者，伐木工人。每一场环保会议——国家、州或地方——都应该听取这些管理者的年度报告。每个现场检查人员都应该联系他们的管理人——可能需要接受经常的学习和教育。让我满意的是，成千上万的热情的环保主义者会因获得公众信任而自豪，并且，许多人会用忠诚和智慧来执行自己的工作。

我能看得出来，这一机构可以提供更多的保护措施，而不是再花数百万美元去购买保护。它可以让机构之间更加协调，比国会获得更好的新组织系统图；可以多一些派系之间的务实联系，而不是互相口诛笔伐；可以进行更多的研究，而不是依靠天赋的积累；可以提供更多的公共教育，而非依靠一大批演说家和组织者。实际上，这是一种将杰伊·达林[1]"先祖的范围分布"的概念付诸行动的媒介。它比仅靠拨款的速度更快，而且范围更广。

1936年

工程与保护

这篇文章是利奥波德在威斯康星大学工程学院一次演讲中的发言稿，这里呈现给大家的打印稿件是在1938年4月11日出版的一份稿件基础上修改得到的。它带有讽刺性地指出了土木工程的生态后果。工程不仅被当作是一种职业，其目标往往与保护环境有重叠和冲突部分，同时也象征着公共精神状态和工业时代的主导思想。此外，文章字里行间透露出利奥波德老练和积极的态度。

---

[1] 杰伊·诺伍德·达林（Jay Norwood Darling，1876—1962年），美国著名卡通画家。杰伊·达林曾于1934年被任命为美国农业部生物调查局局长，在全美范围内展开自然栖息地保护活动。杰伊·达林还发起了联邦"鸭子邮票"计划并设计了该系列的第一枚邮票。

公众思想是一面镜子，能反映出每个职业的形象。这一形象究竟会美化还是丑化其主题，取决于该团体的公众印象及其成员如何生活、思考和工作。

10年前，体力劳动的公众形象让人心生欢喜。但自从产业工会联合会出现，这一形象变得不再让人喜欢。

在亚历山大·汉密尔顿和托马斯·杰斐逊的著作中，我们发现"实业家"这个词被当作一种崇高的荣誉。今天，大家对这个词的使用都很谨慎。

最近银行家的形象遭受了曲解，而在上世纪30年代初的报纸上，"银行家"这一称谓广受赞誉。

不久以前，铁路长出了蹄子；现在，随着利率下调、流线型火车和35美分晚餐的出现，铁路获得了价值，并可能很快就会长出翅膀。

很明显，一般来说，最不看好的往往是最受公众欢迎的。相反，当一个职业变得重要或强大时，它需要关注自身的荣誉。

从基钦纳[1]到赫伯特·胡佛，工程师的公众形象日臻完美。其中原因众所周知，不需要进行评论。然而，在目前的情况下，一些环保主义者将"工程师"这个词与他们讨厌的一种关于自然资源的态度联系在了一起。这在环保主义者头脑中呈现出一种精神画面，沼泽无缘无故地变干，工程师斥巨资修建河道以继续航行，通过校直溪流和收缩防洪堤使洪水泛滥，灌溉水库在其债券到期之前就被淤塞，而且，不计成本多少或需要与否，至少建成了一部分字面意义上的"菌丝"路。

诚然，这种挑战工程师的倾向，仅限于那些专注公共政策中生物学领域的小团体。作为这一团体的一员，我在这里试图说明他们的反应。我不能证明这些反应的公平公正，但对它们确实存在的声明，可能是解决问题的第一步。

我们也许可以通过这种概括来找出问题的根源：工程师自己相信并且教会公众相信，构造的机制与生俱来就比自然的机制更可取。环保主义者的观点恰恰相反。

---

[1] 霍雷肖·赫伯特·基钦纳（Horatio Herbrt Kitchener，1850—1916年），英国陆军元帅、伯爵，英国军界实力派人物。早年曾在瑞士求学，后来考入伍尔维奇军事学院，毕业后担任皇家工程兵军官，之后入伍参加并指挥苏丹战役和布尔战争。

但所有的概括都不准确,以上的这个也不例外。一些案例可能有助于澄清这一概括最初的寓意。

想想哥伦比亚河的大坝。在丰富的电力和丰富的鲑鱼之间,优先权自动被给予了电力。大坝的建造是在鲑鱼资源可能遭到破坏之前开始的。毫无疑问,对电力的需求存在问题,鲑鱼的命运几乎确定无疑。在人类头脑中长期形成的公理是,人造资源必须优于天然资源。我不知道工程师们与这个公理之间是谁造就的谁。但结果都是一样的。

密西西比河的大坝涉及的问题更微妙。我们都知道这条巨大的河流生病了。治疗方案既可以应用于症状最明显的渠道,也可以应用于引起此症状的精神错乱的分水岭。工程师们开始用钢筋和混凝土为河道包扎,之后才会注意到整个有机体的问题。当然,这个案例涉及的许多问题在这里都没有讨论。我只是指出了一个表面上的假设,即利用巧妙的结构可以解决我们的水资源问题,而且(言外之意是)使我们免除因拙劣用地带来的惩罚。

历史中,西部的灌溉水库也出现了类似的问题。在很多情况下,在水库推广阶段,都假设蓄水池的淤塞寿命是无限的。在水库建设阶段,其寿命将被缩减到一个世纪,而在水库交付阶段,其寿命最终只有一代人的时间。在预测水库寿命时,很自然地会造成孤立的错误,但是,40年来反反复复的经历迫使观察者断定,整个行业尚未意识到,几乎所有的半干旱流域被家畜占领后,都会惨遭有机分解的折磨。(这条规则存在个别的例外情况。奥尔姆斯特德关于希拉河的报告就是其中之一。)

当一些发明家发明了一种新合金时,工程师们不失时机地走到其门前。但是,工程领域之外的发现可能与工程专业的责任等价。例如,在物理化学方面,鲁德米克公式描述的是植物影响径流的基本机制。这就改变了关于森林影响的旧的争论问题,并为土壤化学家、工程师和植物学家的联合研究提供了一个具有挑战性的契机。但是谁在做这样的研究呢?我在这里批评以上三者的不作为。

再以韦弗的发现为例,植物群落的构成决定了土壤的粒化能力,从而决定了土壤的稳定性。如果这一发现最终得到证实,那么这一新法则必然会修改我们关于防洪和水土流失控制的整个思想体系。我没听到工程师们(以及经济学家、商人或政治家）讨论过这一问题。

我提到的这些案例都涉及重大而复杂的国家性问题。作为对比，现在我们来考虑一个小型的局部问题。在威斯康星州中部的沙乡有许多已经废弃的排水区。1933年，政府开始买断幸存下来的农民用地，并将该地区转变为野生生物保护区。在该地区旅行总是要沿着"沙道"进行。这种小道有数百英里；这些未经改良但尚可通行的路线蜿蜒曲折地穿过短叶松和矮橡树林。

我相信这样一个工程事实，即在沙洲中，除了高速公路外，最好的道路就是带草地的小道。但是工程师们无法抵挡住宽松的车站围栏使用权、大量的民间资源保护队和政府天然气的诱惑。如今，这个地区从几何学的角度按照分级的沙堆进行划分，这比旧的小道更昂贵而劣质。看起来，一些新的冰川似乎已经掌握了利用运输工具铺上蛇形丘的诀窍。事后看来，这个地区的排水系统存在问题，但是现在我们致力于将它拆除，并将此地还给鸟类，因此，我们必须用电动工具进行最后一次残忍的刨沟。

同样地，可能是因为最近从缅因州到阿拉巴马州都在修建完整的大西洋潮泽排水系统，人们开始倾向于塑造软质景观。做这些事情是为野生生物的利益抗争，以蚊虫控制的名义进行加班加点的工作。这些沼泽是许多迁徙水禽的过冬地，也是其他物种的繁殖地。作为蚊虫控制的手段，大家对这种排水系统的有效性存在争议。尽管大家了解蚊虫控制的生物方法，但从未进行过尝试。工程师不领导这个项目，而且只进行工程设计。此工程揭示了，如果景观美化的机械理念结合了太多的草率，太多的政府资金，一个度假业主的商会，以及对生物平衡的普遍无意识，会变成什么样子。我怀疑，整个合资企业背后的真正动力，是当地房地产经纪人对他海滩上的富贵之人的关心。

我想说的最后一点是一种目光短浅的工程，这一点虽然鲜有人讨论，但却是最令人可悲的东西——对小河与小溪的大规模矫直。这种工程加快了局部的洪水径流，当然也加剧了主要河流的洪峰堆积。从表面上看，这是将麻烦推向下游的过程，以牺牲群落为代价来寻求局部利益。从司法的角度说，河道矫直负责人应向公众赔偿损失；从实践的角度说，我担心公众会反过来向他提供劳动力。

我知道至少有一个工程团体放弃了河道矫直工程——农业部水土保持局。我向他们致敬。

　　工程弊端和生态弊端的相互作用是一种隐患。在戴恩县西部的一个地方，水土流失现象让山地中的玉米田逐步遭到破坏。农民必须有玉米；他们唯一赖以生存的地方就是沼泽溪底。然而，这些地方都受到了洪水的影响。为了在底部种植玉米，人们不得不将河道矫直，使得洪水冲向下游，而这反过来又会加剧暴躁的径流，而且加重水土流失。这就是滥用的循环。

　　顺便说下，这些沼泽底部分布有唯一的野生生物植被，而如今成为了不错的牧场。植被会随着河道矫直而消失，而牧场将不得不搬回被水土流失侵袭的高地。

　　从司法的角度说，通过这些案例，我非常确定，现在应该对工程师进行批评。

　　首先，我承认，在某些情况下，生物行业和工程团体一样态度怠慢。

　　其次，我承认，工程师对我来说是一种公众意识状态的象征，同时也是一群犯了错误的专业人士。这些案例中的错误应该记在选民、政治家和工程师们的账上。哥伦比亚大坝、密西西比河大坝、灌溉水库、不必要的公路和排水系统的建设都得到了当地大力的支持，而且获得了政治拨款。每种职业的人都须在有限的范围内执行人们愿意为之付出的工作。但从长远来看，每个职业都在自行决定自己的命运。这是通过涌现出的能够受得起公众怀疑的领导者来实现的——比如说教授们。我在这里所谴责的，并不全是我们缺乏对使用工程工具时存在的普遍公共错误的批评。也许这种批评秘密地存在，但它并没有触及感兴趣的外行人。

　　我也承认，工程师并不是引起生物问题的唯一焦点。化学家用一只手把舒适和污染放在一起，让我们感受到同样的不安。这两种职业都体现出合成优于自然，这是一种审美歧视，以及不计代价的对繁荣和舒适的渴望。我并不是说我们蔑视繁荣和舒适。我们唯一的贡献是提出这一成本巨大的理念——这非常没有必要。

　　我现在对自己的批评进行总结：工程师尊重自己创造的机械智慧。他不尊重生态智慧，不是因为他蔑视生态智慧，而是因为他对此并不了解。简而言之，我们有两种职业，它们在用地责任方面的重叠很大，但它们在意识上的重叠很小。我们对它们未来的关系能说些什么呢？是可能调整的方向吗？

　　所有的历史都表明了这一点：文明不是对单一思想的进步性阐述，而是对一系列思想的依次支配。无论在希腊、罗马，还是在文艺复兴和工业时代，每个人都有一个新的并且与众不同的意识领域。每个人的生活都不会是更好，也不会是更糟，而是处在一个新的、各不相同的知识领域。如果存在进步的话，那就是对整个知识继承过程留存下来的少量碎片的囤积。

工程学显然是工业时代的主导思想。我在这里所说的生态学可能是其在新秩序下的竞争者之一。在任何情况下，我们的问题都可以归结为两者之间意识重叠的增加。

实际情况似乎比其表面上看起来要困难得多，因为生态学家在很多方面都算是工程师。生物机制太复杂，无法对其反应进行预测；因此，生态学家会提倡工程师在这种情况下采取的行动是：放慢速度，不断尝试。

生态学家觉得工程师对这种复杂性的崇拜是不符合科学的，而工程师则不喜欢丢弃其中的任何部件。真正的区别在于，生态学家的信念是必须通过引导而不是胁迫，来控制这个有生命的世界。对我来说，这是工程智慧；工程师未将这种智慧展现出来的原因，在于他们并不了解这个充满活力的世界。

工程师给予并迫使公众使用的工具粗糙而强大。公众不太可能放手这些工具。唯一的选择是，将工程和生态技能集中起来，以便更合理地使用这些工具。这一合作在进行中吗？或许吧。我们现在看到工程师和生态学家共同抗击土壤水土流失问题，然而目前的状况已经是资源恶化晚期阶段。难道我们还要一直等到资源破坏带来压力之后，再进行专业合作吗？

我认为，我们停留在20世纪的标准悖论中：我们的工具比我们更好，并且比我们成长得更快。它们足以破解原子，控制潮汐。但是，它们还不足以完成人类历史上最古老的任务：在一片土地上生存时，也让土地安然无恙。

1938年

作为保护主义者的农民

　　这篇杰作，源于利奥波德在1939年2月的大学农场和家庭周上发表的一次演讲，他对被认为是消极的克制与被认为是积极的技能进行了区分，将狭隘的经济和功利的欲望与更广泛、更难以量化的人类价值观进行了对比。文明耕种的简单田园生活，很好地描绘了政府对生态环境常见的保护措施，以及在审美与伦理驱动下的土地所有者对生态环境的保护。随着流传的范围逐渐扩大，这篇文章被修订后发表在《美国森林》杂志上。

　　保护意味着人与土地的和谐相处。

　　当土地对其所有者有利时，它的主人可以在其上大显身手；当双方都因合作关系而变得更好时，我们就有了保护。当一个或另一个变得更差时，我们就会失去保护。

　　在北美，几乎没有几英亩土地在经历了人类的使用后改变其贫瘠的状况。如果有人要为非洲大陆绘制土壤肥力得失、水流量、植物群落和动物群落地图，就会发现，很难找到三种以上基本资源均未被破坏的地方；但很容易找到四个比我们从印第安人手中接管时更穷的地方。

　　对于土地所有者而言，可以公平地说，土地之前有多肥沃，现在遭到的破坏就有多严重。

　　我们习惯于认定植物和动物的耗竭不可避免而进行记录捏造，因此这些记录我们不予考虑。我们会将肥沃的多产农场当作是成功的杰作，尽管其上已经失去了大部分的本土植物和动物。环保运动抗议的就是这样一种偏见。毫无疑问的是，我们有必要消灭一些物种，并彻底改变多种物种的分布。但一个事实是，美国的普通小镇已经由于大家的漠不关心而失去了许多植物和动物，即便对每个人来说这些植物和动物都很重要。

　　人类破坏土地过程的本质是什么？究竟是什么事使那些老前辈的话被广为引用："你无法告诉我关于耕作的事；我已经把三个农场都用坏了，这是我的第四个。"

大多数思想家都给大家描绘出了一种土地逐渐耗尽的过程。他们说，土地就像一个银行账户：如果你取出的比利息多，本金就会减少。我认为，当范·海斯说"保护即明智的利用"时，他指的是克制使用。

当然，保护意味着克制，但还有一些其他的东西需要说明。在我看来，许多土地资源在被使用时，在任何人有机会将其消耗殆尽前，它们会变得紊乱并消失或恶化。

举个例子，看看玉米带上受到水土流失侵蚀的农场。当我们的祖父第一次开拓这片土地的时候，它是否随着每一场雨一起融化在解冻的霜冻犁底层中？或者在不完全等高的犁沟中？它并没有。新破的土壤非常坚韧，坚固而且有弹性。1840年的土壤治理措施很安全，而到了1940年，这些方法变得危险。1840年土壤肥力流向水里的速度比转向农作物的速度更快。有些东西变得紊乱。我们可能会说，土壤资源库摇摇欲坠，这比我们是否过度透支利益更重要。

看看北方的森林：我们在曾经覆盖了大湖区的松树林外建造谷仓了吗？并没有。当我们开辟林中空地的时候，我们就已经为大火开辟了一条通往森林的道路。火灾阻止了生长和繁殖。它们越过了伐木工人，在他们身后扮鬼脸，不仅毁坏了木材，还破坏了土壤和种子。无论原始作物被砍得太快还是太慢，如果我们能保留土壤和种子，现在就应该可以收获一种新的松树。真正的损失不是过度砍伐，而是土壤—林木银行的消耗。

农场林地中的一个例子能更清晰地说明这个问题。通过在植林地放牧而抑制了所有植物增长，玉米带的农民正在逐渐从农场的土地上消除森林。当然，野花和野生生物在森林消失之前很久就已经消失了。从植林地银行透支利息可能是一件严重的事情，但与破坏植林地的生产能力相比，尚且是小事一桩。在这里，我们再次见识到了拙劣的土地利用，而不是过度使用，所造成的资源的紊乱。

我怀疑，在野生生物中，由于自然机制紊乱造成的损失远远超过了资源耗尽的损失。让我们考虑一下所谓的"循环"，它使得北方各州的所有种类的松鸡和兔子在每10年中的7年里消失不见。松鸡和兔子总是在哪里都能循环吗？我以前是这么想的，但现在我对这个观点表示怀疑。我怀疑的是，循环是动物种群的一种紊乱，在某种程度上是由拙劣的土地利用造成的。我们不知道其中的原因，因为我们还不知道循环到底是什么。在遥远的北方，循环可能是自然的、固有的，因为我们是在未被开发的荒野中发现的这一现象，但在这里，我怀疑它们不是固有的。我怀疑它们一直在扩散，无论是在地理范围内，还是在受影响的物种数量上。

渔场对人工的鱼苗补充日益依赖。这种韧性的丧失很大程度上是由水土流失和污染造成的。数百条从南方流过来的小溪里曾经全是自然生产的鳟鱼，而现在这些小溪正沿着生产力的阶梯向下走，鱼儿全变成了人工棕鳟，最后又变成了鲤鱼。随着鱼类资源的减少，洪水和水土流失的损失也在增加。两者都是单一恶化的表现。这两者与其说是资源的枯竭，不如说是资源的恶变。

再来说说鹿。鹿的资源并未耗尽；也许是鹿的数量太多了。但是每一个樵夫都知道，很多地方的鹿都在耗尽它们赖以生存的植物。其中一些是重要的林木，如白雪松。鹿并不是总在破坏这些植物的分布区。有些东西变得不再平衡。也许消灭狼群是错误的；也许天敌是一种调节器，用来停止鹿对资源的"消耗"。我知道墨西哥的鹿群永远不会打破平衡；那里有狼和美洲狮，鹿数量多而不过多。在那些鹿和它们的分布区之间存在重要的平衡，就像在水牛和草原之间存在重要的平衡一样。

因此，保护的目的是保持资源的正常运行同时防止资源被过度使用。资源在耗尽之前可能会变得紊乱，但它们有时仍然保持充盈的状态。因此，保护是一种对技能和洞察力的积极运用，而不仅仅是对节制或谨慎的消极运用。

什么是技能和洞察力？

现在是工程师的时代。为了证明这一点，我像一个农民男孩在照看他的拖拉机或组装他自己的收音机一样，对博尔德水坝或中国快船的信息稍微了解了一下。数量惊人的男性对机器感到好奇，对机器的建造、维护和使用感到关心。即使穿着油腻的工作服，他们这种对机器的好感也常常是智力之火的象征。这是我们这个时代的标志。

有一点每个人都知道，但很少有人意识到，自然机制的平等可能是未来一代人的标志。

一百年前，没有人想过金属、空气、石油和电力可以合成为一部引擎。今天，很少有人意识到，土壤、水、植物和动物可以合成为一部引擎，而且像其他任何东西一样变得疯狂。我们目前对机械引擎维护方面的技能并不是在害怕它们不能完成目标的条件下形成的。更确切地说，它是在好奇和理解的基础上形成的。谨慎不会点燃人类的心智之火；我不希望保护因恐惧而产生。这个4H[1]男孩对为什么红松比白松需要更多的酸以进行保护而感兴趣，而不是为了写一篇关于木材奇缺危险的得奖文章。

这种对技能的需求以及对生物引擎成果的活跃的重要的好奇心，可以教会我们一些关于农业保护政策的可能的成功经验。我们似乎在尝试着两种政策：教育和补贴。学校的保护义务教育、4H保护项目和学校森林都是教育的典范。植林地税法、州狩猎动物和树木苗圃、作物控制项目和土壤保护计划都是补贴的实例。

我认为：只有当农民与他们的被我称为"技能"的东西相匹配时，这些为了改善私人用地的公共援助才会达到目的。他们只有用自己的双手种植了一片松树林，或者建造了一片梯田，或者试图培育出更好的鸟类，才会意识到失败是一件易事；在没有理解背后机制的情况下，被动地实施方法是徒劳无功的。补贴和宣传可能会唤起农民的默许，但只有热情和喜爱才能唤起他们的技巧。要在环境保护上取得成功，需要的不仅仅是一点点"诱饵"。我们的学校能通过教学创造出这样的东西吗？我希望如此，但我对此表示怀疑，除非孩子也从家里带来了一些自己得到的东西。也就是说，环境保护的替代教育更像是一种知识孤儿院；最多是一个权宜之计。

因此我们已经绕了一圈。我们已经要求学校和政府帮助我们追上保护教育，但是它一直把我们引到了农民的家门口。

我确信，这些结论都说明更好地进行土地利用是人类必须具备的素质。保护经济学中的许多问题令人费解，即使是我也不太肯定。

农民会在他们承担的土地上建造树林、沼泽、池塘、防风林吗？这些都是半经济用地方式——即它们有用，但并不产生经济利益。

---

〔1〕4H分别指Head、Heart、Hands、Health，也称"四健"，是美国农业部管理的一个非营利青年组织所提出的青少年培养理念，旨在"让年轻人在青春时期尽可能地发展潜力"，即拥有健全头脑、健全心胸、健全双手、健全身体。

农民会为鸟类将土地用栅栏围起,为浣熊和鼯鼠种上树吗?由此,土地效用将缩减到化学家声称的"微量"的程度。

农民会将土地上一条种有皇后杓兰的小路、一处草原遗迹或仅是一片风景围起来吗?这样的话,效用将缩减为零。

然而,保护就是以上方法中的一种或者全部。

许多劳动者认为保护措施能带来经济效益。我不会对这些论点画蛇添足。然而在我看来有些事情还未被提及。我认为,乡村风景的格局就像我们自己身体的构造一样,它里面(或者应该在它里面)是一个整体。没有人会责难一个在事故中失去一条腿或者出生时只有四根手指的人,但是我们应该对一个因为其他一些更有利可图的原因而切除了身体自然部分的人进行质疑。这种比较有些夸张。我们不得不除去许多沼泽、池塘和树林,以使这片土地适宜居住,但在我看来,消除农村景观中任何自然的特征都是一种破坏,不管是为了良好的保护、审美还是为农业着想,从历史上看,这些都是需要杜绝的。

让我们首先来思考一个单一的自然特征:农场池塘。我们的冰王[1]教父在威斯康星州的洗礼仪式上,为我们挖了数百个池塘。我们已经耗尽了其中的99个。如果你不相信,看看你所在城镇的土地测量员当初作的图;1840年,他可能在地图上几十个地方绘制了水体所在的位置,而在1940年,你可能在那些地方祈祷降雨。我的农场里有一个没建排水设施的池塘。你在星期天应该能看到农场的家庭成员,从老爷爷到新养的小狗,从睡莲到太阳鱼,每个个体都有适合他(或她)年龄和腰身的特定水上运动。许多农场家庭都曾有自己的池塘。如果一些排水系统销售员没有卖给他们瓷砖,或一个共享的蒸汽铲,或其他暴富的梦想,他们中的许多人仍然会拥有自己的睡莲,自己的太阳鱼,自己的游泳池,自己的盘旋在风箱树上宣告春天到来的白眉歌鸫。

如果这发生在地少人多的德国或者丹麦,那么,对于每一个需要它们的农场家庭来说,这样奢侈地利用土地简直是白日做梦。但我们有多余的耕地;我们有

---

[1] 指佛雷德里克·都铎(Frederic Tudor,1783—1864年)美国商人,19世纪国际冰贸易先驱,也被称为"冰王"。

一致的信念，以至于从公共资金中拨出10亿美元用于收回多余的耕种土地。面对这样一种过度现象，会有理性的人认为经济阻碍了我们在自己的土地上经营生活和生计吗？

有的时候，我认为这些想法会像人一样变成独裁者。到目前为止，我们美国人已经逃脱了统治者控制的魔爪，但我们是否逃脱了自己想法的统治？我怀疑的是，如今人类的头脑被一个更加彻底的控制魔爪约束着，而这并不是我们由自己的无情功利主义教条所形成的。民主的可取之处在于，我们可以把枷锁系在自己的脖子上，也可以把它扔到我们想扔的地方，而不需要切断脖子。保护，可能是对一种自我解放行为的预示。

我认为，农场景观中整体的原则包含的不仅仅是对用地奢侈品的放纵。试着想象着自己在一架飞机上；试着看看我们对田野、森林、水和土壤的补救措施的趋势。我们已经在大规模政府保护下展开了研究。政府正在缓慢但坚定地将树木伐光的原野变回森林；将泥煤和沙区变回沼泽和灌木丛。我认为这是应该做的。但是，在植林地奶牛和斧头、大萧条、六月甲虫和久旱的共同作用下，威斯康星州南部成为了一个没有树木的农业草原。曾经有一段时间，威斯康星州南部因草原火灾减少而使树木增加的速度比定居者们砍伐的速度要快。那样的时代一去不复返。就我们所关心的树木而言，南方郡县将在另一代人的时间里变成像乌克兰或者加拿大小麦地的样子。在许多其他州也可以看到类似的趋势，即，创造单型以防止较大土地上只存在单一的土地利用方式。这是政府实施保护措施的结果。政府不能拥有和经营小块土地，也不能拥有和经营好的土地。

把规定英亩或板英尺[1]的所有木材聚集到一个地方，这可能属于一个林业项目，但它属于保护项目吗？当大部分的木材都在北边未受水土流失侵害的沙滩上时，我们该如何利用这片森林来保护脆弱的山坡和河岸免受水土流失的影响呢？当所有的食物都存在于一个县里，而所有的庇护所都建在另一个县里时，我们该如何利用这片森林为野生生物提供合适的定居处呢？森林里无风而农场有风，我们该如何利用这片森林让这两个地方通风？我们该如何利用这片森林，使

---

〔1〕美国和加拿大的用于木材的计量单位，表体积。1板英尺为1英尺长，1英尺宽，1英寸厚的木材体积。

得人们在一棵松树下的娱乐消遣时间从一个小时变成一个星期？难道保护不意味着对用地的某种布置，在扭曲的用地结构中采取某种黑白相间精细交织的模式吗？如果确实如此，那么政府能单独地进行这样的编织吗？我认为不能。

个体农民必须为美国编织出大部分地毯。他会只把那些暖脚或者暖目又暖心颜色的素纱线编织进去吗？假定可能存在的一个问题，是他作为一个个体可以获得最大利润，那么会不会存在任何最有利于他的群落的问题呢？这里就提出了一个问题：个体农民是否有能力将私人土地用于群落利益，即使这一群落可能不那么明显地为他本人带来利润？我们可能已经过于草率地假设了这不可能发生。

比如，我想到了这个冬天里，在很多多沙的县中，有数百处的防风林和常绿的防雪栅栏在飘零的雪花中若隐若现。种植这些植被的部分补贴来源于公路基金，但在其他许多地方，政府只对苗木的种植进行补贴。因此，这就属于为群落目的奉献私人土地，为公共利益而进行私人劳动。只有很多土地所有者建造防风林，才会起一些作用；他们在整片土地建造防风林，就会有不错的效果。但这种"不错的效果"是一种不可分割的盈余，不体现在美元的获利上，而是体现在生产力、和平、舒适上，从某种意义上说，即生活与生长。让我高兴的是，农民将要做这件新的事情。这预示着保护。人们可能会注意到，曾经的态度是从整个玉米带中根除树篱和野生生物，而防风林的栽培是对这一态度的直接逆转。这两项举措都是由农业大学发明的。是大学改变了他们的想法吗？或者是一片由不同种类的经济学所管理的奥萨格防风林而不是红松防风林，改变了他们的想法吗？

还有另一种群落栽培方式，在那里种植的不是树，而是思想。为了描述它，我想谈一谈对一种灌木丛的一些想法。这种灌木丛被称为沼桦。

我之所以选择它，是因为它是一种灰褐色的、不起眼的、无趣的小灌木丛。你的湿地里可能有它，但你从来没有注意过。它没有你能辨认的花朵，不生长鸟或兽能吃的水果。它不会成长为你可以使用的树。它没有害处，也没有好处，它甚至在秋天都不会变色。总之，它是灌木丛家族中无足轻重的一员；生物学上令人讨厌的东西。

但真的是这样吗？有一次我跟踪了一些鹿的足迹，鹿们饥肠辘辘。这些足迹从一种沼桦到另一种沼桦；鹿吃草的痕迹显示，它们以此种灌木丛为生，而不是其他种类的灌木丛。有一次，我在暴风雪中看到一群尖尾松鸡，它们无法找到通常以之为食的谷物或杂草种子，所以它们就吃沼桦的芽。它们一个个都很肥壮。

去年夏天，大学植物园的植物学家们惊慌地来到我的面前。他们说："植物园沼泽区的灌木丛遮盖了白色的皇后杓兰。我能要求民间资源保护队的工作人员清除它们吗？"当我检查地面时，发现那种碍事的灌木丛就是沼桦。我把图左边的样品剪了下来。我注意到，在两年前，兔子每年都要将其割下来。在1936年和1937年，它们在兔子爪下幸免于难，因此逐渐长大并遮盖了白色的皇后杓兰。这是为什么呢？因为循环；1936年和1937年没有兔子。而1938年冬天，兔子将沼桦割下，就像图中右侧显示的一样。

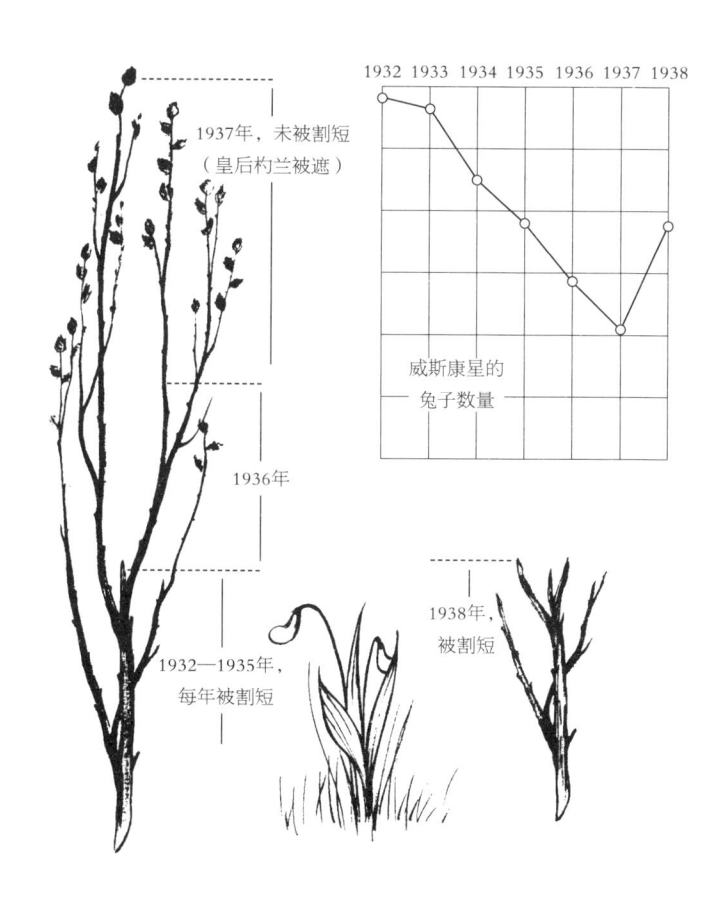

这样看来，我们无足轻重的小沼桦确实很重要。它的存在与否意味着鹿、松

鸡、兔子与皇后杓兰的生与死。如果像一些人认为的那样，循环是由太阳黑子引起的，沼桦甚至可能被认为是太阳系的使者，它对兔子采取绥靖政策，在这一过程中，被抑制生长的兰花在阳光下找到了自己的位置。

沼桦是农民每天看到或踩踏的数百种生物中的一种。威斯康星州有350种鸟类，90种哺乳动物，150种鱼类，70种爬行动物和两栖动物，还有大量的植物和昆虫。每个州都有类似的野生生物多样性。

这些物种太小或太过隐蔽，对外行人来说都是不可见的，除此之外，我们本该知道但并不认识的物种大概有500种。我已经对一个物种生活剧的一小幕进行了解释。500种物种都有各自的剧本。农场即是舞台。日常工作中，农民每天在演员中走来走去，但他很少看到任何戏剧，因为他不懂它们的语言。除了能对这里和那里的只言片语进行记录外，我也不懂它们的意思。如果农民对这种语言了解得多一些，它会给农场生活增添什么吗？

我们抛弃了一个自我强加的约束，一种错误的观念，即，农场的生活枯燥乏味。约翰·斯图尔特·柯里[1]，格兰特·伍德[2]，托马斯·本顿[3]的用意何在？他们在斯塔克筒仓这一红谷仓里向我们展示戏剧，队伍在山丘上、乡村商店中和黑色的夕阳下起起伏伏。我想说的是，如果你能看到的话，每一处灌木丛都是一部戏剧。当有足够多的人知道这一点时，我们就不会害怕人们再对灌木丛、鸟类、土壤或树木漠不关心。那时，我们就不需要"保护"这个词了，因为我们将拥有它本身。

任何农场的风景都是农场所有者自己的肖像。保护意味着在这片风景之地上进行自我表达，而不是盲目地遵从经济教条。在一座玉米带农场的景观中，某

---

[1] 约翰·斯图尔特·柯里（John Steuart Curry，1897—1946年），美国画家。与托马斯·哈特·本顿和格兰特·伍德被誉为20世纪上半叶美国地区主义三大画家。代表作品包括《堪萨斯的洗礼》《龙卷风》《马戏团大象》《俄克拉荷马争地》。

[2] 格兰特·伍德（Grant Wood，1892—1942年），美国画家。他的很多绘画作品主要是以描绘他的故乡爱荷华州的平民和田园生活景象为主题的。代表作品有《美国哥特式》。

[3] 托马斯·哈特·本顿（Thomas Hart Benton，1889—1975年），美国画家。他是20世纪30年代美国地方主义运动的领导者，他的作品专门刻画美国的乡村生活。代表作品有《收割麦子》《七月的干草》。

一天会呈现出什么样的自我表现呢？保护政策从会议大厅落实到田野和树林的时候，会变成什么样子？

变化从小溪开始：它不会再被矫直。未来的农民会像保护自己的脸一样保护小溪。如果他继承得到了一条被矫直的小溪，它将会被当作一处痘痕或一条木腿，被"介绍"给游客。

小溪两边河岸上的树木繁茂，未曾经过牲畜放牧。在森林里，大多数是年轻而有繁殖能力的林木，但也有一些为猫头鹰和松鼠留下的空心的老树，还有留给浣熊和具有商业价值的毛皮动物的开阔高地处的原木。在树林的边缘遍布着一些山核桃和核桃。在这条小溪和树林里有许多东西：能做成薪材、柱子和可锯木；可以进行防洪、钓鱼和游泳；能生产坚果和野花；能获得毛皮和羽毛。如果不能收获所需的一只猫头鹰或一群鹌鹑，或者是当季的一堆须苞石竹或一只浣熊，那么这件事就会导致农民尊严受损以及对其家族的审查，就像一张标着"没有钱"的支票。

当游客被带到树林里时，他们经常会问："猫头鹰不吃你的鸡吗？"我们的农民知道这将会变成现实。为了回答这个问题，他走到一棵枝叶繁茂的白橡树旁，捡起了正在栖息的猫头鹰掉下的一块不消化物。他向参观者展示了如何撕开老鼠和兔子毛皮中无光泽的毡状物，如何在鸟的猎物的发白的头骨和牙齿中找到这些东西。他问道："看见小鸡了吗？"然后他解释说，对他来说，除了可能吃鸡的猫头鹰外，会猎杀老鼠的猫头鹰对他来说很有价值。他的猫头鹰猎杀了几只鹌鹑和许多兔子，但他认为，这些都是可以避免的。

这个农场的田野和牧场，就像它的儿子和女儿一样，集野生和驯养的属性于一体，完全建立在健康良好的基础上。田地的健康意味着土壤的肥沃性。客厅的墙上，曾经在剥削的时代挂"上帝保佑我们的家"刺绣的地方，现在挂起了一幅农场土壤分析图表。让农夫感到自豪的是，他所有的土壤图形都指向上方，他没有也不需要检查水坝或梯田。他对邻居表示同情，认为他邻居家里不幸有一条冲沟且不得不召集民间资源保护队。邻居的拦沙坝是尴尬行为的一种可悲标记，就像是一根拐杖。

分隔田地的是一种栅栏地带，代表了野生生物收成与耕地损失之间的一种美好平衡。这些栅栏地带并不是每年都会被清理，也不被允许无限期地生长。除了鸟鸣和风景、鹌鹑和野鸡外，这里还能长出草原花、野葡萄、树莓、李子、榛子，以及一种远远超过植林地松鼠可及范围的山核桃。电栅栏只用作临时围栏。这是农民的一种骄傲。

农场周围是历史悠久的橡树，因农民的自尊心和技能而受到珍爱。6月甲虫的泛滥被认为是牧场管理中一种不应再犯的疏忽。这位农民对他橡树的年龄和它们与当地历史的关系有自己的看法。这是一个邻里争论的问题，即在橡树开放日，谁的橡树遗迹才是最明显的文物，不论这棵树底部的愈合伤疤是草原火灾还是拓荒者的垃圾堆放造成的。

马丁的私人住宅[1]和饮食供应站、野花地和老果园，理所当然是农庄的一部分。古老的果园会收获一些苹果，但收获的大部分是鸟类。这个农场有161种鸟类。一个邻居声称他有165种，但有理由怀疑这个邻居在捏造事实。他的池塘被排干；他怎么可能有165种鸟类？

池塘是区分农民的特殊标志。农民只允许池塘一端对饲养的牲畜供水；其余的岸都被栅栏围起来，与鸭子、秧鸡、白眉歌鸫和麝鼠隔开。去年春天，通过采用合适的诱饵和圈套，200只鸭子被引诱到那里休息了整整一个月。8月，黄足鹬占用了水隙处的裸露泥土。9月，池塘里长出一捧睡莲。冬天的时候，年轻人在这里滑冰，男孩们用兽皮大衣换得零花钱。那个农民记得有一个承包商曾经试图谈论排水系统。他说，在那些日子里，没有池塘的农场是一种时尚；就连农业大学也堕落到通过浪费水资源进行土地建造的思潮中。但是在30年代的干旱时期，水井干涸，每个人都知道了，水就像道路和学校一样属于群落财产。你不可能在不伤害小溪、邻居和你自己的情况下，把水从小溪排走。

农场前方的路边被认为是草原植物群落的庇护所：一座保存着收割前土壤和植物的教育博物馆。当大学教授们想要份原始草原土壤的样本时，他们知道可以在这里找到。为了在草原上保留这条路边的空地，每年都要通过火烧的形式对它

---

[1] 指美国建筑师弗兰克·赖特为美国商人达尔文·马丁设计的草原学派建筑风格的私人住宅，采用开放式设计，住宅建筑一侧带有一个半圆形植物群落园，与建筑本身的设计浑然一体，使这一住宅带上了"有机建筑"特征。

清理，而不是修剪或砍伐。这位农民讲了一个有趣的故事，主人公是一位高速公路工程师，他曾经对那些背对着篱笆的沿路陡岸进行评级。尽管这位可怜的工程师受过大学教育，但他从未学过串叶松香草和向日葵的区别。他知道sin和cos，但是他从来没有听说过植物演替。他不会明白的是，把所有牧场草地都清除掉，就会把整条路边的空地变成江湖郎中和蓟的眼中钉。

在这条路前的苜蓿地里，有一种巨大的结冰的粉红色不规则花岗岩。每年，地质老师带她的学生去看它，我们的农民告诉我们，他的一次度假旅行中，在向北200英里的地方发现了一块与这里的母岩相配的卵石。这让他发表了一次对冰川的演讲；冰是如何给予他岩石、池塘、翠鸟和崖沙燕窝的。他讲述了一个火药推销员曾经向他请求允许炸掉旧岩石的许可，"以此展现现代方法"。他其实不必向孩子们解释他的小玩笑。

这个农民是一个怀旧的人。只要让他高兴，你会听到很多关于乡村历史的趣闻。他会告诉你，在当地幼儿园里也会教经济学的疯狂的10年间，大学校长竟然不能区分蓝知更鸟和蓝升麻。每个人都关心获得多少份额；没有人担心自己的所作所为。一个农场被冲进河里，被另一个农民出钱从密西西比河里挖出来。过度生产人工栽培的作物，但没有人有种植野生作物的空间。"这是一个奇迹，这个农场在没有小溪和中国榆树的草坪上建造了出来。"他就这样以荒唐的表达方法描述早期对"保护"的探索。

1939年

土地生物观

这是利奥波德的一篇具有里程碑意义的论文。1939年6月21日，利奥波德在威斯康星州密尔沃基举办的美国林务员协会和美国生态学会联合会议上，发表了这篇演讲。随后这篇演讲稿发表在《林业期刊》上。这篇文章从同时代最新的生态理论中抽象出一幅新兴的自然——生物或生态系统概念的画像。就像《环境保护的伦理》那篇文章一样，这篇文章代表了利奥波德智慧朝圣之旅的里程碑，其中很大一部分被纳入了《沙乡年鉴》中的《土地伦理》一篇中。

在拓荒时期，野生植物和动物被容忍、被忽视或相互争斗，对它们的这种态度取决于物种的实用性。

保护引入了这样一种观点，即用处大的野生物种可以作为农作物来管理，但那些用处不大的野生物种就不予考虑，而那些食肉野生物种相互斗争，就像在拓荒时期一样。保护降低了人们对野生动物的容忍限度，但实用性仍然作为政策的标准，这种实用性针对的是物种，而不是任何野生对象的集合。众所周知，物种相互竞争，相互合作，但合作和竞争这两者被认为是独立并且不同的；实用性可以通过研究而进行定量评价。为了证明这一点，我们只需要看看任何校园或议会大厦的骨架：经济昆虫学部、经济哺乳动物学部、食品习惯研究主任，经济鸟类学教授。这些机构的设立是为了告诉我们，红尾鵟，灰色囊地鼠，瓢虫和草地鹨是否对人类有用而且无害。

生态学是所有自然科学的新融合点。它的一部分是由生态学家建立的，但也有一部分是由那些负责对物种进行经济评估的人的集体努力组建的。生态学的出现使经济生物学家陷入了一个特殊的困境：一方面，他在累计的调查结果中指出这个或那个物种是否存在实用性；另一方面，他揭开了如此复杂生物群落的面纱，即实用性是由相互交织的合作和竞争所决定的，没有人能说出实用性从哪里开始或从哪里结束。任意物种都不会被随随便便地"评估"；对"有用"和"有害"的老式分类只在具体的时间、地点和环境条件下才有效。唯一确定的结论是，生物群落作为一个整体是有用的，生物群落不仅包括植物和动物，还包括土壤和水。

简而言之，经济生物学假定一个物种的生物功能和经济效用在一定程度上已知，其余的可能性很快就会被发现。这种假设不再适用；发现新问题的过程比发现新答案的速度要快。在很大程度上，物种的功能是不可理解的，而且可能会一直如此。

当人类大脑处理的概念太大而不能被轻易地可视化时，此时大脑中就会替代以一些看起来相似的物体。"自然平衡"是一种对土地和生命的心理意象，它是在向生态思想过渡之前和之中建立起来的。它通常被用来向外行人描述生物群落，但生态学家们彼此间对此只是有保留地接受，而外行人的接受程度似乎更多地依赖于便利而非信念。因此，"热爱大自然的人"接受了它，但是户外运动爱好者和农民们都持怀疑态度（这种平衡在很久以前就已经被打破了；恢复它的唯一方法是把这片土地还给印第安人）。人们越来越怀疑，关于掠夺的争论决定了这些态度，反之则不然。

在世俗的头脑中，自然平衡可能传达了一幅我们常见的磅秤的真实图像。其至有可能存在这样的危险，即，外行人仅将自然平衡归结为存在于杂货店柜台上的生物群落资产。

在生态良知中，自然的平衡有优点也有缺点。优点是，它设想了一个集体总数，它将一些实用性归于所有物种，并且当平衡被扰乱时，它意味着振荡的发生。缺点是，只有一个点会出现平衡，而且平衡通常是静态的。

如果我们必须用一种心理意象来代替而不是直接去思考土地，那么，为什么不使用生态学中常用的图像——生物金字塔呢？再将它加上以下的附加功能，它将呈现出一幅更真实的生物群落图像。有了这样更真实的生物群落图像，科学家可能会认真对待，外行人可能不再坚持声称实用性是保护的先决条件，对地球上"毫无用处的"同居者会更加友好，对价值观念的宽容度会超过利润、食物、运动或旅游。此外，如果我们给经济学家和哲学家们一个更加真实的生物群落机制图像，他们可能会给我们更好的建议。

我首先用金字塔表示土地，然后在土地利用方面做一些解释。

植物从太阳吸收能量。这种能量通过一个叫做生物群落的回路进行流动。它可以用金字塔的层次来表示。底层是土壤。植物层在土壤层上，植物层上是昆虫层，以及各种各样的鱼类层、爬行动物层、鸟类层和哺乳动物层。顶部是食肉动物层。

每层的物种都是相似的，无论它们来自哪里，这种相似指的不是它们的样子，而是它们所吃的东西。每一层都依赖于下面的食物和其他服务，每一层都为

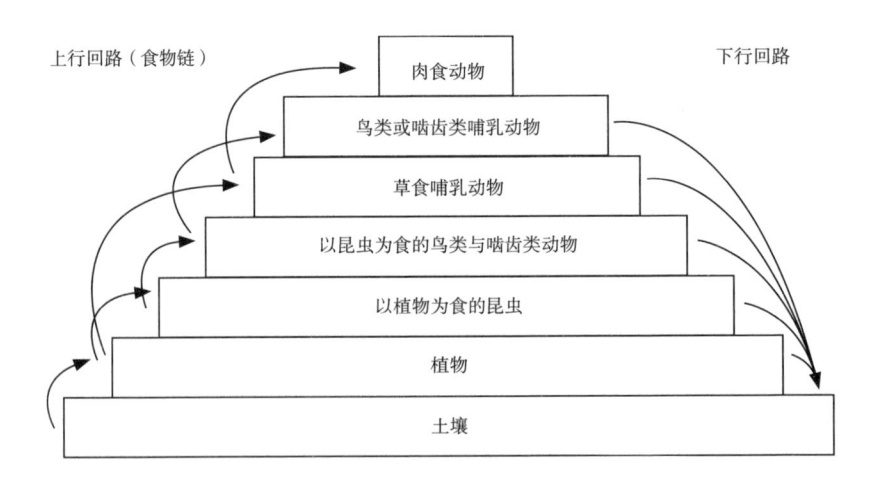

```
                        肉食动物
上行回路（食物链）                           下行回路
                     鸟类或啮齿类哺乳动物
                       草食哺乳动物
                    以昆虫为食的鸟类与啮齿类动物
                        以植物为食的昆虫
                           植物
                           土壤
```

□ 这是利奥波德发表在《林业期刊》上的生物金字塔。
这幅画将植物和动物群落描绘成一个能量回路。

上一层提供食物和服务。每一层按向上的方向连续递减；每一个肉食动物都对应成百上千的猎物，这些猎物再对应成千上万的猎物，数以百万计的昆虫，以及无数的植物。

对食物和其他服务的依赖链条被称为食物链。每个物种，包括我们自己，都是许多食物链中的一环。比如，白尾鹌鹑会吃掉上千种植物和动物，它是一千条食物链中的一环。金字塔是一团乱麻，错综复杂，看起来似乎是无序的，但仔细研究时，这团乱麻可被认为是一种高度组织化的结构。它的功能取决于各种不同环节的合作和竞争。

一开始，生命金字塔又矮又扁；食物链既简短又简单。进化的过程使得金字塔增加了一层又一层，一链接着一链。人类是在金字塔高度和复杂性增加过程中得到的成千上万的产物之一。科学留给了我们很多疑问，但它至少能让我们确定一点；进化趋势是对生物群落的详细阐述。

那么，土地不仅仅指的是土壤；它是能量的来源，是一条流经土壤、植物和动物的回路。食物链是引导能量向上的生命通道；死亡和腐烂会把能量送回土壤。回路没有断开；一些能量在腐烂中消散，一些能量在吸收中增加，一些在土壤、泥炭和森林中得到存储，但它是一个持续的回路，就像一个缓慢增加的生命循环基金。

能量的向上流动取决于植物和动物群落的复杂结构，就像树液的向上流动取决于它复杂的细胞组织一样。如果不存在这种复杂性，正常的循环就不会发生。结构指的是该物种的特征数量、特征种类和功能。

这种复杂的土地结构与顺利运转的能量回路之间的相互依赖，就是基本特征之一。

当回路的某一部分发生变化时，许多其他部分必须进行自行调整。改变并不一定会阻碍能量的流动；进化是一系列自我诱导变化的过程，其最终结果可能加速了能量流动，当然也延长了回路。

然而，进化通常具有缓慢性和局部性。人类发明的工具使我们能够通过前所未有的暴力、迅速和全局的手段进行改变。

其中一个变化发生在植物群落和动物群落中。较大的掠食者从金字塔的顶端被除掉；食物链在历史上首次被缩短，而不是变长。驯养物种取代野生物种，野生物种被转移到新的栖息地。对于世界范围内的动物群落和植物群落来说，一些物种因害虫和疾病的困扰而减少，其他物种则灭绝了。这些影响很少是因为故意造成的，而且不可预见；它们代表了结构中无法预测，往往也无法追踪的再调整。农业科学在很大程度上，是一场关于新出现的害虫与控制它们的新技术之间的博弈。

另一个变化影响着植物和动物的能量流动，并将其返还到土壤中。生产力是土壤接收、储存和返还能量的能力。农业通过透支使用土壤，或者在上部结构中采用过于激进的方法取代本土物种，可能会阻塞流动通道或耗尽储量。土壤能量消耗比形成速度更快。这就是水土流失。

水就像土壤一样是能量回路的一部分。工业对水域造成污染，排除了保持能量流动所必需的植物和动物。

交通带来了另一个基本的变化：在一个地区培育的植物或动物被吃掉后，再回到另一个地区的土壤中。因此，之前的局部且独立的回路在世界范围内汇集在了一起。

人类占领金字塔的过程将储存的能量释放了出来，在拓荒期，这往往会造成植物和动物生机勃勃的假象，无论它们是野生的还是圈养的。这些生物资本的释放往往是对暴力行为之惩罚的掩盖或推迟。

这幅关于土地作为能量回路的草图，或多或少地传达出了3种自然平衡缺乏的概念：

（1）土地不仅仅包含土壤。

（2）原生植物和动物可以使能量回路保持开放状态；其他的动植物可能会也可能不会。

（3）这种人为的改变与进化是不同的，且其影响比预想或预见的更复杂。

这些想法共同提出了两个基本问题：土地可以适应新规则吗？暴力行为可以被减少吗？

不同生物群落似乎在承受暴力行为的能力上有所不同。以西欧为例，它的金字塔与凯撒在那里发现的金字塔大相径庭。一些大型动物消失了，许多新的植物和动物被引进，其中一些因为害虫而脱离了；剩下的土生土长的物种在分布和数量方面有很大的变化。然而，土壤仍然肥沃，水流正常，新的结构似乎开始运行并持续存在，没有明显的回路中断。

因此，西欧的生物群落抵抗能力较强。这一过程是坚韧、有弹性而且顽固的。到目前为止，无论这些变化有多剧烈，金字塔已经生成了一些新的过渡方法，即在当地保留人类和其他大多数本土物种的可居住性。

亚洲和美国半干旱地区的反应则不一致。在许多地方，没有任何土壤适合支撑一个复杂的金字塔，或者吸收从残骸中返还的能量。损耗的累积过程已经生成。生物有机体的损耗与动物疾病相似，只是它并没有达到绝对死亡的顶点。生物体虽然恢复了，但在复杂性和人类可居住性方面处于较低的水平。我们试图通过开垦来抵消损耗，但在土壤和水环境受到干扰的情况下，围垦工程的预期寿命显然会很短。

综合来看，历史和生态方面的证据似乎支持这样一种普遍的推论：人为改变的暴力行为越少，金字塔成功调整的可能性就越大。反过来，暴力行为也会随着人口密度的变化而变化；稠密的人口需要更加暴力的土地转换。在这方面，美国比欧洲更有机会实现非暴力的人类统治。

值得注意的是，这一推论与具有开创性的哲学背道而驰，后者认为，由于密度的小幅增加，人类生活变得丰富，无限地增长将使其无限地丰富。生态学认为，在较宽松的限制条件下，不存在密度关系，而社会学似乎正在寻找证据，证明这一关系受制于收益递减规律。

无论人与土地间的等式是什么，我们都不可能知道其中所有的关系。最近在矿物质和维生素营养方面的发现揭示了在上行回路中存在确定的依赖关系；令人难以置信的是，某些微量物质决定了土壤到植物以及植物到动物的价值。那么下行回路会如何呢？这与我们现在认为对消失物种的保护是一种美学享受又有什么关系呢？这些微量物质帮忙创造了土壤；在哪些确定的方式下可以认为这些微量物质对保护起着至关重要的作用？韦弗教授建议我们在风沙侵蚀区用牧场上的花朵来重新遮盖土壤；谁知道将来有一天会以什么目的需要利用鹤、秃鹰、水獭和灰熊呢？

暴力行为能减少吗？我认为是可以的，而且，现在大多数环保主义者间的冲突，可能会被认为是首次对非暴力用地的探索。

例如，对掠食者控制的竞争，不仅仅是野外用镜头狩猎的猎人和用猎枪狩猎的猎人之间的利益冲突的表现。这是一场在生物群落见识到实用性的人和见识到美感的人之间的斗争，以及那些只在雉鸡或鳟鱼中看到实用性或美感的两拨人之间的斗争。这种斗争一年比一年更清晰地表明，作为一种提高狩猎动物和鱼类数量的手段，只有在高度人工化的情况下，才有必要采用管理方法（比如暴力行为）来减少猛禽和食肉类物种数量。野外饲养的狩猎动物不需要没有鹰的庇护所，受过生物教育的户外运动爱好者也不会从中得到乐趣。

林业是自然主义运动的一种混乱结果。

因此，德国人教世界种植像卷心菜一样的树，他们放弃了自己的教义，回到了当地物种的混合树林中，进行选择性砍伐和自然繁殖（Dauerwald[1]）。"卷心菜品牌"的造林术，起初看似有利可图，但经验使我们发现，其带来了不可预见的生物学惩罚：昆虫流行病、土壤疾病、产量下降、缺乏食物的鹿、贫瘠的植物群落、扭曲的鸟类种群。在他们新的Dauerwald中，头脑冷静的德国人现在正在繁

---

[1] 德语，指恒续林。

殖猫头鹰、啄木鸟、山雀、苍鹰和其他无用的荒野生物。

在美国，民间资源保护队反对激进的"林木土地改良"活动，以及反对从造林计划中清除山毛榉、白雪松和落叶松的活动，同Dauerwald一道，是对非暴力林业回归的呼吁。大家对外来种植园的最终用途的怀疑声也越来越多。越来越多的人对新凯巴布地区的流行病感到恐慌，越来越多的人意识到只有狼和狮子才能保证森林不受鹿的破坏，并能防止鹿走向自我毁灭的道路。

我们有很多针对于稀有物种消失的不满：秃鹫、灰熊、草原植物和沼泽植物。人们的脸上写满了对生物学暴力的抗议。有些人已经走出了抗议的阶段：亲眼目睹奥杜邦研究中修复象牙喙啄木鸟和沙漠大角牛种群的方法；瓦萨和威斯康星州的研究中关于野生花卉的管理方法。

荒野运动、生态学会的自然区域运动、德国的自然保护区以及国际野生动物保护委员会都寻求保存原始生物群落的样本，作为衡量暴力行为影响的标准。

作为最重要的土地利用方式，农业是一种最不能证明对开拓理念不满的形式。在农业思想家中，保护仍然意味着对土壤的保护，而不是包括土壤在内的生物群落。农民必须通过其运作的本质，比林务员或野生动物管理人员更彻底地改变生物群落；他必须改变金字塔的比例，除掉较大的掠食者和食草动物。这种差别是不可避免的。然而，排除性总是比必要性更激进；野生植物的培育和每年更新的植物演替为荒野生物创造了丰富的栖息地，除了狩猎动物管理和林业之外，我们从未有意识地利用过这种栖息地。现代的"清洁农业"，先不要管它的名字是什么，它把很大一部分能量输送到野生植物中；只要我们瞥一眼任何残株的最终结果，都能看到这一点。但是，动物的金字塔是如此的精简，以至于这种能量没有被向上提升；它要么直接回流到土壤中，要么最多流过昆虫、啮齿动物和小鸟。最近的证据表明，啮齿动物在土壤被滥用的地方（*动物杂草理论*）有所增加，我认为，这是因为缺乏更高的动物层，使得啮齿动物层上的能量回路不自然地向下偏转。生物农业（*如果我能创造这样一个术语的话*）将有意识地把这种能量带到更高层，然后再把它带回土壤。为了达到这个目的，所有本土的野生物种都需要参与，而不能与驯养的野生物种相抵触。这些物种不仅包括狩猎动物，还包括尽可能多的植物群落和动物群落。

简而言之，生物农业包括野生植物和含有饲养动物的野生动物，用以表述土壤生产力。为了在这片土地上完成这样一场革命，那么土地所有者中肯定会进行相应的革命。现在来看，只寻求保护土壤的农民也必须考虑上层建筑；一个好的农场，必须是野生动植物的面积减少而其存在性不能消失的状态。

当然，希望有更好的保护措施是一件很简单的事情，但当私人土地上几乎没有任何需要保护的物种时，这样的保护有什么意义呢？这是我无法解决的基本难题。

然而，以经济利己主义驱动更好的私人土地利用的普遍失败，社会科学、自然科学和土地所有者就土地的共同概念不能相互认同——这两者可能有所关联。也许它们之间不存在联系，但是作为科学和所有用地的融合点，生态学在我看来是一个值得关注的领域。

1939年

新年的清单检查：消失的狩猎动物

早在1929年，利奥波德就开始为农民和其他土地所有者撰写关于狩猎动物管理和其他自然历史主题的简短的入门性文章。1938年，他在《威斯康星州农学家与农民》中出版了这些文字片段——他开始调整主题以适应季节的自然循环。在接下来的几年里，他写下了几十个小片段，其中有几个在《沙乡年鉴》中找到了用武之地，可想而知，他以年鉴的形式安排那本书的做法就源自于这个系列。在这篇文章中不难看出《1月　残雪消融》的萌芽。

1月的某个星期天很有利于目标追踪，我喜欢在我的土地上漫步，在脑海中记下那些应该在那里出现的鸟类和哺乳动物，但事实并非如此。一个人只有在意识到很多东西已经消失之后，才会欣赏剩下的东西。

例如，威斯康星州的每一处大型植林地都应该会出现披肩榛鸡像淑女一样经过的痕迹，但实际上却很少出现。现在十几个县都未出现过了。这是为什么？因为我们没能从牧区保留部分森林。

在冬天雪融的时候，每一个树林都应该会出现那些因饥饿而从巢穴中赶来的浣熊匆忙游荡的身影。但现在很少出现这样的情况，因为很少有树林中存在穴树。曾经是浣熊庇护所的中空椴树和白橡树，通常都被那些毫无远见的浣熊猎人砍掉了。没有了中空的树木，树林里许多鼯鼠、东美角鸮和横斑林鸮都消失了。

在沼泽地里的玉米残穗上，我们应该找到草原鸡特有的踢踏舞的痕迹；但相反，我们只发现了与野鸡赛跑的小马的马步。为什么没有小鸡？因为多年前，我们在它们的土地上进行了开垦、切割、焚烧或放牧，然后在秋天时一枪打死了它们。今天，有十几个县没有草原鸡的存在。如果我们并未检查泥炭地[1]的火灾，那么我们以后再也不会有草原鸡了。

在落叶松旁的草丛沼泽中，我们可以找到一些鲜为人知的踪迹；类似袋鼠那样一跳一跳的跳鼠。但是，如果那片草丛沼泽干涸了，或者种上了很硬的牧草，那么跳鼠将会消失，取而代之的是平淡无奇的草原鼠。

如果你有一棵落叶松，你应该在上边会发现长耳鸮的反刍小球。注意老鼠的头骨；每个球粒有3颗头骨，每天产生1个球粒，冬天按100天算，那么每年每只猫头鹰吃掉300只老鼠。你怎能让一个猎兔人只是为了好玩而用他的枪来射击猫头鹰呢？为了让猫头鹰不消失，保留一些落叶松是不是更有意义呢？

如果你有一排河岸，那么至少在很短的时间内，应该会发现一只在雪地里玩耍的水獭快速划过。现在威斯康星州的大部分河流里都没有水獭；只有单调的带状泥土和水流。一只水獭将会在20英里长的河流中穿行，而在最初的时候，它会把那延展开的泥水和水流转化成一种个性。在英国，水獭很常见，即使在人口密集的地区也是如此。但为什么在威斯康星州却不常见呢？

1940年

---

〔1〕泥炭地是一种生态系统，也称泥炭沼泽，是一种不可再生资源，具有半水半陆过渡特征和高度生境异质性，是诸多珍稀、濒危野生动植物的重要栖息环境。

荒野作为土地实验室

> 利奥波德对综合土地管理的关注——对生产土地的巧妙管理,以及修复受损的土地和荒野保护——直接与这篇发表在《活力荒野》上的文章相关。利奥波德认为,从科学的角度来说,荒野是必要的,作为一种正常结构和功能的指标,可以对正常使用和被滥用的土地进行比较。因此,荒野代表一个完整的生物范畴。在《沙乡年鉴》中,他把这篇文章的一部分写进了《荒野》中。

荒野的娱乐价值经常被巧妙地呈现出来,但它的科学价值却还没有被人们所理解。这次尝试旨在将荒野作为土地健康问题的基本论据。

有机体最重要的特征是自我更新的能力,即所谓的"健康"。

世上存在两种有机体,在其中进行的无意识的自我更新的自动过程通过有意识的干扰和控制得到补充。其中一就是人类自身(医学和公共卫生)。另一个是土地(农业和自然保护)。

控制土地健康所付出的 成功的结果。现在人们普遍认识到,当土壤失去肥力,或冲走 度快,以及当供水系统中出现异常洪水和水短缺时,土地就会

其他通常被认为是事实的 是土地疾病的症状。尽管我们努力保护植物和动物物种,但并没有找到导致它们消失的明显原因,尽管我们努力控制害虫侵入,但在没有更简单的解释的情况下,我们必须认为这是陆地有机体紊乱的症状。这两种情况都频频发生,却因无法作为正常的进化过程而被忽视。

从对这些疾病思考的情形来看,这反映出我们对它们的治疗仍然是局部的。

因此,当土壤失去肥力时,我们就会大量施肥,或者至少改变养殖的植物群落与动物群落,而不考虑野生的植物群落与动物群落,但在最初是野生植物和动物建造了土壤,因此,对它们的维护可能同样也很重要。例如,最近发现,由于某种未知原因,在野生豚草的预先条件作用下,生长出了良好的烟草作物。在我们看来,这种意想不到的依赖链可能在自然界中普遍存在。

当草原土拨鼠、地松鼠或老鼠的数量增加到有害生物的程度时，我们就会毒死它们，但我们不会从动物身上寻找导致它们侵入的原因。我们认为动物问题一定是由动物原因导致的。但最新的科学证据表明，植物群落是啮齿动物真正侵入的地方，而我们很少或根本没有对这一线索进行探索。

许多森林种植园正在制造种植一类或二类原木的土壤，而最初种植的是三类和四类原木。为什么这样做？先进的林务人员知道，原因可能不在树上，而是在土壤的微生物群落中，而且，要恢复土壤植物群落可能要花上几年的时间，而其间不能对土壤造成破坏。

许多保护措施显然非常肤浅。防洪大坝与引发洪水的原因没有关系。检查水坝和梯田不会涉及水土流失的成因。为了维持动物而进行的收容和繁殖，并不能解释为什么动物不能进行自我的数量维持。

一般来说，证据趋向表明，在陆地上，就像在人体中一样，症状可能由一个器官引起而在另一个器官发作。我们现在称之为保护的做法在很大程度上是缓解了局部的生物疼痛。这些措施是必要的，但它们不能与治疗相混淆。土地医疗的艺术正在蓬勃发展，但土地健康的科学才是未来要做的工作。

首先，土地健康科学需要常态的基准数据，以及一幅关于健康的土地如何保持自身成为有机体的图像。

我们有两个可用的规范。有时人们发现，尽管人类占用土地长达几个世纪，但土地的生理机能仍然能保持基本正常。这样的地方我只知道一个：欧洲东北部。我们不太可能不去研究它。

另一个也是最完美的规范就是荒野。古生物学提供了大量的证据，证明荒野保持了很长一段时间；其上的物种很少有消失的，也没有失去控制；天气和水的形成土壤的速度与它被带走的速度相当或更快。因此，作为一个陆地实验室，荒野具有意想不到的重要性。

人们无法去研究蒙大拿在亚马孙地区的生理机能；每一块生物范围都需要使用当地的荒野来对使用过与未使用过的土地进行比较研究。当然，要想挽救更多的荒野残迹为时已晚，而且大部分残迹的面积都太小，无法保持正常状态。例如，来自黄石公园的最新报告[1]指出，美洲狮和狼已经消失了。灰熊和山羊也很可能会消失。在食肉动物消失后，麋鹿的涌入破坏了植物群落，其破坏方式与羊群放牧的方式相当。"有蹄的蝗虫"并不必然温顺。

我只知道在加拿大边界以南的一片荒野处保留着完整的植物群落与动物群落（那里只存在野外的印第安人），而且只有一种入侵物种（野马）。它位于奇瓦瓦的马德雷山顶上。作为边界两边病态土地的一种规范，对这片荒野的保存和研究，将是一个值得国际考虑的保证睦邻友好的行为。

所有的荒野地区，无论多么小或不完美，它们都对土地科学研究有很大的价值。重要的是，我们要认识到娱乐并不是它们唯一的用途，甚至更不是它们的主要用途。事实上，娱乐与科学之间的界限，如公园与森林之间、动物和植物之间，驯服和野性之间的界限一样，是人类思维中的一种不完美状态。

1941年

最后的战役

尽管利奥波德为年鉴所选的文章都以永恒的品质为特征，但他也写了一些经过精心打磨的作品，这些都有很明显的时事性甚至是宣传性，旨在激发人们即刻采取行动。其中一篇文章就是《最后的战役》，这篇文章发表在《美国户外》上，时值密歇根州上半岛的波丘派恩山的最后一处古老的北部硬木受到战时切割威胁。一篇位于侧边栏的社论对当时正在进行的立法进行了解释，并敦促读者写信给他们的国会议员。在利奥波德和其他人的持续推动下，1943年，密歇根州的立法机构拨款100万美元购买了一片土地，用于建造州立公园。

---

[1] 阿道夫·穆里，《黄石公园里的郊狼生态学》，美国国家公园动物群系列第4号。

在1943年或1944年的某个时候，斧头咬向一棵巨大枫树的被雪覆盖的白色木质。在同一棵树的另一边，横切锯在轻轻地说话，每一个重复的音节，都会把芳香的锯屑喷到雪地里。然后巨人就会弯着身子，呻吟着，撞到地球上：这是最后一批40棵可以进行交易的树中的最后一棵，是大湖区所有的原始硬木森林中的最后一棵。

这棵树的倒下，宣告着一个时代的终结。

用廉价、大量、优质的糖枫和黄桦树做地板和家具的时代即将终结。我们将用劣质或合成的东西进行替代。

教堂的走廊将会出现一个尽头，以呼应隐士夜鸫，或者使入侵者敬畏。硬木荒野会变得很大，足以进行几天的滑雪或徒步旅行而不需要穿越公路。从今年往后，这个地区的原始森林将变成一种修辞手法。

美国从她在私人森林开发中所犯的错误中吸取了教训，这将是对不切实际的希望的终结。每一个错误，似乎都必须持续到以痛苦结束；保护必须一直待命，直到有很少或没有任何东西可以保存。

最后，对于林务人员来说，最好的讲堂将会消失，他们要学习关于硬木林业的知识：成熟的硬木森林。我们知道得很少，我们只理解我们所知道的部分。

北部硬木的最后的战役发生在密歇根州上半岛的波丘派恩山地区。50年前，北方的硬木覆盖了大湖区700万英亩的土地。5年前，波丘派恩地区的主要荒野遗迹仍然有17万英亩。到1941年，这一数字已经缩减到14万英亩。去年冬天由于战争需要，对树木砍伐的需求量增大。按照目前的砍伐速度，只有在岩石过多或过于贫瘠地方的经营者，才有很大的机会经受得住未来两年的考验。在那之后，火灾很可能会将这一切化为乌有，只留下一堆漂亮的岩石作为我们这代人的纪念碑。

当然，还有一些零星的未砍伐的硬木留在了其他地方。其中最大的一块（1万英亩）为一个私人俱乐部拥有，并且一直在照看。很讽刺的是，这个俱乐部最终可能会在美国国会、林务局、密歇根州的独立国以及强大的木材工业的共同努力下取得成功，成为原始森林保护者的一员。

糖枫就像美国的铁栅栏或肯塔基州的步枪一样。几代人都在枫树的摇篮里摇来摇去，他们穿着用枫木纺车织出来的衣服，在用枫叶生火前做枫糖蛋糕。然而，与旧轮胎的消亡相比，枫林的消亡没有给我们带来太多的遗憾。就像在枫树林洞穴中的鼩鼱一样，我们把这种环境视为理所当然。我们不会像它们那样，我们会用替代品来代替。最可怜的要数欧洲的"挪威枫树"，这是一种快速生长的苍白的树，受到误导的郊区居民用它们消灭草坪。威斯康星州用挪威枫树为州议会大厦遮阴。没有任何州长和公民为这种对本州的和平与尊严的侮辱进行抗议。

就像枫叶一样，枫木板的生长需要时间。我们将很多潜在的枫树木材种植在了次生林区。让人怀疑的是，这些再生长的树林是否能达到原始地区树林的质量或体量，第一，因为我们缺乏耐心等待它们成熟；第二，因为枫林是地球上最具高度组织的群落之一，因此，大幅削减可能会损害其未来的生产能力。

很少有外行人知道，对森林暴力行为的惩罚可能比我们能见到的证据更长久。我知道一个叫做施佩萨特地区的硬木森林，将阿尔卑斯山北侧的一座山完全覆盖。自1605年以来，有一半的森林一直在进行剪枝，但从未被砍伐。另外一半的森林在17世纪被砍伐，但是在过去的150年里一直处在集约林业的控制中。尽管存在这种严格的保护，旧的林中空地现在只能生产普通的松木，而未被砍伐的部分则生长出世界上最好的橱柜橡木；其中一棵橡树的价格要比一英亩的旧的林中空地砍下的橡树价格要高。在旧的林中空地，垃圾在没有腐败分解的情况下逐渐积累，树桩和主枝慢慢消失，自然繁殖变缓。当它落在未被砍伐部分的森林中，垃圾会消失，树桩和主枝会立刻腐烂分解，自动进行自然繁殖。林务员将旧的林中空地的低性能归因于此地区的微生物群落被耗尽，这意味着，地下的细菌、霉菌、真菌、昆虫和穴居哺乳动物构成了树生长的一半环境。

对外行人来说，微生物群落这个词的存在意味着，科学知道地下所有的群落，并且能够随意地推动它们。事实上，科学知道的仅仅是种群的存在，但这至关重要。在一些简单的种群中，比如苜蓿，科学知道如何添加某些细菌来让植物生长。但在一个复杂的森林中，科学只知道适可而止。

但工业界并不知道这一点。我担心到2042年，对目前北方硬木的虐待可能需要比1942年更严肃的考量。当调停者和计划者对他们高度组织化的经济共同体实施暴力行为时，工业就会感到痛苦。然而，同样是这些产业，却让他们的森林走向死亡，且从来没有意识到其中涉及同样的原则。在这两种情况下，我们都不了解内部调整的所有错综复杂之处。群落就像时钟一样，它们在控制着所有齿轮和轮子的同时，也保持最佳的状态。

尽管北部的硬木森林和施佩萨特地区一样受到暴力行为的伤害，但众所周知，这片森林在一种温和智能的利用下站了起来。你可以把一个有着200年历史地区的森林砍掉三分之一，而且每隔20年再回来这样做一次。原因在于糖枫及其相关物种具有极度耐荫性。每一个成熟的老兵领导12个年轻人，老兵笔直地站立着，等待躺在地上变成木材，来年倒下的老兵为年轻人让出阳光下的位置。这种快速周转利用的方法称为选择性伐木。林务局已经对这一技术进行了充分探索。它不同于砍伐树木，因为成熟的树木会经历周期性的砍伐而不是同时被砍伐，而年轻的树木被留下来继续生长，而不是在下一次的大火中被烧掉。

在新的技术领域中，工业界是如何接受这种创新的呢？答案已经被写在了丘陵的表面上。除了6家公司以外，行业的情况也很明显。他们给出的理由是，大多数工厂几乎都被淘汰了，以至于它们无法等待选择性砍伐的延迟回报；它们倾向于在往常的锯屑中快速消亡，而不是在每年董事会预算减少的情况下永远苟活。

有人倾向于错误地认为一个公司表现出的是一个精明人的特征。但它可能不是。它是一种由突变创造出的新物种，具有自身的形态和一种随时间推移而展开的行为模式。到目前为止，人们只能说森林所有者的行为模式还不是很精明。

几年前，当波丘派恩的绿色长袍仍在密歇根州大部分地区蔓延时，国会通过了法案，将该地区作为国家森林而进行购买。在那个时候，选择性砍伐的收益将会为这片土地支付费用，并让不断增长的森林得以发展。结果国会什么也没做。

今天，当波丘派恩的绿色长袍缩小到几乎不受重视的领带大小的尺寸时，这些账单仍放在国会面前。我想，国会在犹豫是否要购买，他们害怕那些认为所有内部问题都可以先放一放的爱国选民的嘘声。他们中的大多数无疑可以而且应该感到害怕，但并不是对这个感到害怕。这场战争肯定会比这片森林的残迹持续的时间更长久。

我怀疑，作为保证国家木材供应的一种手段，公共收购是否能取代私人所有者的林业实践而让大家都感到满意。这份工作太宏大了。当政府接管一个小的领域以获得良好的土地利用时，目标就是通过用例子来进行教育，但我担心它也会产生一种虚伪的保证，即"一切都在好转"。在任何情况下，波丘派恩的领带现在都太小了，不能作为木材的来源。但是波丘派恩的领带不仅仅指的是木材；这是一个象征。它描绘了国家历史上的一章，我们不应该忘记。从某种意义上说，当我们摧毁最后一处宏大的未砍伐的树木样本时，我们是在烧毁书籍。我相信，大多数新一代的美国人都不知道一个像样的森林是什么样的。告诉他们的唯一方法就是给他们看看。为公共教育保留一块良好的森林，无论人们对大规模木材生产的实际问题有何看法，这无疑是政府的一项职能所在。此外，波丘派恩提供了大湖区雪带中唯一可以利用的陡峭地形；作为滑雪场是非常有前途的，前提是它们不会受到进一步剥削。为了这个目的，这条领带是值得保留的。

我希望看到波丘派恩区被当作是国家的一种忏悔行为而被保存下来，作为对一个未解决问题的可见的提醒，也作为一种希望的象征。为了达到这一目的，最好是在无路、无斧头、无旅馆的情况下，只对滑雪或徒步旅行者开放。这种象征性森林的存在可能会加速绿袍再次在大湖区蔓延的那一天的到来，那时，砍伐和使用成熟的木材将成为一种正常的土地种植行为，而不是一种掠夺土地的行为。

1942年

生态良知

1947年6月27日，利奥波德向美国园艺俱乐部保护委员会发表了演讲，这一演讲稿随后发表在该俱乐部的《公报》中。其中一部分内容经修改后收录在《沙乡年鉴》的《土地伦理》一文中，同样涉及利奥波德的工作内容。这篇文章的主体由多个案例研究组成，其中之一总结了在《一位保护委员的冒险》中发表的一些抱怨，而且其"要点"包含了在《保护：整体还是局部？》中已进行了详细阐述的观点。

每个人都该对土地上进展缓慢的保护表示不满：我们的"进步"仍然主要停留在笔头上的虔诚以及大会演讲中。唯一算得上重要进步的地方，在于边远地区尚未开发土地的现实风景。并且，我们在这里每向前迈出一大步的同时，都仍然会向后滑动两步。

对于这种困境来说，通常的答案是"更多的保护教育"。我的回答无论如何都是肯定的，但我们确定只需要加强教育的努力程度吗？它的内容会不会也有所欠缺？我认为是有的，我在这里尝试对它进行定义。

其中的基本缺陷在于：我们没有要求公民承担任何真正的责任。我们已经告诉过他们，如果他们能正确地投票、遵守法律、加入一些组织并在他自己的土地上实践有利可图的保护，那么一切都会很美好；政府将会做剩下的事情。

根据这个准则非常容易完成任何有价值的事情。不需要任何努力或牺牲；我们关于价值观的哲学没有改变。它不会要求任何聪明正派的人遵照巴比特法典以自己的准则去做他不会做的事情，这一法典虽然已经消亡，但是并未让人感到遗憾。

人类行为中的任何重大改变都是在我们的智力重点、忠诚、情感和信仰发生内在变化的情况下实现的。证据表明，保护还没有触及这些行为的根基，这是由于哲学、伦理和宗教还未对此有所耳闻。

我需要用一个简短的名字来代表所缺乏的东西；我把它叫做生态良知。生态学是群落科学，因此生态良知是群落生活的伦理。我将通过历史中的4个案例来进一步对它定义，以此表明，在不提升我们自己的情况下，试图改善这片土地的面貌是徒劳无功的。我从我自己所在的州选择了这些案例，因为我对这里的实际情况更加了解。

土壤保护区

大约在1930年，除了生态盲以外的所有人都知道，威斯康星州的表层土壤正在向大海的方向滑移。1933年，农民们被告知，如果他们可以在未来5年采取某些补救措施，那么公众将会为他提供免费的民间资源保护队劳动力资源来落实这些措施，外加提供必要的机器和材料。这一提议得到了广泛接受，但在5年的合同期结束时，大家普遍遗忘了这些措施。农民们只在继续着那些为自己带来即刻可见的经济利益的做法。

由政府编写的土地使用规则的部分失败导致了这样一种观点的产生，即如果农民自己制定规则，他们可能会学习得更快。因此，在1937年，威斯康星州的立法机构通过了土壤保护区法律。实际上，对农民来说这意味着："如果你要为土地使用制定自己的规则，我们公众将为你提供免费的技术服务，并借给你专门的机器。每个县都可以制定自己的规则，这些规则将具有法律效力。"几乎所有的县都立即组织起来接受了公众提供的帮助，但是经过10年的运作，没有一个县制定了任何一套规则。人们在诸如带状耕作、牧场改造和土壤浸灰等实践中取得了明显的进步，但在植林地筑栏或让犁和奶牛远离陡坡的实践中却未取得任何进步。简而言之，农民们选择了那些总之有利可图的补救措施，却忽略了那些对种群有益但对他们自己却没有明显利益的做法。最终的结果是，土壤流失的自然加速率变缓，但我们现在拥有的土壤比1937年的土壤要少。

我紧接着要补充说的是，在土地使用方面，从来没有人告诉过农民，群落利益可能会导致超出私利的义务。这种义务的存在可以改善农村道路、学校、教堂和棒球队，但不能改善落到土地上的水的行为，也不能保护农场景观的美或多样性。土地使用伦理仍然完全由经济利益控制，就像一个世纪前的社会伦理一样。

我们已经要求农民尽其所能地拯救他们的土壤，他们已经做到了这一点，而且仅此而已。把牛从树林和陡坡上赶走很不方便，而且我们还没有做到。此外，有些正在做的事情在能否称得上是保护措施方面存在疑点：例如，排干湿地溪流河底以缓解对已被耗尽的高地的压力。其结果是，树林、沼泽和自然溪流连同它们各自的植物群落和动物群落，正朝着南威斯康星州南部的方向走向最终的灭亡。

总而言之，我们建造了一台美丽的社会机器——土壤保护区——它在两个汽缸里发出咳嗽声，因为我们过于胆小并且太急于求成，而没有告诉农夫其义务的真正重要性。没有良知，义务则没有意义，我们所面临的问题，是社会良知从人到土地的延伸。

保罗·班扬的鹿

在现实中，威斯康星州的伐木工人几乎实现了破坏树林的壮举，这一切都归咎于保罗·班扬。在保罗动身前往西部之后的歌曲和故事中，几乎没有出现过关于这一事件的任何征兆，但却和最初对松树的破坏一样引人注目：几乎在一夜之间就涌现出了一个灌木丛土地的帝国。

保罗·班扬很快就厌倦了咸猪肉和咸牛肉，因此他定期会将原始松林中的鹿炖着吃。此外，在保罗的时代有狼出现，狼的存在可以对鹿群数量进行必要的控制，这是保罗没有想到的事。但是，当这些灌木丛开始生长的时候，狼群已经被消灭了，而且国家通过了一项关于鹿的法律并为它们建立了庇护所。这一阶段为鹿的入侵创造了条件。

将鹿放入灌木丛就像是将酵母扔进酸面团一样。可以说，到1940年，这片树林里就起了泡沫。我们的保护委员们因创造了奇迹而受到赞扬；事实上，我们在开始几乎什么都没有做，只不过在履行职务。不管怎样，这一群鹿让人垂涎三尺。来自芝加哥的游客在晚上开车经过时可以看到50只甚至更多的鹿。

这一庞大的鹿群正在吃着灌木，而且吃得很香。这是什么灌木？作为未来森林的一种保护作物，它由短寿的喜阳树和灌木组成。森林在灌木丛下出现，就像苜蓿或三叶草在燕麦或黑麦下出现一样。在正常的演替过程中，灌木最终会被森林树苗覆盖，我们就开始拥有了一片新的森林。

目前在对这个众所周知的过程的期待下，州、县、美国林务局、纸浆厂甚至一些木材加工厂，都标明了由灌木丛组成的"森林"。大量的时间、思想、现金、民间资源保护队劳动力、工程进度管理署劳动力和立法投入，都是期望自然会重复她的正常循环。该州开始了一项名为森林作物法的税收补贴，以鼓励土地所有者继续保留灌木丛，直到被森林取代。

但是我们没有考虑鹿以及猎鹿人和度假村主人。1942年的严冬让许多鹿饥肠辘辘。后来很明显的是，曾经的"护林树"已经长得有鹿一般高，而鹿群正在以即将出现的森林为食。补救措施似乎是以合法化的杀戮来减少种群数量。很明显的是，如果我们不减少种群数量，饥荒就会到来，而且我们最终会失去鹿和森林。但在连续5年的时间里，猎鹿人、度假村主人以及对自己选票感兴趣的政客们已经挫败了所有减少种群数量的企图。

我不会让你厌倦被这些人用来掩盖这个简单问题的转移注意力的话题、借口、逃避方式和权宜之计。甚至有份报纸专门用来诽谤那些倾向减少种群数量的支持者。那些人自称是环保主义者，从某种意义上说他们的确如此，因为在过去，我们把这个标签贴在任何热爱野生动物的人身上，不管这份爱是否盲目。这些自然资源保护主义者，为了将这样一种不正常且不自然的鹿群的状态多维持几年，愿意牺牲未来的森林，也愿意牺牲鹿群的最终福利。

这种"保护"背后的动机是希望延长猎鹿的时间，并希望向游客展示数量庞大的鹿群。在具有骑士精神的抗议下，这些完全可被理解的愿望变得合理化。这种情况产生的意外后果是，非法猎杀和在森林中非法遗弃动物尸体的行为大大增加。因此，种群控制从某种程度上来说是在法律之外进行的。但是，10年来森林的食物生产能力经历了过度使用，而在下一个严冬将带来灾难性的饥荒。在那之后，我们将会有为数不多的鹿，而这些鹿将会因为营养不良而变得矮小。我们的森林将会变成一片被虫蛀过的残迹，其中大部分是劣等树木。

这种"保护"的基本谬误在于，它试图通过摧毁另一种资源来保护一种资源。这些"自然资源保护主义者"没有将土地视为一个整体。他们没有从不是团体福利的种群角度来思考问题，也没有从长远和短期的角度看问题。他们在保护自己眼前认为重要的东西，当他们被告知这与整个国家长期的重要事物发生冲突时，他们会很生气。

这里有一个重要的教训：普通成年人断然拒绝学习任何新的东西。要了解鹿的问题，需要了解鹿吃什么、不吃什么以及森林是如何生长的。可悲的是，猎鹿人缺少这样的知识，而当有人试图解释这一问题时，他就被贴上学究的标签。这种对新鲜的以及令人不快的事实的愤怒反应，完全是一种封闭思想的标准精神迹象。

我们说的自然保护教育究竟指的是什么意思呢？如果我们的意思是教导，那么让我们记住，用谬论来教导和用事实来教导一样容易。如果其意味着教授独立判断的能力，那么我会对这项任务的重要性感到震惊。这项任务之所以艰巨，主要是因为有些成年人拒绝学习任何新的东西。

因此，生态良知是一件关于精神和心灵的事情。它既指学习的能力，也是对保护问题的情感表达。

杰弗逊·戴维斯[1]的松树

我在威斯康星州中部的一个沙乡里有一处农场。我之所以买它，是因为我想找个地方种松树。我选择将它种在自己农场，是因为它是毗邻县里唯一一处遗留下来的成熟松树群。

这片松树林是一处历史地标。在1828年，一个名叫杰弗逊·戴维斯的年轻中尉在这个地方（或者很接近这个地方）砍下了松树原木并建造了温尼巴戈堡。他通过威斯康星河把这些原木运到堡垒中。在接下来的一个世纪里，成千上万的松树原木漂过了这片树林，建立了一个现被称为中西部的红谷仓帝国。

这片树林也是一处生态地标。从南方而来的家破人亡的难民在这里可以听见风在密林中歌唱的声音。这里有威斯康星州南部最优质的鹿、披肩榛鸡和冠红啄木鸟群的残余种群。

我的邻居拥有这片树林的所有权，多年来一直对它进行悉心照顾。当他的儿子结婚时，树林不仅为新房子提供木材，而且还剩下了很多较轻的木屑。但是，战时的木材价格飙升，大肆砍伐的诱惑变得更加强烈。今天，树林躺在那里，长长的原木在给饥饿的锯子喂食。

根据所有公认的林业规则，邻居砍伐树林是有道理的。树林里都是同龄林木；成熟并且从内部开始腐烂。然而，任何一个小学生都知道，在他的心里，除去土地中的最后一棵松树是不对的。当一个农民拥有一件稀有的东西时，他应该感到自己有义务做它的监护人，而种群应该有义务帮助他承担保管所需的经济成本。然而，我们现在的土地使用良知在这些问题上保持沉默。

---

[1]杰弗逊·汉密尔顿·戴维斯（Jefferson Hamilton Davis, 1808—1889年），美国军人、政治家，曾在美国内战期间担任美利坚联盟国首任总统。

弗朗博河的突袭

弗朗博河是一条如此可爱的河流，具有如此富饶的森林和如此大量的荒野生物，即使是那些18世纪顽固的毛皮商人也对它充满热情，认为它是巨大北方森林中上等的部分。

19世纪的掠夺行为对它表达了同样的赞赏，但在某种程度上存在差别。到1930年，弗朗博河只有50英里长，还未被用于发电，且只有几处的原始树林还没有被砍伐做成木材或纸浆。

在20世纪30年代，威斯康星州保护部门开始在弗朗博河上建立一处国家森林，将这些野生森林和荒野之河的遗迹作为起点。这不是一处普通的国家森林，不仅有原木和旅游营地；它的主要目标是保存和恢复这片区域的遗迹。委员会年复一年地购买土地、拆除农舍、关闭了不必要的道路并开始了漫长的工作，重新创造了一条荒野之河，供年轻的威斯康星人使用和享受。

在近几十年的时间里，优良的土壤使得弗朗博河为保罗·班扬培育出最好的软木松，也使得拉克县创建了乳制品产业。这些奶农想要得到比当地电力公司更便宜的电力。因此，他们组建了农村电气化管理局，并申请修建一个大坝，当它建成时，将会把保护委员会旨在用来在这片区域中提供娱乐用途的下游地区除掉。

这是一场激烈的政治斗争，在这个过程中，不仅保护委员会撤回了对农村电气化管理局大坝的异议，而且立法机构以法规的形式废止了保护委员会的权力，并让县委委员成为解决电力价值和娱乐价值之间冲突的最终裁决者。我想我不必赘述这个法令的讽刺意义。它封印了包括弗朗博河在内的所有荒野之河的命运。实际上，这一法规认为，在决定如何利用河流时，当地的经济利益应该优先于州范围的娱乐利益，并且需要县委委员进行仲裁。

弗朗博河的案例说明了潜藏在半诚实主义中的危险，即，只有保护才是优良的经济学。弗朗博河的保卫者试图证明，这条河在其野生状态下所繁育的鱼和吸引的游客，要比积滞水中所产的乳脂还要多，但事实并非如此。我们本应宣称，对州来说，比起失去一种独特的户外娱乐形式，少获得一点乳脂并不那么重要。

我们失去了弗朗博河，这是一种由谬论得到的合乎逻辑的结果——保护可以很容易地得以实现。其实不然。每个全面的保护计划都需要牺牲一部分，通常是牺牲局部，但并不是板上钉钉的事情。农民们对我们最后一条荒野之河的突袭就像对任何其他公共财富的突袭一样；唯一的防御是公众对具有利害关系的价值观的广泛认识。但公众对此毫无认识。

结果

我在这里描述了大量的问题和机遇，我们称之为保护。历史案例的集合显示了一个共同需求：一种生态良知。

保护的实践必须从伦理和审美的权利以及经济手段迸发出的信念中获得。只有当它趋向于维护种群的完整性、稳定性和美丽时，它才是正确的，而种群包括土壤、水、动物、植物和人类。

从生态意义角度看，一个耗尽了最后的沼泽、在最后一片树林放牧或者砍下群落中最后一片树林的农民是错误的，因为这样做，他就是驱逐了动物群落、植物群落和一处景观，群落中的成员年龄或许比他大，且同样有资格获得尊重。

从生态学的角度来看，一个农民要对他的小河开辟水道或在他的陡坡上放牧是不可取的，因为这样做，他就把洪水的灾祸抛给了邻居，就像他的邻居们把灾祸抛给了他一样。在城市里，我们不会把灾祸隔着栅栏扔到邻居的草坪上，但在水管理方面，我们仍然在这样做。

从生态学的角度来看，猎鹿人为维持自己的狩猎消遣而在森林外放牧，或者猎鸟人为维持自己的狩猎消遣而杀死大量的老鹰和猫头鹰，或者渔夫为维持自己的狩猎消遣而屠杀苍鹭、翠鸟、燕鸥和水獭，以上都是错误的行为。这种策略都旨在试图通过摧毁另一种事物来实现对一种事物的保护，从而破坏了群落的完整性和稳定性。

如果我们承认需要生态良知这一大前提，那么其首要原则必须是：经济刺激不再成为滥用土地的借口（或者用一些更强硬的词语来形容——生态暴行）。然而这是一个消极的陈述。我更愿意肯定地说，良好的土地使用应该得到与社会重要性相称的社会回报。

我对生态良知能够发挥作用的速度和准确度不抱任何幻想。我们需要19个世纪来定义良好的人对人的行为，而这个过程只完成了一半；可能需要花很长时间才能形成一套人对人的行为准则。在这类事情上，除了方向以外的其他事情我们都不应该过于担心。这一方向是明确的，第一步是在土地使用的正确和错误的问题上投入你的全部力量。不要被这样一种观点所吓倒——正确的行动是不可能存在的，因为它不会产生最大化的利润，或者错误的行动是可以被宽恕的，因为人们为之付出了代价。这种哲学在人际关系中已经不复存在，而它在土地关系上的葬礼却迟迟未至。

1947年

动植物名对照表

Alnus	桤木	Medicago sativa	紫花苜蓿
Lumbricina	蚯蚓（地龙）	Formicidae	蚂蚁
Autennaria	蝶须	Malus	苹果
Asparagus officinalis	芦笋	Populus	杨树
Salmo salar	大西洋鲑	Alcidae	海雀
Recurvirostra	反嘴鹬	Musa nana Lour	香蕉
Baptisia	野靛草	Strix varia	横斑林鸮
Perciformes	鲈鱼	Tilia	椴树
Castor	河狸	Fagus	山毛榉
Begonia	秋海棠	Purshia tridentata	蔷薇灌木
Celastrus scandens	白英	Anas rubripes	北美黑鸭
Rubus allegheniensis	黑莓	Symphyotrichum laeve	蓝紫苑
Cyanocitta cristata	冠蓝鸦	Anas discors	蓝翅鸭
Hyacinthoides non-scripta	蓝铃花	Spermophaga haematina	红胸蓝嘴雀
Sialia sialis	蓝鸲（蓝知更鸟）	Calamagrostis Canadensis	加拿大拂子茅
		Agropyron	须芒草
Lynx rufus	短尾猫	Gentiana andrewsii	瓶龙胆
Rubus idaeus	树莓	Salvelinus fontinalis	美洲红点鲑
Acronicta leporina	飞蛾	Cervidae	鹿
Fagopyrum esculentum	荞麦	Bison bison	美洲野牛
Scirpoides holoschoenus	蒲草	Quercus macrocarpa	大果栎
Odocoileus hemionus	黑尾鹿（骡鹿）	Lespedeza	胡枝子
Buteo buteo	鵟	Cucurbita pepo L	西葫芦
Cucumis melo L	哈密瓜	Cardamine	碎米荠
Cardinalidae	红雀	Lobelia cardinalis	红花半边莲
Cyprinus	鲤鱼	Catalpa	梓木
Typha	香蒲	Bromus tectorum	绢雀麦（旱雀麦）
Cerasus	樱桃	Castanea	栗

Poecile	赤腹山雀	Blissus leucopteris	麦长蝽
Ulmus parvifolia	榔榆	Tamias	花栗鼠
Coregonus	白鲑	Citrus	柑橘
Spizella plalida	褐雀鹀	Medicago	苜蓿
Senna obtusifolia	决明	Silphium laciniatum	罗盘草
Echinacea	紫锥花	Ochotona	鼠兔
Procyon lotor	浣熊	Fulica	骨顶鸡
Phalacrocoracidae	鸬鹚	Zea mays	玉米
Silvilagus	棉尾兔	Puma concolor	美洲狮
Canis latrans	郊狼	Digitaria	马唐
Oxycoccus	蔓越莓	Cambarus	螯虾（小龙虾）
Corvus	乌鸦	Cupressus	柏木
Taraxacum	蒲公英	Peromyscuss	白足鼠
Odocoileus virginianus	鹿（白尾鹿）	Eupatorium capillifolium	毛叶泽兰
Cornus sericea	红色山茱萸	Delphinidae	海豚
Columbidae	鸠鸽	Draba	葶苈
Dracocephalum	青兰	Lemna	浮萍
Accipitridae	鹰	Ardeidae	鹭
Panthera onca	美洲豹	Eleocharis palustris	沼泽荸荠
Cervus canadensis	马鹿	Ulmus	榆木
Passer domesticus	家麻雀	Falco	猎隼
Pteridophyta	蕨类	Spizella pusilla	田野麻雀
Ficus carica	无花果	Abies	冷杉
Euphorbia corollata	开花大戟	Sterna forsteri	福斯特鸥
Vulpes	狐狸	Passerella iliaca	狐色雀鹀
Heteropogon contortus	扭黄茅（狐尾草）	Gentiana panthaica	流苏龙胆
		Anura	无尾目（蛙、蟾）
Drosophila	果蝇	Callipepla gambelii	黑腹翎鹑
Pelargonium	天竺葵	Capra	山羊
Limosa	塍鹬	Solidago	一枝黄花
Spinus tristis	美洲金翅雀	Anserini	雁
Geomyidae	囊鼠	Accipiter gentilis	苍鹰
Bouteloua gracilis	格兰马草	Vitis	葡萄
Ursus arctos horribilis	灰熊	Eophona migratoria	蜡嘴雀

Taxus Canadensis	加拿大红豆杉	Marmotini	地松鼠
Tetraonidae	松鸡	Larus	鸥
Falco rusticolus	矛隼	Leuconotopicus villosus	毛发啄木鸟
Buteo jamaicensis	红尾鵟	Crataegus	山楂
Corylus	榛木	Conium maculatum	毒参
Catharus guttatus	隐夜鸫	Ardea Herodias	苍鹭
Carya	山核桃	Ilex	冬青
Bubo virginianus	雕鸮	Campephilus imperialis	帝啄木鸟
Monotropa uniflora	水晶兰	Passarina cyanea	靛彩鹀
Pinus banksiana	北美短叶松（班克松）	Lymnocryptes minimus	姬鹬
		Tayassuidae	西猯
Garrulus glandarius	松鸦（樫鸟、橿鸟）	Ceanothus americanus	新泽西茶树
		Impatiens	凤仙花
Eupatorium porpureum	紫苞佩兰	Junco	灯芯草雀（灯草鹀）
Juniperus	刺柏		
Charadrus vociferous	双领鸻	Regulus	戴菊鸟
Amorpha canescens	灰毛紫穗槐	Chaemaedaphne calyculata	地桂
Lespedeza	胡枝子	Syringa vulgaris	紫丁香
Linaria	柳穿鱼	Panthera leo	狮子
Robinia pseudoacacia	洋槐（刺槐）	Lupinus	羽扇豆
Lycopodium	石松	Lynx	猞猁（山猫）
Anas platyrhynchos	绿头鸭	Mammuthus	猛犸象
Acer	枫树	Marmota	土拨鼠（旱獭）
Cistothorus meridae	沼泽鹪鹩	Circus cyaneus	白尾鹞
Martes	貂	Microtus pennsylvanicus	草原田鼠
Sturnella	草地鹨	Cyrtonyx montezumae	蒙特祖马彩鹑
Mergus	秋沙鸭	Agave	龙舌兰
Prosopis	牧豆树	Asclepias	马利筋
Mimulus	沟酸浆	Neovison vison	北美水貂
Talpidae	鼹鼠	Bryophyta	藓类
Puma concolor	美洲狮	Cercocarpus	山桃花心木
Umbra krameri	荫鱼	Mullidae	鲻鱼
Esox masquinongy	北美狗鱼	Ondatra zibethicus	麝鼠
Urtica	荨麻	Caprimulgidae	夜鹰

Nucifraga	星鸦	Sittidae	䴓
Quercus	橡木	Allium cepa	洋葱
Oriolus	黄鹂	Pandion haliaetus	鹗
Lutrinae	水獭	Strigiformes	猫头鹰
Lepidosaphes ulmi	蛎盾蚧	Perdix	山鹑
Pulsatilla	白头翁	Ectopistes migratorjus	旅鸽
Pelecanidae	鹈鹕	Paeonia	芍药
Phasianus	野鸡（雉）	Phlox	天蓝绣球
Pontederia cordata	梭鱼草	Dryocopus pileatus	北美黑啄木鸟
Hylobitelus haroldi	松象虫	Gymnorhinus cyanocephalus	蓝头鸦
Bartramia longicauda	高原鹬	Toxicodendron radicans	毒漆藤
Populus tremuloides	杨属杨	Tympanuchus cupido	草原松鸡
Cynomys	草原犬鼠	Zanthoxylum americanum	美洲花椒
Protonotaria citrea	蓝翅黄林莺	Lithospernum	紫草
Vernonia	斑鸠菊	Pyrola	鹿蹄草
Elymus repens	匍匐冰草	Coturnix coturnix	鹌鹑
Leporidae	兔子	Procyon	浣熊
Ambrosia	豚草	Rallidae	秧鸡
Oncorhynchus mykiss	虹鳟鱼	Corvus corax	渡鸦
Betula albo-sinensis	红桦	Cornus canadensis	加拿大草茱萸
Cornus sericea	红色山茱萸	Pinus resinosa	红松（赤松）
Butorides virescens	美洲绿鹭	Sciurus vulgaris	红松鼠
Turdus iliacus	白眉歌鸫	Sequoia sempervirens	红杉
Turdus migratorius	美洲知更鸟（旅鸫）	Buteo lagopus	毛脚鵟
		Bonasa umbellus	披肩榛鸡
Salsola	猪毛菜	Salvia	鼠尾草
Sagittaria	茨菰（慈姑）	Metroxylon sagu	西谷椰子
Grus Canadensis	沙丘鹤	Arenaria	蚤缀（无心菜）
Aegolius acadicus	棕榈鬼鸮	Tenthredinidae	叶蜂
Otus asio	鸣角鸮（东美角鸮）	Cyperaceae	莎草
		Ovis aries	绵羊
Rumex acetosella	酸模	Dodecatheon meadia	流星花
Cypripedium reginae	皇后杓兰	Lanius	伯劳
Bouteloua curtipendula	垂穗草	Mephitis mephitis	臭鼬

Polygonum	蓼	Osmeridae	胡瓜鱼
Scolopacidae	鹬	Chen caerulescens	雪雁
Melospiza melodia	歌带鹀（北美歌雀）	Sonchus	苦苣菜
		Glycine Max	黄豆
Falco tinnunculus	红隼	Sphagnum	泥炭藓
Tradescantia	紫露草	Sporobolus	鼠尾粟
Picea	云杉	Sciuridae	松鼠
Sturnidae	椋鸟	Acipenseridae	鲟鱼
Acer saccharum	糖枫	Helianthus	向日葵
Hirundinidae	燕子	Cygnus	天鹅
Comptonia peregrina	香蕨	Platanus occidentalis	美桐
Larix laricina	美洲落叶松	Sciurus aberti	缨耳松鼠
Rhynchopsitta pachyrhyncha	厚嘴鹦鹉	Turdidae	鸫
Nicotiana	烟草	Prosopis pubescens	短柔毛牧豆树
Epigaea repens	匍匐浆果鹃（五月花）	Passer montanus	树雀（麻雀）
		Meleagris gallopavo	野生火鸡
Linnaea borealis	北极花	Veronica	婆婆纳草
Vicia	蚕豆	Vireonidae	绿鹃
Rallus limicola	弗吉尼亚秧鸡	Euonymus atropurpureus	紫果卫矛
Aechmophorus occidentails	北美鸊鷉	Triticum	小麦
Perisoreus canadensis	灰噪鸦	Thuja occidentalis	北美香柏
Odocoileus virginianus	白尾鹿	Zonotrichia albicollis	白喉带鹀
Grus americana	美洲鹤	Anas penelope	赤颈鸭
Lactuca virosa	毒莴苣	Tringa semipalmata	北美鹬
Salix	柳树	Canis lupus	狼
Aix sponsa	木鸭（林鸳鸯）	Scolopax	丘鹬
Troglodytidae	鹪鹩	Betula alleghaniensis	黄桦
Setophaga petechia	黄林莺	Tringa flavipes	黄脚鹬
Taxus baccata	欧洲红豆杉		